To Con a Gentleman
by Sarah Adams

恋の旅に出るなら伯爵と

サラ・アダムズ
岸川 由美[訳]

ライムブックス

恋の旅に出るなら伯爵と

主要登場人物

ローズ（ロージー）・ウェイクフィールド……詐欺師
カーヴァー・アッシュバーン……ケンズワース伯爵
フェリックス……ローズの相棒
ダルトン公爵……カーヴァーの父
メアリー……カーヴァーの姉。レディ・ハットトレイ
ロバート……メアリーの夫。ハットトレイ伯爵
エリザベス（リジー）……カーヴァーの妹
ケイト……カーヴァーの末妹
ジェーン……メアリーとロバートの娘
クレア……カーヴァーの元婚約者。故人
オリヴァー……カーヴァーの親友

1

一八一五年、ロンドン

もう行かなくてはいけない時間なのに、ローズはまだ出ていくことができずにいた。二週間借りていたアパートメントを眺めて、立ちつくしている。ほんの二、三日前までは、薄汚い部屋だと思っていたのに。いざ出ていく段になると、古風な趣があるとか、居心地がいいとか、実際以上にすばらしく感じさせる言葉ばかりが浮かんでくる。とはいえ、正直なところは狭苦しくてかびくさいだけの部屋だ。

ひとつしかない窓からひそかに差す陽光がもうもうと舞う埃(ほこり)を照らしだしている。たとえ昼間の明るさが、アパートメントの築年数と設備の古さをさらけだしていなかったとしても、それはにおいではっきりわかっただろう。どんなにカーテンをはたいて室内の空気を入れ替えても、手入れされてこなかった証(あかし)である、どんよりしたにおいは消えないらしい。

それなのに、ローズは短いあいだわが家と呼んできたこの部屋に背を向けることができずにいた。

仕事をひとつ片づけるたびに、どうしてこんな思いをしなくてはいけないのだろう？　くるりと踵（きびす）を返し、振り返ることなく歩み去ってしまえば簡単なのに。ところがローズの足は床にセメントでくっついたみたいに動かないのだ。どこか心の奥底から、奇妙な感情が急にわきあがってくる。その名前もわからない感情がいやでたまらず、ただただ消えてほしいと願った。この頃、こういう気持ちに駆られることがますます増えていた。この気持ちのせいで、借間やアパートメントから出ていくときに、つい室内を見まわして、ずっとここで暮らすことができたらと——ほんの一瞬だけ——想像してしまうのだ。

そうやって一瞬だけ立ち止まったつもりが、心は別の未来を思い描いていた。くたびれた旅行鞄（かばん）を荷ほどきし、数着しかない服を部屋の隅にあるオーク材の衣装だんすにしまう自分の姿が目に浮かぶ。テーブルの上の埃をかぶった花瓶には色とりどりの花を飾り、水が少なくなってきたら忘れずに入れ替えてあげよう。夕食会へやってきた友人たちは、なんてみずみずしくてきれいお花なのと口をそろえて褒め、花を長くもたせる秘訣（ひけつ）を教えてほしいと彼女に請うのだ。それとも、そんな話はしないのかしら？　夕食会で友人同士がどんなおしゃべりをするものなのか、ローズにはよくわからなかった。友人を作ることを自分に許した経験がこれまで一度もないからだ。人を愛することに関しては、そうね……父が亡くなってもう一三年になる。こんな空想は時間の無駄でしかない。

自分がこの部屋にとどまることはない。これまでだってずっとそうだった。いままでどおりの自分に合った生き方をしていくのだ——ひとりきりの生き方を。

背後のドアがいきなり開いて壁に叩きつけられ、ドア脇のテーブルの上で埃だらけの花瓶がぐらりと揺れた。ローズがあわてて花瓶をつかむのと同時に、フェリックスおじさんがどたどたと入ってきて彼女の旅行鞄につまずき、哀れな古い鞄を踏んづけた。

まあ、ひとりきり、というわけではないのかもしれない。

「なんでこんなところに置いてあるんだ!」フェリックスはますます突きでてきた腹に邪魔されつつ、かがんで鞄を拾いあげた。

ローズは唇をきゅっと結び、頬がゆるむのをこらえた。おじさんは年のせいでドジを踏むことがめっきり多くなった。でも、おじさんを年だと思っていることがばれたら、こっぴどく叱られるだろう。とはいえ、いまの様子を見てローズの決意はさらに固まった。やっぱりおじさんには彼女とともに仕事の実行役に回るのではなく、計画を立てることに専念してもらおう。

「ロージー、ピンカートンの舞踏会でくすねた上等なブルゴーニュ・ワインはもう残っていないよな?」

「残っていたでしょうね」ローズはフェリックスのしわだらけの丸い顔に厳しい視線を向けた。「わたしが持ち帰ったその夜におじさんが飲み干してしまわなければ。ええ、おじさんは覚えていないでしょうとも、あれだけぐでんぐでんに酔っ払っていたんだから」

「ああ(アイ)！　思いだしたぞ――」フェリックスおじさんは笑うとなぜかスコットランド訛(なま)りが強くなる。「うまい酒を楽しんだからって、文句を言われる筋合いはない」

「お酒を楽しむ分にはね。だけど、夜通し大声でスコットランドの酒の歌とやらを歌い散らかされたら文句だって言いたくなるわよ。次の日、わたしとおじさんのどっちの頭痛がよりひどかったかわかったもんじゃない」フェリックスおじさんと組んで一年になるが、彼が酔っ払ったときの最悪の失態は酒場の歌をばかでかい声で歌うくらいで、そのことからも人のよさがわかるだろう。まあ、おじさんが自分のブーツを池に放りこんだときは大変だったけれど。膝まで水に浸(つ)かってブーツを拾いに行かされたのは頭にきた。頭にきたし、寒かった。

フェリックスが太い眉毛をぎゅっと寄せた。「酒がないなら、なぜこんなところでぐずぐずしてる？」

「別に」とげとげしい言い方になってしまった。まったく、嘘(うそ)をつくのはこれが初めてだとでも？　ローズは意識して肩の力を抜いた。「ただ……忘れ物がないかどうか確認してただけよ」小娘みたいに部屋との別れを惜しんでいたとは言えない。

「ゆっくりするのは墓に入ってからにしろ」フェリックスが言った。「これからたんまり金をせしめなきゃならんのだからな！」おじさんには、いいかげん声を潜めることを覚えてもらわないと。これではいずれふたりとも逮捕されてしまう。

「そう言うくせに、お酒を飲む時間はあったみたいね」ローズは作り笑いを浮かべた。

フェリックスは笑みを倍にして返した。「アイ。ロージー、わしがおまえに教えたことがひとつあるとしたら、どんなときでも酒を飲む時間はあるってことだ」目くばせする。「鞄はわしが辻馬車へ運んでおくから、最後の確認とやらをすませろ。だが、さっさとするんだぞ。話し合っておくことがたくさんあるんだからな」

「わかっているわ」ローズはもう一度ひとりになりたくて彼を部屋から追いだした。フェリックスおじさんは出ていきながら、つられて笑ってしまいそうになる、いつもの笑い声をあげた。

　フェリックスが本当のおじだったらとつい思ってしまうことがある。けれど、そんな考えが浮かんだときは、すぐさま消し去るようにしていた。フェリックスおじさんであれほかの誰であれ、どんなに好きでも、愛情を抱くつもりはなかった。愛する人がいるということは、いつかその人を失うかもしれないということだ。あんな思いは二度としたくない。

　ローズはひとつだけ残っていた荷物を拾いあげたあとドアを閉め、辻馬車で待つフェリックスのもとへ向かった。一二月の大気が頬と手を刺すので、彼女はウールのコートをぎゅっとかき合わせた。口から漏れた罵りの言葉が白い雲となって目の前を漂う。冬は昔から敵だった。凍える風が吹きつけるたび、今夜こそほかの浮浪児みたいに足の指がもげるのではないかと不安に駆られながらじめじめした路地にひとりきりで寝ていた、年端もいかない少女だった頃のみじめな歳月がよみがえる。ローズはそんな記憶を振り払い、辻馬車へと急いだ。

だがそのとき、通りの先の何かが彼女の目を引いた。男が――見覚えのある男が通りを渡っている。ひょろりとしたあの体つきはどこにいようと誰だかわかる。もう何年もローズをとらえようと追いかけまわしているボウ・ストリートの捕り手だ。少年くささの残る法の番人について、ローズはとくに心配したことはなかった。これまではいつも相手より一歩先にいられたからだ。

フェリックスおじさんは隠そうとしているが、街じゅうにいる仲間に捕り手の動きを報告させていることをローズは知っていた。まずは自分に教えるようローズが彼らに頼んでいるとは、おじさんは夢にも思わないだろう。そして彼らからつねに情報をもらえるおかげで、あらかじめ捕り手の動きを察知して、つかまらないようにすることができた。ところが今回のこの動きは想定外で、相手は目と鼻の先にいる。危険なほど近くに。

捕り手に気づかれる前に、ローズはフェリックスおじさんがいる馬車に飛び乗り、扉を閉めた。捕り手がすぐそばにいたせいで、不安が頭をもたげそうになる。だけど、不安がったところで何になるだろう？　不安はなんの役にも立ちはしない。ここまでつかまらずにすんだのは決して弱気にならなかったからだ。ローズはもっと注意を払ってことに当たろうと心に決め、座席に腰をおろした。

彼女は指先に息を吐きかけ、冷たさをやわらげようとした。

「おまえが手袋をすべてくれてやらなけりゃ、その指だってあったかかっただろうに」フェリックスが画期的なアイデアでも披露したかのごとく言った。もう何年も、彼はローズに甘すぎると、彼女からたびたび嚙みつかれている。それなのに、うっかり気遣いを見せてしまう彼に、ローズは心を動かされまいとした。

「今度はどこへ行くの？」フェリックスおじさんの言葉を無視して、大事なこと——次の仕事——に気持ちを集中させた。

馬車ががたんと動いて、おなじみの石畳の上で小刻みに揺れながら走りだした。フェリックスが笑みを広げると、隙間の開いた前歯がのぞいた。ローズはあれを見るたび、フェリックスが夜警をまこうとして街灯に正面衝突したのを思いだす。「次は大物だぞ。おまえもついにこの仕事から足を洗うことを考えられるくらいの大物だ」

ローズは身をすくめた。「どうしてわたしがそんなことを望むの？　足を洗うなんてまっぴらだわ」そうよ。仕事をやめたりするものですか。いまの暮らしになんの不自由もない。ローズを落ち着かない気分にさせるほど、フェリックスはじっと見つめてきた。「最初に別の道を選んでいたらと考えたことはないのか？　わしみたいなろくでもない年寄りの弟子にならず、どこかの屋敷で働き口を見つけていたらと思ったことは？」フェリックスは組み合わせた両手を見おろし、親指をぐるぐる回している。なぜこれほど自信がなさそうなのだろう？　年をとったせいに違いない。

「一瞬たりとも思ったことはないわ」ローズは心からそう断言した。「わたしを弟子にしたことを後悔しているの？」答えを聞きたいのかどうか、自分でもよくわからなかった。おじさんの承認を求めているわけではない。とはいえ、ともに過ごした歳月を悔やんでいると言われるのを想像したら、少しだけ胸が痛かった。

「後悔とは気まぐれな感情でな、ロージー。あの薄汚れた浮浪児に自分の面倒を見るすべを教えたことは、今後も後悔することはなかろう。だがな、別の生き方を教えなかったことはたまに後悔してるよ。多くの危険がつきものではない生き方をな。そうしたら、おまえだっていい相手を見つけて、家庭に入る気になっていたかもしれんだろう」片方の口角を引きあげてにやりとする。「おまえを大事にしてくれる、礼儀正しい紳士だっているかもしれないしな」

何かと思えばそういう話？

ローズは姿勢を正してスカートへ手を伸ばし、ブルーの厚手の生地を整えた。「大事になんかしてもらわなくて結構。それに〝礼儀正しい〟なんて死にそうなくらい退屈よ。夢見る小娘じゃあるまいし、さっさと仕事の話を始めましょう」

「いいか、ロージー」おじさんは諭すような目つきで続けた。「おまえはそうやって鎧で身を固めているが、その下には愛情を求める女性がいると思うんだ」

ローズはこらえようとしたけれど、思わず顔をしかめた。「わたしの望みを勝手に決めつけるのはかまわないわよ、フェリックスおじさん。だけど、その体に風穴が開いても知りませんからね」それがまったくの冗談ではないことを、おじさんは知っていた。彼女はどんなときも太腿に拳銃を装着していて、躊躇なくそれを使う気でいるのだ。たぶん、だからこそおじさんは大笑いしたのだろう。

「よかろう、警告を繰り返す必要はないぞ！　おしゃべりはやめにして仕事の話だ」

「そうしてちょうだい」これ以上干渉されるくらいなら、馬車から飛びおりたほうがましだった。

フェリックスおじさんは身をかがめると、ボンド・ストリートのしゃれた帽子屋のものと思われる袋を持ちあげた。中に何が入っていようと、ローズがそれに愛着を持つことはない――どんなに気に入ったものでもだ。仕事を終えたら、身につけている装飾品をすべて廃棄する必要がある。そういうものから正体を特定される危険は冒せないからだ。

おじさんは袋を膝にのせると、いささかフリルが多すぎてローズの好みではない、淡いブルーのボンネットとともに、枕を引っ張りだした。なるほど。その手の仕事ね？　用意された小道具を見ればぴんとくるほど何度もやっている仕事だ――不幸にも。ローズはうんざりした。

「これから愛人が身ごもったことを知らされる不運な紳士はどなた?」

フェリックスおじさんの瞳に危険な輝きが宿る――ふたりが何年にもわたって裕福な紳士たちから数千ポンドという大金を巻きあげる原動力となってきた輝きだ。「ニューベリー伯爵だ」

ローズは身をこわばらせた。「ニューベリー卿?」

お目にかかったことはないけれど、たちの悪いあの伯爵のことならなんでも知っている。実際、英国に住んでいて、耳のついている人ならほぼ誰でも、あの愚か者がどんな人間なのか聞き及んでいるだろう。悪名高き放蕩者は、贅沢な趣味とそれに見合うだけの財産の持ち主だ。噂が本当なら、年収は一万ポンドにもなるという。

ニューベリー卿――その名を思い浮かべるだけでローズの鼻にしわが寄る――はまさに、自分なら家事とは無縁の理由で夜更けだろうと好き勝手にメイドを寝室へ呼びつけていいと思いこんでいるたぐいの特権貴族だ。残念ながら、賃金や推薦状をもらえずに職を失うことを恐れて、あまりに多くの若い女性が主の命令に従ってしまうのだ。

だからこそローズは使用人として働くことはせず、自分で稼ぐと決めている。誇れる仕事ではないとはいえ、おなかをいっぱいにできるし、勝手に体に触れられることもない。これは自分で決めたルールで、信用できない相手に身を委ねるくらいなら地獄へ堕ちたほうがましだった。

彼女はフェリックスおじさんを見据えてすっと目を細めた。「あの悪魔の財産を奪ってやりたいと何年も思ってきたわ。だけど、どうしていまなの？」

馬車が弾むと、満面の笑みを浮かべるフェリックスおじさんの頬もぶるんと揺れた。「あの放蕩貴族の屋敷を訪問する完璧な理由がついにできたからさ」おじさんの目の輝きが尋常ではなかったので、ローズはわずかに尻込みした。「お決まりの噂話から情報を掘りだす必要すらなかった。なにせ、わしの肉親が内情を教えてくれたんだからな」

「ブルータスが？」情報源を当てるのは難しくなかった。フェリックスおじさんの肉親でいまも生きているのはブルータスひとりだけだと知っている。ふだんフェリックスおじさんは、誰よりもものを知っているような面の、ぱりっと糊の利いた執事野郎——おじさんがそう言ったのであってローズの言葉ではない——について口を開けば悪口ばかり言っているが、今度の情報はブルータスをふたたび肉親に格上げするだけの価値があるようだ。

「数カ月前のことだ。われらが偉大なる伯爵さまは老グランサム邸を訪問し、そこの部屋係のメイドに目をつけたらしい。数週間後、メイドは身ごもっていることに気づき、推薦状なしに屋敷から追いだされたってわけだ」かわいそうに。なぜいつも使用人ばかりが紳士の無分別な行いのつけを払わされるのだろう？

「つまり、わたしはそのメイドの役を演じるのね」答えはすでにわかっているし、まったく気が進まない計画だ。

「そのとおり！　そして、最低でも二〇〇〇ポンドは払ってもらわないと、この件について黙っている気はないって騒ぎたてる。うまくやれば立ち去るときにはわしらのポケットはぱんぱんだ」おじさんはベストのポケットをぽんぽんと叩き、札束をしまう場所を示した。

だが、ローズは後ろめたさを覚えた。ほかの女性の不運を利用するのは気が引ける。身重になった若いメイドはきっと、お金もなくひとりきりでおびえていることだろう。彼女の気持ちはいやというほどわかる。「その件で彼女はまだニューベリー卿に接触していないのね？」

フェリックスおじさんはかぶりを振った。「怖いんだろうよ。噂が広まったら、出産後も働き口が見つからないんじゃないかとね。ブルータスの話じゃ、小作人の農場に身を隠しているらしい。住まわせてもらえるあいだはそこにいるつもりだろう。わしに言わせりゃ、ばかな娘さ。あんな伯爵なんぞ、骨までしゃぶってやればいいものを！」

「おじさんの意見なんてきいてないわ」ローズは咎(とが)めるように彼をにらみつけた。「それに、彼女は伯爵が恐ろしくて顔を合わせるどころじゃないのよ」たいていの女性は、ローズみたいに自分の問題は自分で片づけられるような育ち方をしていない。

フェリックスおじさんは長々と彼女の顔を観察した。そのあと、はっとして身をすくめる。「おいおい、またその顔か。勘弁してくれ、ロージー、わしらの金をその娘にやる気じゃあるまいな？」

ローズはにっこりとした。「もちろんそのつもりよ。そんな目で見てもだめ。名前を利用させてもらうのなら、彼女にも分け前をあげるべきでしょ」

フェリックスおじさんが分厚いまぶたの下から不審げな目を向けてくる。「いくらやるつもりだ？」うれしそうな声ではない。

「半分が正当なところでしょうね。彼女は子どもを育てなくちゃならないんですもの」

おじさんは同意したものの、その前に仕方がないとばかりに大げさなため息をついてみせた。本当はおじさんだってメイドに分け前を与えてやりたいと思っているくせに。それだからおじさんとローズは、英国一稼ぎが多いのに英国一貧乏な悪党コンビなのだ。

ローズはブルーのボンネットを手に取り、頭にのせた。「それで、わたしは何者で、どんな事情を抱えているの？」これまで見た中で一番醜悪なボンネットのリボンを引っ張り、顎の下で結ぶ。この仕事が終わったら、フェリックスおじさんを買い物係から外そうと思いながら。

「おまえの名前はダフニー・ベロウズ」おじさんが説明した。「三カ月ほど前、ニューベリー卿はハウスパーティでおまえを見初めた。そのひと晩をのぞいたら、本物のダフニーと伯爵の接触はほとんどないから、彼女の生い立ちの細かなところは気にせんでいい。即座に本題に入れ。妊娠を暴露すると脅して、ぜぜをつかんだらすぐに退散だ」ローズが路上育ちでなければ、これがお金の話だとは見当もつかないだろう。でも実際のところ、巷（ちまた）で交わされる俗語こそ彼女の第一言語だ。育ちのいい淑女然とした話し方は盗賊言葉より難しい。

「今回は鬘はないのね？」別に鬘がなくてがっかりしているわけではない。あんなものはちくちくしてたまらないだけだ。

フェリックスおじさんは首を振った。「今回はついてたな。ダフニーはおまえと髪の色がおんなじなんだ。服の下にその枕を入れりゃ充分だろう」この手の詐欺は何度もやってきたから、ああいうたぐいのろくでなしが一夜の相手の顔なんてろくに覚えていないのはお見通しだ。身分の低いメイドとなればなおのことだろう。うつむいておどおどしてみせる、内心では屁とも思っていなくても。たやすすぎるくらいの仕事だ。

目的地に到着するまでのあいだ、ふたりは計画を話し合い、お金を手に入れたあとにどこで落ち合うかを決めた。そしてお金が手に入ることはもう確定事項も同然だった。話の裏はしっかり取れているし、伯爵は新たな醜聞を揉み消すのに躍起になるだろうから、彼女に現金を投げつけ、一刻も早く屋敷から追いだすに違いない。

馬車がグローヴナー・スクエアにあるニューベリー伯爵の大邸宅へと近づくと、フェリックスおじさんは低く口笛を鳴らした。この屋敷ならよく知っている。ローズに言わせると、ロンドンのこの高級住宅街の中でも一番壮麗な屋敷だ。その持ち主がめかしこんだ愚か者だなんて、がっかりもいいところだ。「こいつは立派な家だ！」おじさんは三階建ての屋敷を眺めて両眉をあげた。

「立派な紳士の家じゃなくて残念ね」

「アイ！　だが立派な紳士なら、わしらにつけ入られて金をだまし取られることもなかろう。それを考えれば伯爵が卑劣漢でよかったわい」

ローズは片眉をつりあげた。「ミス・ベロウズはそうは思わないでしょうね」

フェリックスおじさんが顔をそむけてくれているあいだに、ローズは急いで枕を服の下に入れ、コルセットの下へうまいこと押しこんだ。見おろすと、ちょうどおなかが目立ちはじめたくらいの大きさに見える。完璧ね。

フェリックスおじさんがいつものように彼女の幸運を祈ってウインクをしたあと、ローズは馬車からおり、おじさんを乗せた馬車が走り去るのを見送った。仕事のあいだは、ふたりが連絡を取り合うことはほとんどない。仕事中はひとりでいるほうが楽だし、安全だ。ニューベリー伯爵からお金をせしめたら、辻馬車を拾い、ホープウッド孤児院でフェリックスおじさんと落ち合うことになっている。あの場所のことを思って胸に熱いものが広がるのを無視しようとしたが、だめだった。あまりに長いこと子どもたちに会いに行けていないので、いたずらっ子たちが元気に過ごしているか知りたくてたまらない。だけどいまは、目の前の仕事に集中しなくては。

ローズは深々と息を吸いこんで自分を励まし、縁起を担いで太腿の拳銃をぽんと叩くと、覚えておかなくてはならない情報をもう一度頭の中で復唱した。革の旅行鞄の取っ手を握りしめ、玄関前の大階段をあがる。強い風で不格好なボンネットが吹き飛ばされないよう片手で押さえた。ハーフブーツの音を石造りの階段に響かせながら、自分の呼吸がゆっくりと安定しているのにふと気づいた。

　昔は、息が速くなり、胸が締めつけられたものだ。でもそれは過去のことで、今日は違う。びくびく、おどおどなんて、とうの昔にしなくなった。堂々たる黒い扉の前で、ローズはこほんと咳払(せきばら)いをして胸を張ると、真鍮(しんちゅう)のドアノッカーへ手を伸ばしてしっかりと三度打ち鳴らした。

2

「オリヴァー、きみはどうしていつもこんな時間からぼくを煩わせるんだ？」カーヴァーは、この形相ならさすがに親友も怖じ気づくだろうと期待してにらみつけた。

だがあいにく、相手は一番古い友人で、その顔つきには慣れっこらしい。

オリヴァーはトレードマークの微笑みを浮かべてみせただけだった。この笑みのおかげで、彼は社交界にデビューしたての淑女たちのあいだでは〝チャーミング〟と呼ばれている。

「言い間違えているぞ。〝煩わせる〟じゃなくて〝訪問する〟だろう」

「いいや」カーヴァーは言った。「街を留守にすると伝えるために、朝の八時にぼくの寝室に現れたんだぞ。〝訪問〟なんて気の利いたものじゃない。きみはだんだん古女房みたいになってきたな、オリー」

ふたりは離れていることがめったになく、友人や家族からは、親友というより長年連れ添った夫婦みたいだといつもからかわれている。悲しいかな、そのとおりだった。

オリヴァーがにやりと笑う。「誰かがきみを起こさなきゃならないだろう」

「だとしても、それはきみの役目じゃない」カーヴァーはようやく体を起こし、ベッドから脚をおろした。

正午になる前にオリヴァーが寝室に現れるのがまれなことならどれほどよかったか。しかし、現実はそうではなかった。全寮制の男子校であるイートン校で一〇年前に出会ってからというもの、このいまいましい男はカーヴァーがまぶたを開きもしないうちから寝室にひょっこりと現れるのだ。執事のジェファーズの目をどうやってかいくぐっているのかはいまだに謎だった。

カーヴァーは壁にさがっている紐を身振りで示した。「それを引いて使用人を呼んでくれるか？」

オリヴァーは胸に手を当てて申し訳なさそうな表情を浮かべたが、いかにも嘘くさい。

「まさか、ぼくのためにわざわざベッドから出るんじゃないだろうね！　あと一分もすれば、失礼するのに」とうてい信じられない。

オリヴァーときたら、授業から解放されたばかりの女学生よりもぺらぺらとまくしたてることができるのだ。カーヴァーはめったに気にならないのだが、それは朝の八時で頭が割れるように痛み、体が牛の群れに踏みつぶされたようなざまでなければの話だ。

オリヴァーはカーヴァーの上半身へと視線をさげると、顔をしかめて歯のあいだからひゅっと息を吸いこんだ。「おいおい、肋骨が折れているんじゃないか」

カーヴァーはむきだしになっている胸板を見おろした。ゆうべは試合で消耗しきり、シャツを脱ぐなりそのままベッドに倒れこんだのだった。疲労は良薬だ。疲労困憊（こんぱい）すると、ぐっすり眠れる。そして眠っているあいだは、思い出から解放される。もっとも、彼の思い出はたびたび夢にまで忍びこんできた。

カーヴァーは肋骨にそっと触れた。ひどいあざだが、幸いなことに折れてはいない。彼は自分の全身をすばやく確認した。肋骨にあざ、右眉に切り傷、こぶしの腫れと擦過傷、ほかにも小さな傷が一ダースはあるものの、それ以外はたいしたことはない。昨日はこの一年で最高の試合だった。〝きみにとってこれまでで最も厳しい戦いになるぞ〟というジャクソンの警告は正しかった。もう少しで敗北を喫するところだったのだ。まあ、負けはしなかったが。カーヴァーはにやりとほくそ笑んだ。

とはいえ立ちあがると、くしゃくしゃに丸めたあとに広げられた紙のような気分になり、彼のうぬぼれも少しだけ消えた。「折れてはいない。だが、ともすれば折れていただろう」カーヴァーは認めた。「ブルックスは思っていた以上にいいボクサーだった」

この三年というもの、毎日のようにボクシングをやっているが、ミスター・ブルックスほど強い相手と戦ったことはなかった。ボクシング・クラブの経営者ジェントルマン・ジャクソンは、ブルックスならチャンピオンの座を狙えると断言していた。ロンドンで暮らしはじめてすぐにクラブのドアを叩いたときから、カーヴァーも同じことを言われている。

だがカーヴァーにとってあいにくなことに、ボクシングは趣味であり、気晴らしでしかありえないのだ。彼はダルトン公爵のひとり息子にして長男で、つまりは後継者だった。貴族がプロボクサーになるわけにはいかない。心やさしい母がそう言ったのは、会うたびに体じゅう傷や打ち身だらけの息子に格闘をやめさせたかったからだ。

オリヴァーは見るからに痛そうな肋骨を眺めてゆっくりと首を振った。「ついていないな。このぼくが見逃してしまうとは。これまでで一番の試合だったと耳にしたぞ」

カーヴァーは衣装だんすからシャツを取りだし、そろそろと頭からかぶった。服を身につけるだけであちこち痛い。「きみがボンド・ストリートの伊達男をやめていれば、その目で観戦できたはずさ」社交界の人気者ににやりと笑いかける。

オリヴァーはおどけた笑みを返して目を細めてみせた。「きみもよくわかっているだろうが、ぼくだって舞踏会より試合観戦のほうがよかったさ。だけどレディ・サマーズと先約があったんだ、彼女の哀れな姪っ子の世話役を引き受けるというね」

「首尾はどうだったんだ？」

オリヴァーはぶるりと体を震わせた。「顔が石でできているようなお嬢さんでね、笑顔を引きだすだけで夜中までかかったよ」

オリヴァーも気の毒に。いや、自業自得か。やたらと世話好きで愛想がいいから、そうなるのだ。この性格だけで、オリヴァーはロンドンのうら若き淑女全員から気に入られているばかりか、社交界デビューする娘や孫娘、姪っ子に自分は特別で注目の的だと思わせたいご夫人方にまで気に入られている。カーヴァーがオリヴァーとともに社交行事へ出席するのを拒んでいる理由のひとつはこれだ。澄ました淑女たちにおべっかを使われるところを想像すると、いますぐ玄関扉を叩き閉めて鍵をかけたくなる。

それに、どんな女性も彼女と比べることは――。

「きみも出席すればいいじゃないか。舞踏会のひとつやふたつ出たって死んだりしないぞ、ケニー」それはまだ少年だった頃、カーヴァーの爵位であるケンズワースでは年寄りくさいからと言って、オリヴァーが彼につけた愛称だ。オリヴァーはその日から、爵位を縮めてカーヴァーをケニーと呼んでいる。

「おそらくな。だが危険は冒したくない」

ふたりは寝室と続きの居間へと場所を移し、暖炉の前の椅子に腰をおろした。

オリヴァーが座ったのは革張りの椅子で、彼が暖炉のほうへ脚を伸ばして膝を交差させるとぎしりときしんだ。「きみが早くも〝風変わりな世捨て人〟と名付けられてるのは知っているんだろう? そろそろ少しくらいは社交界へ復帰してもいいんじゃないか」話の風向きが気に入らない。

「ぼくとまたダンスがしたいのかい、マイ・ディア? 言っておくが、きみとワルツを踊るのはもうごめんだよ」カーヴァーは両手をあげて指をひらひらさせた。「きみの手はあらぬところへ向かうからな」

オリヴァーがむっとした顔で目を細めたが、笑いをこらえているのは一目瞭然だ。「真面目に考えてくれ」

「どうして？　ぼくにお説教をするためか？」カーヴァーは返した。「悪いが遠慮する」オリヴァーが次に何を言うつもりであれ、聞く気はなかった。それに、彼が次に何を言うのか、おおよその察しはついている。「ところで、旅行へ出かけるという知らせのほかに、ぼくの眠りを邪魔するほど大事な用件というのはいったいなんだ？」

「それが、実は……」オリヴァーがもじもじするとは妙だ。「言いにくいんだが……いくらか金を貸してもらえないかな」

カーヴァーは下を向き、腫れあがったこぶしの裂けた皮膚を見つめた。問いただす必要は感じなかった。オリヴァーは親友というより兄弟も同然だ。金が必要ならいくらでも出してやる。「帰りにジェファーズに金額を伝えれば、渡してもらえるようにしておく」

「助かるよ」オリヴァーはほとんど挑むような顔つきでカーヴァーに笑みを向けた。金が必要な理由がなんであれ、説明する覚悟はできていたのだろう。だが、カーヴァーはにやにやしながら友人を見つめているだけだ。ふたりはそのまましばらく顔を見合わせていたが、やがてオリヴァーは真剣な表情になって肩を落とすと、口を開いた。「何に使うのか知りたくないのか？」

「知りたくないと言ったら、きみは出ていってぼくをひとりにしてくれるのか？」

オリヴァーがさっきより大きな笑みを浮かべた。「ぼくは恋に落ちたんだ」

カーヴァーはうめきそうになるのをかろうじてこらえた。オリヴァーは〝恋に落ちる〟ことなく一週間を過ごすことはできないのか？

「近々きみから祝福の言葉をもらうことになりそうだよ」オリヴァーが誇らしさもあらわな声で言った。かれこれ五回は勝手に寝室へ入ってきたオリヴァーからほぼ同じ台詞を言われたことがある。そのときもこんな口調だった。彼に祝福の言葉をかける機会は、実のところまだ訪れていない。

「そいつはすばらしい」カーヴァーは言った。「先に祝福しておくから、もう帰っていいぞ」

「信じていないな」オリヴァーが気を悪くした様子はいっこうにない。「だが、今度こそ本気なんだ。彼女のような女性には会ったことがない。彼女は完璧だ」

そんなはずはない。この世でたったひとりの完璧な女性は、三年前に帰らぬ人となった。

寝室のドアが開く音がした。従者のブランドンが入ってきたのだろう。カーヴァーは立ちあがり、痛む腕を伸ばして、聞きたくもない話に耳を傾ける心の準備をした。さっさと聞いてしまえば、その分早く朝食をとりに行ける。

「いいだろう」カーヴァーは言った。「お相手の話を聞かせてくれ」

従者はカーヴァーの着替えを腕にかけて居間へ入ってくると、ひと言も発さずに主の身支度を整えはじめた。

膝丈ズボン（ブリーチズ）に脚を通すカーヴァーを眺めつつ、オリヴァーは身をかがめて膝に肘をついた。

「彼女は完璧だ」

「ああ、それはもう聞いた」

「本当にそうなんだ」オリヴァーは壁に彼女の肖像画でも描かれているかのような遠いまなざしを向けた。「あんなに魅力的な瞳は見たことがない。茶色なのに金色で、それでいて赤いんだ。あの瞳が紡ぎだす物語にぼくはすっかり夢中だよ」

カーヴァーは上着に袖を通すためというふりをして、オリヴァーに背を向けた。だが本当は、あきれて目玉をぐるりと回すためだった。何が〝あの瞳が紡ぎだす物語にぼくはすっかり夢中だよ〟だ。なんとくだらない。瞳は瞳だ。美しかろうと物語を語ったりはしない。オリヴァーときたら、ロマンティックになるにもほどがある。

「それで、瞳で物語を紡ぐその女性とはどうやって知り合ったんだ？」

「ばかにするようなその口調には、あえて目をつぶってやろう」オリヴァーの言葉に、カーヴァーの口角がぴくりとあがる。「彼女とは少し前の夜に、内輪の舞踏会で出会った。かわいそうに、彼女は青ざめていてね」繊細すぎる女性はカーヴァーの癇（かん）に障ってならなかった。ところがオリヴァーは、まさにそういう女性が好みらしい。

「その舞踏会の数日前、彼女はおじの屋敷をこっそり抜けだしてカードパーティに参加したらしい」オリヴァーは続けた。「彼女のテーブルには手練れ（てだれ）の勝負師が数人いて、不慣れな彼女はいいカモにされ――かなりの大金を失った」

カーヴァーは従者が首巻き（クラヴァット）を結べるよう顎を引きあげた。「彼女は一部始終を舞踏室で話したのか？」

「まさか」オリヴァーはふたたび椅子の背に寄りかかった。「舞踏室の外でだよ。彼女が庭園で泣いているところを見かけたんだ」ほう、なるほど。まったく面識のない相手に個人的な話を打ち明ける場所としてはまだましだ。「キティは――彼女の名前だ――抱えた借金を返そうにもお小遣いじゃ足りず、おじに――こいつが血も涙もない男なのは明らかだな――自分の過ちを知られたら、女学校へ働きに行かされるに違いないとおびえていた」

「なんと、ぼくたちの哀れなキティがそんなおぞましい運命にさらされるとは」カーヴァーは片方のブーツへ足を入れながら言った。

オリヴァーがじろりとにらむ。「きみはせせら笑っているんだろうが、それは打ち震える彼女の姿を見てないからだ。キティはもう二度と舞踏会には出られないかもしれないと言って、あの場を楽しむことさえできなかったんだぞ」

二度と舞踏会に出なくてすむなんて、なかなかいい話に思えるが。もっとも、その点では自分とオリヴァーの意見は異なるのだろう。ふたりとも長身で肩幅が広く、一般的に美男子と見なされているものの、オリヴァーは舞踏室で淑女たちをくるくるターンさせるのを楽しむ一方、カーヴァーはボクシングの元チャンピオン、トム・クリブが開いた居酒屋へ行くか、素手のボクシングで自分の体のどこかから血が流れるまでやり合うのが好きだった。

「よくわかったよ。それできみは、彼女を助けてやらなくてはと、いても立ってもいられなくなったわけか。いくら必要だと言われた？」

長い沈黙のあと、オリヴァーがようやくその問いに答えた。「五〇〇ポンド」

カーヴァーの両眉は髪の生え際まで跳ねあがった。「キティの瞳はよほど想像力豊かな物語を紡ぎだしたらしいな」

オリヴァーは皮肉を無視して立ちあがった。「大金なのはわかっている。だが信じてくれ、彼女にはそれだけの価値がある。キティは友人を訪ねてこれからひと月バースへ行くんだが、彼女が戻ってきたら、すぐに求婚するつもりだ」

「ひと晩一緒に過ごしただけで？」カーヴァーは尋ねた。

「ひと晩あれば、彼女はぼくにとってあらゆる意味で完璧無比だと見定めるのに充分だ」

カーヴァーはまたもうめきそうになるのをこらえた。

本当にその娘に求婚するのではないかと一瞬でも心配するような相手なら、ろくに知りもしない女性にプロポーズする危険性について説いてやるところだが、なにせオリヴァーのことだ。親友がいくたび恋に落ちたか、もはやカーヴァーには把握できないほどだった。

けれど、どの恋愛も長続きしたためしはないのだ。オリヴァーならそのうち目を覚まして、ほかのかわいい女性を追いかけはじめるだろう。

「それならいい。きみの幸せを祈ろう」心にもないことを言い、結んでもらったばかりのクラヴァットとスレートブルーの上着を鏡に映して吟味する。

カーヴァーはスポーツマンで通っており、従者のブランドンがどんなに派手な色を身につけさせようとしてもダークブルーが限界だった。悪いな、ブランドン。いくらブランドンから〝ギリシャの神々のごとき肩とふくらはぎをお持ちなのですから、どうかそのようなお召し物をご用意させてください〟と言われようと、神々のようなお召し物とは目もくらむような色合いで、ぴちぴちのパンタロンをはき、さらには懐中時計に金ぴかの装飾品をじゃらじゃらぶらさげることを指すのは明らかなので、カーヴァーはただの人間らしい服装を続けることを選んだ。

「きみは今日、ダルトン・パークへ出発するんだろう?」オリヴァーが話題を変えたが、その話の向かう先がはたして自分の求めるものか、カーヴァーにはわからなかった。

「ああ。きみのほうは今日から狩猟旅行だろう?」ほかの友人たちもここまで互いの予定を把握しているものなのだろうか?

「このあとすぐに出かけるつもりだ。ぼくが一緒に行かなくても大丈夫か?」オリヴァーは片方の口角を引きあげて微笑した。

「驚くべきことに、なんとかなる自信はある」

「本当に？」確認する必要があると思われるなんて心外だ。

「ああ、信じてもらえようがもらえまいが、ダーリン、ぼくはひとりで充分にうまくやっていける」

オリヴァーは〝ダーリン〟と呼ばれてからかわれたことも気に留めず、さらに真剣な顔をして言った。「いいかい、ぼくが一緒じゃなくてもダルトン・パークまで行けるのかと、きいているんだ。きみはまだ一度も帰ることができていないだろう、あのときから――」

カーヴァーは話をさえぎった。「ぼくなら心配ない、オリヴァー」本音を言うと、自分でも自信がなかった。

本当に今年こそ途中で引き返さずに帰宅できるだろうか？　父の誕生日を祝って舞踏会を開くと母から言われなければ、帰宅しようとすらしなかっただろう。だが、永遠にあの屋敷を避け続けることはできない、そうだろう？　いずれは相続して自分のものになることを考えれば、まず無理だ。やはり帰らなくては。あの屋敷に、家族とともに思い出が住み着いていないことを願うばかりだ。

「一緒に行かなくて本当に大丈夫なのか？　もともと舞踏会には出席するつもりだったが、旅の道連れが欲しいなら狩猟旅行のほうは断ってもいい」

カーヴァーは声をたてて笑ってみせた。こっちが明るく平気なふりをすれば、オリヴァーもこの話をやめるだろう。「感謝するよ、だが結構だ。きみの代わりに手を握ってくれる子守女をすでに手配してある」

オリヴァーはグリーンの瞳をすっと細くした。明るくふるまおうとするカーヴァーの意図をくむつもりもなければ、話題を変える気もないらしい。「ダルトン・パークに戻るのは三年ぶりだろう、ケニー。少しくらい気持ちが乱れるのは当たり前のことだ」

カーヴァーは従者をさがらせた。個人的な話を使用人の耳に入れたくない。彼の知っているオリヴァーは、根掘り葉掘り確かめるまでこの話をやめようとしないだろう。

「ぼくの気持ちは乱れてなどいない、オリヴァー。まったくもって大丈夫だ」〝まったくもって大丈夫〟そうだろう？　ちゃんと自分の人生を生きている。

「まったくもって大丈夫？」オリヴァーは嘲るように片眉をあげて腕を組んだ。「それなら、彼女の名前を言ってみろ」

これは踏みこみすぎだ。カーヴァーは歯を食いしばった。鼻腔をふくらませ、深く息を吸いこむ。「そこまでだ、オリヴァー。あとひと言でも言ったら殴る。それはきみもわかっているだろう」

「ほらね。きみは大丈夫なんかじゃない」オリヴァーは眉根を寄せた。「そろそろ自分の気持ちにふんぎりをつけ、過去に別れを告げるべきじゃないかな、ケニー。屋敷へ戻っているあいだに、彼女の墓を訪れることができれば――」

「ふんぎりならついている」食いしばった歯のあいだから吐き捨て、部屋を突っ切ってオリヴァーの鼻にこぶしをめりこませてしまわないよう足を踏ん張った。

「本当に？　だとしたら、きみと結婚したがっている女性たちがごまんといるのに、歯牙にもかけないのはどうしてだ？」

「結婚したくてうずうずするほどじゃないからじゃないか？」

「ごまかすな」オリヴァーは椅子の上で体をずらした。「きみはいま、結婚市場で一番の獲物だ。度を過ぎるほどの美男子。爵位持ち。資産家。このロンドンに、きみが望むなら結婚できない相手はいないと言っていい。それなのにきみはほかの女性には目もくれない。彼女が――」

「やめろ」友に与える警告はこれが最後だと心の中で決めた。

「きみが彼女の名前を口にするまでやめない」

「やめろ、さもなければ、ぼくの寝室から出ていけ」こぶしを握りしめると、裂けた皮膚がひりひりと痛んだ。

オリヴァーはなおもこの話を続けるかに見えた。あいにく、親友はカーヴァーのこぶしを恐れたことはないのだ。とはいえ、ついにオリヴァーは折れ、深々とため息をついてから顔をそむけた。

「いいだろう。この話は終わりにしよう。だが、ぼくの言ったことをよく考えてくれ」オリヴァーがにやりとしたとたん、室内の雰囲気が明るくなった。「結局のところ、自分が何を言ってるかはわかっている。ぼくはすこぶる聡明で近々結婚する男だ」

カーヴァーはやれやれとかぶりと振ると、寝室の入り口まで歩いていってドアを開けた。さっさとこの話を終わらせ、今日という日を始めたい。「帰るときにいくら必要かジェファーズに伝えるのを忘れるなよ」

「ありがとう。必ず返す」オリヴァーは椅子から立ちあがり、開かれたドアへと向かった。

カーヴァーは手を振って友を送りだし、微笑した。「返す必要はない。結婚祝いだと思ってくれ」

その瞬間はオリヴァーを殴ってやりたい気持ちでいっぱいだったが、どんな形であれ、親友の助けになれるのはうれしかった。たとえそれが、ろくに知りもしない、おそらく二度と会うことのない女に金をくれてやるというばかげた理由のためだとしても。

「あんまりぼくを恋しがるんじゃないぞ」オリヴァーが入り口から出ていきながらにっと笑った。

「きみと再会するそのときまで、ぼくの枕は涙に濡れることだろう」階段へと向かうオリヴァーの笑い声が聞こえた。

一時間後、朝食を終えて書斎へ行こうとしていたカーヴァーは、玄関扉が三度叩かれる音を耳にした。足を止め、ジェファーズが応じるのを待ったが、玄関広間を見まわすと、使用人の姿はひとつもなかった。おそらくみんな屋敷を閉めて彼の荷造りをするのにてんてこ舞いなのだろう。カーヴァーは肩をぐるりと回すと、急いで上着の袖口を整え、自ら応対へ向かった。

3

ローズが四度目のノックをすべきかどうか思案していると、実行に移す前に玄関扉が勢いよく開かれた。彼女はびっくりして一歩あとずさった。こんなにいきなり開くなんて思っていなかったし、ハンサムな紳士を見あげることになるとも予想していなかった。ニューベリー伯爵は美男子で通っているのだから、充分に予想できたはずなのに。放蕩者で醜男というのはめったにいない。

そうは言っても、執事ではなく伯爵本人が玄関に出てきたことに何よりびっくりさせられた。ローズは堂々たる伯爵の体軀(たいく)に目をぱちくりさせ、思わずぽかんとして長々と見つめてしまっていたことにはっと気がついた。ノックをして呼びだしたのはこちらなのだから、せめてひと言でも発しようとするが、なんの言葉も出てこない。正直、そもそもどうして自分がここにいるのかも頭から抜け落ちていた。この仕事でこんなにしょっぱなからへまをしたことが一度でもあっただろうか？

ニューベリー伯爵は冷ややかなグレイの瞳でローズを一瞥(いちべつ)したあと彼女の後方を見やり、

それから彼女がここにいる目的を問いただした。

「わざわざお越しいただいた理由をお聞かせ願えるかな?」片眉をつりあげる仕草が高慢で仰々しい。

彼の低い声を耳にして、ローズはわれに返った。ぶるぶると頭を振り——振るんじゃなかったとすぐに後悔した——膝を折ってお辞儀をする。

しっかりなさい、このまぬけ!

「失礼しました、閣下。閣下と内々にお話ししたいことがあって来たんです」

伯爵は一瞬ためらったものの、脇へさがり、戸口をふさいでいた肩をどかして中へ入るよう身振りで示した。

ローズは集中するよう自分に言い聞かせてから、いかにも緊張しているメイドらしくおどおどした笑みを彼に向け、巨大な戸口を通って豪奢(ごうしゃ)な玄関広間へと足を踏み入れた。四段のクリスタルシャンデリアに磁器の花瓶、壁には華麗なタペストリーが飾られている。まさにお金がしたたっているかのような室内だ。二〇〇〇ポンドなんてケチなことは言わずに、もっと搾り取ってやろうかしら。

彼女は数歩先を歩く伯爵へ目を戻した。驚いた、なんて大きな体なの。広い肩はスポーツをやっている人のそれで、ロンドンじゅうを探しても彼より身長の高い人はひとりもいないに違いない。

噂からして、ニューベリー伯爵はてっきりめかしこんだ伊達男だとばかり思っていたけれど、目の前にいるのは運動で体を鍛え抜いているスポーツマンだ。彼を見ているだけで喉が詰まっているみたいに苦しくなり、咳払いして息を吸いこみたくなる。

だけど彼は卑劣な男なのよ、しっかりなさい。

ローズはぽっこりしたおなかの下で両手を合わせ、スカート越しでも偽物のふくらみがくっきり見えるようにした。次は自己紹介をして、実際には起きていない出来事を――少なくともローズ相手には――伯爵に思いだしてもらうのだ。伯爵が覚えていないといいけれど。実際、きっと覚えていないだろう。

冷ややかなまなざしがローズの目からおなかの偽物のふくらみへとさがり、彼は眉根を寄せて薄く笑った。「なぜだろうな、きみは天気の話をしに来たわけじゃない気がする」

「ええ、違います。閣下」ローズは遠慮がちに自分のおなかへと視線を落とした。「ニューベリー卿、実はわたし――」

ところが伯爵は、いきなり彼女の言葉をさえぎった。「なんだって？」よく聞こえなかったかのように彼女のほうへ耳を傾ける。この人、耳が遠いのかしら？　それとも単に失礼なだけ？

ローズは咳払いして足を踏み替え、もう一度言い直した。「閣下、実は、もっと繊細な問題をお話しするためにないと言ったんです」息を吸いこむ。「お天気の話をしに来たのではないと言ったんです」

来ました」

彼が反論しようと口を開けたが、ローズは二度も邪魔される気はなかった。今日はすでに一回調子を狂わされているのだから、もうごめんだ。いまは手綱を手放さないでいることが重要なのだ。

「数カ月前、グランサム卿のお屋敷で閣下がわたしに……特別の注意を払われたときのことは、わたしからわざわざ聞くまでもないとは思いますが」自分のおなかをじっと見続ける。ダフニー・ベロウズならきっとそうするだろう。メイドが主人や目上の者と視線を合わせることはまずない。

「いや、ぜひ聞かせてほしいな」

視線をあげると、伯爵は厚かましくも愉快そうな顔をしている。軽くかぶりを振って肩をすくめ、かすかに困惑したような笑みを浮かべた。「きみはいったい何者で、ぼくはどういう特別な注意をきみに払ったんだろうか？」

ローズは驚いたふりをして目を見開いた。しかし内心では、やっぱり覚えていないんだわとほくそ笑んでいた。満足すると同時に、なんだか腹が立った。つまらない仕事になりそうだ。

「閣下がグランサム卿のお屋敷に滞在されたとき、わたしは部屋係のメイドをしていました。お部屋へ行くと……閣下が……その……閣下が――」伯爵は愉快そうな表情のまま、眉根を寄せ、口元にはからかうような笑みを漂わせている。ひっぱたいてやろうかしら。「ひどいわ、本当にわたしに言わせるつもりですか、閣下?」声を震わせた。

「言ってくれないとわからない」

「閣下が……」ローズの視線は緑色の敷物と彼のグレイの瞳のあいだを行ったり来たりした。

「わたしを押し倒したんです!」ようやく言って、頬を赤く染めてみせる。

伯爵の両眉がひょいとあがった。「ぼくが、きみを?」

なんて厚顔な男なの! まるで喜劇のひと幕でも眺めているかのような態度だ。自分が手をつけたメイドがおびえながら話をしているというのに。

まあ実際は……彼が手をつけたメイドのふりをしている女が話しているのだけど。

「そ、そうです」ローズはふたたびうつむいた。「わたしのこと、覚えておられますよね?」精いっぱい哀れな顔をして、まつげ越しに彼を見あげた。

伯爵は笑い声をあげた。本当に、笑っている。「いいや。だがきみはぼくのことを覚えているんだよな?」

「もちろんです! 閣下のお顔も、わたしにされた仕打ちも忘れるわけがありません」

「絶対に?」彼はまだにやにやしている。

ローズは体の横でこぶしを握りしめた。こうでもしないと、彼のにやけた顔を張り倒してしまいそうだ。

「絶対に」やや力強すぎる声になってしまい、ローズは鼻からゆっくり息を吸いこんだ。「ごらんのとおり、わたしは身ごもり、仕事を失いました。それもこれも閣下のせいで」まったまたやりすぎだ。この男性が相手だと、役からはみださずにいるのがなぜこうも難しいのだろう？

「つまりぼくが――」伯爵は自分の胸に手を置いた。「ニ、ニュー、ベ、リー、卿が――幸運な父親なのか？」

「閣下しかいません。ほかには――」ここで、またもや邪魔が入った。今度は大型の旅行鞄や箱を抱えた従僕たちがふたりのあいだを通りだしたのだ。

ニューベリー伯爵は首を伸ばし、箱や荷物の列越しに彼女を見た。「続けてくれ、マイ・ディア」

ローズは脚の筋肉を伸ばし、怒鳴り声ではないけれど物音に負けない程度の声を出そうとした。「ほかに、ち、父親となりうる相手などいないと言っているんです、閣下。わたしがこんなことになったのは閣下との不運な出会いが原因で間違いありません」自分自身の気の強さとダフニーの弱々しげな繊細さが釣り合うように、きっぱりとしていながらも、おずおずとした口調を試みる。

従僕とメイドは玄関広間を通って外へと荷物をどんどん運んでいた。従僕のひとりが玄関扉からノッカーを取りはずし、メイドふたりは奥にある小さな居間で家具に布をかぶせている。もしかして屋敷を閉めようとしているの？　ローズは使用人たちの列に隠れてしまった伯爵の姿をとらえようとした。少しも思いどおりにいかないわ。

伯爵は誰はばかることなく玄関広間の向こう側から大声でしゃべりかけてきた。「そういうことか！　念のために確認するが、きみの純潔を奪った男というのがぼくなんだな？」

信じられない！　今度は無理に赤面するふりをしなくてもよかった。使用人たちが行き交う場所でこんな繊細な問題について話し合うことを彼はなんとも思わないの？　それどころか、悪びれる様子も、恐縮しているそぶりもまったくない。

「本当にほかの男ではないんだね？」

「あなたに決まってます、閣下！」ローズ自身の身もすくむほど、一オクターブは高い声が出てしまった。それでも、出立の準備を終わらせようと仕事にいそしむ使用人たちの手が止まることはなかった。まわりがばたばたしているせいでいつもの調子が出ないし、何より伯爵までそちらへ注意がそれているようだ。ローズはかろうじて握っている手綱が手から滑り落ちるのを感じた。「閣下、もっと内密にお話しできる場所はありませんか？」

「ダーリン、使用人の耳なら気にする必要はない。ぼくが断言しよう、彼らの頭にあるのはきみの純潔喪失よりはるかに大事なことがらだ」

ローズの胸の中で敵意が燃えあがった。彼女にだまされたほかの紳士たちは、少なくとも震えあがるだけの善良さは持ち合わせており、ときには自分の行いを悔やみさえする者もいて、全員が自分の過ちに対する償いを出し惜しみせず支払った。

ところが、この男性はローズの話などどこ吹く風だ。

「そうかもしれませんが――ふたりきりのほうがわたしも安心してお話しできます」

「そうなのかい?」またもや愉快そうな口調だ。「それは間が悪かったな。悪いが、これから出かけるところでね。ああ、ジェファーズ!」伯爵はくるりと背を向けると、ちょうど玄関広間へ入ってきた執事に声をかけた。「母のクリスタルの花瓶がしっかり梱包されているかどうか確かめてくれ。粉々になって届こうものなら、この首を差しださなければいけない」

話はもう終わりなの? さっさと帰れってこと? ローズはプライドを傷つけられた。これほどまでの惨敗を喫したことは一度もない。どうやら、少しは骨のあるところを見せてやらないといけないようだ。

ローズは待った――スカートの下でつい足をとんとんと踏み鳴らしながら。伯爵はメイドに、家政婦に、それから従僕ふたりに指示を出すと、踵を返し、挨拶も詫びの言葉もないまま屋敷から出ていった。ローズの足がぴたりと止まる。彼女は玄関扉をぽかんと見つめた。

本当に彼は出発したの? ここに彼女がいるのを忘れて? ここまでないがしろにされたのは初めてだ。迷惑がられたことは、もちろんある。嫌悪感を向けられるのはいつものことだし、いやらしい目で見られることだってしょっちゅうだ。だが、完全に無視されたことは一度もない。

ローズはぐっと顔をあげると、ボンネットのリボンを顎の下できつく結び直し、つかつかと伯爵のあとを追った。これまで仕事をしくじったことはない。これを最初の失敗にするものですか。

4

「閣下！」ローズは玄関先の大階段を駆けおりながら声を張りあげた。伯爵は馬車のステップに片足をかけたまま静止し、目だけを彼女へ向けた。「どうしても内々でお話しさせていただきたいんです！」

伯爵が薄く笑った。「まだいたのか？　帰ったと思っていたよ」

ローズは歯を食いしばるのと同時にこぶしを握りしめた。「そっちが出ていったんでしょう、閣下！　裕福な爵位持ちは、平民に礼儀を払う必要などないと考えているのかもしれないけれど、わたしはあなたがどんな身分だろうと無視されるつもりはないわ」

ちょっと言いすぎてしまった。だけど少なくとも、まるで他人事みたいにおもしろがっていた伯爵の顔つきが、初めて彼女をちゃんと見たかのような表情に変わった。その視線が何かを探すみたいに彼女の顔の上をさまよう。やがて彼の瞳に何かがひらめいた。何がひらめいたのか、ローズが答えを見つける前にそれは消え、伯爵はまるでいたずらっ子のように微笑んだ。この笑みは信用ならない。

「いいだろう、乗ってくれ」伯爵は待っている馬車へ彼女が乗るのを手伝おうと片手を差しだした。

ローズは誰も乗っていない馬車から、彼女と倍以上の体格差がある伯爵へ目を向けた。こうして近くで見ると、彼の右眉の上には恐ろしげな傷まである。「乗るって……あなたの馬車にですか、閣下？」

「そうだ、ほかにどこで話ができる？　言っただろう、ぼくはこれから――」

「出かけるんですよね。ええ、二度も言われなくてもわかっています」

伯爵は微笑み、ごつごつした大きな手をふたたび差し伸べた。

悪名高い放蕩者と馬車の中でふたりきりになるのはいやだけれど、彼と内密に話すにはそうするしかないのだ。ローズは彼の手を取り、馬車に乗りこんだ。喉にこみあげる塊をのみくだし、自分の座席の隣に旅行鞄をのせる。何も心配することはないわ。万が一、伯爵が悪さをしようとしたら、太腿の拳銃で即座にその場を掌握すればいい。

実際に人を撃つような状況に陥ったことはないものの、射撃の腕は確かだと自負していた。フェリックスおじさんは彼女を弟子にした一日目から、掏摸（すり）と詐欺の手ほどきに加えて、拳銃の扱い方を教えた。おじさんがみっちり仕込んでくれたおかげで、ローズは二五歩離れたところからでも、人が手に持ったトランプのカードを指一本かすめることなく撃ち抜くことができる。

ニューベリー伯爵はその体重で車体全体を傾かせながら馬車に乗りこみ、彼女の向かいに腰をおろした。彼の脚が長すぎて、本人にそのつもりはなくとも膝がいまにも彼女の膝をかすめそうだ。ローズは少しだけ扉のほうへ身を寄せた。

従僕が扉を閉めると、ローズは腹ぺこの猫と一緒に鳥籠に入れられた小鳥の気分を味わった。大丈夫。これくらいひとりで対処できる。それに、少なくともこの鳥籠はスプリングが利いていて、乗り心地は抜群だ。足元には温めたレンガまで用意されており、ほかのときなら歓迎すべき贅沢だが、いまは手のひらの汗がますますひどくなるばかりだった。

ふと目をあげたローズはどきりとした。伯爵が眉をあげ、微笑を湛えて彼女を見つめている。「これでいいだろう、マイ・ディア。ぼくの注意はきみのものだ」そんな言葉になぜ身をよじりたくなるのだろう？　それに、どうしてこんなひどい男がこれほど魅力的に見えるの？　うっとりしていたら仕事にならない。ローズは、彼を鼻毛のはみでた茶色い歯の男だと想像しようとした。

ああ、もう。

うまくいかない。人食い鬼のような顔を想像したかったのに、心が反乱を起こして、力強い顎の線と、満面の笑みを浮かべたらえくぼができそうな頬に見とれている。彼の顔をしげしげと観察したせいで、馬車の中がぐんと狭くなったように感じた。扉のそばならもう少し空気が冷たいだろうか。右へ体をずらそうと腰を浮かせたところで、ローズはぴたりと動きを止めた。座席がきしんで妙な音をたてたのだ。体からガスが放出されたときにそっくりな音を。

いやだ、違う、違う、違うわよ。

目を見開き、伯爵へさっと視線をやると、彼は噴きだしそうなのをこらえて唇を引き結んでいた。

ローズは今度こそ本当に真っ赤になった。「閣下、弁解の必要はないと思いますが、いまのは座席の音ですからね」

「ああ、そうだろうな」応じながらも伯爵は口元を手で覆い、咳払いするふりをして笑っている。

ローズはむっとして目を細めた。「座席の音なんです」一語一語はっきりと言い聞かせる口ぶりは、大人の女性というよりまるで意地っ張りの子どもみたいに聞こえた。

「しかとわかったよ」大げさな顔つきで了解してみせる伯爵に、ローズは馬車の座席の中に溶けこめるものなら溶けこんでしまいたくなった。

信じていないんだわ。それとも単にからかっているだけ？　ローズは腕組みをして片眉をつりあげた。「座席の音なんです。これからもう一度同じ音をたててわたしの無実を証明してみせるわ」信じられない。わたしったら、彼にだらしないと思われるのがいやで、ガスの音を再現してみせると宣言したの？　それにどうして――本当にどうしてよ!?――この座席はもう一度あの音をたてようとしないの？　こんなに何度もおしりを座席に打ちつけていたら、しまいには頭がおかしいと思われて精神病院送りになってしまう。

だんまりを決めこむ座席にすっかり憤慨し、ローズはふうっと息を吐いて両手を膝の上で重ねた。仕方なく視線をあげて伯爵の様子をうかがうと、彼は眉をつりあげ、悪魔のような微笑を湛えていた。この仕事は前途多難だわ。

二〇〇〇ポンドをこの手につかみたいなら、手綱を取り戻さなくては。それも、いますぐに。「閣下、先ほどのお話ですが、まず、わたしのことを覚えていないのは意外ではありません」でも、この話をしたあとには確実に思いだしてもらうわよ。「だから、そもそも閣下のお屋敷をお訪ねするのは気が重かったんです。閣下がわたしを……呼びだされたあの夜、閣下はかなり酔いが回っていらっしゃるようでしたから」

伯爵は顔をしかめたが、そのまなざしは愉快そうだ。「ぼくがべろべろじゃ、きみも楽しめなかっただろうな」ローズは頬がゆるみそうになるのをこらえた。座席が変な音をたてたせいで、笑いの沸点がさがっているのだろう。このろくでなし貴族の言ったことがおもしろかったからでは絶対にない。

「わたしは、楽しんだかどうかを話すためにここにいるのではありません、ニューベリー卿」

「だったら、きみはなんの話をするためにここにいるんだ？」あの悠然とした笑みは彼の顔からはがれないようにでもなっているのかしら？

「閣下、単刀直入に言うと、わたしがここにいるのは償いをしてほしいからです」

伯爵がうなずく。「そうなるだろうな」どうやら彼はおもしろがっているようだ。

あの恥ずかしい音を再現しようとばかみたいに腰でどすんどすんとやったあとでは、ローズのほうは主導権も威厳もあったものではなかった。おのれのまぬけさに自分の頬をひっぱたきたくなった。

「先ほども申しあげましたように、わたしは身ごもったために職を追われ、推薦状もいただけませんでした。子どもが生まれるまでは働き口も見つかりそうになく、埋め合わせをしていただくのはせめてもの権利だと思います」口調が上品すぎたかしら？　頭にきているせいで、庶民的な口調に戻すのを忘れていた。どうやら今日の失敗には終わりがなさそうだ。

「たしかにな。それで、その埋め合わせにいくら欲しいんだい、マイ・ディア？」

「暮らしていくのに充分なお金をもらえたら、二度とあなたには迷惑をかけませんし、子どもの父親があなたであることは誰にも知られません」ローズは、これは脅しなのだと相手に確実に伝わるように言った。

よし。調子を取り戻してきたわ。

「参考までにきくが、きみが暮らしていくにはどのくらいかかるんだい？」

またも、ローズは笑いをこらえて頰の内側を嚙んだ。嫌悪している相手に笑わせられることもあるらしい。

「だいたい二〇〇〇ポンドくらいでしょうか?」ローズはとっておきの子犬みたいな目をしてみせた。

伯爵の眉が跳ねあがり、広い胸板から低い笑い声が響いた。「なんと、二〇〇〇ポンドか! きみを生かしておくのは安くないな。とりあえず息をしているだけならどうだ? それなら一〇〇〇ポンドほど安くならないか?」

唇がぴくりと動いたものの、ローズは自制した。「ご自分の執事に生活費の相場をきいてみてはどうかしら、閣下」

「やっぱり爪を隠し持っていたか。思ったとおりだ」伯爵の笑みが広がり、どういうわけかさらに魅力的な顔になった。まったく腹立たしい。

「申し訳ありません。出過ぎたことを言いました」ローズは演じている役柄へ強制的に戻った。いま自分がそうしたように、メイドは伯爵に向かって好き勝手にものを言ったりしない。

「いや、謝らなくていい」伯爵はゆったりと座席に背中を預けた。「きみみたいに少しくらい骨のあるほうが断然いい」

彼の瞳が不思議な輝きを放った。あの輝きは吉兆、それとも凶兆? 本当のところ、この仕事はもはや先行きが見えなくなっていた。海に飛びこんだあとで泳ぎ方を忘れてしまった気分だ。

「きみの名前は？」伯爵が言った。「怖い顔をしないでほしいな。ぼくは酔っ払っていたから何も覚えていなくてもおかしくないと言ったのはきみだよ」これ以上笑わせるのはやめてほしい、とローズは思った。

「わたしの名前はダフニー・ベロウズです、閣下」

「ミドルネームは？」

彼女は眉根を寄せた。「わたしのミドルネームを知りたいんですか？」

「もちろんさ。きみに腹を立てたとき、ほかにどんな方法で自分の怒りを伝えるんだい？ミドルネーム付きで名前を呼ぶことである程度の脅迫の意図を添えることができる、そうだろう？」脅迫？それは何をほのめかしているのだろう？伯爵にからかわれているようだが、むっとするべきか笑うべきか、ローズにはわからなかった。もう馬車からおりたほうがよさそうだ。何かがおかしいのに、それがなんなのかわからない。

ローズは伯爵の表情を慎重に推し量り、彼がこの会話をどこへ持っていくつもりかを示す手がかりを探った。「わたしはここであなたと喧嘩をするつもりはありません」

彼が広い肩をすくめた。「きみがどういうつもりだろうと関係ない。ぼくたちはいずれ喧嘩をする運命にある」

「どうしてですか？」ローズは相手と自分がそもそも同じ話をしているのかさえわからなくなってきた。

ニューベリー伯爵は座席から身を乗りだすと、これからすごい話でも聞かせるかのように声を潜めた。「ダフニー、きみは子どもの相手をしたことがないのかい？　チビどもの手にかかれば、親同士であっという間に喧嘩が始まる」ひょっとして彼は酔っているの？　彼のばかげたおしゃべりとのんきな態度を説明するにはそれしか考えられない。

「失礼ですけど、閣下――」

「カーヴァーだ」彼にさえぎられ、ローズはまたしても調子を狂わされた。頭がくらくらしてきた。唐突に話題を変えて相手を振りまわし、なんの話をしていたか忘れさせるのは、いつもはこっちの戦術なのに。

「はい？」

「ぼくのことはカーヴァーと呼んでくれ」

「それは適切じゃありません」

伯爵はにやりと笑ってふたたび座席に寄りかかった。「走っている馬車から淑女を突き落とすのも適切ではないだろうが、その敬称で呼ばれ続けたら実行に移さないとは約束できないよ」

ローズは観念し、どすんと座席にもたれかかった。「わたしは――」肩を怒らせてすとんと落とし、小さく頭を振る。「なんの話をしていたのかさえ思いだせないわ」

「きみのミドルネームだ」伯爵はご親切にも教えてくれた。

もしかして相手をよくよく眺めてみたら理解できるかもしれないと、ローズは伯爵をじっと眺めた。しばらくして口を開き、よく考えもせずに言った。「イングリッド」

「イングリッド？ ダフニー・イングリッド・ベロウズか」彼はその名前を検討するかのようにゆっくりとつぶやいた。「気に入った。リズムがあっていい」

やっぱり酔っているのね。そうに違いない。ローズは彼を嫌うべきか好きになるべきか、いまだに決めかねていた。もっと醜悪な顔だったら、決めるのは簡単だったのに。ところがローズの視線ときたら、上着の生地がぴんと張った彼の肩へと吸い寄せられてばかりいる。魔法をかけられるってこんな気分なのかしら？ この馬車からおりなくては――いますぐに。

「申し訳ありませんが、閣――カーヴァー」ローズは言い直した。馬車から放りだすという言葉が本気なのか、確かめるつもりはない。「まだ――償いのお話が終わっていません」

あとはもうこちらの用件を一方的に突きつけてやるしかなかった。

「金は払わない」

「一ペニーもですか？」問い返しはしたものの、伯爵に拒絶されても別段驚かなかった。

今回の仕事はまさに大失敗だ。この風変わりでわけのわからない、見た目だけは魅力的な伯爵の前からはさっさと逃げるに越したことはない。

「一ペニーも払わない」伯爵は彼女の言葉を繰り返したが、そのまなざしはどんどん強さを増し、ローズの胃袋はひっくり返った。「ぼくはきみと結婚する」

5

「具合でも悪いのか?」カーヴァーは向かいに座っている気の強い女性に問いかけた。「いまにも戻しそうな顔色だ。もっとも、きみのような状態にある女性にはよくあることだと理解しているよ」彼女はすっかり仰天している。笑いださずにいるのは至難の業だった。

ニューベリーとの結婚は詐欺の計画には含まれていなかったらしい。そしてこれが詐欺だということは、彼女と会った瞬間からわかっていた。

ニューベリーの人となりについての彼女の読みは当たっていた。酔っていようがいまいが、ニューベリーなら手をつけたメイドの顔など覚えているまい。一方、毒牙にかけられたメイドのほうは相手の顔を忘れるはずがない。そうであるならば、必然的に、この女性とニューベリーとはいっさい面識がなく、女好きという伯爵の噂に山を張り、詐欺を働くつもりだったという結論が導きだされる。

彼女が場所を間違えず、あと二軒先のニューベリーの屋敷へ行っていたら、おそらくまんまと金をせしめることができただろう。残念なことだ。ニューベリーはまさにクズ男なので、この女性にだまされるところは見物だったに違いない。

はじめ、カーヴァーはさっさと彼女を追い払う気でいた。ところが彼が馬車に乗ろうとしたとき、彼女はいくらか骨のあるところを見せてきた。そこになぜかカーヴァーは興味を引かれ、しかも彼女は馬車に乗りこんでからもますます強気になる一方だった。言葉を交わすほど、彼女が見た目とはまるで違うのがわかった。布の下に身を隠した炎を眺める気分だ。彼女が口を開くたび、その炎が布をのみこもうとした。自分でも理由ははっきりとはわからないが、カーヴァーは炎が燃えあがるところを是が非でも見たかった。

「でも――わたしとの結婚なんて、あなたが望むはずないでしょう?」ダフニー――本名かどうかさえ怪しいが――は作りものだと彼が見抜いているあの声で言った。彼女の言うとおりだ。彼女との結婚など望んでいないし、最終的にはする気もない。こちらはどこまで彼女のペテンを振りまわせるかが見たいだけだ。ついでに、屋敷で彼を待つ心の痛みに思い煩わされずにすむよう、長旅の気晴らしになってくれれば幸いだった。

「結婚なんて誰が本気で望むんだい?」ニューベリーはこういう性格だったなと、本人になりきって言う。「ああ、しかし、ぼくは紳士として心を入れ替えようとしているんだ。ならば、ただちにきみと結婚するのが高潔な行いというものだろう」

「何もいま心を入れ替えなくてもいいじゃない」ダフニーがつぶやくのがかろうじて聞こえた。哀れな女狐は計画をだいなしにされて、いまにも彼の首を絞めてやろうかと言わんばかりの顔つきだ。

カーヴァーは笑いださないよう顔を伏せてこぶしを眺めた。「なんと言ったんだい？　聞こえなかったな」

ダフニーはメイドの仮面をすばやくかぶり直したが、それがただの仮面だとわかるほどに炎が漏れていた。ひょっとして自分は本職の詐欺師を相手にしているのか？　これはおもしろい。「責任を取ろうとしてくださるのはもちろんうれしいです。でも、伯爵が身ごもったメイドを妻に迎えたら、ちょっとしたスキャンダルになりませんか？」

「伯爵として風上にも置けないと？」彼は肩をすくめて一蹴した。「それはないな。あまりにつまらなくて話題にものぼらないだろう。ぼくがまともな淑女と結婚するほうがよほど驚かれる」

この窮地から逃げだそうとダフニーが必死で算段を立てるのを眺めて、カーヴァーはほくそ笑んだ。彼女はなんらかの理由から伯爵との結婚は避けたいらしい。すでに夫がいるのか？　いなければいいがと思うのはなぜだろう？　まあ、彼女の妊娠が嘘なのはわかっている。彼女がどすんどすんと座席に腰を落として楽しませてくれているあいだに、服の下の枕がずるずると脇腹までずれたからだ。

「まさかぼくの申し出を断るつもりではないだろうね、ミス・ベロウズ？」断ればひどく怪しまれるのは彼女にもわかるだろう。伯爵に求婚されて拒絶するのは、頭がどうかしている人間くらいだ。相手の子どもを身ごもっているという設定であればなおのこと。

　彼女の目がすばやくカーヴァーの目をとらえた。なんという美しい瞳だ。琥珀色の表面の下にさまざまなものを秘めた瞳。〝瞳が物語を紡ぎだす〟というオリヴァーのロマンティックな言いまわしを思い返し、ばかにしたことをカーヴァーは少しだけ反省した。

「もちろんそんなことはありません！」ダフニーは彼から目をそらさずに言った。「びっくりしただけです。まさかこんな……寛大な申し出をされるなんて思ってもみなかったので」

　おや、歯を食いしばる音が聞こえたぞ。

　カーヴァーは微笑んだ。「立派だろう？」

　彼女は唇を引き結んで小鼻をふくらませ、言葉をのみこんだ。なんて言い返してくるか、聞きたかったのに。

「そうですね、閣下」ダフニーの視線は車内をさまよった。逃げ道を探しているのか？　思ったより早々と降参するらしい。奇妙なことに、カーヴァーは少しがっかりしていた。

　彼は身を乗りだして彼女の手を握った。茶色味を帯びた魅惑的なゴールドの目が大きく見開かれる。こんな瞳の色は見たことがなかった。まるでブランデーみたいな色合いだ。

「マイ・ディア、不安なんだね。隣へおいで。ぼくがきみの気持ちをなだめてあげよう」誘いの言葉に彼女の目はさらに見開かれ、カーヴァーは笑いださないよう歯を食いしばらなければならなかった。

ニューベリーは噂にたがわぬ放蕩者だと思われたのは確実だ。

ダフニーは愛らしい薄紅色の唇にこわばった笑みを浮かべながら、自分の手を彼の手から引き抜いた。「いいえ、少しも不安じゃありません！　これはどういうことなのか理解しようとしているだけです。あなたが――あなたがわたしと結婚して本当に幸せになれるとは思えないわ。こう言ってはなんですが、あなたの考えは軽率です。もっと時間をかけて思案すれば、経済的な援助だけにして、すべての責任から解放されるほうがずっといいとわかるはずだわ」そのほうがいいのだろう、彼女にとっては。だが、そうはいかないぞ。

カーヴァーはダフニーの旅行鞄を床へおろした。彼女はどうして旅行鞄を携帯しているのだろう？　こちらにとっては都合がいいが。彼は反対側の座席へ移って彼女の隣に腰かけ、肩を触れ合わせた。実際に不適切なふるまいをするつもりはない。だが、そのことを彼女に教える必要もない。

ふたたびダフニーの手を取ると、今度はその心地よい感触にカーヴァーははっとした。それに、このすばらしい香りは彼女から漂ってくるのか？　軽やかでほのかな香りは、温かみがあって心がほっとする。バニラのような香りだ。

しっかりしろ。「お互いのことをもっとよく知り合わないか？」彼女が鋭く息を吸いこむ音が聞こえた。

「お互いのことならもう充分に知っていると思うわ」ダフニーはおなかのふくらみに空い

ている手をのせたが、それが横にずれていることに気づいて体をこわばらせた。カーヴァーは頬がゆるむのをこらえた。

彼女がおなかの上までこっそりマントを引っ張りあげるのを、カーヴァーは視界の隅でとらえていた。

「そんなことはない」彼は言った。「きみについて知らなければならないことがまだまだたくさんあるはずだ」

ダフニーを降参させるのにあとどれくらいかかるだろう？　カーヴァーは彼女の顎へと手を伸ばすと、自分のほうへ顔をあげさせた。しかし互いの目が合った瞬間、これが演技であることは彼の頭からきれいに消え去った。空気があまりに濃密で息ができず、胸の中で心臓が暴れている。カーヴァーの視線は弓の形をした彼女の唇へと滑りおりた。彼女は顔をそむけず、ためらいすら見せなかった。それどころかうっすらと唇が開いた。カーヴァーは彼女の吐息が唇にかかる距離まで顔を寄せ、そこではっとわれに返った。いったい何をしている？　まさかキスをするつもりだったんじゃないだろうな？

そのつもりだった。いや、違う！　それは計画には入っていない。

ダフニーもどうやら同じことを考えたらしい。彼女がうつむいたので、カーヴァーは腰をずらして彼女から離れた。すると、ここにきて座席がきしみ、決まりの悪いあの音が車内に響いた。最高だ。カーヴァーはうなじがかっと熱くなり、ダフニーに〝言ったでしょう〟という顔を向けられるものと覚悟した。しかし、彼女はすっかり思いつめたように青ざめている。芝居とはいえ、やりすぎたのかもしれない。

「あの、やっぱりちょっと具合が悪いみたい」ダフニーは扉の横に腕がぴったりくっつくまで体をずらした。「御者に馬車を止めるよう言って、ここでおろしてもらっていいかしら？　新鮮な空気を吸えばすぐによくなるはずだから」

カーヴァーはにっこりとした。どうやらあの不名誉な音は彼女の耳には入らなかったらしい。それに、彼女はこちらをだまそうとしていたのを認めることなく逃げだすつもりのようだ。カーヴァーは壁をノックして馬車を止まらせた。

ダフニーはほっとしたように、いささか澄ました笑みを彼へ向けた。従僕が扉を開いてステップをおろす。彼女は馬車をおりたが最後、二度と彼と顔を合わせるつもりはないに違いない。「お話の途中で本当にごめんなさい。少し歩けば気分もよくなると思うわ。今後どうするか詳しいことを決められるよう、わたしの連絡先はお屋敷のほうへ伝えておきます」なるほど。

カーヴァーは微笑んで何も言わずにうなずき、旅行鞄を彼女に手渡した。ダフニーが馬車からおりるのに従僕が手を貸す。カーヴァーは座席に座ったままにこやかに微笑んでいた。外を見ずとも、彼女が馬車の外に何を見つけるかは承知していた。いや、〝何を見つけないか〟と言うべきか。彼の計算が合っていれば、ここはロンドンから馬車で三〇分の場所で、まわりには人家ひとつないはずだ。

彼は上着についていた埃をつまみあげた。彼女が戻るまで、三秒……二秒……。

「ここはいったいどこなのよ、カーヴァー?」あの輝きが戻っている。彼女はおなかに子どもがいてはありえない敏捷さで馬車に飛び乗ってきた。もっとも、ふくらみがまたおなかの中心に戻っているから、芝居は続行らしい。

「ここはわが一族の屋敷ダルトン・パークへと向かう道中だよ」カーヴァーは身をこわばらせた。

〝ダルトン〟口が滑って家名をうっかり漏らしてしまったか? 公爵家の嫡男であるカーヴァーは、父の跡を継いで公爵の位に就くまでは、儀礼的な称号、ケンズワース伯爵の名で呼ばれている。もしもダフニーが貴族階級に関する知識を少しでも持ち合わせていたら、ニューベリー伯爵はすでに父の跡を継ぎ、伯爵領を受け継いでいるのを知っているだろう。ダルトン・パークが公爵家の住まいだと、ダフニーは知っているのか?

ダフニーの顔をじっと観察したが、彼の発言が意味することを理解している様子はなく、カーヴァーは胸を撫でおろした。今回ばかりは、貴族の爵位が複雑怪奇で、いつ誰がどの爵位に就いたかを把握するのは難しいことに感謝しよう。

「そのダルトン・パークはどこにあるの?」抑えこまれた怒りのせいで彼女の声は震えていた。

「ケント州だ。およそ六時間の旅だから、ぼくたちにはゆっくりしている暇はない」

ダフニーが目をむいた。「ケント州ですって！　とんでもない、わたしはケント州へなんか行かないわよ！　馬車を引き返させて、ロンドンでわたしをおろしてちょうだい」向かいの座席に腰かけていたおどおどしたメイドは姿を消した。彼女は美しい瞳にめらめらと炎を燃やしている。

これをおもしろがらずにいるのは至難の業だ。「悪いがそれはできない。ただでさえ、すでに遅れているんだ。家族は晩餐までにぼくが到着するものと期待している。彼らを失望させたくはない」この部分は本当だった。

彼の言っていることを理解できないのか、理解したくないのか、ダフニーはあの美しい瞳をぱちぱちさせるだけだ。「ロンドンへ引き返してくれないの？」

「しない」

彼女は座席の端っこに腰かけると、途方に暮れて車内を見まわした。この女性が何者かは知らないが、自分の要求が通らないことに慣れていないのは明白だ。ダフニーはふたたび炎を取り戻すと、彼にきっと向き直った。「わたしが馬車に乗りこむ前に、これから街を離れることを伝えておくべきだとは考えなかったの？」

カーヴァーは肩をすくめた。「尋ねられなかったからね」

「尋ねる必要があるなんて思わなかったのよ！」激昂した彼女はたまらなく美しい。「どんな紳士が馬車に女性を乗せておいて、相手の承諾も得ずに街から離れるわけ？」

「ロマンティックじゃないか？」

彼女は険悪な表情で目を細めた。「これは誘拐だわ」

カーヴァーはこらえきれずに微笑した。たしかに、これは誘拐だ。「いずれにせよ、きみはしばらくぼくから離れられないよ、ダーリン」

「いいかげんにして！」ダフニーの耳から湯気が噴きだすのが見えるようだ。「〝ダーリン〟なんて二度と呼ばないでちょうだい。我慢ならないわ」

「馬車に乗ってまだ三〇分だが、すでにぼくたちは長年連れ添った夫婦のようじゃないか。なかなかいい滑りだしだな」彼女が、カーヴァーを絞め殺さんばかりの視線を向けてくる。

開いたままの扉から従僕がふたたび姿をのぞかせた。「このまま馬車を進めてよろしいでしょうか、閣下？」

カーヴァーはダフニーへ目をやった。「どうする、マイ・ディア？」いやがられるのがわかっていると余計に親しげに話しかけたくなる。彼女はちょっと怒っているくらいのほうがいい。

一瞬、ダフニーは馬車からおりるかに見えた。だがそのとき雷鳴が鳴り響き、それに続いて大粒の雨がばらばらと降ってきた。彼女は天を仰いだあと自分の座席に座り直し、腕を組んだ。まるでむくれた子どもだ。「結構よ。馬車を出してちょうだい！　どう見てもここでおりるわけにはいかないわ」

カーヴァーがうなずきかけると、御者は扉を閉め、ほどなく馬車はふたたび走りだした。

彼はふいに事実をきちんと認識した。自分はこれから家族のいる屋敷へ女性を連れていくのだ。両親と引き合わせるために。まずいことに、この女性を馬車へ引き止めたあとのことまでは考えていなかった。しかし、引き返すにはもう遅い。彼女が正体を白状するまで本当に婚約しているふりをしてごまかすしかないだろう。無論、詐欺を働こうとしたのはお見通しだと、いまここでダフニーに告げて、一番近くの宿駅で彼女をおろし、ロンドンまで送り届けるよう手配をすれば、彼の家族は何ひとつ知らずにすむ。だが、それの何がおもしろい？　家族にはあとで許してもらえばいい。

ダフニーは唇をきつく結んで彼を見た。「あなたのミドルネームは何、カーヴァー？」

彼は含み笑いを漏らした。彼女が知りたがる理由は百も承知だ。「ティモシー」

今度は彼女が座席から身を乗りだす番だった。英国全土を凍結させんばかりの冷ややかなまなざしで彼をにらみつける。それから、ゆっくりとした恐ろしげな口調で言った。「カーヴァー・ティモシー・ニューベリー――」

「アッシュバーン」彼は訂正した。「ぼくの名字はアッシュバーンだ。ニューベリーは単なる爵位だよ」しかも、彼の爵位ですらない。

ダフニーは悔しそうに息を吐いて体を引き、腕を組んだ。「そう。名前を間違えるようじや、あなたをおびえさせることはできないわね」

「あきらめないでくれ」カーヴァーはにっこりとした。「ぼくはきみの氷のまなざしを大いに楽しんでいたところなんだ」

「楽しんでほしいわけじゃないわ。怖がってほしいのよ」

彼は肩をすくめた。「ぼくは怖いのが楽しいらしい」

ダフニーがまたも天を仰いだ。なぜ彼女といるとこうも楽しいのだろう？　この女性は彼をだまそうとしていたことを忘れずに覚えておかなくては。本来は迷惑千万な話なのだ、たとえカーヴァーはそう感じていなくとも。

6

ローズは憤慨していた。向かいに座る女好きの伯爵にどういうわけかしてやられるなんて、まったく腹立たしい。彼に好感を覚えずにいられないせいで、怒りはいっそう募った。何をされても意に介さないどころか嫌味を返してこられると、虫唾が走りそうなものなのに、あの悠然とした微笑につい惹かれてしまう。どんなに動揺させようとしても、つねに余裕のあるところにも。

ニューベリー伯爵はろくでもない好色漢という噂なのに、なぜかそんなふうには見えなかった。むしろどこか……やさしげだ。でも考えてみれば、無愛想で不愉快な態度では、ベッドを温めてくれる女性たちも手に入らないだろうから、放蕩者とはこういうものなのだろう。

これまでローズの手に負えない状況など存在しなかった。それが、いまや婚約し、伯爵の馬車に乗り、彼の家族に会いに行こうとしている。頭にきすぎてどうにかなりそうだ。拳銃を抜いて〝馬車を引き返させなさい〟と彼を脅してやろうか。そんな考えが一度となく頭をよぎったものの、そうしたところで彼はにっこり笑って何かウィットに富んだことを言い、こちらが噴きだしそうになるだけだろう。伯爵はあまりに余裕綽々だ。

ほんとに一発撃ち込んでやろうかしら。

ローズは窓のカーテンを引き開けて外へ目をやった。冬空に低くかかる太陽がどこまでも広がる丘陵と農地をきらきらと輝かせている。ほかの状況なら、この光景にうっとりと見入ったことだろう。けれどいまは、どこを見てもいまいましい。安全なロンドンから、ひとりきりの安全な暮らしから、どんどん引き離されていくのだから。

「なあ、そろそろ機嫌を直してくれないか」カーヴァーがからかうように微笑みかけてくる。「この三〇分間、きみのだんまりにつき合わされている。婚約の滑りだしとしてはいかがなものかと思うよ」

ローズは彼をにらみつけた。「誘拐するのは婚約の滑りだしとしていかがなものかしら」

伯爵は破顔した——ローズの思ったとおり、えくぼができている。「これは一本取られたな！ だが弁解させてもらうと、きみがぼくの家族と一週間過ごすのをそこまでいやがるなんて、わかりようがないことだ」

一週間？

「たいていの女性はこの機会に飛びつくからね。それに、結婚する前にお互いのことを深く知る時間が充分に取れるじゃないか」

ふざけるのもたいがいにしてちょうだい！

伯爵は本気で彼女と結婚するつもりでいるのだろうか？　そうは思えなかった。この三〇分、静かに伯爵を観察し、彼はなんらかのゲームをやっているに違いないとローズは結論づけていた。だがゲームならこちらもお手のものなので、間違っても先に手札を見せたりはしない。とりあえずいまは芝居を続けよう。少なくともダルトン・パークに到着して逃げだせるチャンスが来るまでは。

「びっくりさせられるのが嫌いなだけよ。なんだか……」

「びっくりさせられる？」伯爵が片方の眉をひょいとつりあげた。いやな人。「隠さなくてもいい。きみが噴きださないようにこらえているのはばれているよ」彼はなんでもお見通しなの？　ローズは全身が沈みこむような感覚に見舞われた。ついに互角の敵とめぐり会ってしまったのかもしれない。正体がばれて突きだされるだろうか？　不安に駆られてはいけない。それなのに彼と目が合うたび、ローズの心臓は早鐘を打った。

「笑いをこらえているのは笑う気分ではないからだし、それに無理に笑わせようとするのは、はなはだ紳士らしからぬふるまいだわ」

カーヴァーはくすりと小さく笑った。「ぼくが無理にきみを笑わせようとしたって？」

「おもしろいことばかり言われたら、笑いそうになるのも仕方ないでしょう」

彼は微笑して両方の眉をあげた。どこか少年っぽいその表情は、それまでと違ってありのままの顔に見えた。「きみはぼくの言うことがおもしろいと思ったわけだ？」

「ちょっとだけよ」ローズは本当は必要もないのにスカートを整えた。

「気の毒に。そう認めるのは癪に障るんだろう？」

笑わない。笑ってはだめ。

「ほかにも何かきみを怒らせるようなことをしたかな？　ぼくのしたことはきみが心ひそかに願っていたとおりだっただろう？　裕福な伯爵と結婚するより金だけもらうほうがいいなんて、本気のはずがない。伯爵夫人になったほうがよっぽど快適に暮らせるじゃないか」

それは怪しいものね。

自立した女詐欺師から足を洗って結婚なんかしたら、もっと窮屈な暮らしになるのはわかっている。それに、カーヴァーは想像していたよりいい人のようだけれど、ろくでなしであることに変わりはない。

「もしかして、きみにはほかに誰かいるのかな？　ぼくたちが結婚したら、きみの愛情を横取りされる相手が？」彼女が最初の質問に答えずにいると、伯爵はそう尋ねてきた。

ローズは首を横に振った。「誰もいないわ」考えるよりも先に正直な言葉が口から滑りでていた。こぼれでてしまった言葉がこちらをじっと見て、〝またへまをしたわね〟となじってきたような気がした。

伯爵は眉をつりあげた。「誰も？　家族もいないのか？」

ローズは息をのみ、急いで新しい作り話をしようとした。それなのになぜか、伯爵にまっすぐな目で見つめられると頭がうまく働かなかった。「家族はいないわ。それに奉公人には人づきあいをする時間なんてろくにないもの」犯罪者にもだ。

「それは寂しいな」〝寂しい〟その招かれざる言葉は許しを与えてもいないのに、彼女の胸の奥に身を埋めた。このところずっと感じていたのは寂しさだったのだろうか？　ローズは視線を無理やり窓の外へ戻し、数週間前から感じていた心細さに屈するまいとした。

彼女の返事がないまま数分が過ぎ、伯爵がふたたび口を開いた。「まあ、これから一週間は寂しくなる暇なんてないよ。わが家はどちらかというと大家族なうえに、みんな愛情表現が豊かだ。きみの時間を独占しようと躍起になるだろう」

〝大家族〟ローズは大家族を相手にうまくやれるかわからなかった。いいえ、考えればわかる。大家族は苦手だ。家族が生きていたときでさえ、父とふたりきりだったのだ。ローズは喉にこみあげてきたいつもの塊をのみくだした。どれほど長い時間が経っても、恋しさは変わらないものなの？

自分が恋しがっているのは、父だけでなく、父とともに消えてしまった暮らしなのだとよくわかっていた。父を奪われる前日まで、ローズは世話を焼かれ、大事にされ、安全で幸せだった。そして次の日には孤児となり、無一文で住む場所もなく、おびえきっていた。

彼女は自分で自分の面倒を見るすべを急いで身につけた。やさしかった父が亡くなったあの日に味わった、苦しみと無力感に襲われないよう自分を守るために心を閉ざした。いままで、それでうまくいっていた。人から距離を取るようにしていれば、愛着を持つことはない。愛着を持たなければ、喪失の痛みを二度と味わわずにすむ。

「いきなりわたしが玄関先に現れて、ご家族が喜ばれるとは思えません」ローズは過去から意識を引き離して言った。上流社会のことはほとんど何も知らないが、たいていは礼儀作法としきたりにひどくうるさいことは知っている。

伯爵は微笑んだ。「きみはぼくの家族を知らない」ひと呼吸置いてつけ加える。「それに、ぼくが屋敷へ戻るのは三年ぶりだ。今回はちゃんとたどり着けたというだけでぼくの家族は大喜びするだろう」興味深い告白だ。それに彼は、ローズがついさっき自分の告白を悔やんだように、自分で認めたことをたちどころに後悔している様子だった。

「三年とはずいぶん長いわね。何か事情があったのかしら？」ローズはカーヴァーの顔がこわばったことに気がついた。「ごめんなさい、わたしには関係のないことだったわ」彼女以外のメイド相手に別の醜聞を起こしたとか？　そうではないことを願おう。ただし、そう願うのはそのメイドのためであって、どんな形であれ彼を好きになりはじめているからではない。

意外にも、伯爵はその話題を続けた。「できるならもう二度と経験したくない思い出はあるかい？」車内の空気がふたたび濃密になったようで、息が苦しい。ローズは彼の目を見たが、口を開くのは怖かった。感情があふれだしそうになっている。絶対にそうはならないようどんなときでも注意していた。だからローズは、彼を見て短くうなずくだけにした。

「ぼくもだ。そしてあの屋敷には、そんな思い出がすべて住み着いている」彼の苦しみが伝わってくる。それは奇妙な感覚だった。見ず知らずとも言える男性なのに、説明のつかない糸で結ばれている気がしはじめている。よくない兆候だ。まったくもってよくない。

カーヴァーは両手で乱暴に顔をこすったあと、その手で髪を撫でつけた。彼が両手を脇へさげたとき、顔にひと筋の血が垂れているのにローズは気がついた。

「傷から血が出ているわ」眉の上の傷を示して言った。こすっただけで出血するなんて、負ったばかりの傷に違いない。

カーヴァーは傷口に手をやると、彼女が今回はからかっているわけではなく、本当のことを言っているのを確かめるかのように手についた血を見おろした。「くそっ」

「ハンカチは持ってる？　急いで——上着にしたたり落ちそう」ローズは傷口を押さえられるものはないかとあたりを見まわしたが、何も見つからなかった。彼は上着のポケットからリネンのハンカチを取りだし、傷口を探して当てずっぽうに額をあちこち押さえている。哀れで見ていられない。傷がどこだかわからないの？　わたしをいらだたせるために、わざとやっているの？　もしもそうなら、成功だ。

「貸してちょうだい」ローズはしびれを切らして彼の隣へ移動し、ハンカチを取りあげた。傷口に当て、ぐっと押さえる。

髭剃(ひげそ)り用石鹸(せっけん)のさわやかで清潔な香りを吸いこみ、自分が彼の間近に座っていることにはっと気がついた。体に不思議なぬくもりが広がる。彼の目元へと視線をさげると、眉間には深いしわが刻まれ、またも大事な何かを探すかのような目をしていた。そんな目つきで見られると居心地が悪くてたまらない。考えを見透かされている気がする。

ローズは咳払いをした。「しばらく押さえているといいわ」カーヴァーから離れたものの、自分の座席には戻らなかった。なぜって？　ほんの数秒座っただけで、わざわざ向かいの座席へ戻るのは不自然に見えるからだ。

「血のせいで動揺させたかな？」伯爵はいたずらっぽい目を向けた。

ローズは小さく笑い、少しだけ気持ちがほぐれるのを感じた。「動揺するような繊細さをわたしが持ち合わせていたら、そうだったでしょうね」

彼は問いかけるように微笑みかけた。「血を見て気分が悪くなったりしないのか？」

「いいえ、少しも」彼がハンカチで押さえている傷口へ目を戻した。「よくボクシングをするの？」

カーヴァーの眉がいぶかしげにさがる。「ぼくがボクシングをやるって、なぜ知っているんだい？」

洞察力を駆使するのも仕事のうちだ。相手が何を考えているのか、次は何をするのか、自分はどう接するべきか、手がかりを得るために、ローズはその人の外見や言動を絶えず観察している。「目の上に傷があるし、馬車が弾むたびに顔をしかめて右側へ体を折るところを見ると、脇腹を打撲しているんでしょう。最初は落馬かと思ったけれど、こぶしが赤く腫れあがっているから、最近試合をしたばかりに違いないと判断したの」盛りあがった筋肉もその結論にいたる手助けになったことは触れずにおいた。

彼は心持ち得意げに微笑んだ。「実は、ゆうべね」

「勝ったの？」

笑みが大きくなる。「ああ。からくも」

「肋骨は折れてない？」別に、心配なわけではない。旅は長いし、会話をする必要があるからだ。話すなら、自分のことより相手のことのほうが都合がいい。

「折れてはいないと思う」グレイの瞳にいたずらっぽい光が宿る。「確かめてみるかい？」

ローズはカーヴァーをじろりとにらみつけ、なんとか赤面するまいとした。耳に火がついたように感じるなんて、誰が想像できただろう？「いいえ、結構。発言には気をつけないと、反対側の脇腹にも打ち身をこしらえることになるわよ」とはいえ、伯爵にこの手のことを言われれば言われるほど、口説いたり誘惑されたりしているというより、むしろからかわれている気がしてきた。ニューベリー伯爵に関しては、どうも腑に落ちない。放蕩者といったら、その身から悪徳の香りがにじみでているものだが、カーヴァーからはそれを感じない。彼はいったいなんのゲームをしているのだろう？

伯爵が両手をあげて降参する。「行儀よくしているよ、ダフニー」そのとき初めて、ローズはそれが他人の名であることをひどく強烈に実感した。

ローズはふたたび視線を窓の外へやり、しばらくのあいだ心地よい静寂が車内を包みこむにまかせた。横目でちらりとカーヴァーを見ると、彼女のおなかをじっと見つめている。ローズは手でおなかを隠し、またずれていませんようにと祈った。伯爵は目をしばたたいて顔をそむけた。彼に疑われている？　それとも大きなおなかに興味を持たれただけ？　どちらにせよ、服の下では枕が温まっているだけで、赤ちゃんがいないことに気づかれる危険は冒したくない。

「ごきょうだいは何人いるの？」存在しない赤ちゃんから彼の注意をそらすために尋ねた。

「女きょうだいが三人」まあ。女きょうだいが三人も？　家族にそれだけ女性がいるなら、異性にはもっと敬意を払うよう教えられていてもよさそうなものなのに。もっとも、実際のところローズは彼から直接失礼なことをされたわけではないのだ。どうも何かがおかしい気がする。

「最年長はあなたなの？」

カーヴァーは首を横に振った。「姉がひとりいる。メアリーといって、結婚して娘がひとりいるよ。あとは妹がふたり。エリザベスとケイトだ」

「みんなダルトン・パークに集まっているのね？」気まずいこと間違いなしの状況に放りこまれる前に、なるべくたくさんの情報を入手しなくては。

「ああ、全員ね。屋敷は四六時中、上を下への大騒ぎだ。ぼくの言葉を信じたほうがいい。わが家族は……控えめに言っても型破りだ」

「そう言いながらも、あなたの口調からは愛情を感じるわ」

伯爵は微笑み、座席の背もたれに寄りかかった。「家族を心から愛しているからね」彼女に目を向ける。「きみは家族と暮らしたことはあるのかい？」

この男性を相手に――いや、相手が誰であっても――その話題に飛びつくつもりはなかった。「ダルトン・パークまではまだ遠いの？」

彼は眉をぴくりと動かし、それでも微笑した。「わかったよ。きみの家族のことを質問するのはもうよそう」

「ありがとう」

屋敷へ着くまでに、カーヴァーは自分の家族について知っておくべきことをすべて教えてくれた。ふたりの微妙な関係をどう伝えるか話し合い、彼女の（偽りの）妊娠については明かさないことに決めた。自分の嘘にカーヴァーの家族を巻きこむのは気が進まないけれど、ほかに選択肢は見当たらなかった。晩餐まではどうにかしのいで、夜を待って逃げだすしかない。

お金が手に入らなかったのは非常に残念とはいえ、それはどうしようもない。ローズは失敗したのだ。子どもがきっかり一三人に、女性が三人、おなかに子どものいるメイドひとりが——フェリックスおじさんのことは言うまでもない——そのお金を頼りにしているのがわかっていたから、なおさらつらかった。

別の手段を見つけよう。いつもそれでうまくやってきた。

7

「そろそろ中へ入らないか？　それともまだ彫像のまねをするかい？」呆然としているローズの耳に、カーヴァーの声が響いた。

彼女はぽかんと口を開けたまま、そびえるように巨大な建築物を見あげた。「あなたのご家族のお屋敷をどんなふうに想像していたのであれ、お城でなかったのは確かだわ」目の前の大豪邸を身振りで示す。

「城？　それはこの慎ましいコテージのことかい？」カーヴァーは褐色砂岩造りの三階建ての堂々たる屋敷を見あげた。「信じがたいかもしれないが、長く暮らすほど小さく感じるものだよ」その言葉からは、それまでのからかうような響きがなぜか消えていた。

カーヴァーはローズの腕を取ると、巨大な階段をあがって玄関へと導いた。彼に触れられておなかのあたりがざわざわしたが、ローズはそんな反応を頑として認めなかった。彼ときたら、こんなにすてきな香りを漂わせる必要がある？

オーク材の大きな扉が開き、老齢ながらやさしげな執事が姿を見せた。「閣下！」とたんに喜びをあふれさせる。「よくぞダルトン・パークへお戻りくださいました」涙で目が濡れているようだけれど、見間違いかしら?

「二枚目で鳴らしたきみの顔が懐かしくてね、もう一日たりとも我慢できなかった」カーヴァーは執事の肩をぽんと叩いた。ニューベリー伯爵のような男性が使用人に親しげに接するなんて思いもしなかった。まるで家族の一員みたいな態度だ。

ローズは顔をしかめた。自分がごくごくほんのわずかに好感を覚えはじめているこの男性は、無力な若いメイドを食いものにしたのだ。

「ヘンリー、こちらはミス・ベロウズ――だが、変な気を起こさないでくれよ。彼女はぼくが先約ずみだ」カーヴァーが振り向いてウインクしたので、ローズの胃袋は変なふうに跳びあがった。

ヘンリーは笑みを浮かべて会釈した。「お目にかかれて光栄でございます、ミス・ベロウズ。少々お待ちいただけますでしょうか。どちらの部屋へご案内すればよろしいか奥さまにうかがってまいります」

「いや、それはいい。彼女には〈黄金の間〉を使ってもらう」カーヴァーが言った。

ヘンリーは伯爵に戸惑いの目を向けた。カーヴァーはどんな相手でも百発百中でプディングに変えてしまいそうな笑みを浮かべてみせた。「母にはぼくが話す」

「かしこまりました、閣下」ヘンリーは頭を垂れ、真っ赤なお仕着せに身を包んだ従僕にローズの旅行鞄を渡し、〈黄金の間〉へ運ぶよう指示した。

「晩餐の前に手を洗って着替える時間くらいはありそうだ。ぼくが部屋へ案内しよう」

ローズはつかの間ためらった。「あなたが？」

カーヴァーはおもしろがるように眉根を寄せながらも、彼女を連れて幅の広い木製の階段をあがりはじめた。「どういう意味だい？」

「寝室まであなたに案内してもらうのは、慣習から外れているんじゃないかと思って」

彼はくすりと笑った。「マイ・ディア、ぼくたちふたりの関係そのものからして慣習を外れている。きみを寝室へ案内するくらい、なんの心配もないよ」厳密に言えば、そのとおりだ。けれども実際は、ふたりはまったくもって清らかな関係でしかない。まあ、悪名高い放蕩者と、彼からお金をだまし取ろうとしているペテン師の関係が清らかと言えればだが。

二階にたどり着くと、カーヴァーは右手の長い廊下を示した。このお屋敷は見れば見るほど壮観だ。壁には威厳に満ちた大型の肖像画がきっちり等間隔で飾られ、その向かいに並ぶ巨大な窓からは広大な庭園が臨めた。どの壁も落ち着いた色調に美しい花の模様が細かく描かれた壁紙で覆われている。床や天井との境目の廻り縁や幅木にまで華やかな彫刻が施され、すみずみまで神経が行き届いていた。一日か二日ほど滞在し、美しいお城とその敷地を探索できたらすてきだろう。でも、それは無理だ。闇がおりたら、ローズはさっさと出ていくつもりだった。

ふたりは無言で廊下を進み続けた。屋敷から彼の足を遠ざけていたつらい思い出の存在をカーヴァーが口にしていなかったとしても、彼の体から伝わる緊張感が一歩ごとに増していくことにローズは気づいただろう。目の端でそっとうかがうと、彼の顎はぴくぴく痙攣し、腕の筋肉が張り詰めていた。

これほど強い反応を引きだすなんて、この屋敷でいったい何が起きたのだろう？　ローズは一瞬、カーヴァーのことも、彼が象徴するすべてのものも嫌悪しきっているのを忘れた。やさしい気持ちに駆られ、うっかり彼を慰めたくなる。

ローズはそんな感情を押しつぶした。感情や愛着など自分には必要ない。

ふたりは立ち止まり、カーヴァーが目の前のドアを頭で示した。「ここがきみの寝室だ、マイ・ディア」

「なぜわたしの寝室に〈黄金の間〉を選んだの？」ローズの泊まる部屋を彼がわざわざ自ら決めた理由が気になった。自分の寝室に近いからとか、そんなよこしまな理由ではないといいけれど。

カーヴァーはいたずらっぽい目で微笑した。「よくぞきいてくれた」少しだけ彼女に身を寄せる。「この部屋を選んだのは、黄金色の壁紙が、黄金色の斑点が散るきみの瞳を際立たせてくれるからだよ」

ローズはこらえようとしたものの、こらえきれずに噴きだした。「信じられない！」くすくす笑いながら続けた。「そうやって口説くためだけにこの部屋を選んだの？」

彼女を見おろしたカーヴァーが、片方の口角だけをあげてにやりと笑っている。またた。放蕩者の仮面の裏に本当の姿が垣間見える気がした。「ああ。うまくいったかな？」

ローズは鼻にしわを寄せた。「ちっとも！　それに、わたしの目は黄金色じゃないわ。わたしの目は……」ぴったりくる描写を探して黙りこむ。

「グラスに注いだ上質なブランデーの色だ」カーヴァーの声音はもはや作りものではなかった。口説くような口調でもない。柔らかく真摯な声は、その言葉がいま思いついたものではないことを物語っていた。

ローズはしばし彼を眺め、本気で言ったのか、それともただの軽口なのかを見極めようとした。彼の目に見えたのは心からの賛辞だけだったので、ローズはまばたきして視線をそらした。「わたしが言おうとしていたのは、ぬかるみの色よ。だけどあなたの表現のほうが、たしかにずっと詩的だわ」小さく笑ってみせたが、それは自分の耳にさえ間の抜けた響きに聞こえ、ローズは思いきって彼へ視線を戻した。

戻すべきではなかった。カーヴァーは彼女の視線をとらえ、じっと見つめてきた。体の近さを意識して、ローズの鼓動は速まった。馬車の中でキスをされるかと思ったときと同じだ。彼はとんでもなく長いことローズの目を見つめていた気がしたが、たぶん実際にはほんの二、三秒の出来事なのだろう。カーヴァーは笑みも浮かべず、ただ見つめている。

こんな目つきで、いったい何を探しているのだろう？　何か言いたげだったのに、言葉をのみこんだのがわかった。婚約のことを考え直しているのだろうか？　ダフニーの顔を思いだそうとしている？　だまされていることに気づくだろうか？

ローズは意志の力で床へと視線を落とし、少しでも落ち着きを取り戻そうとした。しっかりしなさい。この男は標的でしかないのよ。

すると、カーヴァーがごつごつした手でローズの顎をふたたび持ちあげた。「きみの瞳は美しい。ぬかるみになど少しも似ていない」誰か、この男の首をつるして。たいした手管だ。放蕩者の手にかかると、どんな女もこんな気分になるものなのだろうか？　彼らが放蕩者と呼ばれる所以（ゆえん）がわかってきた。

心臓がいまにも破裂しそうで、息をするのも難しかった。カーヴァーの視線が彼女の唇までさがり、ローズはいけないとわかっていながらも彼の唇に目を向けた。彼がローズの顔のほうへ身をかがめてくると、彼女ははっと息を吸いこんだ。

ところがふたりの唇が重なる直前、後ろの扉がかちゃりと音をたてた。ローズが首をめぐらせると、彼がドアノブをつかむために身を乗りだしただけだったとわかった。カーヴァーは愉快そうな微笑を湛えて体を起こした。「きみのためにドアを開けただけだ」やっぱりこんな男、大嫌いだ！

ローズはうなじと顔が熱くなり、よろよろと寝室へあとずさった。「もちろん……わかっているわ」きつく言い返したものの、彼が信じていないのがわかった。

「晩餐は七時だ、マイ・ディア。遅れないように」カーヴァーは澄ました笑みを浮かべて会釈すると、くるりと背を向けて廊下を戻りはじめた。「きみの着替えの手伝いにメイドをよこすよう伝えておくよ」振り返りもせずに告げて、別の廊下へと姿を消した。

ローズはドアを閉めると、そこに寄りかかってずるずると座りこんだ。「ローズ、このおばかさん」自分の両手に向かってささやく。「彼と本当に結婚するわけじゃないのよ！」

それに結婚したいわけでもない――高鳴る心臓は意見が異なるようだけれど。現実の世界において、自分の心は決して信用ならないとわかっている。人に対する感情や愛着は、結局のところ痛みや傷心、無力感しかもたらさない。それらはどれも、ローズが二度と味わいたくないものだった。自分の生活はつねに自分で掌握していたい。まわりの人たちからできるだけ距離を置くのが、それを確実にするただひとつの手段だ。

出ていかなければ。彼の家族が寝室へさがったら、すぐに。ローズが逃げたとわかれば、カーヴァーだってほっとするに違いない。放蕩者が進んで身を落ち着けるはずがないのだから。それに、カーヴァーが本当に彼女と結婚したがっているとは、ローズは微塵も思っていなかった。どうせただの気の迷いから高潔なふるまいをする気になったものの、夜が明けたらすべてを後悔するのだろう。それより……だまされていることに気づいて追及してくる可能性のほうが高いかもしれない。

いずれにしても、そのときにはわたしはここにいないわ。

ローズは不格好なボンネットのリボンをほどいて床に放り、ようやく部屋を見まわした。立ちあがり、四柱式の美しいベッドへと歩み寄る。豪華な上掛けに手を滑らせ、窓にかかった分厚いカーテンとベッド脇のテーブルに飾られたみずみずしい花に感心した。いまは真冬なのに、いったいどうしてこんなすてきな花が咲いているのだろう？

重厚な金色の壁紙を想像していたが、実際はクリーム色で、光沢を帯びた金色の花柄が部屋を包みこむ蔦（つた）のようだった。軽やかできれいだ。これ以上すてきな部屋を思い浮かべることはできないだろう。

彼女の瞳の色を褒めたたえるカーヴァーの言葉が頭によみがえった。するとひとりでに頬がゆるみ、唇はとんでもなく間の抜けた笑みを描いた。あんなの、へたな言いまわしよ。だけど……。

本当にそうなのかしら。ローズの視線は鏡へ向かい、自分の目を観察していた。〝グラスに注いだ上質なブランデー〟それほど魅力的とは思えない。茶色。どう見てもただの茶色だ。しかもじっくり見ると、小じわがまた増えている。

ローズは左右の眉尻を指で押さえてぐいと引っ張りあげ、目のまわりの新たな小じわを消そうとした。いつの間にできたのだろう？　それにそばかすまで？　これは、白髪？　驚くなんてばかげている。うら若いメイドのふりをしていても、厳しい現実がつきまとう

――実際は二三歳なのだから。

昔から実年齢よりも若く見えたため、見破られるのではと恐れることなく、頬を染める若いデビュタントの役を何度も演じてこられた。けれどもそんな役回りを堂々と演じられなくなるのはもはや時間の問題だと気がつき、ローズの気分は沈んだ。できる役が変われば、仕事のやり方もこれまでとは変えなくてはならない。このままあっという間に行き遅れになりそうだ。

何を言ってるの。結婚する気なんてないくせに。

ずるいほどハンサムなニューベリー伯爵ことカーヴァー・アッシュバーンと並んで立つ自分の姿を思わず想像していた。ローズはあまりに野暮ったく、あまりに地味すぎて、彼とは釣り合わない。あんな放蕩者のことはなんとも思っていないのだから、それでいいのだ。ましてや、数時間もすればローズはここからいなくなる。

•

8

カーヴァーはもやもやした気分で寝室へ向かった。ダフニーを——彼女の自称だが——屋敷へ連れてきたのは間違いだったかもしれない。

当初は、この屋敷に住み着いている思い出から気をそらすのに彼女なら打ってつけだろうと考えていた。二、三日からかったあと、ペテンを暴いてやろうと。ところが馬車に揺られているあいだに、何かが——具体的に何かは説明できないが——変化した。しかも、さっき彼女の寝室の外で起こったこと……あれはなんだったのだろう？　自分はまたも……彼女にキスをする寸前だった。それも、からかおうとしたわけではなく、欲望に駆られて。

彼女のほうへぐいぐい引き寄せられる力を振り払うことができなかった。彼女の瞳は、苦しみや思い出、孤独からカーヴァーを解放し、新たな人生を約束してくれるかがり火のようだ。だが、こんな考え自体ばかばかしい。ダフニーはまず間違いなくなんらかの罪を犯している。犯罪者に惑わされることなどあってはならない——彼女が美しかろうとそうでなかろうと。

カーヴァーは寝室の前で足を止めた。このドアの奥に住み着いている思い出があまりに多すぎる。ドアを開ければ、彼女が死んだ日に感じた苦しみと悲嘆をふたたび味わうことになるだろう。この部屋で彼女への恋文をしたため、ふたりの未来を夢見て、そして最後は彼女の死を嘆いた。それは突然の死で、まだ若くて美しかった彼女があんな死に方をしたのはカーヴァーのせいでもあった。彼の帰宅が遅れさえしなければ、事故が起きることはなく、彼女はいまもそばにいただろう。

ようやく覚悟を決めてドアを開け、自分の部屋へ足を踏み入れたところで、カーヴァーは凍りついた。どっとあふれだす思い出と直面する代わりに、暖炉脇の椅子に腰かけて本を読む母の姿が目に飛びこんできた。さらに姉とふたりの妹たちが、彼がこの屋敷で暮らしていた頃と何も変わらぬ様子でベッドの上に陣取っている。懐かしい光景をふたたび目にして、彼は胸を締めつけられた。あまりに長く留守にしてしまったことを実感する。

カーヴァーは低く口笛を吹いた。「麗しの淑女たちに噛みつかれる不運な男は誰かな?」

全員の目がいっせいに彼へ向けられた。「カーヴァー!」声をそろえて言い、女性だけがなしうるあの顔つきをする。

彼は眉をつりあげ、口元に笑みを浮かべた。「まさか不興を買ったのはぼくではないでしょう、母上?」カーヴァーは歩み寄って母の頬にキスをした。母は少しも年を取っていないように見えるのだから驚きだ。金色の髪はわずかに白いものがまじるだけで、エリザベスの髪と変わらないくらい鮮やかな色合いだ。

「まあ！　このいたずら坊やときたら、よくもぬけぬけと」少年だった彼が家庭教師の紅茶にコショウを入れたのをこれから叱ろうとするときとそっくり同じ仕草で、公爵夫人は濃いまつげの下から息子を見あげた。「自分が何をしたのか、わかっているのでしょう」

カーヴァーは大げさにわからないふりをしてみせた。「ぼくが？　何か悪いことをしたって？　ぼくに限ってそんなことはありませんよ」屋敷へ戻るのは三年ぶりとはいえ、空白の歳月などなかったかのようにすんなりと家族の輪の中へ戻っていた。もちろん、毎年社交シーズンになって家族がロンドンまで出てきたときには会っていたが、ここにいるときとは何かが違った。街では、みな保つべき体面と訪問すべき場所が山ほどあった。ここではみな素のままの家族だ。体裁も詮索の目もない。

彼と一番似ている姉のメアリーが声をあげた。「お母さま、厄介ごとに足を突っこんでばかりいる男にそんな遠回しな言い方をしてもだめよ」彼の眉の上にじろりと目をやる。「その傷ひとつで自分の主張は証明されるとでも言わんばかりだ。「わたしがはっきり言ってあげるわ。わたしたちの誰も名前すら耳にしたことのない女性を連れてきて、婚約者だとヘンリーに言ったそうね」

「なんだ、そのことか」カーヴァーは微笑した。

「否定しないの？」母がいぶかしげに目を細める。

「婚約者なんて存在しないと否定してもいいが……そんなことをしたら晩餐の席に彼女が現れたときにばつが悪いでしょう」

公爵夫人は立ちあがると、いつものように彼の腕をぴしゃりと叩いた。「婚約したならしたと自分の母親へ手紙もよこさないなんて、薄情にもほどがあるでしょう？」

「知らせを聞いたときの母上の驚いた顔を見逃せと？　それは絶対に願いさげです」表向きは軽口を叩きながらも、内心ではすくみあがっていた。家族が真相を知ったら大騒ぎになるに違いない。だが、そもそも真相を教える必要があるのだろうか。ダフニーが白状してきたら、彼と口裏を合わせるよう話をつければいい。喧嘩別れを装って彼女をロンドンへ送り返せば、家族も怪しまないだろう。

「カーヴァー、あなたたちは付添人（シャペロン）もつけずにふたりで同じ馬車に乗ってきたそうね。作法に真っ向から反しているじゃありませんか」

彼は肩をすくめた。「では、彼女と結婚するしかないな」母の表情に気づいてつけ加える。「母上が怒りを爆発させるような事態ではありません。ぼくはダフニーの前ではあくまで紳士でしたから」ふと馬車の中の出来事とキス未遂が頭をよぎった。「まあ……ほとんどの時間は」にやりとすると、母の目は糸のようにすっと細くなった。

「カーヴァー、冗談ではないのよ」メアリーが言った。「あなたにとってこれがどれほどの意味を持つか、みんな知っているわ。あなたがまた誰かとお付き合いすることを考えていたなんて、気づきもしなかった」

きょうだいの中でも彼とメアリーは昔から誰よりも仲がよかった。奇妙なことに、お互いに相手の考えていることが手に取るようにわかるのだ。いまこちらの頭の中身を見透かされるのはごめんこうむりたい。

カーヴァーがダフニーとの結婚を本気で考えているなら、これは間違いなく大きな意味を持つ瞬間だ。だが、実際はそうではない。こちらは気晴らしとして、向こうは金づるとして、互いを利用しているだけだ。だから彼のふるまいに恥ずべきところはないはずだろう？　きっと家族も許してくれる。そう念じていれば、現実になるのでは？

カーヴァーは姉の言葉にできるかぎり正直に応えた。「ぼくだって誰かと付き合うつもりはなかったが、ダフニーが……目の前にいきなり現れたんだ。そしてひと目見るなり、心から彼女を求めていた」最後の言葉は説得力を持たせるためにつけ足しただけだ。ところがそこには本音もまじっていることに気づいて、彼はわずかに身をこわばらせた。自分はダフニーを求めているのか？　まさか。愚問だ。彼女が何者か知りもしないのに。

妹ふたりは兄の言葉にほうっとため息をつき、ぱたりと倒れるふりをした。カーヴァーは目を細め、からかうんじゃないとばかりに手を払った。「この話はもういいだろう。われらが親愛なるロバートはどうしている？」メアリーに問いかける。「いまもうんざりするほど姉上にめろめろなのかい？」

"人もうらやむほど" と言ってちょうだい」メアリーは目をきらめかせた。

メアリーとロバートは結婚して四年半になるが、カーヴァーがわずかながらも見知っているかぎりでは、いまだに新婚ほやほやの夫婦並に熱々だった。同じく伯爵であるロバートとは、議会の会期中に会うことができるものの、三年と少し前に第一子が生まれて以来、メアリーは田舎の屋敷からめったに出なくなっていた。カーヴァーは何度かふたりの屋敷を訪ねたが、それでは充分でないのはわかっている。

「お相手の女性はどんな方なの、カーヴァーお兄さま？」末っ子で誰よりもロマンティックなケイトが問いかけた。ケイトがもう一八になるなんてことがありうるのか？「舞踏会で出会ったの？」妹はまつげをぱたぱたさせている。

無垢な妹たちの耳に入れるには、ダフニーの作り話は不適切極まりないことに、カーヴァーはそのとき初めて気づいた。兄がメイドに手をつけたなどという卑しい話は聞かせるに堪えないし――事実無根であるのは言うまでもなく――妹たちの頭に刻みつけたい兄の姿でもない。

「実はそうなんだ。まさにふたりの出会いは舞踏会の会場でね」ダフニーにはあとでふたりのなれそめの改訂版を伝えよう。

「きれいな方？」エリザベスが尋ねた。上の妹はロンドンでの社交界デビューを間近に控えている。

二〇歳という年齢は社交界デビューを飾るにはいささか遅いと思われがちだが、公爵夫妻は、娘たちがある程度大人になり、ロンドンの舞踏会でうまく立ちまわれるようになるまで待つほうがよいと判断した。両親の思慮深さにはカーヴァーも感謝していた。妹たちが結婚市場を練り歩き、ふたりの夫となるに値することは永遠にない男どもの大群に求愛される姿を見る心の準備が少しもできていなかったからだ。

ニューベリー伯爵のような男がエリザベスに言い寄るさまが目に浮かび、カーヴァーは思わずこぶしを握りしめた。

女性たちはダフニーに関して引き続き彼を質問攻めにした。いや、メアリーは例外だ。姉はいぶかしげに目を細め、婚約者に首ったけの男が嬉々として応じるたぐいの質問に彼が答えるのを眺めていた。何かがおかしいと早速見抜いたのか？

気がつくと、ここ数年の思い出話に花を咲かせて笑っているうちに三〇分が過ぎていた。両親が街に滞在するときに、妹たちとも会っているが、こんなふうに昔に戻ったように感じたことは一度もなかった。ふたりが美しい女性へと成長を遂げたことには、驚かされると同時に不安にも駆られた。とりわけエリザベスが心配だ。三年前、彼が屋敷を出てロンドンへ移ったときにはぽっちゃり気味の少女だったのが、いまやロンドンでは〝たぐいまれなる〟と称される種類の美しさを湛えている。

「さて、そろそろきみたちを蹴りださないと、ぼくは晩餐に遅れて、早くも逃げだしたのかとダフニーに思われてしまう」

　ケイトが部屋から半分出たところで立ち止まり、夢見るような表情を浮かべた。「ダフニー、ダフニー。すてきなお名前ね。その名前で彼女のことをお呼びしても気にされないかしら？」それが彼女の本名なのか？　カーヴァーはそのことがますます気になっていた。なぜだか、彼女にはまったく似つかわしくない名前に感じる。

「彼女なら気にしないと思うよ」

　残りの女性たちは彼を抱きしめてから、部屋をあとにした。

　だがメアリーは入り口で足を止めると、淡いグレイの瞳でじっと彼を見据えた。ふたりの瞳は驚くくらいよく似ている。彼ににらまれた相手もこういう気分なのだろうか？

「長いこと留守にしていたわね」カーヴァーが留守にしていた理由なら、姉は充分に承知している。ふたりは年も関係性も一番近く、弟の不在が姉には堪えていたことをカーヴァーは知っていた。正直、彼自身もつらかった。

　カーヴァーは姉の手を取って握りしめた。「わかっている。すまなかった」

　みるみるうちに目に涙がたまってしまったので、メアリーは急いで顔をそらした。決して涙を見せない姉が泣いている！　自分が思っていた以上に寂しい思いをさせていたに違いない。「ああ、メアリー、泣かないでくれ」カーヴァーは姉を胸に引き寄せた。

「自分を買いかぶらないでちょうだい」メアリーは小さく笑いながら言った。「涙が出てくるのは、赤ちゃんがおなかにいるせいよ。あなたのいまいましい顔を見たからじゃないわ」

カーヴァーは姉の肩をつかんで体を引き離し、顔をのぞきこんだ。「おめでたなのか？すばらしい知らせじゃないか、メアリー！」姉にとっては第二子になる。姪っ子のジェーンは目に入れても痛くないほどかわいい。愉快なおじさんの役回りがこれほど楽しいとは思ってもいなかった。もっとも、カーヴァーが姪っ子に会いに行く機会は充分とは言えない。今後はもっと増やすようにしよう。

メアリーは微笑みながらも遠いまなざしをした。理由はわからないものの、悲しみが伝わってくる。「ふたり目よ」口にしたのはそれだけだった。

「ロバートは大喜びで飛び跳ねたあげく、窓を突き破ったんじゃないか？」姉の陽気な笑みが見たくて言った。

「事前に板を打ちつけておいたから大丈夫」姉の瞳がきらめいた。メアリーとダフニーはユーモアの感覚が似ていると、カーヴァーはふと思った。姉ならダフニーのことを気に入ってくれそうだ。

どうしてそんなことを気にするんだ？

ようやく全員が部屋から出ていき、カーヴァーは従者のブランドンの手を借りて晩餐のために手早く服を着替えた。お気に入りの黒のディナージャケットと黄褐色のパンタロンに身を包むなり、飛びだすようにして寝室をあとにした。振り返りたくない思い出ばかり詰まったあの部屋には、用さえすんだら一分たりともいたくない。ついでに言うなら、この屋敷のどの部屋にもだ。しかし、ほかの部屋であれば、少なくともほかに人がいて気を紛らせてくれる。

そういえば、ダフニーはどこにいるのだろう？　ダフニーをからかうことに専念していれば、一番の友人で、最愛の女性が、生前はよくその姿があった晩餐の席にいないことを考えずにすむ。テーブル越しに彼女がウインクを送ってきたことや、夜の終わりに馬車へと乗せるとき、すばやく口づけを交わすと、彼女がいつもつけているライラックの香水の香りがしたことも。どれももう二度と起きることはないのだ。この屋敷へ戻ってきたせいで、これまでカーヴァーが認めるのを拒んできたものごとが、現実としてまざまざと感じられるようになっていた。

荷造りをして今夜のうちにロンドンへ帰ろうかと迷う自分がいた。だが階段に近づいたとき、人影が目に入った。ダフニーだ。窓から入りこむ残光を浴びて、その肌はぬくもりを帯びた柔らかい輝きを放っている。あんなところに突っ立って、何をしているんだ？　手袋に包まれた手は階段の手すりにのせられているが、彼女はじっとしたまま動かない。顔は見えないものの、その体は緊張してこわばっているようだった。均整の取れた体つきに目を留めたわけではない。嘘をつけ。目を留めたからこそ、均整が取れていると気づいたのだろう？

だが、二度と見とれたりするな。

カーヴァーは咳払いし、自分がそこにいることを知らせてからダフニーの隣へと歩み寄った。「失礼、お嬢さん。晩餐のエスコート役にハンサムな紳士をお探しですか?」女性を口説く放蕩者の役を演じるのは予想以上におもしろかった。

ダフニーが振り返ると、カーヴァーは息をのんだ。昼間はボンネットをかぶっていたから髪がすっかり隠れていたのだと、いまさらながら気づかされた。彼女の髪は豊かなダークブラウンで、後ろでゆるいシニヨンにまとめられ、ふわりとした巻き毛が愛らしい頬に垂れている。

やめるんだ、彼女の頬骨に目を留めるな。

カーヴァーは無理やり視線をあげた。髪の色の暗さが肌の白さと対比を成し、その瞳を驚くほど生き生きと輝かせている。クリーム色の生地に淡いブルーのサテンを重ねたドレスは簡素ながらもセンスが光り、ほっそりとした上品な体つきを——彼女の体つきに目を留めてなどいないぞ——いっそう際立たせていた。彼が見ているのは断じて若いメイドではない。これは美しいひとりの女性だ。

「ええ。エスコート役はどこへ行けば見つかるかしら?」

美しくて骨のある女性。こいつは厄介だ。

9

カーヴァーにエスコートされて応接間へ足を踏み入れるか踏み入れないかのうちに、ローズは金髪碧眼の若い淑女ふたりに声をかけられていた。彼の妹たちについては馬車の中でざっと聞いており、それだけで彼女たちがそうだとわかったものの、どれほど警告されていても、ふたりの勢いに対して心構えをしておくのは無理だっただろう。

「ダフニー！」下の妹が言い、ローズの腕を取ってカーヴァーからむしり取る。「お名前でお呼びしてもお気になさらないといいんだけど！　うちは堅苦しいことはいっさい抜きなの。それにもうじきお義姉さまになるのに、お名前以外で呼ぶなんてどうしても耐えられない」ちょっと大げさな物言いからして、レディ・ケイトに違いない。

「もちろん気にしないわ」だって、わたしの名前ではないもの。「あなたがレディ・ケイトね」ローズの唇は礼儀正しい笑みを形作った。

階段をおりながらカーヴァーから急いでされた説明によると、ローズはいまや彼の正式な婚約者らしい。そのうえ、ふたりの出会いの場は寝室から舞踏会に変更されている。

ローズは百戦錬磨のペテン師だが、彼女の磨き抜かれた詐欺の腕をもってしても、話のつじつまを合わせておくのは難しくなっていた。彼女は上流階級の立派な淑女を装った、伯爵の子どもを宿したメイドのふりをする、ペテン師なのだ。大丈夫、自分ならできる。こんがらがらずにきちんとやれる。

ケイトが口を尖(とが)らせて、ローズを会話へ引き戻した。「なぜおわかりになったの？　お兄さまがわたしたちのことを警告なさったのでしょう？」

「まさか。彼がおふたりについて聞かせてくれたのはすてきなお話ばかりよ」図星だ。警告もされた。

もうひとりの妹が微笑み、ローズにお辞儀をした。下の妹よりずっと落ち着いていて洗練されている。見たところカーヴァーとはあまり年が変わらず、信じられないほどの美貌の持ち主だ。洗練された美しさと気品を湛えているものの、ブルーの大きな瞳には不安が見え隠れしていた。

カーヴァーはローズと長妹の隣に立った。「エリザベス、ミス・ダフニー・ベロウズを紹介しよう。ダフニー、これはぼくのもうひとりの妹、レディ・エリザベスだ」

エリザベスは輝く真っ白な歯を見せて微笑んだ。「お会いできて本当にうれしいわ、ダフニー！　わが家では堅苦しい敬称の必要はないからお気遣いなさらないでね。カーヴァーをお行儀よくさせてくれるすてきなお相手がようやく見つかったというだけでわたしたちは大喜びなの」エリザベスが言った。「カーヴァーから聞いたんだけれど、おふたりの出会いは社交シーズン最初の舞踏会だったんでしょう？　そのお話をぜひ聞かせて」

どうしようかとカーヴァーへ目をやると、彼はまたも愉快そうに微笑んでいた。「頼むよ、ダーリン、あの話を聞かせてやってくれ」あれはどう見ても、こちらの窮地を大いに楽しんでいる目だ。

それならわたしにだって考えがある。「その言い方だと部分的にしか正しくないわね。だって、あなたのお兄さまがわたしに声をかけることができたのは、社交シーズンが始まってしばらく経ったあとの舞踏会でだったんですもの。ロンドンにいるときの彼は意外と内気なのよ」

カーヴァーをちらりと見ると、目が細くなって笑みが薄れている。彼はローズに近づいて横に立った。「ダフニー、ダーリン、それはきみの思い違いだ。声をかけなかったのは、ぼくに見つめられただけできみが緊張している様子だったせいだよ。舞踏室で失神されてはおおごとだから、きみに近づかないようにしていたのさ」彼はゲームのやり方を心得ているようだ。やはり、一緒にいると微笑まずにいるのが難しい。

「なんてロマンティックなの！」ケイトが大きな目にあこがれの色を浮かべた。

「ああ、そうね、思いだしたわ」ローズはまなざしでカーヴァーに挑みかけた。「ただし、あれはあなたの香水のにおいがあまりにきつすぎて頭痛がしたからよ」目を見開いて彼女を見つめ、その一言一句に聞き入っている妹たちに向き直る。「香水を変えるまではダンスのお相手なんてとんでもないと、それとなく彼に伝えたつもりだったの。あんな……どぎつい香りじゃないものに変えてくれたら、とね」このひと言は彼の癇に障ること間違いなしだろう。

カーヴァーがさらに身を寄せてきたことに、ローズは目で確認する前に気がついた。彼が近づくと必ず、なぜか空気が変化する。温度があがって酸素が薄くなるのだ。彼が笑顔で見おろしてきたとき、ローズは胸がときめくのを感じた。「それもきみの思い違いだな。いまのはミスター・コヴィントンの話だろう。あれはひどいにおいだった、そこはきみの言うとおりだ」ローズは唇を噛みしめてつま先をもぞもぞと動かしたが、それでも破顔する寸前だった。

彼はなおも一歩近づいてきた。「きみはぼくの美男子ぶりにおののいて、そばに近づこうともしなかった」いたずらっぽい目をして微笑む。「きみの美しい顔を遠くから見ているだけという状況にしびれを切らして、許しを請うことなくきみの手を取ると――」そこで彼は本当にローズの手を取った。「ダンスフロアへと導き、体に腕を回してワルツを踊り、あの会場にいた全員の度肝を抜いたんだよ」カーヴァーは捏造した思い出どおりに彼女を引き寄せると、背中へ手を回してワルツのポーズを取ったので、ローズの心臓は乱れ打った。

彼の目を見るには首をそらさなければならない。温かいまなざしを浴びていては、腕や喉のほてりを静めるどころではなかった。ローズはごくりと息をのんだ。いまこの瞬間もふたりの若い淑女たちの視線が向けられているのを、いやというほど意識した。

「そうだったわね。いま思いだしたわ」ローズは負けを認めた。それなのにカーヴァーはまだ彼女を放そうとせず、恐ろしくなるようなあのまなざしで見つめてくる。近すぎる。近すぎて、彼の香りが少しもきつくなく、男性的であまりに心地いいのを確かめられるほどだ。それに茶色い髪がうなじでくるりとカールしているのまで見える。散髪の必要がありそうだけれど、切ってほしくない。手を伸ばしてあの髪に差し入れたい――。

「カーヴァーおじちゃま!」子どもの声が部屋に響き、ふたりのあいだに漂いかけていた空気を吹き飛ばした。おかげでローズはふたたび息ができるようになった。真っ白なかわいいネグリジェ姿の女の子が、ダークブラウンの巻き毛を弾ませながらカーヴァーに駆け寄ってきた。彼はローズから手を離して向き直ると、少女を抱きあげて宙に放りあげた。

「ダーリン! すっかり大きくなって。いくつになったんだい、もう二五歳かな?」どうやら伯爵は年齢に関係なく、女性の扱いがお手のものらしい。

「ちがうわよ、カーヴァーおじちゃま!」少女は彼の腕の中でくすくす笑った。「まだみっつよ!」丸々した指を三本立ててみせる。

彼は大げさに顔をしかめた。「いやいや、そんなはずはない。どこからどう見ても立派なレディだ!」

「おじぎはじょうずにできるわ」少女は得意げに言った。

カーヴァーは彼女を下へおろした。「本当かい？　見せてごらん」

体にぴったり沿う黒のディナージャケットと黄褐色のパンタロン姿の彼は、上流社会の既婚婦人に対するのと寸分違わぬ敬意をこめて幼い少女にお辞儀をした。少女は顔を真っ赤にし、ぎくしゃくと、けれども愛らしいお辞儀を返した。

「すばらしいよ、マイ・ディア！　驚いたな。きみは社交界の羨望の的になること間違いなしだ」

カーヴァーと家族とのやりとりを見るにつけ、ローズは自分の眉間のしわが深くなるのを感じた。彼はまるで放蕩者に見えなかった。魅力的な紳士ではあるけれど、放蕩者らしくはない。でも、そんなはずがない。ニューベリー伯爵は女好きの放蕩者で通っているのだ。事実は嘘をつかない。

とはいえ、この男性には別の一面があるのかもしれなかった。根っこから腐りきっているわけではなく、心の奥底では家族を愛し、真人間になりたいと望んでいるのだろう。もしかして本気で生き方を改め、ローズと架空の赤ちゃんに対して責任を取るつもりなのだろうか。やましさを覚え、彼女の胸はずきりと痛んだ。もしそうなら、真実を打ち明け、本当に彼の世話を必要としている女性に注意を向けさせるべきなのでは？

カーヴァーは姪っ子をふたたび抱きあげた。少女のことしか目に入らない様子だ。華奢なで小さな子どもが大きな体にそっと抱えられている光景を見て、ローズの胸はなぜか切なさでいっぱいになった。こんな気分になったのは初めてだ。

「カーヴァーおじちゃま?」

「なんだい、ジェーン?」

ああ、やめてちょうだい。

「おじちゃまはまだかなしいの?」

カーヴァーの眉間にしわが刻まれ、口元にこわばった笑みが浮かんだ。「悲しい? こんなにすてきな女の子を抱えているのに、どうして悲しいなんてことがあるんだい?」

「ママがね、おじちゃまはこれないかもしれないっていってたの。こころがかなしがってるからって」

室内に、紛れもない重苦しさが漂った。カーヴァーの仮面がはがれ、たしかに悲しげに見える。それを目の当たりにして、ローズは胸が苦しくなった。いったいどんな出来事が彼の心をこれほど傷つけたのだろう?

カーヴァーは姪っ子から目をそらさずにいるが、ローズは視線を外さなくてはいけないと感じた。ありのままの感情がむきだしになっているのを彼は見られたくないだろう。エリザベスとケイトも目を伏せている。目をそらしたのは正しい判断だったらしい。

ふたたびカーヴァーへ目を向けると、彼は視界の隅でこちらをとらえていた。表情をやわらげて姪っ子へ視線を戻し、額にキスをする。「カーヴァーおじちゃまは、いまではずっと幸せになったんだよ、ジェーン」ローズがいるから？　それとも幼いジェーンのおかげで？　それとも姪っ子を心配させないようにそう言っているだけ？　ばかね。彼がずっと幸せになったのはもちろんローズがいるからではない。

新たな淑女が紳士と並んで入り口に姿を見せ、全員の注意がそちらへ向けられた。「ここにいたのね、ジェーン！　もうベッドに入る用意をする時間でしょう」カーヴァーの姉に間違いない。薄いグレイの瞳も栗色の髪もそっくり同じ色合いだ。レディ・ハットレイ――馬車の中でカーヴァーはメアリーと呼んでいた――は彼と同じく長身で、夫のハットレイ卿と背丈がほとんど変わらなかった。

カーヴァーはジェーンを自分の後ろに隠した。「ジェーンって言ったかい？　そんな名前は聞いたことがないなあ」彼の両脚に隠れて少女がくすくす笑う。カーヴァーはしいっと黙らせた。

「ぼくの娘に嘘のつき方を教えているんじゃないだろうね」ハットレイ卿は笑みを隠そうともしなかった。

「なぜいけないんだい？　レディたるもの、ときにはちゃんとした嘘のつき方を知っておく必要がある」カーヴァーがこちらへ向かって小さくウインクしたのにローズだけが気がつき、彼女の鼓動は乱れた。

彼がほのめかしているのは、舞踏会で知り合ったという作り話のほうであって、ローズが詐欺師だという事実ではないはずでは？　真相に気づかれているのかもしれないと思い、彼女はひやりとした。でも気づいているなら、なぜ彼は何も言わなかったのだろう？　仕事でここまで混乱するのも、調子が狂うのも初めてだった。この男性は本当に放蕩者なのだろうか？　ローズと実際に結婚するつもり？　それともこれはすべて罠？　答えがなんであれ、ここから逃げだす必要がある。

「だめよ、娘を返してちょうだい。悪いおじさんね」レディ・ハットトレイが言った。

「絶対にいやだね。まだトランプでずるをする方法も、決闘で勝つ方法もジェーンに教えていない」

「いつだって明日があるでしょう」レディ・ハットトレイは娘を返すよう片手を差しだした。

ジェーンは頰をふくらませてカーヴァーの後ろから出てきた。「ベッドにいきたくない。カーヴァーおじちゃまといっしょにいる」少女の下唇は震えていた。

「気持ちはわかるわ、ダーリン、でも――」言いながら視線をめぐらせたレディ・ハットトレイは、そこで初めてローズに気づいたようだった。「あら、あなたがミス・ベロウズね」決してうれしそうな声ではない。むしろ、ひどく怪しんでいるように聞こえた。

「はい、マイ・レディ」ローズは礼儀正しくお辞儀をした。「わたしの思い違いでなければ、あなたはレディ・ハットトレイですね」

レディ・ハットレイの眉がカーヴァーとそっくり同じ形につりあがった。彼女の身長があと少し高かったら、カーヴァーと双子に間違われるところだろう。「めったに顔を見せないとしても、弟は家族の話をするくらいにはわたしたちの存在を忘れていなかったってことかしら？」最初、レディ・ハットレイが腹を立てているのかと、ローズは思った。けれども彼女がカーヴァーに向かってふんと微笑みかけるのを目にして、ふたりは瞳の色だけでなく、皮肉屋なのも同じなのだと気がついた。

「姉上を彷彿とさせる不快なことが起きたときだけね」カーヴァーもにやりと笑みを返した。

レディ・ハットレイは弟に向かって鼻にしわを寄せたあと、娘へ目を戻した。「いらっしゃい。子ども部屋へ帰りましょう。明日ならおじさまと遊んでもいいわ」レディ・ハットレイはもう一度ローズをちらりと見て――不安をかきたてられるまなざしだ――退室した。

カーヴァーの突然の婚約を誰もが喜んでいるわけではないらしい。

心配は無用よ、レディ・ハットレイ。わたしは明日になったら消えているわ。

「彼女はどこにいる？」応接間の入り口から声が轟いた。

室内のすべてが動きを止める中、カーヴァーと同じ身長、同じ体つきの年配の紳士がつかつかと入ってきた。つかの間足を止めて部屋を見まわし、ローズを見つける。その瞬間、無表情ないかめしい顔つきが一変した。目元がやわらぎ、こちらまでつられてしまうような大きな笑みがぱっと広がる。「マイ・ディアア、なんと愛らしい方だ。われわれ全員の予想をはるかに超えている！」すぐに大股で進みでて彼女の手を取り、そっと口づけする。カーヴァーはまたもあの温かな空気とともに彼女の隣へやってきた。「ダフニー、こちらはぼくの父の――」わずかに躊躇したあと、咳払いをして続ける。「ダルトン公爵閣下だ。父上、ミス・ダフニー・ベロウズを紹介いたします」けれどもローズの耳に入ってきたのは〝公爵〟という言葉だけだった。

公爵？　カーヴァーの父親は公爵なの？　つまりニューベリー伯爵は公爵位の継承者ということ？　なぜ自分はそのことを知らなかったのだろう？　この情報はどういうわけかしっくりこない。考えてみれば、ニューベリー伯爵の父親はたしか亡くなっているはずだ。あとで話を整理しなくては……ここを逃げだしたあとで。

「お目にかかれて光栄です、閣下」ローズは深々とお辞儀をした。これで合っているのだろうか？

「こちらこそお目にかかれてうれしいかぎりだ、マイ・ディア！　それで、日取りはいつになるのかな？」

「父上――」カーヴァーが言葉をはさもうとするのを、公爵はさっと片手をあげてさえぎった。

「黙っていなさい、おまえに話しているのではない」厳しい言葉とは裏腹に温かい笑みを浮かべて言う。「わたしは美しいミス・ベロウズにきいているのだ」

ローズは思わず微笑んだ。「日取りでしたら、まだ正式には決めておりません、閣下」

公爵は息子に向かって頭を傾けた。「まだ日取りを決めていないだと？　息子よ、おまえは詰めが甘いのだ。こんな愛らしい女性との結婚の約束は一刻も早く実行へ移さねばなるまい」

「おや、今度はぼくに話しているんですか？」カーヴァーが言った。

公爵は笑みを抑えこんだ。「それは状況しだいで判断しろ。ところで先週、エリスの息子とあれが所有している馬もどきに、馬車レースで負けたというのは本当か？」片目を細くして問いかける。

カーヴァーは唇をきつく引き結んだものの、愉快そうな瞳までは隠せなかった。「あの日は腹を壊していたんです」部屋にいた全員がどっと笑った。カーヴァー自身も小さく笑っている。「レースのことをどうして父上がご存じなのですか？」

公爵は片眉をつりあげた。「わたしはダルトン公爵だぞ、カーヴァー。どんなことでも耳に入ってくる」なんてこと。これは嘘であってほしいと、ローズは願った。

新たな声が部屋に響いた。カーヴァーが大家族と言ったのは誇張ではなかったらしい。

ローズが振り返ると、威厳を湛えたとても魅力的な女性がなめらかな足取りで入ってきたところだった。公爵の隣で足を止め、彼の腕にそっと手をのせる。「息子をいじめるのはやめてくださいな。帰宅した初日に逃げだされては困りますわ」では、これが公爵夫人ということか。妹ふたりの美しい金髪は母親譲りだ。「そして、あなたがわが家の新しい娘ね」公爵夫人が言った。

公爵夫人にやさしげな声でそう言われると、ローズの胸は熱くなった。お産で命を落とすことなく生きていたら、どんな母だっただろうと何度も夢想した。父は母の髪や目の色、人柄を事細かに話してくれたけれど、ローズは在りし日の母の姿をはっきりと思い浮かべることがどうしてもできなかった。まわりの女性を観察しては、母もこんな仕草をしただろうか、こんな髪型だっただろうかと、昔からいつも想像していた。そしていまは、母も公爵夫人のようにとてもやさしい声をしていたのだろうかと気づけば考えていた。

カーヴァーが礼儀正しく紹介を繰り返し、ローズは夢想から目を覚ました。

やがて公爵夫人が手を伸ばしてきて、ローズの手を取った。「あなたがいらしてくれてみんな大喜びしているわ、マイ・ダーリン！　あなたとカーヴァーがお似合いなのは一目瞭然ね」温かな美しい笑顔にローズの心は惹きつけられた。その瞬間、思いも寄らないことに、公爵夫人はローズの体に腕を回してきつく抱きしめてきた。

一瞬、ローズはどうすればいいかわからずに両腕をだらりと垂らしたままでいた。こんなふうに抱きしめられたのはいつ以来だろう？　その答えならよく考えなくてもわかる。一三年ぶりだ。父を最後に、こんなふうに誰かに心地よく抱擁されたことはない。自分がどれほどこれを求めていたのか、気づいていなかった。これがどれほどの安心感を与えてくれるのかも。

この人たちとは距離を置きなさい、ローズ。

とはいえ、抱擁を返さないのは失礼に当たる。ぬくもりに浸ることは控えるとしても、抱擁を返すくらいはいいはずだ。ローズは公爵夫人の背中へ手を回し、ぎこちなくぽんぽんと叩いた。ほら、これだけのことよ。

公爵夫人がようやく抱擁を解いたとき、カーヴァーが眉間にしわを寄せてこちらを見ていることに、ローズは気がついた。

10

ダルトン・パークが夜の帳にすっぽり包まれるまで長い時間がかかった。ローズは床にしゃがみこんでベッドの脚にもたれ、炉棚の上で時計の針が動くのをただ見つめていた。ローズは取るに足りない犯罪者でしかないかもしれないけれど、これまでの仕事を通じて、上流社会の決まりごとや営みについてはよくわかっている。一般的に、彼らは街にいるときよりも田舎にいるときのほうが早めに就寝するのだ。それゆえ、夜の一二時なら逃げるのにちょうどいい頃合いだと判断した。

目をつぶり、短針が一二時を指すのを待つあいだ、今夜の晩餐を振り返った。食事は意外なほどあっという間に終わった。軽食だったからではなく、公爵家はみんな楽しい人ばかりで時間が飛ぶように過ぎていったからだ。よくある貴族の家庭とは絶対に違う。貴族の暮らしなんて、ほかの仕事で出席したことがある死ぬほどつまらない舞踏会や晩餐会から成りたっているものとばかり思っていた。

ダルトン公爵家の食事の席に、決まりごとや礼儀作法はお呼びでないのは明白だった。

おのおのが意見を持っていて、ほかの人が話している途中でも自分の意見を声高らかに主張するのだ。妹たちはカーヴァーのことが大好きでたまらないものの、兄をやりこめるのがふたりのお気に入りの愛情表現で、カーヴァーはそれに笑顔と笑い声で応じていた。庶民的ですらある晩餐の席では、全員とは言わなくとも、必ず誰かひとりは笑っていたとローズは自信を持って断言できた。ダルトン公爵夫妻の晩餐がこんなふうだとは、社交界の誰も思わないだろう。

今夜食事をともにして判明した、アッシュバーン家に関する重要な事実がふたつある。まず、とにかく仲のいい家族だということ、そして口癖のように〝マイ・ディア〟や〝ダーリン〟と呼びかけ合っていること。初めてカーヴァーにそう呼ばれたとき、なれなれしいと思った自分が少しばかみたいに思える。そう呼びかけるのはこの家族のあいだでは普通のことなのだと気づいたあとで〝ダーリン〟と呼ばれると、家族の一員として受け入れてもらえたようでくすぐったかった。自分は求められていい
るのだと感じられて、どんなに否定してもそれはうれしかった。

テーブルにデザートが並べられるあいだ、ローズは静かに座って家族の会話に耳を澄ましていた。妹たちは、エリザベスを訪ねてくるようになった内気な若者の話をおもしろおかしくカーヴァーにしゃべった。カーヴァーとハットレイ伯爵はふたりとも、ケイトやエリザベスに変な目を向けようものならどんな紳士でも串刺しにするつもりでいて、公爵夫

人はテーブル越しに強い愛情と充足感に満ちたまなざしを夫へ向けていた。その光景を目の当たりにし、ローズは胸に痛みを覚えた。自分はあまりに彼らを好きになりすぎている。

これまでの仕事では、標的に対していかなるつながりも感じたことはなかった。たいていは、えらぶったいやな連中だと反感を覚えたものだ。それがこの屋敷に来てから、愛着の念がどんどんわいてくるのがわかる。この理由だけを取っても、一刻も早くここから出ていくべきだった。

公爵夫人が立ちあがって晩餐はお開きとなったあとは、女性陣は音楽室へ移動して食後の娯楽を楽しみ、男性陣は食後酒を飲んでからそこへ加わることになっていた。だがローズは、どちらにも気乗りしなかった。この家族とこれ以上親しくなるわけにはいかない。幸い、彼女は疲れているからとカーヴァーが断ってくれたので、ローズは早々に寝室へ引き取って――彼は知らないけれど――逃げだす算段を立てることができた。

短針が一二時を指すのを彼女は見つめた。よし、時間だ。

荷ほどきをしないままの旅行鞄へ手をやると、おなかに違和感を覚えた。これは緊張感ではない。当然ながら、つわりでもない。長いこと感じていなかったこの感覚は……恐れだ。自分はこの場所を離れたくないのだとローズは気がついた。どこまで愚かなのだろう、決して手に入れることのできない生活に焦がれるのを自分に許すなんて？　これまでそんな過ちは――一度だって――犯したことがなかった。

とはいえ、カーヴァーに心を奪われたわけではない。そうよね？　そんな考え自体がばかげている。彼は女好きの遊び人で、救いようのないギャンブル狂だとわかっているのだ。でも、彼はとびきりおもしろい人で、家族を大事にし、ときに胸が苦しくなるほどやさしくもできる。彼の人格のそれぞれの側面はお互いを否定し合っているかのようだ。結局のところ、どちらが本物のカーヴァーなのだろう？　瞳の奥底にある悲しみは、彼のかぶっている放蕩者の仮面と一致しなかった。

けれども、彼の子を宿していると言ってローズが現れたとき、カーヴァーはまばたきひとつしなかった。真に愛情深くやさしい紳士が若い女性に対してああも恥知らずな態度を取れるものだろうか？　それ以上にぞっとするのは、自分が手をつけたメイドの顔すら覚えていないということは、彼には誰が誰だかわからないくらい大勢の相手がいるということだ。

カーヴァーはどの相手のこともあんな目で見つめるのだろうか？　キス未遂を思い返すと、ローズのうなじの産毛は逆立ち、胃が奇妙な感じによじれた。

もう行かなくちゃと床から立ちあがり、グリーンの簡素なスカートを撫でつけて旅行鞄を持ちあげた。ついいつもの癖で入り口で振り返り、少しのあいだ思い出に浸ろうとした。けれども、今回はなぜかこれまでと違った。出ていくのは間違っている気がして、二の足を踏みそうになる。いったいどうしたのだろう？　ロンドンへ戻ったら犯罪稼業をひと休みすべきなのかもしれない。

ローズはするりとドアから出て、音をたてないように閉めた。すばやく左右へ目をやり、まわりの状況を確認する。真っ暗でしんと静まり返っていた。部屋にあった蠟燭（ろうそく）は、明かりに気づかれて怪しまれないよう、持ちださずに吹き消してきた。

廊下の空気はひんやりとしていて、外では冷たい冬の夜が待っていることを彼女に教えた。できるだけそっと敷物を踏んで廊下を進んだ。自分の足音すらほとんど聞こえない。暗い廊下を何度か曲がってから、階段を二段おり、起きている家族は誰もいないことを確信した。使用人もみんな階下へさがったらしく、これで逃げだすのがぐんと容易になった。

一階までおりたところで立ち止まり、最後にもう一度屋敷の気配に耳をそばだてた。物音ひとつしない。屋敷じゅうが眠りについている。彼女はつま先立ちで玄関扉へ向かった。カーヴァーに連れられてダルトン・パークへ到着したときに、厩舎（きゅうしゃ）の場所は抜け目なく確認しておいた。

玄関を出たあと右へ向かえば、およそ四〇歩のところに厩舎があるから、あとは適当な馬を見つけて鞍（くら）をつければいい。長年の経験から馬を見る目には自信があり、乗れない馬に出会ったことはいまだかつてなかった。

ローズは玄関を出て難なく階段をおりた。今夜はとくに寒く、風が指を刺す。やっぱりフェリックスおじさんの言うとおり、一双くらいは手袋を持っているべきなのかもしれない。

でも、おじさんの前でそれを認めるつもりはなかった。

ローズはウールのマントをさらにきつくかき合わせて暗い厩舎へ近づいた。この屋敷とはこれでお別れだと思うと心臓が重苦しい鼓動を刻んだ。こんな寒さの中で馬に乗るのはどう考えても快適ではないだろうが、必ずなんとかなる。

11

カーヴァーは父の書斎で燃えさかる炎を静かに見つめた。火格子の内側で炎が揺れ躍るが、目に映っているのは彼女の美しい顔だけだった。「戻っておいで、クレア」空っぽの部屋に向かってささやきかける。

返事はない。聞こえるのは薪（まき）が爆（は）ぜ、炎が弾（はじ）ける音だけだ。クラヴァットがきつくて息苦しかった。カーヴァーはすばやく結び目をほどいた。窒息感はわずかにやわらいだだけだ。夜になると決まって、息ができなくなるように感じる。暗闇にひとりでいると、〝彼女が生きていたら人生はどんなふうだっただろう〟と、心が彼をいたぶるのを止めるものは何もなかった。カーヴァーが何をしようと、痛みは巻きついてきて締めあげ、彼から生気を絞りだすのだった。

カーヴァーは革張りの椅子をきしませて寄りかかった。視線をさげ、手つかずのブランデーのグラスを揺らす。すると、もうひとつの美しい顔へと彼の意識はそれた。ダフニーを、彼の心をとらえて放さないあの瞳を思うことなしに、ブランデーを見ることはもう二度とできないのかもしれないと気づき、心は沈んだ。

すばらしい。いまや自分は手に入れることのできないふたりの女性の虜だ。しかし、痛みを感じずに思いを馳せることのできる相手は片方だけなので、カーヴァーは心がさまようままに、ダフニー・ベロウズという謎を解いてみることにした。

ダフニーとの晩餐は惨憺たるものだった。ただし、それは彼女がとても魅力的だったからだ――それはカーヴァーが必要としていることではなかった。彼女のような女性を家族の待つ屋敷へ連れてくるとは、自分はどうしてそこまで浅はかになれたのだろう？

彼の予測どおりにふるまった者はひとりもいなかった。妹たちはまるで最新流行のボンネットみたいにダフニーに夢中になった。ダフニーも彼の家族にすんなりなじんでいる様子だった――いささか風変わりで、少しも普通ではない家族に。みんなふだんどおりに笑って、ふざけて、からかい合い、ダフニーはそれを見ているだけでなく、折りに触れて仲間に加わった。

だが、すべてどうでもいいことだ。彼女には出ていってもらわなければならない。あの女性はカーヴァーの家族をだしにして稼ごうとする嘘つきだ。だがそのとき、歓迎しがたい考えがふと脳裏をよぎった。実のところ、嘘つきは自分のほうではないのか？　そもそもダフニーはダルトン・パークへ来るつもりすらなかったのだ。気晴らし程度に考えていた嘘が、まるで事実のようになりはじめている。

「グラスをにらみつけるきみの顔ときたら、油断したら酒に脚が生えて逃げられるとでも思っているかのようだな」ロバートが書斎の入り口から声をかけてきた。

カーヴァーは微笑する義兄へ目を向けた。「酒に関してはつねに用心するに越したことはないでしょう」

「座ってもいいかい？」ロバートは隣の空いている椅子へ近づきながら尋ねた。

カーヴァーは座るよう身振りで示した。ロバートは腰をおろすと椅子の背に深々ともたれかかり、ブーツを履いた足を火のほうへ突きだして足首を交差させた。「眠れないのか？」ロバートが問いかけた。

眠れないのは毎夜のことだ。

とはいえ今夜は、眠れるかどうか、まだ試してもいなかった。だが試さずとも、あの寝室で眠りが訪れるはずもないのはわかっている。あの部屋にはあまりにたくさんの思い出があるせいだ。いや、この屋敷はどこへ行っても思い出だらけだ。だが、ひとりにされて思い出に溺れてしまう場所はあの部屋だけだ。あの部屋では沈黙がうるさすぎる。一方、ここは父個人の書斎なので、彼女にまつわる思い出はひとつもない。

しかし、カーヴァーはそんな話を口にする気はなかった。誰かに打ち明けたことは一度もない。

「にらんでばかりいないでそのブランデーを飲んだら、なんであれ眠れない理由を話す気ですから」

になるんじゃないか?」

カーヴァーは小さく笑った。「しゃべりすぎるくらいにね。ぼくは酔うと饒舌(じょうぜつ)になるそう

「たしかに」ロバートはベストから嗅ぎたばこの箱を取りだした。蓋を開け、たばこをつまむ。「きみは二杯でおしゃべりな女学生に変身する」

カーヴァーは大笑いした。あいにく、ロバートの言うとおりなのだ。「そうですね。だが今夜はブランデーが役に立つかどうか。酒の力にも限界はあります」しかめっ面をしてグラスから顔をあげる。「すみません、暗くなってしまって」

グラスをあおると、なじみ深い炎が喉を焼いた。喉のひりつきを空咳で振り払い、空いたグラスを置く。「あなたのほうこそ、どうしてまだ起きているんです?」

ロバートの口が引き結ばれる。「妊婦の機嫌を損ねたせいだよ」

カーヴァーは噴きださないよう努めた。「今度は何をして姉を怒らせたんですか? それとも、ぼくは知らないほうがいいかな?」

「大きくなってきた妻のおなかについて感想を述べるという間違いを犯した」

カーヴァーは顔をしかめた。「それはあなたが悪い! そんなことをしたら厩舎で寝ることになるのは、ぼくでもわかりますよ」

「きみはまだ結婚すらしていないのにな」ロバートは言った。「相手が妻となると、身につ

けたはずの知識はどれも役に立たないとすぐにわかる。上は下で左は右。理屈では理解できないことだらけだよ。〝おなかがふっくらしてきたね〟と言ったら、部屋から蹴りだされる。何も言わずにいたら、〝そんなにわたしが目障りなの〟と責めて……やっぱり蹴りだされる。どのみち自分の衣装部屋で寝ることになるんだ」

その光景がありありと目に浮かぶようだ。メアリーはおなかに子どもがいないときでも、かっとなりやすく、独断的なのだ。おそらく自分は姉のそんなところが好きなのだとカーヴァーは認めざるをえなかった。ダフニーもときに激しい気性を垣間見せる。ああ、またか。少しのあいだすら、彼女のことを考えずにいられないのか？

カーヴァーは立ちあがり、飲み物が並ぶカートに歩み寄った。「一杯必要なのはあなたのほうみたいですね」

「一杯と言わず、三杯は欲しいよ」ロバートが顔をごしごしこする。

ぶつくさ言っていようと、義兄がいまだにメアリーにべた惚れなのはカーヴァーも知っていた。義兄に必要なのははけ口で、カーヴァーにとってそれはおあつらえ向きだった。ロバートに好きなだけしゃべらせて鬱憤を晴らしてもらい、自分は義兄の力となるべくそれを傾聴する。そうすればダフニーとクレアのことを考えずにすみ、一石二鳥だ。

カーヴァーはグラスを満たしてロバートに渡したあと、自分にもおかわりを注いで暖炉の前の椅子へ戻った。「ふたり目が誕生するのはうれしいんでしょう？」いっそ前置き抜きでもいいだろう。

ロバートの顔つきが険しくなった。「もちろんさ。ただ、心配なんだ」

「結婚生活がですか？」カーヴァーは尋ねた。「あなたとメアリーならまったく問題ないでしょう」

ロバートは首を横に振った。「いや、違うんだ。結婚生活は順調だよ。たまに夫婦喧嘩をしても、その埋め合わせが甘く魅力的になるばかりだ」

カーヴァーはげんなりした顔をしてみせた。「その手ののろけ話は勘弁してください」義兄に好きなだけしゃべらせるのは間違いだったかもしれない。

ロバートは笑わず、少しも明るくならなかった。顔つきはますます沈鬱になる一方だ。うなじをさすり、顔のしわに不安をにじませる。カーヴァーはそのとき初めて、最後に会ったときと比べてロバートがすっかり老けこんだことに気がついた。ロバートはメアリーより一〇歳以上年上だが、暖炉の明かりが眉間のしわと黒髪にまじる白いものを照らしだしている今夜は、四〇歳という年齢を初めて感じさせた。

「数カ月前に彼女が流産したのは聞いているかい？」いいや。聞いていない。

「それは残念でした」ほかになんと言えばいいのか本当にわからず、カーヴァーはありきたりな言葉を口にした。「そんなことがあったなんて知らなかった」なぜ知らなかったんだ？

「原因は誰にもわからない……医者にすらわからなかった。何もかも順調だったのに、ある日突然……」ロバートは最後まで言わず、指で額をさするだけだった。「とにかく、流産したあと彼女はすっかり体調を崩してしまった。実際に病にかかっていたのか、それとも打ちひしがれたせいだったのかは、わからずじまいだ。あそこまで弱った彼女を見るのは初めてだった」眉間に深いしわを刻んで言葉を切る。「正直、彼女まで命を落とすのではないかと危ぶんだよ」

カーヴァーは身を乗りだして太腿に肘をついた。「どうして誰も手紙で知らせてくれなかったんですか？」

「知らせたかったが、メアリーに止められた」ロバートは鋭い視線を彼に向けた。「彼女は心配したんだよ。きみの重荷を増やすのではないかと」

重荷？　ばかげたことを。メアリーが重荷になることなど決してない。彼女が慰めを必要としているときならなおさらだ。言ってくれればよかったのだ。そうすれば姉のそばにいてやることができた。

「姉はどうしてぼくをそれほど繊細な男だと思いこんだんだろう？」

「事実、そうだからだろう」

「ぼくのどこが繊細なんです？　ゆうべの対ブルックス戦を姉が観ていないのは確かだな。観ていれば心配などするわけがない」

「きみはまるでわかっていないな。彼女はきみの肉体的な面を心配しているわけじゃない」ロバートが言った。「きみの精神状態を憂えているんだよ」

精神状態だってなんの問題もない。日々の暮らしをそれなりに送ることができている。

カーヴァーがブランデーをもうひと口飲むと、喉がかっと熱くなった。

「姉に心配されるいわれはありません」怒りがこみあげるのを感じたが、なんとか抑えこんだ。「ロンドンにいるときはボクシングで怒りを発散できた。しかし、田舎ではストレスを解消する別の方法を見つけなくてはならないだろう。「ぼくはまったくもって大丈夫です」その言葉は自分の耳にすら嘘っぽく響いた。

ロバートはなんでも見通しすぎる目を細くした。「本当にそうか？　きみは三年も戻ってこなかった。大丈夫な男のやることではないと思うが」

「いまは戻ってきました」カーヴァーはここにいるぞとばかりに両腕を広げた。

「そして自分の部屋へは行かずに、こんな夜更けまで寝ないで父親の書斎にいる」ロバートはじっと彼を見据えた。「その理由は？」答えを待たずに続ける。「ぼくが思うに、きみはまだ自身の悲しみと向き合っていないんだ。きみは彼女を失ったあと逃げだし、それからずっと、あのときの悲しみを避け続けている」

カーヴァーは視線を落として歯を食いしばった。鼻から息を吸いこんで気持ちを静めようとする。「いつの間にぼくの話に？　あなたとメアリーのことを話していたはずですが」

その警告で険悪な雰囲気になったのもかまわず、カーヴァーはこわばったうなじをほぐそうとした。

ロバートは引かなかった。「なんの解決にもならないんだろう？　アルコールとボクシングに逃げたところで。一日が終わる頃になると、いまだに彼女が心に忍びこんでくる、そうじゃないのか？」夫を殴り倒すのをメアリーは大目に見てくれるだろうか？「ぼくたちの目はごまかせないぞ、カーヴァー。きみはいまも傷ついている。そしてそれは普通のことだ」

カーヴァーは視線をふたたびロバートに向けた。「頼んでもいないのに、お節介を焼くのはやめてくれ」ひとつひとつの言葉が嚙みつくように鋭利に響いた。

ロバートはまなざしに力をこめ、身を乗りだした。「ぼくを殴りたいのなら殴ればいい。だが、その前に話を聞いてもらうぞ。ぼくは妻を愛していて、きみはその妻を心配させているんだからな」

どうやらカーヴァーににらまれても平気なのはオリヴァーだけではないらしい。

ロバートは続けた。「近寄らずにいればいつか傷が癒えると考えているんだろうが、それは間違いだ。いいかげん、クレアの死を嘆いて心から悲しむことを自分に許したらどうだ。もう逃げるのはやめるんだ」

彼女の名前を耳にしたとたん、カーヴァーの全身はいつものごとくこわばった。

その反応に気づいたらしく、ロバートの厳しい態度と口調が幾分やわらいだ。「それに三年経ったいまも、きみは彼女の名前すら口にできない。それはきみが彼女の死を事実として受け入れていないからだろう」

受け入れていないなどということがどうしてありうる？　クレアの不在を物語る証拠はそこらじゅうにあるというのに。ライラックの香りはしないし、ついつられて笑ってしまう弾けるような笑い声が広間まで聞こえることもない。それでも……まだ探してしまうのだ。それは、自分がまだ彼女の死を受け入れていないことを意味するのか？

けれど求められてもいないのに自分の意見を突きつけてくるロバートに、カーヴァーはひどく腹が立った。「失うことの何があなたにわかるんですか、ロバート？　あなたの妻は階上(うえ)で安らかに眠っているが、ぼくの愛する女性は土の下だ」吐きだした言葉が耳に響くなり、カーヴァーは後悔した。

「失うことの何がぼくにわかるか？」ロバートの声には力がなかった。「六カ月前、ぼくと妻は並んで墓穴の縁に立ち、生まれることなくして死んだわが子を葬らなければならなかった。ぼくが悼むのはあの子の死だけじゃない。娘の未来へ夫婦で託していた夢もだ」言葉を切り、カーヴァーの視線を受け止める。「そう、娘だったんだ。そして、あの子を腕に抱くことができない苦しみと毎日向き合っている。ぼくの目を盗んで妻が泣いているのを見つけたときの苦しみとも」カーヴァーは目をそらしたかったが、ロバートは彼の視線をとらえて離さなかった。「ぼくだって失うつらさは知っているさ、カーヴァー。逃げだして二度と口にしないようにしても、心を癒す助けにはならないことも知っている。メアリーのために、ぼくは自分を癒さなくてはならないんだ」

カーヴァーはいっそ暖炉の炎にのみこまれてしまいたかった。「すみません、ロバート。あんなことを言うべきではなかった。配慮に欠けていました」

「そうだな……だがな、カーヴァー、はっきり言わせてもらうと、きみがいささか配慮に欠けて自分のことしか目に入っていなかったのは数年前からだ。きみをさらに傷つけるのを恐れて、きみが必要だとは誰も言いだせずにいたんだ」

なんだって？　自分のことしか目に入っていない？　そんなわけはない。家族のそばにいることさえほとんどなかったのだから。

ああ。それこそ自分のことしか目に入っていなかったからか。

「せっかく帰ってきたんだ、もう逃げるな。姉や妹たちのために。クレアの家族に会いに行ってきたらどうだ。彼らもきみの顔を見ればきっと喜ぶ」

姉や妹たちのためなら、屋敷から逃げずにいよう。だが、クレアの家族に会いに行く心の準備はできているはずもなかった。そもそもクレアがこの世にいない原因を作ったカーヴァーに、彼らが会いたがるだろうか？

ひとつはっきりしているのは、姉と妹たちには彼が必要だということだった。あまりに長い不在だった。それを埋め合せることを何より優先しよう。そのためにはダフニーには帰ってもらわなくてはならないだろう。そう考えるとなぜか気持ちが沈んだ。

あの女性については何も知らない、彼の前で嘘しかついていないということしか。だとしたら、彼女にこうも惹きつけられるのはいったいなぜなのか？　まあ、いまとなってはどうでもよかった。ロバートの言ったとおり、自分は痛みを避けるのにロンドンでの暮らしを利用していた——ダフニーはその方便のひとつだ。これからは家族に心を注げるよう、彼女には出ていってもらう。

カーヴァーは椅子から立ちあがり、まっすぐロバートの目を見た。「娘さんが亡くなったのは本当に残念でした、ロバート。あなたはぼくの姉にとっては立派な夫であり、ジェーンにとってはすばらしい父親だ。あなたのような人がいてふたりとも幸運です」にっこりとする。「話はいささか退屈だが、あなたは義兄としてもこれ以上望めないほどしっかりしている。あなたから言われたことをすべて実行するのは難しいと思いますが、話はしかと受け止めました」

そして、危うくあなたを殴り倒すところだった。

ロバートは立ちあがり、カーヴァーの肩に手を置いた。「一度に一歩ずつだ、カーヴァー。まずは自分の部屋へ行ってベッドに入るところからだな」

ロバートは最も簡単な課題として、自室へ行くことを挙げたのだろうが、実際のところそれはカーヴァーの前に立ちふさがるかなり大きな障害だった。メアリーとロバートはあの日、屋敷にいなかった。だから、あの部屋でカーヴァーが父からクレアの事故死を告げられたことを、義兄は知る由もなかった。父の言葉の重みに耐えかねて床に嘔吐したときのことは、カーヴァーの脳裏に焼きついている。

だがカーヴァーはただうなずいて、入り口へと歩きだした。

カーヴァーが部屋を出かけたところで、ロバートがふたたび声をかけてきた。「そうだ、カーヴァー！　きみとミス・ベロウズのあいだでどんな約束をしているのかわからないが、舞踏会が終わってロンドンへ戻るまでは頼むから破棄などしないでくれよ」カーヴァーは凍りついた。「医者から言われているんだ、妊娠初期の数カ月が最も危険だとね。メアリーにストレスを与えるのはいっさい御法度だ」

カーヴァーはすばやく振り返ってロバートに向き直った。「ミス・ベロウズについて何をご存じなんですか？」

ロバートはゆったりと微笑んだ。カーヴァーがさっき気づいた顔のしわが消えている。

「さあ、何も。よくきみとトランプをやるだろう、だからきみが悪い手札をはったりでごまかそうとしているときはわかるんだよ」

「あなたの勘違いですよ。ぼくのトランプの腕は超一流だ」カーヴァーは微笑した。

ロバートはそれを笑い飛ばした。「だが、ぼくほどじゃない。きみが何を隠そうとしているのかは知らないし、知りたくもない。むしろ、ぼくに教えるのはぜひともやめてもらいたい」

カーヴァーは肩を落とした。誰かに言わなくてはやっていられない。「少しくらい興味はないんですか？」

「もちろん、あるさ。だが、真相を知ってしまったら、たとえ自分の命がかかっていようと、それをきみの姉に隠しておくことはできない。ミス・ベロウズ相手に何が進行しているのであれ、隠し通さなくてはならないことなのは察しがつく。これから一週間、メアリーの心の安寧を乱すようなことはいっさい受け入れる気はない」

カーヴァーは片手で乱暴に髪をすいてうめいた。「ぼくをとんでもない苦境に立たせているという自覚がまるでないらしい」まるまる一週間もどうやってダフニーを引き止めればいい？それに、そうなると彼女に本当のことを言わなければならないということか？彼女をこれ以上だまし続けるのはなんだか後ろめたい。たとえペテン師は彼女のほうであろうと。

「ああ、まったくないね。きみがどんな苦境に立っているのであれ、それはきみ自身が招いたものだ」ロバートは言った。「だが、公爵の誕生日を祝う舞踏会が終了してメアリーが無事にわが家へ戻りしだい、きみが苦境から抜けだす手助けをすると約束しよう」

正気なのか？父の舞踏会には家族や友人たちが大勢出席するというのに、ダフニーを連れ歩くわけにはいかない。それに何より、カーヴァーは彼女をロンドンへ帰らせる必要があった。あの女性に対して自分はなんの感情も抱かないと断言できる自信がなくなっている。あの瞳を見るたびに心が惹きつけられるのだ。

「〝彼女は急用で帰宅することになった〟ではだめなんですか？」

「だめだな」

「なぜです？」

「メアリーは必ず勘づく。秘密のにおいをかぎつけ、知っていることを洗いざらい白状するまでぼくを責めるだろう。彼女は情報を引きだす達人なんだよ。それに妊娠初期はまだ不安定だからストレスを与えないよう医者からはっきり釘を刺されている。彼女もまだミス・ベロウズには心を許していないものの、きみが女性と婚約して目を輝かせるのを見て、これまでの不安がだいぶ解消されたんだ」

目を輝かせる？　男らしいとは言いがたい。

ロバートがつけ加えた。「メアリーがなるべくつつがなく妊娠期間を過ごせるようにするためなら、ぼくはなんでもするつもりだ。それが気の毒なミス・ベロウズときみを足枷でつなぐことを意味しようとね」

カーヴァーは目を見開いた。「本気でぼくをダフニーと結婚させるつもりじゃないでしょうね？」

「きみがそんなに高い声を出せるとは知らなかったな。だが、答えはノーだ。もちろんそんなつもりはない。舞踏会を乗り切ってぼくの家族が帰宅するまで待ってくれればそれでいい。そのあと、婚約は破棄したと妻に手紙で伝えてくれ」ロバートは脅すような目つきになった。「ただし、安定期に入るまではだめだ」目で脅すのはロバートのほうがはるかに上手だ。

ロバートに言われたとおりにできるだろうか。ダフニーともう少し一緒にいられることを思うと、なぜかほっとする自分がいるのは否めない。しかし美貌のペテン師の滞在が長引くのであれば、こちらのやり方でやらせてもらわなければならない。それにはまず彼女がいったい何者かを突き止める必要があった。

「ふてくされた子どもみたいな物言いになるのを承知で確認しますが、父には言わないでくれますね?」

父のことだ、息子が無理やり女性を連れてきたと知れば、その日のうちに特別結婚許可証を取得してくるだろう。相手が犯罪者であろうとなかろうと、もっと敬意を持ってダフニーを扱うよう息子に期待するはずだ。それに……たぶんそうするべきだったのだろう。

「今後一週間、これ以上何もなければ秘密を守ろう」ロバートは言葉を切ると、何かにふと気づいたかのように眉根を寄せた。「カーヴァー、ミス・ベロウズのほうは心配しなくていいのか? 彼女は付き添いもなしにここに滞在するんだろう」

カーヴァーは鼻で笑いそうになるのをこらえた。「その心配ならいりません。ミス・ベロウズはぼくといれば安全だ。それに……彼女なら自分の世話は自分でできるはずだと確信していますよ」

12

ローズは両開きの大きな扉を押し開けて厩舎へ入ったあと、蠟燭を持ってこなかったのは失敗だっただろうかと思いはじめた。

厩舎の中は馬と干し草の濃密なにおいが充満し、目の前にかざした手すら見えない。どこか近くにランタンがあるはずだ。暗闇に目が慣れるまでじっとしていれば、きっとランタンが見えるだろう。初めての場所で闇に包まれたまま馬に鞍を乗せるのは、難しいけれど不可能ではない。少なくとも一〇回以上はやったことがあるから、それはわかっている。

一〇年以上前、フェリックスおじさんに拾われて最初に仕込まれた仕事のひとつが、新しい馬番として厩舎に潜りこむことだった。男の子のふりをして暮らすのは、父が亡くなって最初の二年間にすでにやっていた。そのあと出会ったフェリックスおじさんから、詐欺と盗みに関するすべてを教わった。男の子でないことは、どういうわけだかおじさんにはひと目で見抜かれた――それでもおじさんは、彼女が二年間まわりの目をごまかし通してきたことに感心した。彼女を馬番として金持ちの屋敷へ送りこむのは楽な仕事で、フェリックスおじさんの一八番のひとつになった。

ローズはフェリックスおじさんとともに馬好きで知られる屋敷を狙っては英国じゅうを旅し、新しい馬番になりすまして厩舎へ入りこむと、夜のあいだに一番上等な馬にまたがって逃げた。そして馬泥棒の知らせが到達する前に、フェリックスおじさんが別の州で別の貴族に盗んだ馬を売りつけるのだ。この詐欺は労せずしてもうかり、ローズは少しばかり楽しみすぎと言えるくらい楽しんでいた。

馬房で馬がさごそと動く、なじみ深い音がした。どれがカーヴァーの馬だろうか？　つい気になり、後ろめたさがちくりと胸を刺した。彼の馬なら盗んでも許してもらえるのではないだろうか？　何を考えているの？　彼が許すわけないでしょう。かんかんになって怒るに決まっている。あるいは、これで責任を取らされずにすむと、彼女が自分のもとから逃げだしてくれたことに安堵の胸を撫でおろすかもしれない。

そのとき背後でがさりと大きな音がしたので、ローズはその場に凍りついた。音の正体を考えるよりも先に、大きな力強い手が後ろから回されて、彼女の口を押さえた。

反射的に恐怖が胸をわしづかみにしたが、ごつごつした手に向かって悲鳴をあげるのはなんとかこらえた。こういうときは恐れをすばやく押しのけて行動に出られるよう、長年の訓練で身につけている。

彼女をとらえているのが誰であれ、体格差はゆうに二倍はあり、大怪我を負わされる危険があった。ただし、彼女の両腕は拘束されていない。まぬけな男だ。本能的に体が動き、ローズは流れるような動作でスカートをめくりあげ、太腿に装着しているホルスターから拳銃を引き抜くと、背後の男のこめかみに銃口を押しつけた。男は彼女の口を覆っていた手をおろしたが、腰に回された手はそのままだ。

「動いたら殺すわよ」落ち着き払った冷ややかな声で、本気であることを伝えた。

命令に適した姿勢とは言えないし、相手は拳銃を簡単に叩き落とせることも承知している。けれどもこちらが自信をにじませれば、相手は危険を冒して動こうとはしないだろう。

張り詰めた一瞬、どちらも何も言わなかった。自分の速い呼吸が耳に響き、男の激しい鼓動を背中に感じた。

いい気味だ。しばらく自分の身を案じるといい。

そのとき厩舎に風が吹きこんで、なじみのある心地いい香りがローズの鼻先をかすめた――男性的で涼しげな香りが。

まさか？　いや、そうだ。こみかみに当たるこの鋼鉄の冷たい感触は間違いなく銃口だ。ぎょっとするほどすばやく正確な動作で武器を引き抜いたのを考えると、この女性が一度や二度は似たような状況に陥ったことがあるのは明白だ。それで彼女を見直したのか、もしくは見下げたのか、カーヴァーは自分でもよくわからなかった。

動くなと言われたが、しゃべるなとは言われなかったので、彼は口を開いた。

「きみに手荒なことをするつもりで来たわけじゃない、ダフニー」

彼女は武器を一センチたりともおろさず、カーヴァーの声に驚いた様子もなかった。「それなら、なぜここにいるの？」完璧に落ち着き払った口調だったが、かすかに震える肩が彼女も恐れ知らずではないことを伝えていた。

「きみと話をしに来た」カーヴァーは言った。「きみが本当は何者で、なぜぼくの愛人のふりをしているのか知りたい」

ダフニーがほっと重い息を吐くのが聞こえた。彼に正体を気づかれていたことに安堵しているのか？

「いつから気づいていたの？」

「最初からと言ったら引き金を引くかい？」

ダフニーは拳銃をおろし、彼の腕の中で身をよじった。「ねえ！　もう放してちょうだい」怒っているというより、いらいらした声だ。

カーヴァーは遅まきながら彼女の腰に手を回したままだったことに気づき、名残惜しく思いながら手を離した。これが別の状況だったら、こんなふうに彼女を抱くのを大いに楽しんだことだろう。いやいや。銃口を頭に突きつけられていても楽しんでいたな。

ダフニーがくるりと振り返って一歩さがり、銃口を彼の胸に向けた。「どうしてわたしが嘘をついているってわかったの？」目を細めてにらむ。闇の中でさえ彼女の剣幕の激しさがわかった。彼女に見据えられて、カーヴァーはぞくりとした。

「まず、ぼくに愛人はいない。そして……」彼はにっこりとした。「ぼくはニューベリー卿ではない。きみが二軒先の玄関をノックしていたら、彼に会えただろう。ぼくはカーヴァー・アッシュバーン、ケンズワース伯爵でダルトン公爵の後継者だ」

途中で彼女があんぐりと口を開けるのをカーヴァーは楽しんだ。しかしダフニーはすぐに口を閉じると、非の打ちどころのない鼻から腹立たしげに息を吐いた。

「あの老体を殺してやる」歯を食いしばって言う。

「ニューベリー卿のことかい？」

「フェリックスおじさんよ」彼女は遠い目で思案しながら言った。

「きみに家族はいないと言ったはずだ。それとも、あれも嘘の一部か？」

ダフニーは首を振った。断片をつなぎ合わせようとまだ思案に耽っている。「それは本当。家族はいないわ。おじさんはわたしの……共犯者よ」

共犯者？　ということは、やっぱり本職の詐欺師だったのか。思ったとおりだ。

「今回みたいなお手並みでは、わたしの共犯者は足を洗うときが来たようね」考えこみながら拳銃を持ちあげ、銃口で口をとんとんと叩く。

これほど心得た様子で気軽に拳銃を扱う人間を――男であれ女であれ――カーヴァーは見

たことがなかった。この女性は……頭がどうかしている。美しく、魅惑的で、そして異常者だ。そんな相手にこのまま屋敷にとどまるよう頼もうとしている彼の正気も怪しいものだった。

ダフニーがふたたび拳銃を彼に向けた。「嘘だとわかっていたなら、わたしに求婚までしてここへ連れてきた理由は何?」小柄な女性ながら、なんという威厳だろう。いまや素の彼女に戻ったことでなおさら存在感を増している。彼女を抑えていたものがなくなり、完全にこの場の主導権を握っている。カーヴァーはこっちの彼女のほうが好きだった。

彼は頬をゆるめた。銃口を見おろしている男にしては不思議と陽気な気分だ。「おもしろそうだったから?」

「わたしは人生の大部分を嘘で食べてきてるのよ、カーヴァー。つまり、嘘を見抜くのも得意なの」彼に鋭い目を向ける。

「ということは――」カーヴァーは銃のほうへ手をひらひらさせた。「なんであれ、こういうことをして人生の大部分を生きてきたのかい?」

「話をそらすのがうまいわね。だけど引っかからないわよ。わたしをここへ連れてきた理由は? これは罠で、わたしを治安判事に突きだす気?」

彼は笑い声をあげた。これでダフニーを安心させ、事実をありのままに打ち明けるのを回避できるといいのだが。ついでに武器をおろしてもらえたらありがたい。「いいや。どちらも違うよ。きみを罠にかける気も、治安判事に突きだす気もない。だいたい、拳銃を手にしているのはぼくではなく、きみのほうじゃないか。拳銃といえば、ぼくを撃つ決心はもうついたかい？　もし撃たないなら、拳銃はしまってほしいんだが？」

ダフニーはにこりとして小首をかしげた。「わたしのせいで気が気じゃないの？　女は拳銃の扱い方も知らないから怖い？」

「気が気じゃないのは確かだな。でもそれは、きみは拳銃の扱い方を充分に心得ているという確信がいささかありすぎるからで、避けられるのであればお気に入りの上着に穴を開けられたくないものでね」

唇がぴくりと動いたものの、彼女は笑みを広げる誘惑には屈しなかった。これはひと筋縄ではいきそうにない。だが、彼女に満面の笑みを浮かべさせてやろうという新たな決意がカーヴァーの胸にみなぎった。

ダフニーが人差し指を立ててくるりと回し、彼に後ろを向くよう命じた。

カーヴァーは片眉をつりあげた。「拳銃を握っている女性に背を向けろと？　悪いが、そいつは遠慮するよ」

「それじゃ膠着（こうちゃく）状態ね、閣下。あなたにじろじろ見られながら拳銃をしまうのは絶対にお断りよ」ぽかんとする彼を見て、ダフニーは深々とため息をついて天を仰いだ。「鈍い人ね。ホルスターは太腿に装着してあるの。さあ、礼儀正しく背中を向けてわたしに拳銃をしまわせるか、そのすてきな上着に別れを告げるかしてちょうだい」

彼は微笑んだ。「すてきな？」

「ほら、後ろを向いて！」

カーヴァーは笑って背中を向け、なんであれ彼女が拳銃をしまうのに必要なことをできるようにした。スカートの下に拳銃を携帯していたとなると、あの速さで抜き放てるなんてなおさらたいしたものだ。この手の状況は彼女にとって日常茶飯事なのだろうか？　人を撃ったことはあるのか？　この女詐欺師にききたいことがあとからあとから出てきた。

「もうこっちを向いてもいいわよ」振り返ると、ダフニーは扉のほうへとゆっくりあとずさっていた。「手短にお礼を言うわ。わたしを突きださずに逃がしてくれてありがとう」

出ていくのか？　外はひどく寒いだけでなく真っ暗だ。それに夜の旅は安全ではない。

彼女は旅行鞄を持ちあげて背を向けた。本当に出ていくつもりらしい。互いに惹かれ合っているとたしかに感じたのだが。どうやらあれも芝居の一部だったようだ。カーヴァーは思いあがった鼻に一発食らった気分だった。

歩み去るダフニーの後ろ姿を目にして、彼は胸をかきむしられるようだった。ロバートとの約束を守るために彼女をとどまらせる必要があるだけでなく、自分も……いや、やめよう。カーヴァーはそこから先を考えることを自分に禁じた。彼女を引き止めるのは約束したからだ。理由はそれでいい。

ダフニーはもう扉の前にいた。カーヴァーはなんでもいいから彼女を引き止められる言葉を必死で探した。「さよならも言わずに出ていくのか？」最高だ。今度は女性にすがりつく情けない男の役まで演じることになるのか。

彼女はぴたりと静止した。振り返りはしなかったものの、わずかに首をめぐらせ、右の頬骨が月明かりに照らされる。「自分の標的にさよならを言ったことはないわ」

〝標的〟か。うれしいことを言ってくれる。

「友人には？」

長い間があった。カーヴァーは綱につながれて彼女のほうへと引っ張られたように感じた。どうすればこの綱を断ち切れるのだろう？

ダフニーに好意を抱く理由はひとつもなく、嫌悪し、疑う理由なら充分すぎるほどあるのに、あいにく彼女がそばにいるときにカーヴァーが感じるのは、ふわふわした浮遊感だけだ。言葉にするのは難しかった。ふたりのあいだには単純につながりがあるのだ。引力が。ダフニーに見つめられるたび、カーヴァーは強い力でわしづかみにされた。こんな感覚を覚えるべきではなかった。制御できない感情なら、すでに多すぎるほど抱えている。

13

「友人はいないわ」ダフニーの前よりおだやかな声が厩舎に響いたあと、カーヴァーの胸にずしりとのしかかった。

彼はうめき声を押し殺した。彼女を慰めたくなるのはどうしてだ？　「それには反論せざるをえないな」

ダフニーが振り返り、カーヴァーと向き合う。開いたままの扉から差す青い月光が彼女の顔をさっとよぎった。その瞳に映っているのは悲しみ――根深い恐れ、あるいは羨望で、それらはよりいっそう強い力でカーヴァーを引き寄せた。「わたしのことを何も知らないくせに。あなたはわたしのことを何ひとつ知らない」彼女は首を横に振った。「あなたはわたしの友人ではないわ」

互いを引き寄せるこの力を、ダフニーは感じていないというのか？　こんなにも強い力なのに。

カーヴァーが歩きだすと、ブーツに踏まれた干し草が音をたてた。彼女の体がこわばるのを見て足を止める。ぼくが怖いのか？「それなら、きみは誰なんだい、ダフニー？今度は本当の名前を教えてくれ」

彼女の眉間にしわが寄る。カーヴァーは不安げなしわを親指でなぞり、伸ばしてやりたかった。「教える理由は？あなたは自分をニューベリー卿だと信じこませ、求婚までしてわたしを嘲笑ったも同然なのよ。なぜわたしがあなたの言動を信用しなければならないの？」

彼は唇に笑みを湛え、思いきってもう一歩近づいた。「なぜなら、ミス・イノセンス」彼女の眉間のしわが少しだけゆるんだ。「本当の名前を明かさずに今夜逃げたら、きみの一〇〇〇ポンドは手に入らないからだ」

ぼくは何を言っているんだ、このまぬけ！

ダフニーが眉をあげた。「わたしの、なんですって？」少なくとも彼女の注意を引くことはできたようだ。

ペテン師を雇うなんて飛び抜けて賢明な考えとは言えないが、どうにかして彼女を引き止める必要があった――メアリーとロバートのために。断じて自分が彼女に惹かれているからではない。彼女のそばにいると、ふたりのあいだの空気が絡み合うように感じるからでもない。

「父のために母が開く舞踏会が終わってぼくがロンドンへ帰るまで、きみにはここにいてもらう必要がある。従ってくれたら、報酬として一〇〇〇ポンド支払おう」

今度は彼女のほうがこちらへ足を踏みだした。疑わしげな顔つきでさらに三歩近づいてくる。手を伸ばせば彼女の手を握れるほど近い。ぬくもりを帯びたバニラの香りが漂ってくるほど。

余計なことを考えるのはやめろ。

「どうして?」ダフニーが問いかけた。「わたしをここにとどまらせたい理由は何?」

カーヴァーは咳払いをして頭の雑念も振り払った。「それはきみには関係ない」

この取引の主導権はダフニー――彼女の名前がなんであれ――ではなく、こっちにある。彼女を滞在させるとなれば、その責任を負うのは彼だ。ルールを設けることになるだろう。そして、それを決めるのはこっちだ。

「そう」彼女はどうでもよさそうに肩をすくめると、きっぱりとした足取りで扉へ向かった。「詳細を把握できない仕事は引き受けないことにしてるの」

「待ってくれ!」恥をさらすのはやめるよう理性が忠告する暇もなく、カーヴァーはいささか大きすぎる声で彼女を呼び止めていた。「メアリーのためなんだ」またもや理性の声に耳を貸すことなく口を開いた。主導権を握るつもりがなんてざまだ。

ダフニーがゆっくりと振り返った。「わたしたちの嘘の婚約があなたのお姉さまとどう関係するの?」

カーヴァーはランタンのある作業台のほうへ足を進めながら、ダフニーを手招きした。しかし彼女は動こうとしなかった。もちろんそうだろう。こっちの彼女は頑固以外の何者でもなく、少しばかり腹立たしいどころではないのだ。

彼はいらだたしげに息を吐きだしてひとりで作業台へ向かい、ランタンに明かりを灯した。腕組みをして嘲るように眉をつりあげている彼女のもとまで引き返すには、厄介な量の自尊心を捨てなければならなかった。

「わたしの滞在がレディ・ハットレイにどう影響するの？」ランタンを手に彼女の前で足を止めたカーヴァーに、ダフニーは問いかけた。火明かりを浴びて彼女の顔は輝き、ぬくもりを帯びて美しい。

「その前に、きみの名前が知りたい」

彼女の顔に躊躇の色が浮かんだ。「なぜダフニーは偽名だと思うの？」それは……彼女に似合わないからだ。もっとも、これは口にはできなかった。

「なぜなら、きみはかなり経験豊富な犯罪者だという印象を受けたからだ。だとしたら、いきなり本名を名乗るようなばかなまねはしないだろう」

彼女が薄く笑った。この女性を本物の笑顔にさせるにはどうすればいい？「ええ、そのとおりよ。だから残念だけど、ダフニーで我慢してちょうだい。本当の名前は絶対に明かさないことにしているの」

「それでは公平とは言いかねるな。こっちはミドルネームまで教えているんだ。しかも、偽名ならよりどりみどりだろうに、どうして〝イングリッド〟なんだ?」彼は吐き気を催したような顔をしてみせた。

ダフニーの口が開かれ、憤慨した息が吐きだされる。「あなた、その名前を気に入ったと言ったじゃない」

「嘘をついたのはきみだけじゃないってことさ」

ダフニーはカーヴァーをまねして腕を組んだ。「それなら、なおのこと教えないわ。イングリッドだけは本当だったのかもしれないわよ」片眉をつりあげる。子どもの頃、大事にしている人形をカーヴァーに隠されて、どこへやったのかと彼を追及するメアリーにそっくりだ。

「イングリッドは本当にきみのミドルネームなのか?」

彼女はかすかに笑って首を横に振った。「いいえ。それはさておき、レディ・ハットレイがどうしたのか教えて」

どうやらもう少し情報を提供しないことには、この女性を引き止められそうにない。頭痛の兆しを感じて、カーヴァーはこめかみをさすった。かくも魅力的な女性でありながら、どうすればここまで憎たらしくなれるものなのか?

「今夜の晩餐のあと、メアリーの夫のロバートから半年前に姉が流産したことを知らされた。

ぼくがそれを知らずにいたのは……姉から聞いていなかったからだ」遠く離れたところで傷ついていた姉を思うと胸が締めつけられた。「とにかく、今夜聞いたとおり、姉はふたたび妊娠している。妊娠初期の数カ月はストレスを抱えないよう医者から厳命されているそうだ。心配性の姉のことだ、ぼくたちの婚約には裏があると知れば大きなストレスになるだろう。この芝居は今夜かぎりにしてきみにはロンドンへ帰ってもらおうと考えていたが、ロバートの話を聞いたあとでは……だから、姉を守るためにきみにはとどまってもらう必要がある」

一気に話して息を吸いこんだあと、ダフニーの表情の変化に気がついた。彼女は黙りこんでじっと聞いている。琥珀色の瞳は黄金色のやさしげな輝きを放ち——それが心の深いところにまで届いてカーヴァーの痛みをなだめた。

「舞踏会のあとは？　その頃には彼女は危険な時期を脱しているの？」メアリーを心配してきいているのか？　それともメアリーがまだ危険なようなら婚約が延長されるのかと案じたのだろうか？

「舞踏会の翌日にはぼくたちはロンドンへ戻り、きみはそこで約束の報酬を手にしてお役ごめんとなる。メアリーには一カ月ほどしてから手紙を書き、お互いの意見の相違から婚約の話はなくなったとぼくから伝えるよ」

ダフニーは唇を嚙んで考えこみ、視線を地面に落とした。この話の何が彼女に二の足を踏ませているのだろう？　彼と婚約しているふりを続けるのが面倒なのか？　たいていの女性はこのチャンスに飛びつくはずだ。たとえ一週間かぎりの偽りの婚約でも。それなのにダフニーは、これまで彼が知り合ったどの女性とも違う彼女は、明らかにふんぎりをつけられずにいる。

ゆっくりと五回深呼吸したあと、彼女はカーヴァーがあとずさりしかけるほどまっすぐ彼の目をとらえた。「二〇〇〇ポンド」彼女が言った。

その不敵さに大笑いしそうになるのをカーヴァーはこらえた。「これは交渉じゃない。報酬は一〇〇〇ポンド、それきりだ」

「二〇〇〇よ、出さないならわたしはおりるわ」ランタンの温かな光が、彼女の肌の上で、そばかすの上で、口の上で、目の上で揺らめき、二度と忘れられそうにない瞳と柔らかな面立ちをいっそう魅力的にしていた。公平とは言いがたい。優位に立っているのは彼女で、どちらもそれを知っているのだ。

カーヴァーは負けを認めてため息をついた。「了解、なんと容赦のない女性だ。報酬は二〇〇〇ポンド出す」

彼女はカーヴァーを見あげた。眉間にはふたたびしわが刻まれている。「仕事を引き受ける前にいくつか同意してもらうわ」〝仕事〟とは、なんとばかばかしい。そもそもこのいまいましい女性を屋敷へ連れてきたからこんなことになったのだ。「最初に、わたしは遊び女や商売女じゃない。淑女に対するのと同等の敬意を払ってちょうだい」

「それをわざわざ口にする必要を感じさせたのなら、ぼくがいたらなかったせいだ。今後はどんな形であれ、きみの名誉を傷つけることはしないと約束しよう」

「そうして。ふたつ目に、わたしが何者かは知らないに越したことはないわ。そのほうがあなたのご家族とのやりとりがずっと楽になるし、あなたも混乱しないでしょう……わたしもね」彼女が最後のひと言をつけ加えていなければ、カーヴァーは同意しなかったかもしれない。

「いいだろう」

「三つ目は、絶対にわたしに愛情を抱かないこと。わたしたちの関係はあくまで芝居であってそれ以上のものではないわ。この仕事が終わったらお別れよ。お互いに二度と連絡を取ることはない」

そうだ、それでいい。この女性に不思議な魅力を感じることをついさっき自分に認めたばかりだとしても、二度と感じるものかと彼女の言葉がカーヴァーに心を決めさせた。「失恋して橋から身を投げないようにするよ」

「そう。そういうことなら」ダフニーは大きな試練を甘んじて受け入れるかのように深いため息をついた。「ここに残るわ」きっぱりとつけ加える。「ただし、残るのは二〇〇〇ポンドとレディ・ハットトレイのため。それだけよ。決してもっとあなたと過ごしたいからじゃないわ」

「すばらしい」彼は茶化すように言った。「きみは胸の重荷をすべて吐きだしたようだし、これで話を進められるな」

ダフニーは唇を噛んだものの、笑みは隠しきれなかった。「謝るわ。わたしは率直になりすぎることがあるの」

「玄関先に現れて、ぼくと目を合わせるのも怖がっていたおとなしいメイドが恋しくなるよ」

唇の片端をくいとあげて微笑む彼女を見て、カーヴァーの鼓動が速くなった。「本当に？　あなたにとっては死ぬほど退屈な相手だろうと思っていたわ」ただのおとなしい娘なら、そうだっただろう。彼が内気でおとなしい娘を恋しがることはありえない。クレアはたしかにそのどちらでもなかった。

クレア。カーヴァーは無理やり思考を先へ押し進めた。「おそらくきみの言うとおりだ」厩舎の扉を身振りで示す。「それでは屋敷へ戻ろうか？　ずいぶん夜も遅いし、この続きは明日の朝に時間を見つけて話そう」それに、自分にはひとりになれる場所が必要だ。

ダフニーは同意し、彼が旅行鞄を持ちあげると驚いた顔をした。紳士が手を貸すのに慣れていないのだろうか？　たいしたことをしたつもりはないが、彼女の瞳は驚きと感謝に満ちあふれ、普通の紳士として普通のことをしただけで英雄になった気分だった。

「それでは教えてくれ、ダフニー・イングリッド・ベロウズ……」芝生を横切って屋敷へ向かいながら、カーヴァーはすぐそばに彼女がいるのを全身で意識していた。腕と腕が触れ合い、彼はダフニーの手を取ってしまわないよう、旅行鞄を持つ手に力をこめた。二度と彼女に魅力を感じるものかと、心を決めたばかりだというのに。「ぼくに見つかるまで、厩舎で何をしていたんだい？」

夜風がうなりをあげて吹き抜け、どこか遠くでフクロウが鳴いたが、カーヴァーの頭に入ってくるのは彼女の悔しげな微笑みと、いたずらっぽくきらめく瞳のことだけだった。

「あなたの馬を盗もうとしていたの」

彼女ひとりで？「そんなことがきみにできたと思うのかい？」

ダフニーが何度か目をぱちぱちさせる。「どういう意味？」

彼は小さく笑った。「ほらほら、剣をおさめて。真っ暗闇の中で馬に鞍をつけて自力で騎乗するわけだろう。それを成し遂げるのは誰にだって難しい」

ダフニーはわざとおびえたように頬に手を触れた。「ああするしかないと思ったんですもの！」

カーヴァーは思わず噴きだした。「きみはふざけているようだが、ぼくは誰の手も借りずに自分で馬に鞍をつけることのできる女性にはお目にかかったことがない――ましてや、一度も乗ったことのない馬となればなおさらだ」

「それなら」ダフニーに見あげられ、カーヴァーの鼓動は止まりかけた。何よりも美しい本物の笑みが彼女の顔を輝かせる。「わたしがひとり目ね」

「証明してくれ」彼は言った。

14

翌朝目を覚ましたカーヴァーは、つい一時間前に寝たばかりのような気がした。クレアの思い出が頭を占めるかと思えば、いつの間にかダフニーのことばかり考えていて、ひと晩じゅう思考が右へ左へと引っ張られるようだった。ダフニーを引き止めたのは間違いだったのではないか？　クレアならこの状況をなんと思っただろう？　ダフニーがそばにいないときは、彼にも状況が明確に把握できた。彼の家族がいるこの屋敷にダフニーの居場所はないのだ、と。ところがダフニーと一緒にいると……うっとりした気分になり、安らぎと幸せは形あるもので、手を伸ばせばつかむことができるように感じるのだ。こんなふうに感じるのは本当に久しぶりだった。そしてそれが、彼を後ろめたい気持ちにさせている。クレアが存在しなかったかのように、自分ばかりが人生を歩み続けるのは彼女への裏切りだ。

カーテンの隙間を割って黄金色の光の筋が差しこみ、もう起きる必要があるとカーヴァーに告げた。体は起きあがることに猛抗議しているが、ダフニーはじきに起きるだろうし、それどころか、すでに起きているかもしれず、今朝は彼女と約束をしていた。ゆうべ、ふたりは朝の乗馬へ出かけることに決め、そのときにダフニーが自分で馬に鞍をつけることになった。彼が詰め寄ると、ダフニーは〝この人、頭が完全にどうかしているわ〟という目を向けてきた。それは自分で鞍をつけるようカーヴァーが言ったからではなく、彼女がそんなことを人にやってもらったことが一度でもあると彼が考えたせいだった。

ダフニーは、彼がこれまで出会ったどの女性ともまるで違っている。その善し悪しはさておき、彼女はカーヴァーを惹きつけた。それはぞくぞくするのと同時に空恐ろしくもある。彼女は予測不可能だ。心の中が読めない。ダフニーは彼に見つめられておとなしそうにまつげをぱちぱちさせることはないし、口論になっても決して引きさがらなかった。彼にはまだ感じる準備が少しもできていない感情を、ダフニーはかきたてるのだ。

カーヴァーは自分にベッドから出るよう命じて体を起こすと、両腕を伸ばし、首を回した。腹部に痛みを感じて、まだあざの残る脇腹の打撲部分を見おろし、青黒く腫れた箇所に手を滑らせた。多少は痛むものの、治りつつある。

部屋の静けさが徐々に彼を押しつぶしはじめた。首にクラヴァットを巻いてもいないのになんだか息が苦しい。早朝から人の部屋へ勝手に入ってくるオリヴァーが今日ばかりは懐かしかった。この部屋から出なくては。この屋敷から。カーヴァーはベルを鳴らして従僕を呼ぶと、鹿革（バックスキン）のブリーチズと乗馬用の上着に急いで着替え、朝食室へ行くために階段をおりた。クレアを思いださせるものの前を通り過ぎるたび、肺の中の空気が重たいセメントになったように感じた。どこもかしこも彼女との思い出だらけだった。どの廊下の角にも、どの広間にも、どの部屋にも彼女との思い出がある。家同士が近く、幼い頃から一番の友だちだったクレアは、彼と変わらないくらい多くの日々をこの屋敷で過ごした。あちこちに潜む思い出がまわりの空気をゆがめる中で、カーヴァーは視線を前へ据え、いまの瞬間だけに集中した。

やっとのことで朝食室にたどり着き、階段を駆けおりてきたも同然だったことにそこで気がついた。息を整える時間を取って気楽な雰囲気を装ってから、まぶしい陽光に照らされた部屋へと足を踏み入れる。ベーコンとペストリーの食欲をそそる香りが鼻先に漂ってきた。円テーブルには母と妹たち、そしてロバートの姿があった。メアリーは不在だ。体調がすぐれないのだろうか？　そう思うとカーヴァーの食欲は消え失せた。

「おはよう」光に満たされた朝食室の中を進みながら声をかけた。よし、自然な声を出せたぞ。彼は母親に歩み寄り、いつものように頬へキスをした。「相変わらずすてきですね、母上」

公爵夫人は微笑し、横目で息子を見た。「あなたは相変わらず嘘つきね。けれどその嘘は許しましょう、気分をよくしてくれるもの」息子が背中を起こす前にそっと頬に触れる。「よく眠れた？」

「ぐっすりと」カーヴァーは嘘をつき、ロバートへ視線を転じた。「メアリーは大丈夫ですか？」

「今朝は少し調子が悪くて、もうしばらく休んでいたいと言ってまだ寝ているが、たいしたことはない」ロバートは心強い笑みを浮かべた。「ミス・ベロウズは……大丈夫なのか？　今朝はまだ姿を見かけていないが」義兄の問いかけには明らかに言外の質問が含まれていたものの、カーヴァー以外は誰も気づいていなかった。母は紅茶をすすっているし、エリザベスは手紙の封を開けていた。ケイトは『レディズ・マガジン』に没頭している。

「じきにおりてくると思いますよ。朝のうちにふたりで乗馬に出かける予定ですから」カーヴァーはロバートに小さくうなずきかけた。義兄がうなずき返し、カーヴァーは食器棚に向き直ると、朝食をのせる皿を取りあげた。

「それならダフニーは先に行くことにしたようよ。一時間ほど前に出発したもの」エリザベスが言った。カーヴァーはぴたりと動きを止めて皿を戻し、手紙から顔もあげずにしゃべっている長妹を振り返った。

「先に？」不安が声ににじみだしていないといいが。

「ええ。厩舎のほうへ歩いていくのを窓から見かけたわ。厚手のウールのマントを着ていたから、朝の乗馬へ行くんだろうと思ったの」思いも寄らないほどの焦りがカーヴァーの胸をとらえた。結局、ダフニーは逃げることにしたのだろうか？　旅行鞄を携えていたのならエリザベスがそう言うはずじゃないか？　妹に確認したいが、そんなことをすれば不審がられるのは目に見えているので、カーヴァーは言葉をのみこんだ。

「乗馬へ行くなら、わたしもご一緒していい？」ケイトが雑誌から目をあげて尋ねた。

カーヴァーはつかの間息を止めた。妹のことは大好きだ、それは本当だが、妹に朝の乗馬についてこられては迷惑なのも本心だった。ダフニーにききたいことが山ほどあるのだ。はっきりさせたいことだらけなのに、ケイトがいては都合が悪い。

幸い、母が先に妹を制してくれた。「だめですよ。あなたのお兄さまが画鋲でも踏んだような顔になったのはさておいて」訳知り顔で息子に微笑みかける。「とにかくだめです。舞踏会の準備がたくさんあるんですからね。あなたとエリザベスには手伝ってもらわないと」

いまばかりはきたる舞踏会に感謝だ。

ケイトはいつものようにぷうっと頬をふくらませた。「でも準備ばかりで飽きたわ、お母さま。一、二時間くらいわたしが抜けてもかまわないはずよ」

カーヴァーは末妹に歩み寄り、ダークブロンドの巻き毛のてっぺんにキスをした。少なくとも末の妹はまだ子どもっぽさを残している。「残念だったね、ケイト。また今度、一緒に行こう」

「がっかりするふりくらいしてちょうだい」ケイトはしかめっ面をしてみせた。

彼は少年のように口の片端を引きあげて微笑した。「してもいいが、いかんせん本心じゃないからな」ケイトはじろりとにらんだあと、鼻の頭にしわを寄せてふんと笑った。彼は妹の顎をくすぐってから、ダフニーを探すために大股で戸口へ向かった。のんきに楽しんでいるふうを装い続けていれば、胸の不安を悟られずにすむと思いたかった。不安の奥には、永遠に居座るように感じる痛みがあることも。自分は壊れかけているのを家族には知られたくなかった。気が動転していることも。疲弊していることも。あまりに長いあいだ不在にしてしまったし、家族には彼が必要なのだ、傷を抱えたぼろぼろの男ではなく。

戸口にたどり着く前に母の声に止められた。「カーヴァー、オリヴァーの到着はいつになるのかしら? 彼も来るのでしょう。わが家の催しにはいつも顔を出してくれますものね」オリヴァーの話をするとき、母の瞳はいつもやさしさで満ちあふれる。この家では、彼の友人はふたり目の息子も同然なのだ。自分まで早くもオリヴァーを恋しがっているとは、なんと情けない。もっとも、当人にそれを認めるくらいなら、カーヴァーは走ってくる馬車の前に身を投げだすが。

振り返ると、エリザベスが手紙をおろしてこちらを見ていた。どうやら彼の返事を待っているらしい。「昨日から狩猟旅行へ出かけていますが、舞踏会には出席する予定です」

「じゃあ、いらっしゃるのね?」エリザベスが尋ねた。エリザベスとオリヴァーは、はたから見ると怪しまれるほど仲がいいものの、カーヴァーはなんの心配もしていなかった。オリヴァーのエリザベスに対するふるまいは兄であるカーヴァーのそれと同じだ。ただし、この三年はおそらくカーヴァーよりもよき兄だっただろう。オリヴァーのほうが確実に多くの時間を妹と過ごしている。

「ああ、来るぞ。オリーのことだから、よりによってどうしていまなんだというときにひょっこり現れるだろうな」十中八九、朝の八時に。

エリザベスは微笑んだ。「たしかに、彼ならそうね」そう言ったあとは、手紙を持ちあげてふたたび読みはじめた。

窓の外へ目をやると朝の光がさんさんと降り注ぎ、探すべき女性がいることを彼に思いださせた。「それではぼくは失礼して、ミス・ベロウズを探してきます」

玄関を出て、石畳の道を歩く彼のブーツが重苦しい足音を響かせた。どんなに思い出を振り払おうとしても、角を曲がるたび、友だち同士だった長い期間に何百回もされたように、彼を驚かせようとクレアが飛びだしてくる気がした。そんなことはあろうはずもないのに。彼女は三年前に亡くなっている。それなのにまだ手を伸ばせば届くところにいるかのように、彼の心はクレアにしがみついていた。

ロバートに言われたとおりなのだろうか？　自分はまだ彼女の死を受け入れていないのか？　一週間前であれば、ばかばかしいと一蹴していただろう。なにせカーヴァーは、ロンドンで自分の思いどおりに忙しく暮らしているのだから。しかし、ロバートの言葉を考えれば考えるほど核心を突かれた気がした。だからこそ馬で遠出をして気分を切り替える必要がある。ロバートに言われたことも、クレアの香りも、ロンドンへ戻るのが空しく感じることも、考えたくなかった。

平安を得られる場所はどこにもないのだろうか？　公爵邸で得られないのは言うまでもなく、認めたくはないが、ロンドンの屋敷にもそれはなかった。そうだ、彼に必要なのは思いきり馬を走らせることだ。カーヴァーは、一緒に馬に乗るのは別の日にしたいとダフニーに頼むことを考えた。彼女に合わせて馬をゆっくり歩かせる気分ではない。

早足で厩舎の中へ入ったが、ぱっと見たところダフニーの姿はなかった。最悪の事態は考えないようにした。彼女は逃げないとゆうべ約束したのだ。もっとも、紳士をだますことを生業とする犯罪者の言葉をどこまで信用できるのか？

カーヴァーはかぶりを振ると、自分の馬がいる馬房へと見慣れた通路を進んだ。途中、二頭の牝馬が木製の扉の上から顔を突きだしたので、鼻面を撫でてやった。ルーシー――妹の馬で白にクリーム色の斑模様がある――ならおとなしくて、ダフニーでも乗りこなせそうだ。それにしても彼女はどこにいるんだ？　たぶん、乗馬の前にそのあたりを散策しているのだろう。もしもそうなら、ちょっとサンダーを走らせてきて、彼女に気づかれる前に戻ってくることさえできるかもしれない。ただし、それには致命的な問題がひとつあった。

カーヴァーはサンダーの馬房の前で立ち止まった。馬房は空だった。彼の馬はいったいどこだ？

振り返ったちょうどそのとき、厩舎長のジョンが駆け寄ってきた。「閣下！」厩舎へ駆けこんできたせいで息がややあがっている。「閣下がサンダーに乗って出かけられたのであればと思っていたんですが」

なんということだ。

「誰がぼくの馬を連れだしたのかわからないということか？」

厩舎長は口が細い線になるまできつく引き結んだ。クビになるのではないかと恐怖しているのがありありとわかる。「も、申し訳ありません、閣下。今朝、馬の世話をしに来たときにはサンダーはいなくなっていまして。サンダーの鞍も見当たらないので、てっきり閣下が早朝の乗馬へ出かけたものと」

ひとりだけ心当たりがある。ダフニーだ。あの女詐欺師は彼の馬を盗んでいったのか！愛馬を盗られるくらいなら二〇〇ポンドくれてやるほうがましだった。それにあの巨大な狩猟馬はとうてい女性に扱える馬ではない。元気がありあまって落ち着きがなく、カーヴァーと馬丁以外は近づけさせようとしないのだ。彼はなじみのある重苦しい恐怖に襲われ、吐き気を覚えた。

「ザ・ジェントルマンに鞍をつけてくれ、ジョン」

ジョンは急いで会釈し、公爵の馬に鞍をつけるために走り去った。ザ・ジェントルマンは足の速さではサンダーに劣るものの、二番目にいい馬だ。ダフニーは少なくとも一時間前に出発しており、見つけるには馬を全力疾走させる必要がある。彼女が五体満足で見つかることを願うばかりだ。

そのとき轟くような蹄の音が厩舎へと近づいてきて、外で停止するのが聞こえた。厩舎から駆けだしたカーヴァーは、彼の巨大な黒馬に誇らしげにまたがるダフニーを目にして、ほっと胸を撫でおろした。彼女はオリーブ色の簡素なドレスにウールのマントをはおっている。フードはおろされており、マントが風になびいた。後ろでひとつにまとめた髪はほどけかけている。彼女がからかうように微笑みかけた。「ご機嫌いかが、ディアレスト」

怒りが安堵に取って代わる。

「きみは何をしているつもりだ?」カーヴァーは進みでてサンダーの馬勒をつかんだ。息を切らした馬は、彼の手を振りほどこうと頭を振った。

ダフニーの笑みが広がった。カーヴァーの凍てつくような声音などものともしていないのは明らかだ。「見ればわかると思うけど」前かがみになり、黒光りするサンダーのたてがみをぽんぽんと叩く。ひと房の巻き毛が彼女の顔の前にこぼれ落ちた。「ひとりで鞍をつけて馬に乗れるところを証明しているのよ」笑顔で胸を張る。「この大きな荒馬に一時間も乗っていたんですもの、わたしが手綱の取り方を心得ているってあなたも納得したでしょう」

きらきら光る彼女の瞳に引きこまれそうになるのをカーヴァーは拒絶した。彼女は怪我をしていたかもしれないのだ。

「きみはぼくと待ち合わせをしていたはずだ。自分には力が強すぎる馬に乗り、行き先も告げずにふらふらと出ていくのはあまりに無分別だろう」

ダフニーがさっと頭をそらした。驚きがその瞳を曇らせたかと思うと、危険な色にすばやく入れ替わる。「これはわたしからの忠告よ、閣下」叱責するような口調だ。「わたしをこれ以上いらだたせる前に、その癇癪を抑えることね。ごらんのとおり、わたしは力の強い馬でも乗りこなせるわ」クレアもそう思っていたのだ。「高圧的な愚か者の役を演じるのはもう終わりかしら。それなら出かけましょう」

ほかのときであれば、ダフニーが怒りを燃えあがらせる様子に魅力を覚えただろう。しかし、いまこのときは彼女の首を絞めてやりたかった。なぜ聞く耳を持とうとしない？　彼女にこちらの言うことを聞かせる必要がある。

「いいだろう。きみがサンダーからおりしだい出かけよう。別の馬に鞍をつけるよう馬丁に頼んである。きみはそっちの馬に乗るといい」ちょうどそのときジョンがザ・ジェントルマン――父の月毛の去勢馬――の手綱を手に出てきた。カーヴァーは目をしばたたき、いまや丸々と太った馬への驚きを隠そうとした。いつこうなった？

「ご準備ができました、閣下」ジョンが言った。「踏み台のところへ連れていきますか？」

「そうしてくれ、ありがとう、ジョン。それから、鞍は横鞍に付け替えてくれないか」

ダフニーへ視線を戻すと、彼女の瞳は鋭い輝きを放っていた。その微笑みは、当人をのみこもうとする炎に拍車をかけるばかりだ。「いいえ、ジョン」彼女はカーヴァーから目をそらさずに言った。「わざわざありがとう。でも、わたしはこの馬で出かけるわ」眉をつりあげてカーヴァーに挑みかける。

「いいや、やってくれ、ジョン」食いしばった歯のあいだから、彼はゆっくりと明瞭に言葉を吐きだした。「彼女が乗るのはザ・ジェントルマンだ」肥え太ってしまった父の馬では鈍重だろうから、ルーシーに鞍をつけるようジョンに頼み、ダフニーはそっちに乗せようかとも考えたが——彼女には罰としてこの太った馬に乗ってもらう。

視界の隅でジョンとザ・ジェントルマンがどうしたものかと右往左往するのが見えた。ダフニーは信じられないとばかりに笑い声をあげた。冷たい風が巻き毛を顔のまわりで躍らせる。サンダーの耳がぴくりと動いた。「その馬の名前がザ・ジェントルマンなの？絶対にお断りよ。鈍馬に乗る気はさらさらないわ」

カーヴァーは体の横でこぶしを握りしめた。「母もこの馬にはたびたび乗っているし、レディにはこっちのほうが安全だ」良心にかけて、彼の威勢のいい危険な馬にこれ以上一分でもダフニーを乗せておくことはできない。起こりうるさまざまな展開がカーヴァーの脳裏を次々とよぎり、どれもこれも恐ろしい結末を迎える。

三年前にクレアを救うことはできなかった。しかし、いまはダフニーを救うことができる。

「おりるんだ」

ダフニーは思案するふりをして唇を指でとんとんと叩いた。「おりないわ」彼が苦しむのを楽しんでいるのか？

「それならぼくが引きずりおろすしかないな」

彼女の瞳が——陽光の中では琥珀色ではなく黄金色に見える——光った。「つかまえてごらんなさい」これまで彼が見てきた中でも女性としては最高の騎手であることを証明する優雅な手綱さばきで、ダフニーはサンダーの腹を蹴って駆けださせた。

カーヴァーは低くうなったあと、ザ・ジェントルマンへと走り寄り、ひらりとまたがった。馬の脇腹を足でつついて出発させる。ダフニーをつかまえて安全を確保するのだ。そのあと、彼女を殺してやる。

15

ローズはカーヴァーを見返してやらずにはいられなかった。子どもを相手にしているわけじゃあるまいし、すぐに馬からおりろと命じる彼が悪いのだ。しかも彼女の手綱さばきでは落馬しかねないとほのめかすなんて！　まったく許しがたい。

ただ、カーヴァーはぶつりと切れかねないほど神経が張り詰めている様子だった。ダルトン・パークに到着した際、玄関広間での彼もあんなふうで、自分の中にある何かを抑えきれずに葛藤しているのがうかがえた。なんらかの強烈な感情にとらわれているのだろう。本当は、彼を限界まで追いやる権利などローズにはない――彼女にも隠しておきたいことはあるのだから――けれど自分ではどうすることもできないのだ。本物のカーヴァーを見てみたかつた。

動きののろい太った馬でサンダーに追いつこうとあがく哀れな彼の姿に、ローズは笑いをこらえた。この威勢のいい頑強な黒馬は、競走馬の血を引いているに違いない――手綱をゆるめてやると、サンダーは競馬場でも引けを取らないほどの猛烈な走りを見せたのだから。ローズはしっかり手綱を握って馬にぴたりと体を寄せた。呼吸が肺の中を脈打ちながら駆けめぐる。馬のエネルギーに、自由に、身をまかせた。

約束を破って夜のあいだに逃げだすずにいるには、意志の力を総動員しなければならなかった。けれども何かがローズをとどまらせた。お金目当てではない。姉のために残ってほしいと言ったときのカーヴァーのまなざしのせいだ。夢の中にまで現れた彼の笑顔のせい。誰にも見られていないと彼が思っているときに伝わってくる、押し殺された重苦しさのせい。何かが彼女をカーヴァーへと引き寄せる。あの場所に彼女をつなぎとめる。

背後から聞こえる蹄の音が大きくなったので、ローズは追いつかれはじめたことに気がついた。馬首をすばやく右へめぐらせ、広々としたなだらかな緑の丘陵から雑木林へと方向転換する。近づいていくと、緑鮮やかな常緑樹が集まった手前の小さな木立のすぐ先に、美しい牧草地が広がっているのが見えた。野生の白い花があちらこちらで群生しているのは、この地方の冬が温暖な証拠だろう。木立の縁に沿って、蛇行しながらせせらぎが流れている。真冬なのに、点々と浮かぶ雲の隙間から降り注ぐ日差しのせいで、もう春が来たのかと錯覚しそうだ。くるくる回る風が木立から小川へと吹き抜け、自作の交響曲を奏でていく。

美しい光景だ。平和で心が安らぐ。

ローズは手綱を引いてサンダーを止まらせた。彼女も馬も、肺を空気で満たそうと荒い息をついた。ここはハイド・パークにしか自然のない、冷ややかなロンドンとは正反対だ。

空気はおいしく、凛(りん)と澄みきっていて、明るい気持ちになれる。ローズはごろんと地面に寝っ転がって深呼吸がしたくなった。胸いっぱいに大気を吸いこみ、明るい未来に夢を馳せたい。何かから逃げていないのはいつ以来だろう？　何かから身を隠していないのは？

どたどたと響く蹄の音で物思いが断ち切られた。ザ・ジェントルマンがついに追いついたのだ。カーヴァーはさっきまで怖い顔だったのがぎらぎらとした笑みを浮かべ、ふたりを隔てる距離越しに声を張りあげた。「さあ、追いついたぞ！」

ローズの腹部がきゅっと引きつった。躊躇することなくサンダーから飛びおりると、大きな木の枝へ手綱を放り投げ、ボウ・ストリートの捕り手に追われているかのように牧草地へと駆けだした。向かい風がスカートを脚に張りつかせる。息を弾ませて首を後ろへめぐらせると、乱れた髪が顔に吹きつけた。カーヴァーはサンダーの隣で自分の馬を止めてひらりとおり、彼女の二倍の歩幅でまたたく間に背後まで迫ってきた。

「観念しろ、この女詐欺師め！」彼が大声で叫んだものの、そこにはおもしろがるような響きが含まれていた。

ローズはこみあげる笑いをこらえきれなくなった。こんなふうにロンドンの通りで追いかけられたことが何度あるだろう？　でもこの追いかけっこは、いままでのとはまるで違う。これは純粋な遊びだ。つかまえられても身の危険はない。父が死んだあと、こんなふうに楽しんだことがあったかどうか覚えていない。

ローズは足を速め、スカートを踏みつけて子どもみたいに声をあげて笑った。追いついたカーヴァーが彼女の腰にすばやく腕を回すと、ローズは笑いが止まらなくなった。ばかみたいに笑ってしまっているけれど、どうでもいい。だって止められないのだから。おなかの中でぐるぐるかき混ぜられたあぶくが、いまにもあふれだしそうだ。

カーヴァーは彼女を抱えあげ、ただの小麦袋みたいにその広い肩に担いだ。「これからお仕置きだ!」

「どこへ連れていくの! おろして!」ローズは脚をばたばたさせ、逃げようともがいた。カーヴァーは小川のほうへずんずん彼女を運んでいく。「マイ・ディア、きみには泳いでもらうよ」

「泳ぐ? いまは一月よ、カーヴァー! 風邪をひいて死んでしまうわ!」

彼はさらに強くローズの両脚を抱えこんだ。「それはどうかな。きみみたいな意地っ張りは、少々冷たい水に浸かったくらいで死にはしないだろう」もちろん彼の言うとおりだ。その程度で命を落としてたまるものか。

けれども小川が近づいてくると、彼の上着をつかむ手に思わず力が入り、おろされないよう生地にしがみついていた。「本気じゃないんでしょう!」

カーヴァーはやや恐ろしげな笑い声をあげた。「いいや、本気だとも」そう言われても全然怖くはない。ただ何かを楽しむのは本当に久しぶりだ。この楽しいひとときを自分に禁じる気にはどうしてもなれなかった。たとえそのひとときのせいで本当に風邪をひくことになっても。

小川が近づき、ローズは脚をばたばたさせて彼の背中をこぶしで叩き続けた――笑いはなおも止まらない。

「これから川へ放りこまれる女性にしては、ずいぶん楽しそうだ」彼が言った。

「あなたは本気ではないとわかっているからよ」

「どうだろうな？」カーヴァーはローズを肩からおろすと、彼女の脇腹をつかんで軽々と宙に抱えあげた。冷ややかなグレイの瞳が生き生きと輝いている。それは間違いなく、これから女性を小川へ投げ入れ、その一瞬一瞬を余すところなく楽しむつもりの男性の目だった。

ローズはほんの少し怖くなってきたが、それでも笑うのをやめられなかった。ずぶ濡れで屋敷へ戻るのは楽しそうではないけれど。

カーヴァーが秒読みを開始した。ひとつ数えるたび、小川の真上で彼女の体を揺らす。

「ワン……」ぶん。「ツー」ぶん。「スリー……」

「待って！」ローズは叫ぶと、上着の襟にしがみついて彼の胸に顔を埋めた。「あなたの許可なしにサンダーを連れだしてごめんなさい！」大あわてで言葉を吐きだした。謝るのは性分に反するが、びしょ濡れになってがたがた震えながら、みじめな気持ちで馬に乗るのもいやだ。

返事がないので顔をあげ、用心しながらカーヴァーを見た。彼の表情にもはやふざけたところはなくなっている。こちらを焼きつくすようなまなざしだ。こんなふうに激しく、それでいて保護本能にあふれた目は見たことがない。凍てつくほど温度が低いのに、ローズは冷たさを感じなかった。彼の瞳の奥に無数の感情が駆けめぐっている。

「サンダーには二度と乗らないと約束してくれ」カーヴァーが自分の馬に乗られるのをこれほどいやがる理由がローズには理解できなかった。乗りこなせることはたったいま証明したはずなのに。

それでも、ローズは嘆息して言った。「約束するわ」

カーヴァーがいぶかしげに眉根を寄せる。「本当に？　やけにあっさり引きさがったな」

いや、彼女は苦汁をなめていた。誰かに屈したのは子どものとき以来だ。だったら、いまになって折れる気になったのはなぜだろう？　彼女をつかむ手に力がこめられ、思いがけない安心感がローズの背中を包みこんだ。彼女はその感覚を認識するのを拒んだ。感覚は現実とは限らない。安心は自分自身で勝ち取るものであって、誰かから与えられるものではない。

「なぜだ？」彼が問いかけた。

ローズはカーヴァーの視線を避け、うなじでちょこんと跳ねている彼の髪に目を据えた。

「なぜなら、恐怖を目にすればそうとわかるからよ」あの跳ねている髪に触れたかった。ふたりの体は密着しすぎている。ローズは身じろぎして彼の体を押した。カーヴァーは、今度は彼女をそっとおろして手を離した。ローズは彼と向き合うと、顔をあげてまっすぐ目を見た。「でも、あなたが何を恐れているのかはまだわからない」

「何かを恐れることはないのか、ダフニー？」そんな目で見るのはやめてほしかった。そんなまなざしで見つめられたら息ができない。ローズは自分が目をそらせば彼もそうするだろうと思い、視線を外した。彼は追従しなかった。

ふたたび顔をあげて彼の目を見るには、嘘っぱちの安心感をありったけ必要とした。「恐れることはずっと前にやめたの」少なくとも、自分ではそう思っている。だがカーヴァーにこんな目で――魂そのものをのぞいて彼女の弱さをひとつ残らず見つけだしそうな目で――見られたら、怖くてたまらなくなった。

この男性はたったの二日で、ローズが入念に築きあげてきたすべての壁と守りを崩しはじめていた。彼女の心は屈したがっているが、頭はそれを拒んでいる。

「どうやって？」

ローズは視線をさげてスカートを整えた。「失うものがなければ、恐れるものもないわ」

父を、たったひとりの愛する人を亡くしたのは、まだほんの少女の頃だった。住む場所も、守ってくれる人も、食べるものもなしに生きていく苦しみ、無力さ、恐怖に、ローズの心はぽきりと折れた。自分の身は自分で守ることを学んだのはそのときだ。誰にも心を許さないことを。父に頼りきっていたようには誰も頼らないことを。

ローズはもうおびえる少女ではなかった。そして、二度とおびえることはなかった。


カーヴァーは目の前のおびえた女性を見つめた。うつむいた顔のまわりで、乱れた髪が風に舞っている。そんな話をぼくが信じると思っているのか？　輝く鎧のような彼女の虚勢にほかの者ならだまされるかもしれないが、自分は違う。ダフニーは彼と同じくらい傷だらけでぼろぼろだ。どんな暮らしを送ってきたらここまで心がすり減るのだろう？

しかし、それを彼女に尋ねるのは、信頼関係という極細の線の上から落ちないようにすることを意味していた。こっちがダフニーの痛みについて問いかけるなら、彼女にだってカーヴァーの痛みについて尋ねる権利が当然与えられる。ダフニーはくるりと背を向け、木立のほうへ歩きだした。カーヴァーはそのまま彼女を行かせた。

刺すような冷たい風が肌に心地よかった。心の奥にある痛みと、ダフニーのそばにいると感じる息苦しいほどの熱さをなだめるのにちょうどいい。自分は何をしているんだ？　まさか本当にこの女性を好きになりかけているのではないだろうな？　とんでもない。

カーヴァーは髪を撫でつけると、青々とした常緑樹を眺め渡し、足を踏み替えたあと、もう一度踏み替えた。それでも心はダフニーから離れようとしなかった。彼女はしばらく彼とともに過ごすため、文字どおり金で雇われているんだぞ。彼女は犯罪者だ。彼からたっぷり金をちょうだいして一週間後にはいなくなる女に熱をあげてなんになる。息をのむような美しさや、心の傷がやわらぐように感じること、もう何年も誰といても笑う気になどなれなかったのに、彼女となら笑いたくなることは関係ない。

そんなことは何ひとつ関係ない。

必要なのは、友だちとしてダフニーとほどよい距離を保つことだ。家族にふたりの間柄を納得させる程度には仲よくしつつ、ふたりでからかい合うたびに、最後は彼女を腕に抱いて自分の胸の内を吐露する羽目にならないよう、一定の距離を置くこと。

ダフニーとのあいだに必要な距離を取って数分ほど過ぎたところで、カーヴァーは大きな木の裏に隠れたダフニーのもとへ向かった。葉の落ちたオークの幹の後ろから、色褪せたグリーンのスカートがのぞいている。彼女が草を小さくちぎるのが見えた。カーヴァーは木の裏へ回りこむと、彼女の隣で幹に肩を預けた。

友だちらしい距離……害のない戯れなら問題ないだろうか？

「隠れなくていい。今日はもうきみを川に落としたりしない」カーヴァーは笑みを浮かべて言った。

ダフニーがカーヴァーと目を合わせ、口元に笑みを浮かべた。「そう聞いてほっとしたわ。だって泳げないんですもの」明らかに冗談だ。小川の深さは三〇センチ程度しかない。だがカーヴァーは、彼女のことを知るまたとない機会に抗えなかった。

「本当に泳げないのか？」

ダフニーは肩をすくめた。ふたたび茶化すようなそぶりに戻っている。「泳げるのかもしれないし、泳げないのかもしれない」小川での緊迫した一瞬は過去のものらしい。それで結構だ。

「もったいぶらなくてもいいだろう」カーヴァーは彼女の肩をつついた。「そんなことさえ教えてくれないのかい？」

「教えたくないわ」

「どうして？　報酬を支払わずにきみとおさらばする方法を、ぼくがあれこれ考えているんじゃないかと不安なのか？」

ダフニーは自分のブーツへ視線を落とした。「ゆうべ話したように、ダフニーの物語をわたし自身の話と混同しないほうがいいのよ」彼女が耳にかけていた髪がひと筋、はらりと落ちた。柔らかそうな肌から髪をどけてやりたくなるのをこらえるのに、カーヴァーは思った以上の自制心を働かせなくてはならなかった。

「ぼくは端整な顔と優れた知性という二物に恵まれていてね、情報を区分化するくらいは朝飯前だ」

彼女はあと少しで笑いそうだった。「そうね……少なくとも片方には恵まれているわね」

濃いまつげの下から彼を見あげる。「だけど、どっちなのかは教えてあげない」

「おやおや、ミス・ベロウズ」カーヴァーはにんまりとした。「ぼくを相手に恋の駆け引きかい？」

ダフニーはまたも肩をすくめた。どうやら落ち着かないときの癖らしい。「役になりきっているだけよ。なにせあなたのご家族は、わたしたちがある程度は愛情を示し合うものと思っているでしょうから」

カーヴァーは眉をつりあげた。鼓動が速まる。「ぼくの家族はいまここにいるかい？」

友人としての距離を保て。

彼女が笑い声をあげた。高らかな美しい響きだ。「そういうことを言うときのあなたって、まさに絵に描いたような放蕩者だわ」

「つまり、ぼくはニューベリー卿になりきれているってことだな」

ダフニーはカーヴァーのほうへ顔を傾けて頭を木にもたせかけ、両手を後ろへ回した。彼の目は薄紅色に色づく彼女の唇の輪郭を無意識にたどっていた。ふたりの唇が触れ合わんばかりに近づく。「いいえ」彼女が言った。「そこがわたしを混乱させたのよ。演じているときでさえ、あなたには持ち前の……心の正しさがあるのがわかったわ」いまの彼の頭の中を読むことができても、ダフニーはそう思うだろうか？

カーヴァーは空咳をすると、彼を苛む唇と向き合わないよう、背中を木にもたせかけた。

「子どもの頃の家庭教師にその言葉を聞かせてやりたいよ。そうすれば彼女も、ぼくのことを〝恐ろしい子どもだ〟と言って仕事をやめたことを後悔するかもしれない」

ダフニーはぷっと噴きだした。「本当にそんなことを言われたの？　いったい何をしたの？」今度は彼女が肩を動かして木にもたせかけた。風に乗って運ばれてきた彼女の香りをカーヴァーは吸いこんだ。ピンで留めていた髪が落ちかけていることに彼女は気づいているだろうか？　すでにほつれて風になびいているところを見れば、波打つ美しい髪だとわかる。おろしたらどんなふうなのだろう？

「うん？」カーヴァーは目をしばたたき、何を話していたのか思いだそうとした。そうだ、昔の家庭教師の話だ！　「ああ」咳払いをする。「〝恐ろしい子ども〟呼ばわりされるほどひどいことは何もしていない。男子生徒がよくやるようないたずらばかりさ」

「どんないたずら？」ダフニーは両眉をあげて問いかけた。「わたしは路上育ちだから、〝男子生徒がよくやるようないたずら〟についてはなんの知識もないの」まるで路上で育つことより彼の話のほうが衝撃的であるかのような口ぶりだ。

カーヴァーはもっと彼女の話を聞きたかった。彼女のことをもっと知りたかった。どういういきさつで路上暮らしに？　自分の親の顔くらいは知っているのか？　だが、いまは無防備な表情をしているダフニーも、彼があれこれ質問を始めるなり、ふたたび壁を築くのだろう。カーヴァーは質問するのはまたの機会にして、気難しい家庭教師にまつわる思い出を振り返った。

「そうだな」空を見あげて目を細くする。「もちろん、彼女の紅茶にコショウを入れるのは毎度のことで、ベッドにカエルを入れたり、ブーツにミミズを入れたりもした。彼女が教科書を開けられないように糊づけしたこともある」うーん、と考える。「そうそう、女の子の友だちに頼んで、ミス・ブレインの正装の裾を縫い合わせたこともあったな」頭の固いミス・ブレインを彼に負けず劣らず嫌っていたクレアは、喜んで手伝ってくれた。最終的にはこちらの思惑どおり、ミス・ブレインはいたずらに我慢できずに荷物をまとめて出ていったのだ。

「あらあら、それで全部？」ダフニーはいたずらっぽい目をして言った。「なるほど恐ろしい子どもね！　路上暮らしの浮浪児のほうがあなたよりよっぽどお行儀がいいわ」

カーヴァーは笑い声をあげた。ダフニーがそばにいると気持ちが楽になる。

「お仕置きはされたの？」

「まあね、でも不相応に軽いお仕置きだったよ。当然ながら母にはこってり絞られたが、母もぼくたち同様、あの家庭教師のことが嫌いだったんだと信じている。母が認めることはないだろうが、向こうから出ていってくれたおかげで解雇を言い渡さずにすんだことには感謝しているんじゃないかな。母は人と対立するのが大の苦手だからね」

「なんとなくわかるわ。とても心が温かでやさしい方のようだもの」ダフニーの声が悲しげに聞こえた。

「あなたのお父さまは？　怒っていらした？」

「少しだけ」父が激怒しているところを見た覚えはなかった。家庭教師に謝罪の手紙を出しなさいという母の命令をきちんと実行するよう、念を押されはしたが。けれど父が本気で腹を立てたり、声を荒らげたりしたことは一度もない。「父はつねにとてもおだやかで、理解のある人だ」

後ろめたさがカーヴァーの胸を刺した。父はいつでもやさしく、息子の話に耳を貸してくれる。その日のうちにやらなければならない大事な仕事を抱えているときでも、子どもたちに必要とされているなら、すべてをいったん棚上げにして必ず話をちゃんと聞いてくれた。それなのにカーヴァーはこの三年間、父をしりぞけ続けてきた。誰も彼もしりぞけてきたが、とりわけ父を避けてきた。父と目を合わせると、あの日に連れ戻されてしまうからだ。カーヴァーの人生を粉々にした父の言葉が耳に飛びこんできたあのときに。〝クレアが事故に遭った。彼女は助からなかった〟

だから、カーヴァーは公爵を避けたのだ。父の瞳に見えるのがわかっているやさしさを避けた。痛みを避けた。

ダフニーがそっと微笑んだ。彼はその柔らかな頬に指を滑らせたくなった。「いいお父さまね」だが彼女の笑みはふたたび悲しげになり、黄金色の美しい目を引きはがして彼の背後の中空を見つめた。その表情は遠い思い出にとらわれているかのようだ。

「きみは？　お父さんの顔は覚えているのかい？」

彼女の呼吸がぴたりと止まった。一瞬息を止め、それからふうっと吐きだす。「そろそろ戻ったほうがいいんじゃないかしら。何かあったのかとご家族が心配するわ」木に寄りかかっていた背中を起こすと、彼には返事をする機会も、返事を求める機会も与えずに馬のほうへ歩きだした。彼女は好きなだけ質問できるのに、こっちは何ひとつ尋ねることができないのは、公平とは言いがたい。

どうすればダフニーに心を開かせることができるのだろう？　どうすれば秘密を打ち明けても安全な相手だと信じてもらえる？　何より、彼女にそうしてもらいたくてたまらないのはなぜだ？　カーヴァーが彼女に惹かれているのは疑問の余地がなかった。しかし、それでいいのかどうかはわからない。ふたたび人を愛することは自分の心に禁じてきた。この心はクレアの……。そこから先を考えることはできなかった。今日は考えるのに疲れた。考えることで人生を消耗するのに疲れた。いっそ考えるのをやめれば、痛みは消えるのだろうか。

だが問題は、この心に愛することをふたたび教える相手として、自分がダフニーを——信用ならないペテン師を——求めているかどうかということだ。彼女が最適な選択肢でないことははっきりしていた。それなのに心は意地でも彼女を求めはじめている。まあ、このまま木に寄りかかっていても答えは見つからないこともはっきりしているが。カーヴァーは数歩で馬のもとへ戻った。

サンダーが厩舎まで早く駆けだしたいとばかりに頭を振りあげた。ザ・ジェントルマンはのんびり草を食んでいる。カーヴァーは苦笑した。ダフニーがサンダーを見事に乗りこなせるのをこの目で見たいま、無理やりこんなしまりのない馬に乗せたら、彼女からひどい悪態をつかれるのは間違いない。彼はダフニーへ目を向けた。彼女はまだ馬に乗っておらず、こちらをじっと見ている。

そのまっすぐなまなざしにカーヴァーの鼓動は速まった。彼女は何をしているんだ？黄金色のまなざしの何かが彼をダフニーへと引き寄せた。一歩、また一歩と彼女の前までまっすぐ進んだ。ダフニーは口を開かず、微笑みもせず、ただ見つめている。いま、彼女の唇が開いたか？ああ、そうだ。カーヴァーの視線は愛らしい口元へとさがった。手は知らず知らずのうちに彼女の顎へと向かい、親指で下唇をかすめていた。

風のうなりの中でさえ、ダフニーの呼吸が速くなるのが聞こえた。彼女にキスをすれば事態が複雑になるが、それがどうした、もう知るものか。いま考えられるのは、触れている肌の温かさと、甘い香りだけだ。そして彼女のそばにいると、これでいいのだと感じられることだけ。カーヴァーはゆっくりと身をかがめると、この瞬間が指のあいだから滑り落ちないよう、彼女の顔を両手で包みこんでとらえようとした。ダフニーの唇を見つめたままふたりのあいだの距離を縮めかけたそのとき、彼女の微笑が目に入った。いたずらな微笑みが。

「わたしは馬に乗るのに手を貸してもらおうと思って待っていただけよ」ダフニーはそうささやいたあと、あからさまに笑いをこらえて唇を噛んだ。始めからからかっていたのか！昨日、寝室の前で彼がしたことをそっくりそのまま仕返ししたのだ。

カーヴァーは笑いながらも目を細めて両手をおろした。「もちろん、わかっているさ」ダフニーが寝室の前で言ったのと同じ言葉を使う。だがそのあと、かがみこんで彼女の耳にささやきかけた。「でも、きみにキスをするつもりだった」彼女の笑みが消え、鋭く息をのむ音が聞こえた。カーヴァーは彼女の細い腰をつかんで鞍へと持ちあげると、それ以上何も言わずにサンダーのもとへ向かった。

16

なんだかひどく混乱する朝だった。

ローズは何者にも止められない決意を胸に自分の寝室を探して廊下を突き進んだ。ひとりきりになれる場所でひと息つきたい。木の後ろに隠れるくらいでは、容姿端麗な紳士から逃れることはできなかったのだから。

「どうして彼はろくでなしじゃないのよ?」ひとり、ぶつぶつとつぶやく。彼がろくでなしなら、好きにならずにいるのは簡単だっただろう。ところが、ケンズワース伯爵――カーヴァー――はろくでなしからはほど遠い。高潔で思慮深く、おもしろくて……魅力的だ。昨日の寝室の外での出来事に対する仕返しのつもりだったし、彼が子どもの頃はいたずら好きだったと聞いて、ちょっとした悪ふざけを楽しんでくれるだろうと思ったのだ。想定外だったのは、キスをされる前に彼を止めるのは途方もなく難しかったことだ。しかもそのあと、彼はキスをするつもりでいたと堂々と認めたのだ! それを思い返すたびに、ローズはどきどきした。

ああ、わたしはなんて愚かなの！

いまや伯爵に心を奪われかけている。しかも、あっという間に陥落しかけている。彼に質問を許すべきではなかった。あれは標的と友人の境界をあいまいにする第一歩だ。だからこそ、自分に関することはいっさい教えないと始めから固く決心していたのに。誰に対してであれ、心を開くことは危険を伴う。そんなことをすれば感情が芽生えてしまう。心が温かくなってしまう。そしていつか何もかも失って心が空っぽになるのだ——そんな事態を起こすわけにはいかない。いまも、これからも。あまりに危険が大きすぎる。あまりに無防備になってしまう。

〝失うものがなければ、恐れるものもないわ〟愛する者をふたたび失うことは怖くなかった。だって、二度と誰も愛したりしないのだから。住む場所を失うことも、窮乏することも、心が折れることも、恐れることも二度とない。自分の安全は自分で作りだす。緋色の敷物を踏みしめるたび、ローズは決意を強くした。

そのとき、はっと気がついた。頭の中で自分を叱咤しているうちに、曲がるところを間違えてしまったらしい。廊下の真ん中で足を止め、ここはどこだろうかとぐるりと見まわす。さっぱりわからなかった。廊下はどこも似たり寄ったりなのだ。石造りの大きな壁、床から天井まである窓、そして床には緋色の敷物。ローズにわかるのは、自分の寝室があるのはこの廊下ではないということだけだ。でも、この階よね？　一階にあるのは居間や応接間ばかりだし、二階が寝室で、三階は子ども部屋のはずだ。ということは、やっぱり違う廊下に来てしまったらしい。

踵を返して廊下を引き返そうとしたそのとき、女性たちの声が聞こえた。少し奥の寝室のドアが開いていて、そこから漏れてくる。

「これ、どうかしら？」自信のなさそうな声はエリザベスだろうか。「だめ……全然似合わないわ！ もうケイト、どうしてグリーンがいいなんて言ったのよ」思ったとおり、エリザベスだ。

ここは背を向けて自分の部屋へ行くべきだろう。姉妹だけでおしゃべりをしているのは明らかなのだから。けれどそのとき別の声が加わり、ローズはさらにこのやりとりに引きこまれた。公爵夫人の声音はなめらかで、そのぬくもりはローズを抱擁するかのようだった。なぜだかこの声を耳にしてしまうと、立ち去ることができなかった。「まあ、マイ・ダーリン・ガール！ なんて美しいの。ケイトの言うとおり、グリーンを選んだのは正解ね」

ローズの足は、声が漏れてくるドアのほうへ勝手に動いていた。

エリザベスが返事をする。「大胆すぎるし、刺繍(ししゅう)が多すぎる。こんなの滑稽だわ」くるりとターンするようなスカートの衣擦(きぬず)れの音がした。みんなでドレスの話をしているのだろうか？「結婚相手にふさわしいレディらしく見られたいのに、〝見て見て〟って叫んでいるばかな小娘みたいだわ」

少なくとも女性三人の笑い声がした。「ロンドンなのよ、ディアレスト。誰もが〝見て見て〟と叫んでいるわ」これはメアリー——もとい、レディ・ハットレイだ。正式な名称で覚えておかなくては。

ローズは悪いと思いつつも忍び足で入り口に近づき、中をのぞきこんだ。エリザベスのグリーンのドレスをひと目見たいと、不思議な欲求に駆られていたのだ。思ったとおり、金縁の姿見の前には海の泡を思わせる淡いグリーンのドレスをまとったエリザベスが立っていて、華奢な腰に両手を当てて、自分のドレスを眺めている。大胆すぎるなんてことはない、とローズは思った。それどころかエリザベスの金髪を完璧に引き立たせている。

とはいえ、あんなに自信のなさそうな顔をしていたら、エリザベスがロンドンの舞踏会で成功するチャンスは万にひとつもないだろう。不安でいまにも吐きそうな顔では、ほかのデビュタントや上流社会のご婦人方にいいようにあしらわれてしまう。それくらい知っている程度には、ローズも息の詰まる舞踏会に出席したことがあった。

淑女がロンドンで注目を集めたいなら、自信満々にふるまって、見せかけばかりの慎み深さをそこへちょっぴり加えるに限る。そして、ときおり上品に頬を染めてみせれば、ダンスの相手には事欠かないだろう。ついでに、持参金の額を街じゅうに広めておくのも害にはならない。これは持参金がそれなりの額であればの話だけれど。その点についても、エリザベスは問題ないはずだ。だとしたら、いったい何を心配しているのだろう？　彼女は魅力的で、やさしく、容姿端麗、しかも裕福な公爵の娘ときている。それがああも不安げで自信のなさそうな顔をしているとは、あの頭の中にはいったいどんな悩みがあるのか？

けれどロンドンの舞踏会について知っていることを考えてみると、実際にそこで良縁を探す女性がちょっぴり怖じ気づいてしまう気持ちは容易に理解できた。不誠実な伊達男は〝良縁〟という言葉を隠れ蓑（みの）にして下の階級出身の女性を食いものにし、上流社会はそれに目をつぶっているのは事実だ。ほかにも財産目当ての男や、自分の理想の妻に作り変えることのできる年若い花嫁を求める中年男もいるのだ。それを考慮に入れれば、エリザベスにとって――あるいはどんな若い女性にとっても、ロンドンでの有望な結婚相手探しは選択肢がごくごく限られているように思えた。

もっとも、ローズに良縁の何がわかるだろう？　舞踏会へ出たのは、疑うことを知らないデビュタントの首や手首から宝石をかすめ取るためだ。めかしこんだ紳士たちからも、装飾品や懐中時計をいくつか失敬した。会場は舞いあがっている淑女たちと獲物を探す紳士たちが押し合いへし合いし、ローズの腕前はそよ風のごとく軽やかなのだから、ばからしいほど簡単な仕事だった。

「でも、まだ宝石もつけていないでしょ！」末っ子のケイトがエリザベスの後ろへ回り、きらめくダイヤモンドを姉の首にかけてやった。

ローズはふと気がついた。エリザベスも彼女に宝石を盗まれるデビュタントのひとりになっていたかもしれないのだ。自分は盗むことをためらいもしなかっただろう。ローズにとって、デビュタントなんてみんな同じだった。生まれてこの方苦労ひとつしたことのない、特権階級のレディたち。それはエリザベスにも当てはまるのだろうが、初めての社交シーズンを控えて母親と姉妹に囲まれ、不安げに準備をしている彼女を目にすると、良心の呵責(かしゃく)を覚えて胸が痛んだ。

「ダフニー!」驚きに満ちた声がローズの物思いを突き破った。「そんなところで何をしているの? こっちへいらして!」ケイトが大はしゃぎで言う。この若い淑女はいつもこんなふうらしい。

とはいえ、この部屋へ入るのは気が進まない。女性たちがおしゃべりに花を咲かせる部屋にいると、飢えた犬でいっぱいの路地へ放りこまれた猫の気分になりそうだ。

けれどもダフニーなら、未来の母親と義理の姉妹と喜んでおしゃべりを楽しむはずだ。ローズは勇気を出してとっておきの上品な笑みを張りつけると、おずおずと部屋へ入っていった。「ごめんなさい、お邪魔をするつもりはなかったの」すまなそうな表情を浮かべる。「自分の部屋へ戻る途中で廊下を間違えてしまったみたいで、たまたま前を通りかかったんです」

「気にしないで」ケイトはローズの隣に歩み寄り、女性たちのほうへ引っ張っていった。「ちっとも邪魔なんかじゃないわ。わたしのお堅い姉にグリーンのドレスは本人が思いこんでいるほど大胆ではないと説得を試みていただけですもの」

「ええ、ディア、どうぞわたしたちに加わってあなたの意見を聞かせてちょうだい！」公爵夫人の声はセイレーンの歌声のようだ。耳に心地よくて拒めない――拒みたくない。二三年の人生で何度、母の声を想像したことだろう？　高い声か、それとも低い声だったのか？　耳をかすめるシルクのようになめらかだった？　それともかすれ気味？

ローズは無理やり小さな笑みを浮かべ、胸の痛みが顔に出ていないよう祈った。すばやく室内に目を走らせてそこにいる全員を把握する。公爵夫人は暖炉のそばの椅子に腰かけていた。右側に体重をかけて足首を交差させ、椅子の肘置きに肘をつき、握ったこぶしに顎を軽くのせている。威厳がありながらも、不思議とくつろいで見える。

ケイトはベッドに座っていた。その笑顔からは元気があふれている。エリザベスは家族水入らずのところへ入ってきたローズを明らかに歓迎した様子で、こちらへ向き直った。レディ・ハットトレイは窓辺にたたずみ、疲れた顔で外を見つめていた。優美な手でおなかの小さなふくらみをそっと撫でている。分厚い毛布にくるまれているような重苦しさが伝わってくるのは、カーヴァーが話していた流産のせいだろうか。レディ・ハットトレイがこちらを見たが、その表情は明るくならなかった。むしろ、暗さを増している。

レディ・ハットトレイのためによかれと考えてここに残ったのに、ローズとカーヴァーの偽りの婚約は真逆の結果を招いてしまったらしい。ここはローズが精いっぱいがんばってるのは、カーヴァーにとって大事なことなのだ。そしてカーヴァーにとって大事なことを心に留めておく代わりにローズは報酬をもらうので、それこそがこれから彼の姉の不安を全力で取りのぞきにかかる、唯一の理由だ。それ以外に理由なんてない。

ローズはエリザベスへ目を向けた。「そのドレスの何がお気に召さないの？」

エリザベスがわずかに肩を落とした。「あまりに……グリーンなの」姿見へと向き直り、おなかに手を当てて背筋をぴんと伸ばす。「このドレスを着ているとなんだか……」どんな言葉で締めくくるのかと、全員がほんの少しだけ身を乗りだした。「子どもみたいに見えるわ。わたしは洗練された大人として見られたいの。これじゃ派手なばかりのその辺の生け垣よ」

「待って」ケイトが目をきらきらさせる。「それじゃエリザベスは子どもなの、それとも生け垣なの？」

「両方。若い生け垣ね」

みんなはくすくす笑ったが、ローズは笑いを嚙み殺しておだやかな笑みを浮かべるだけにした。エリザベスに恥をかかせたくない。「わたしは目立ちすぎなくてすてきな色だと思うわ。あなたの目の色をよく引き立てているし、わたしの思い違いでなければ、レディは自分の瞳の色に紳士が気づくことを心ひそかに期待しているものでしょう」

カーヴァーに瞳の色のことを言われるまで、そんなふうに思ったことはなかった。自分の瞳の色が特別だなんて考えてもみなかった。けれども彼に瞳をのぞきこまれ……色合いをありのまま伝えるのがさも重要であるかのようにじっくり思案して言葉にされると——背筋がぞくぞくした。

ケイトは少女みたいにくすくす笑い、レディ・ハットトレイさえうっすらと頬を染めている。

「カーヴァーはあなたの瞳の色に気づいたの、ミス・ベロウズ？」ローズの頭の中を見抜いたかのように、ケイトが夢見る口調で問いかけた。そうよ、なんて絶対に言えない。ばかばかしすぎる。

「おやめなさい、ケイト」公爵夫人がそっとたしなめた。「ダフニー、話す必要はありませんからね」そう言っておきながら、口角を引きあげていたずらっぽい笑みを浮かべたかと思うと、ころりと手のひらを返した。「だけど……話してもらえたら、みんなとっても喜ぶわ」

「ええ、ぜひ聞かせて！」ケイトは大はしゃぎで手を叩き、エリザベスも説得に加わった。

全員の視線がローズに向けられている。こうなったら、みんなの期待のまなざしに応えるしかないだろう。そのほうがレディ・ハットトレイのストレスを少しは軽くできるかもしれない。ローズは意を決して息を吸いこんだ。自分ならやれる。芝居のためにこの程度の秘密なら話してもかまわないだろう。「カーヴァーにあとで文句を言われるかもしれないけれど、瞳の色を褒められたことをみなさんにお教えするわ」ごくりと息をのむ。「わたしの瞳はグラスに注いだ……上質なブランデーの色だそうよ」口説き文句のようなカーヴァーの言葉をみんなの前で口にするのはおかしな気分で、笑いださないよう頬の内側を嚙まなくてはならなかった。けれども不思議なことに、秘密を話すのは想像していたより楽しかったし、ちょっぴりうきうきする。

女性たちの口からわっといっせい声があがり、ローズも笑わずにはいられなかった。ケイトは胸に手を当ててばたりと大げさにベッドへ倒れこんでみせ、レディ・ハットレイさえ笑みを広げすぎないよう唇をきゅっと結んでいる。公爵夫人は満足げに小さな笑い声をたてただけだ。ローズは牧草地にいるときに感じた愉快な気分が再燃したかのごとく、笑いが止まらなくなった。みんなばかみたいに笑っている。それがとても楽しかった。

ローズは生まれて初めて、心の底から笑っている女性たちの輪の中にいた。彼女たちから何かを掏ったり、お金をせしめたりしようとしているのではない。舞踏会場にいるどの紳士が一番の資産家かを探りだすために、彼女たちの信頼を得ようとしているのでもない。ローズは本当のことを打ち明けるのをただ楽しんでいた。それは爽快な気分だった。

みんなの笑い声が部屋に響く中、男性の声が割って入ってきた。低く、力強い声が。「服の縫い目がはち切れそうなほどみんなで大笑いするとは、今度はどんな噂話をしているんだい？」

カーヴァーが部屋に入ってきた。あきれたような笑みを浮かべていたのが、ローズに目を留めるや、無表情に変わった。彼の姉妹や母親の輪の中にローズがいたことに気分を害したの？　これから一週間、彼の家族とは距離を置くことが求められていたのだろうか？　そういう話は先にしておいてほしかった。

ローズはカーヴァーの額にできたしわを伸ばそうと説明を試みた。「乗馬のあと、寝室へ戻る途中で迷子になってしまったの。それでたまたまエリザベスの部屋を見つけて」

「ダフニーが来てくれて、わたしたちは大喜びしているのよ」ケイトがベッドの上からぴょんと飛びおりた。「おかげで、エリザベスの内なる願いは自分の瞳の色を紳士に褒めてもらうことだとわかったんですもの！」ケイトはそう言いながらエリザベスのまわりをスキップし、真っ赤になった姉の顔の前でリボンをひらひらさせた。

カーヴァーはいぶかしげに目を細め、いたずらっぽく微笑んだ。「どういうことだ、リジー？　そんなことをする不届きな輩（やから）がいるなら、ぼくが神への恐れを叩きこんでやる」

公爵夫人が椅子から立ちあがり、カーヴァーの前へ進んだ。息子の顎の下をそっと叩く。「不届きな輩はあなたよ」ふたたびいたずらっぽく微笑んでから、部屋を横切って入り口へと向かう。「わたしは失礼しますよ。あなた方のお父さまをつかまえて、わたしの瞳の色の美しさを褒めたたえてもらわなきゃ」そう言うと、首をめぐらせてローズにウインクした。

カーヴァーは母親からローズへと目を転じた。「ぼくのことを噂されていた気がするのはなぜかな?」彼のまなざしにローズはもじもじしかけたものの、そこで大事なことを思いだした。いまはカーヴァーの家族を前にしていて、彼はローズを見ているのではなく、ダフニーを見ているのだ。仮面の裏に隠れられるとわかり、ローズは少し気が楽になった。けれども自分が体験しているこの感情は、ローズのものだろうか、それともダフニーのものだろうか?

「それはお兄さまのことを噂していたからよ」今度は自分がからかう番だとエリザベスが声をあげた。「ダフニーの話を聞いたらうらやましくてならないわ。だって、わたしたちの瞳はお兄さまが愛飲しているお酒のようにすてきな色じゃないんですもの」

ローズの頬が燃えあがった。

カーヴァーは腕組みすると、ローズをにらみつけるふりをした。「なるほど、彼女はおまえたちに秘密を打ち明けたんだな?」ふいに表情が変化する。からかいの色が消えて真面目な顔つきになり、どこか悲しげにも見えた。「ぼくですらまだ打ち明けてもらっていないのに」

空気が密閉されたように感じた。姉妹はおしゃべりを続けてからかい合っているが、カーヴァーは視線をそらさない。いまのはローズひとりに向けられた言葉だとなぜかわかった。自分にも秘密を打ち明けてほしいということ? そうだ。彼はそれを願っている。だけど、なんのために? そんなことをしてもろくなことにはならない。

ここにとどまるなら、彼女個人にまつわる話には触れてはならないと、ゆうべはっきりさせているし、今朝も釘を刺したはずでは？　グレイの瞳を持つハンサムな男性と心の距離を保つには、自分を隠し続けなくてはならない。

それに、彼女の本当の姿を知ったら、カーヴァーだって知らなければよかったと思うに決まっている。

「そうよ、だからあなたがいては邪魔なの」レディ・ハットレイが初めて窓辺から離れて言った。カーヴァーの隣へ行って腕を絡める。「部屋へ戻るから付き合ってちょうだい、夢見る年頃の妹たちが好きなだけミス・ベロウズを質問攻めにできるようにね」

姉に目を向けたカーヴァーの表情がやわらぐ。彼が姉を大切に思っているのは明らかで、それはレディ・ハットレイの弟に対する愛情に関しても同じだった。「おおせのとおりに。迷惑がられているのに気づかないほど、ぼくは野暮じゃない。どうぞおしゃべりを楽しんでくれ」カーヴァーはもう一度ローズへ顔を向けた。「ダフニー、マイ・ダーリン」そういえば彼はふたりきりのとき、こんな甘ったるい呼びかけを使わなくなった。どうやらこれも彼の仮面の一部のようだ。そうでなければよかったのにと思うのはなぜだろう？「あんまり恥ずかしいことは言わないでくれよ、今度こそきみを小川へ投げこむことになるからね」彼にウインクされ、心臓がどきりと跳ねたのをローズは無視した。

17

「彼女のことは気に入った？」止める間もなくカーヴァーの口から言葉が飛びだしていた。メアリーがダフニーをどう思うかなんて、なぜ気にする必要がある？　一週間後にはダフニーはいなくなり、カーヴァーも家族も二度と彼女の顔を見ることはない。もっとも、ダフニーをとどまらせたのはメアリーの心の平安を守るためなのだから、本人の意見を聞いておくのは有益かもしれない。

だがなかなかメアリーの返事がなく、きかなければよかったとカーヴァーは思った。「あなたには意外な相手ね」意外とはいい意味でか、それとも悪い意味で？　続きがあるのを期待して、カーヴァーは即答しないことにした。案の定、姉は先を続けた。「ミス・ベロウズはちょっと……」ああ、最悪だ。やはりばれていたか。メアリーには隠しごとができないことくらいわかっていたはずなのに。「あなたの趣味からしたらおとなしすぎるんじゃないかしら」

もしいま飲み物を口に含んでいたら、確実に噴きだしていただろう。彼の頭に拳銃を突きつけたり、彼の馬にまたがって走り去ったり、肩に担がれて小川へ運ばれながらも笑いが止まらなくなったり、そんなダフニーの姿がカーヴァーの脳裏を一気によぎった。ダフニーに関してわかっている真実がひとつだけあるとしたら、あの女性にはおとなしさのかけらもないということだ。

「彼女のことをさらによく知れば、もっと意外に思うよ」

メアリーと歩くうちに、カーヴァーはあることに気がついて体を緊張させた。このまま廊下を進めば、見るのも耐えられないほど思い出のありすぎるアルコーヴの前を通ることになる。しかし遠回りをすればメアリーに怪しまれ、避ける理由を白状しなくてはならなくなるだろう。そうなれば姉を心配させる。避けてもいいことは何ひとつなかった。ここはさっさと通り過ぎて、余計なことは考えないようにしよう。

メアリーが彼の腕にしがみついて寄りかかってきた。姉は昔からよくこうしたものだった。何か気になることがあるときはとくに。「きっとあなたの言うとおりね。ただ……」彼女が言いよどむ。

「なんだい、メアリー？　なんでも言ってくれ」

姉は明らかに次の言葉を迷って唇を噛んだ。ようやく息を吐きだし、頭の中にあることを早口で言う。「あなたはもうちょっと活発な女性を見つけるものと思っていたわ。だってあなたの初恋の相手は――」

カーヴァーは先をうながしたことを悔やんでうめき声をあげ、姉の言葉をさえぎった。よりによってこの話になるとは思っていなかった。「なぜ誰も彼も急にクレアの話をしたがるんだ？」

メアリーは耳を疑うように目を見開いてカーヴァーを見た。「いま、彼女の名前を口にしたわね」ああ、言ったさ。胸をえぐられるような痛みを味わいながら。それでも、姉に抱えさせてしまった重荷を軽くしたかった。姉を安心させるためにクレアの死を乗り越えたふりをしなければならないのなら、そうするだろう。

「こうるさいぼくの義兄に感謝するんだね」

「ロバートに？　ロバートから何を言われたの？」何もかもだ。

カーヴァーは足を止めてメアリーを見た。「彼はぼくが知っておくべきだったことをいくつか話してくれた。それに、ぼくがもっと早く知っておきたかったことも」じっと姉を見つめる。

メアリーは視線をそらして床に落とした。ドレスの生地を居心地悪そうにいじっている。

「これはもうあなたの話ではないわね？」

カーヴァーはメアリーの顎に手をやり、顔を上向かせた。子どもの死を嘆く疲弊した母親となっても、そこには気の強い元気な少女の面影がまだ残っていた。「何があったのか、どうして知らせてくれなかったんだい、メアリー？」

涙がこぼれ落ちるのを拒むかのように、まつげを濡らす。メアリーはまばたきをして無理やり涙を散らした。「わたしは――」うなだれ、身構えるのをやめた。「つらすぎたのよ。それにあなたは遠く離れていた。顔を合わせて言うのもつらいのに、手紙に言葉を書き綴るなんてとてもできなかった」姉の言葉のひとつひとつが彼の胸に重くのしかかった。〝あなたは遠く離れていた〟それはカーヴァーが意図的にそうしたからだ。ダルトン・パークからできるだけ離れていたかった。自分に正直になるなら、メアリーからもできるだけ離れていたかった。姉は彼の仮面を突き破り、クレア亡きあと、人に見られるのはとうてい耐えられない生傷をさらけだすようなところがあるのだ。

「それに率直に言うと、あなたにさらにつらい思いをさせるのがいやだったから。あなたには抱えきれない重荷かもしれないと心配だったの」待ってくれ。それは彼が姉のためにやろうとしていたことではないか？　自分のことで心配をかけまいと？

カーヴァーは姉の腕を放して自分のほうへ向き直らせ、彼女の顔を両手で包んだ。「メアリー。どんなときでもぼくと重荷を分かち合ってくれ。ぼくにだって重荷を抱えるくらいの強さはある。ほかのことに関しては……長いあいだ留守にして悪かった。だが、いまはこうしてここにいる――それに、ぼくはみんなに思われているほど壊れかけているわけではないんだ」

「本当に？」

「本当だよ」嘘だと見抜かれるだろうか？　姉から目をそらさずにいようとしたものの、それは無理だった。

メアリーの真後ろにはあのアルコーヴがあった。雨で馬に乗れない日には、クレアは窓下の小さな青いベンチに座って本を読むのが好きだった。カーヴァーが一六歳、クレアが一四歳のときに、初めて彼女への愛を告白したのもこの場所だ。

だが自分が本当は壊れる寸前なのをメアリーに話すことはできなかった。目の隅からあのアルコーヴを見るだけで胃が締めあげられることも。わたしも愛しているわと、喜びの涙を浮かべるクレアの愛らしい顔が目に浮かび、膝からくずおれそうなことも。あのときはどちらもまだ子どもでしかなかったが、彼女が急逝する六年後までその愛は変わらず本物だった。

「じゃあ、ようやくクレアを忘れることができたのね？」

いいや。彼女を忘れることは永遠にない。

「そうだよ」カーヴァーは精いっぱい華やかに微笑んでみせた。「だからこそこうして婚約し、幸せになったんだろう？」

メアリーはどうかしらと言わんばかりに目を細めている。やはり姉も納得しきってはいないらしい。「ダフニーにはクレアのことを話した？」

自分の笑みが崩れたのがわかったが、笑顔を保つことはもうできなかった。一度の会話で何度もクレアの名前を耳にし、心が摩耗しはじめていた。しかし、弟は本当に大丈夫で、運命の相手の死を乗り越えたのだと姉を完全に納得させせないかぎり、この会話はこれからも間違いなく繰り返されるだろう。カーヴァーは、自分がそれに耐えられるとは思えなかった。

「いいや。ぼくの未来の花嫁になぜ過去のことを話さなきゃならないんだい？」明るい口調を試みても、あまりに言葉が重たく感じた。

メアリーはますます心配そうな顔をしたが、少しのあいだ何も言わなかった。ふたたび彼の腕を取り、一緒に歩きだす。「わたしが大変だったとき、ロバートは信じられないくらいやさしかったの」ようやく話題が変わり、カーヴァーは安堵の息を漏らしかけた。それにこれでアルコーヴの前を通り過ぎ、あの場所を忘れることができる。

カーヴァーは姉の腕をほどいて、代わりに彼女の肩に腕を回した。メアリーは上背があるので、この体勢でも歩きづらくはない。「少しも意外じゃないな。彼は聖者だよ」

メアリーが笑い声をあげ、その響きにカーヴァーは気持ちが楽になった。「そうね。子どもを失ったあと、まったく立ち直れないでいたわ。いまだに完全には立ち直れていない。だけどロバートは、しっかりしろなんて一度も言わなかった。わたしが傷つき、悲しむのに必要な時間と場所を与えて、話をする心の準備ができたときはいつでもそばにいるからと、示してくれた」

ごくりと息をのむと、またもやクラヴァットがきつくなり、喉仏を締めつけられる気がした。姉に誘導されているのはわかっている。しかし、それでも尋ねずにいられなかった。

「それで救われたのかい？」

「言葉では言い表せないくらいに」メアリーは自室にたどり着くと足を止め、彼を見あげた。あなたの気持ちはわかっていると、グレイの瞳が語りかけてくる。「ダフニーに話しなさい。あなたの心を癒すチャンスを彼女にあげて、カーヴァー。溺れているときは誰かに安全な場所まで引っ張ってもらえばいいの」

姉のことは愛しているし、彼女が経験したことは尊重する。しかしダフニーにクレアのことを話すなど絶対にありえなかった。彼女は金で雇った婚約者だ。最も深い悲しみを雇われ人に打ち明ける者はいない。

「ぼくの心ならもう癒えているよ、メアリー」

彼女はそっと微笑むと、母と同じ仕草で弟の頬をぽんと叩いた。「言葉にすれば事実になるわけではないのよ、カーヴァー」

彼は胃が沈むのを感じた。そのいやな重さが姉の言うとおりだと告げる。みなが考えているとおりだ。彼の心はまだ癒えていない。しかしそのほかの点では、姉たちはすべて間違っている。悲しみは言葉にすることで楽にはならない。むしろ逆効果だ。

「今日はかわいい姪っ子に会えるかい？」話題を変えるのは楽になるための手段だ。

「今日は無理だけど、明日ならいいわ。今日の午後はロバートと一緒に近所の子どものところへ行っているの。戻ってきたらお昼寝をさせなきゃ」

既婚女性として、母として、メアリーを見るのは妙な感じだった。カーヴァーの中では、ふたりはいまもまだ大嫌いな家庭教師から逃れて木の上に隠れている子どもなのだ。子どものままでいたかったとも思う。あの頃で時が止まっていたなら、木の下を見おろせば、彼とメアリーが引き起こした面倒ごとに喜び勇んで飛びこもうと、クレアが木をよじのぼってくるのが見えただろう。

だが、ふたりはもう子どもではない。そしてクレアは死んでしまった。ダルトン・パークへ戻ってからというもの、その事実がますます彼の心を重く沈めていた。カーヴァーはうなじをさすり、自分の部屋へと引き返した。今度は、遠回りをしていまいましいアルコーヴを避けた。

一瞬、ダフニーを連れ戻しに行くことを考えた。妹たちと一緒にいて彼女は気まずい思いをしていないだろうか？　エリザベスの部屋で笑い転げる女性たちの中にいる彼女を見つけたのは、控えめに言っても意外だった。それ以上に驚いたのは、ダフニーが無防備で楽しげに、カーヴァーがまだ見たこともない笑みを浮かべていたことだ。さらに彼を困惑させたのは、姉や妹たち、母とともに彼女がそこにいるのが……つかの間当たり前のように思えたことだ。ダフニーはそこにいるべき人に思えた。

何をばかな、と自分を蹴りたくなった。あの女性はカーヴァーの家族に仲間入りすることを楽しんでいるふりをしていただけだ。そうすると互いに同意している。ダフニーは、滞在中に彼に対しても彼の家族に対してもなんらかの愛情を抱くことはなく、もしもそう見えるときがあれば、それは演技であることを思いだすようはっきりと告げている。そのとおりなら、彼女は見事な女優だ。しかもダフニーの嘘の笑顔は圧倒的に美しい。

たとえ見せかけでも、あの笑顔をもう一度見たかった。カーヴァーは彼女を連れ戻しに行きかけたが、結局は精神的な疲労が勝り、代わりに散歩へ行くことにした。本当は寝室で眠るべきなのだろう。ゆうべは少しも眠れなかったのだから。だが、あの部屋には行けない。自分はどこにも行けないのだ。思い出も置き去りにできればいいのにと願いながら、カーヴァーは屋敷をあとにした。

18

その日の午後はエリザベスとケイトとともに過ごしたため、ローズがカーヴァーとふたりきりになる機会はなかった。晩餐にはともに出席したものの、彼の妹たちと会話をしながら即興で作りあげたふたりの関係にまつわることがらを彼に伝えるのに適した場所とはとうてい言えなかった。妹たちは容赦なく質問を浴びせてきて、カーヴァーとダフニーのなれそめを一部始終聞きたがった。ダフニーは自分のほうが恥ずかしくなるようなお話を作りあげて、一度ならずふたりを恍惚(こうこつ)とさせた。

〝ハイド・パークのど真ん中で足首をくじいて困っていたら、偶然にも再会した彼が自分の馬の背にわたしを乗せて家まで送ってくれたの〟そんなばかげた話が実際にあるのだろうか？　けれど、ダフニーはそのとき彼を愛していると気づいたことになってしまった。〝兄を愛していると気づいた瞬間はいつだったの？〟とふたりにきかれたとき、なぜこの話が頭にぱっと浮かんだのかは自分でもよくわからない。

憂鬱なのは、あとで同じ話をカーヴァーにも繰り返さなくてはならないことだ。大量に捏造してしまった、嘘の恋物語にまつわる甘ったるくて気恥ずかしいエピソードを彼と共有しなければいけない。きっとカーヴァーにはからかわれるだろうけれど、いまさらどうしようもなかった。エリザベスとケイトは愛し合うふたりの甘い話を聞きたがり、ローズはふたりをがっかりさせるわけにいかなかった。これは墓に入るまで否定し続けるつもりだが、心の一部は——本当にごく小さな部分は——作り話のようにカーヴァーに大切にされている自分を想像してうっとりとした。

エリザベスの部屋を出たあと、ローズはカーヴァーを探した。ローズの作り話について彼が妹たちから何かきかれるとは思わないが、もしものときのために準備はしておいてもらったほうがいいだろう。ところが、そのときは窓の外に彼の姿を見つけただけだった。カーヴァーは外套も着ず、つらそうな表情を隠すことなく歩いており、ローズは見てはいけないものを見た気がした。あんな顔を見られたくはなかったはずだ。彼は強い男の仮面をつねにかぶっている。けれどそのときは彼が抱えている大きな絶望と痛み、そして折れた心がむきだしになっていた。何があったのだろう？　いつかローズが知ることはあるのだろうか？

自分自身は仮面をかぶったまま、ローズは窓からこっそりカーヴァーを眺め続けた。観察していれば彼の身に起きたことの手がかりがつかめるかもしれないと思ったが、そんなことはなかった。その夜の晩餐時には、彼の顔はふたたび仮面でしっかりと覆われていた。

今日こそカーヴァーを見つけて、昨日は伝えることのできなかった恥ずかしい作り話をすべて教えておかなくては。そびえるような窓から朝の光がまぶしく差しこむ中、ローズはカーヴァーを探しに階段をおりていった。

外はあんなに寒いのに、オーク材の手すりと深い緋色の敷物に黄金色の陽光が注ぐ室内は、まるで夏真っ盛りなのだから驚きだ。いたる角にある花瓶は、温暖な季節の庭でしか見られない花でいっぱいだった。どうすればそんなことができるのだろう？　どこかに温室があるに違いない。もしもそうなら、ぜひ見つけたかった。

ローズはゆっくりと階段をおりた。これだけ巨大な屋敷なら、冷ややかで拒絶されているように感じそうなものだ。ところがここは魔法みたいに居心地がよくて、暖かい。二〇〇年の歴史を持つ城だけが有する落ち着きがある。じっと耳を澄ましたら、いまも壁の奥で息づく物語が聞こえてきそうだ。

階段をおりきったところで、従僕に静かに指示を出すミスター・ヘンリーを見つけた。彼が話を終えるのを待ってローズは近づいていった。「ごきげんよう、ヘンリー」正直、執事にはどう話しかけるべきなのか、正解がよくわからない。実生活では、ローズのほうがはるかに身分が下だ。けれどもこの芝居ではそれがひっくり返って、彼女はレディだ。だから、できるかぎりそれらしくふるまわなければならない。

ヘンリーは礼儀正しくお辞儀をした。「おはようございます。何かご用はございませんか？」老執事の表情が柔和だったので、ローズの緊張もほぐれた。

「ケンズワース卿がどこにいらっしゃるか、わかるかしら」

「もちろんでございます」執事は心持ち身を寄せて声を低めた。「子ども部屋にいらっしゃるかと」まるで大事な秘密を彼女だけに告げるような口調だ。

「子ども部屋？」たぶんジェーンに会いに行ったのだろう。

執事はうなずいて微笑んだ。「公爵夫人にもご姉妹にも教えないようご指示を受けておりますが、ミス・ベロウズのお名前は含まれておりませんでしたので、居場所をお伝えしても差し支えないでしょう」

ローズはにこりとした。「ありがとう。わたしも誰にも言わないわ」ウインクをすると、老執事は少しだけ赤くなった。

子ども部屋への行き方を詳しく教えてもらったあと、ローズは屋敷の三階まであがった。すぐに部屋を見つけられたのは、壁に反響する女の子の笑い声のおかげだ。

ローズはドアの前に立って中をのぞきこんだ。そこは子どもが夢見るとおりの部屋としか言いようがなかった。背の高い窓からは部屋いっぱいに光が降り注いでいる。壁は緑の庭園を模して彩られ、部屋の中央から四隅へと張られた淡黄色の天幕が床まで垂れていた。

ふいにカーヴァーの姿が視界に入ってきた。彼は四つん這いになって……床の上を跳ねているのだろうか？　上着やベスト、クラヴァットは椅子の上に放り投げてあり、カーヴアー——未来のダルトン公爵でボクシング愛好家のケンズワース卿——は、四つん這いで子ども部屋を跳ねまわりながら、ゲロゲロと声をあげていた。おかしな格好だ。子ども用の椅子に座ったジェーンがおなかをよじって笑っているところを見ると、まさにそれこそが彼の狙いだったのだろう。

「笑ってばかりじゃだめだよ、マイ・ディア。当ててくれないと」カーヴァーは床をぴょんぴょん跳ねながら困ったふりをした。

「とりさん！」ジェーンがくすくす笑う。

「外れだ」カーヴァーはまたゲロゲロと鳴いてみせた。

「ワンちゃん！」

「ゲロゲロ」

「ぞうさん！」

カーヴァーは跳ねるのをやめて少女をにらみつけた。「レディ・ジェーン、わざと外しておじさんをからかっているんじゃないだろうね？」

幼い少女は、うん、と力強くうなずいたあと、またくすくす笑った。

彼は驚いたふりをして口をあんぐりと開け、すっくと立ちあがってその長身を伸ばした。腕まくりをしながら、不穏な笑みを浮かべてみせる。ローズはジェーンへ視線を転じた。少女は次に何が始まるのかを知っている顔で、おじを見ていた。

カーヴァーがにやりとした。「急いで逃げたほうがいいぞ、おチビちゃん」

ジェーンは悲鳴をあげて椅子から飛びだした。ばたばたと椅子の後ろへ回って部屋の中を走りだす彼女を、カーヴァーが追いかけはじめる。ジェーンはおなかを抱えて笑っていて、足がもつれてしまいそうだ。昨日の朝、牧草地で彼に追いかけられたのを思いだし、ローズは自分も鼓動が高鳴るのを感じた。

カーヴァーはわざとジェーンよりもゆっくり走り、彼女をつかまえそうになっては、するりと逃げられるのを繰り返している。それはローズがうっかり小さな笑い声をたてて、カーヴァーの注意を引いてしまうまで続いた。

彼が一瞬固まった。そのあとカーヴァーの顔にゆっくりと広がった笑みに、ローズの息遣いは勝手に速くなった。「これはこれは」彼は片眉をつりあげ、大股でローズのほうへやってきた。「ジェーン、ダーリン、こそこそとのぞき見をするスパイがいたようだぞ」

両袖をまくりあげて筋肉質の前腕をむきだしにしたまま、ゆっくりと近づいてくるカーヴァーの姿は、誰のためにもならないくらい美しかった。荒々しく男性的でありながら、近づきやすそうに見える。それに加えて、唇には悪魔のような笑みを湛え、グレイの瞳をいたずらっぽくきらめかせる彼を見て、ローズの中でそれまで存在しなかった何かに火がついた。あまりに圧倒的で、感じないふりはできない何かに。声を取り戻すには、咳払いをしなければならなかった。

「のぞき見なんてしてないわ。邪魔をしたくなかっただけよ」なるべく自然に微笑んでみせた。赤面しているのがばれただろうか？　だいたいなぜ赤面なんてしているのか？

「もっともらしい話だな」カーヴァーが眉をあげた。「彼女を信じていいと思うかい、ジェーン？」さらに近づいてくる。

ジェーンは内気な様子で、笑いをこらえつつ、ううん、と首を横に振った。

「同感だ。この美女はトラブルのにおいがする」カーヴァーは手を伸ばせば届くところで止まった。彼の香りがして、目の上の怪我がほとんど治っているのがわかるほど近い。「彼女はぼくたちにひどいことをしようとたくらんでいるんじゃないかな、ジェーン」幼い少女としゃべりながらも、彼の射貫くようなまなざしはローズから離れなかった。

「どんなひどいことをするの、カーヴァーおじちゃま？」

「ぼくたちに無理やり野菜を食べさせるとか」

「やあだ！」ジェーンはカーヴァーの脚の後ろに隠れたまま叫んだ。

「同感だ」彼がさらに近づいてきたので、ローズは肌に火がついたように感じた。彼は何をしているのだろう？　どうしてそんな目で見つめるのか？　これはゲームの続き？

ローズは背中で両手を合わせると、落ち着こうとして息を吐きだしたが、その吐息は震えていた。「わたしがここにいることに他意はまったくないと誓うわ」彼女は目をそらさなかった。カーヴァーは明らかにゲームをしているのだから、彼のまなざしに動じてはいけない。たとえ、次々と波をかぶっていまにも倒れそうな気分でも。

「へえ。だけど悪いが信用できないな。きみは拷問器具を後ろに隠し持っているかもしれないだろう。危険は冒せない」

「だったら、退散しましょうか？」ローズはごくりと息をのんだ。

カーヴァーは長いこと彼女を見つめてから、かすかに首を傾け、ささやいた。「だめだ」

その言い方に、なぜかローズの肌はぞくりとした。これはまだゲームの話なのだろうか？それとも、彼女が解読すべきメッセージが隠されているのか？

それについて考える時間もなく、彼は咳払いすると芝居がかった表情へ戻った。「きみは地下牢行きとする」彼女の背中に手を伸ばして部屋の中へ引き入れ、耳元でささやく。「ぼくに合わせて」だがローズは床に溶け落ちてしまいそうだった。

大きな目をしたジェーンを見おろし、溶けている場合ではないと思いだした。カーヴァーに合わせなくては。でも、どうやって？子どもらしさは遠い昔に捨てなくてはならなかったから、ローズは子どもに戻る方法さえよくわからなかった。子どもと過ごした経験といえば、ホープウッド孤児院を訪れる短い時間くらいしかない。子どもたちが不自由していないかどうか確かめたり、臨時の……収入を届けたりするため、たまに訪問していたのだ。だが、あえて長居はしなかった。助けが必要な子どもたちの力となり、子どもらしく幸せに暮らせるようにしてやりたいが、彼らに愛着を抱くのは自分に禁じていた。だから子どもたちの親代わりとして、教師と子守女を雇っているのだ。

「こっち、こっち、カーヴァーおじちゃま！」ジェーンが部屋の隅にある小さなテーブルと椅子へ手招きした。

ローズはカーヴァーに目を向けた。「聞こえただろう。さあ、行くんだ！」彼は子ども用の小さなテーブルを指差した。

ローズは調子を合わせたかった。心からそう思っていた。だが、うまい言葉がひとつも頭に浮かばない。「わかったわ、行けばいいのね」小さな椅子に腰をおろした。「次はどうするの？」

ジェーンがきらきらと目を輝かせて身を乗りだした。「にげだすの」助け船を出してささやく。

決まってるじゃない！どうして思いつかなかったのだろう？実生活でもし牢屋へ叩きこまれたら、ローズだっていの一番に脱獄するはずだ。「あそこを見て！ドラゴンがいるわ」ローズはカーヴァーの背後を指差した。

彼は即座に調子を合わせた。あわてふためいた顔でさっと後ろを向く。「どこだ、どこにいる？」

彼が顔を戻す前にローズは椅子から飛びだし、部屋の反対側へと駆けだした。

「にげちゃった！」ジェーンが大喜びで叫んだ。

「こらこら、突っ立ってちゃだめだろ、ジェーン。囚人をつかまえないと！」

カーヴァーとジェーンがローズのあとを追おうとしたちょうどそのとき、甲高い声が割りこんできた。「そろそろよろしいですか、お嬢さま！　お昼寝の時間でございますよ」バラ色の頬をしたふくよかな中年女性が、洗濯したてのネグリジェを抱えて部屋に入ってきた。ジェーンは下唇を突きだし、だだをこねようとした。

カーヴァーは片膝をついて少女の小さな手を取った。「心配はいらないよ、マイ・ダーリン。また明日、遊びに来るからね」かがみこんで姪っ子の額にキスをする。ローズは目をそらすことができなかった。この男性に下劣なふるまいができるなんて、どうして思えたのだろう？

ジェーンはしょんぼりしながらも言うことを聞いて、子守に連れられるまま子ども部屋のすぐ先の部屋へとぼとぼと向かった。自分の寝室に入る前に振り返り、カーヴァーに投げキスをする。彼は微笑んでそれを受け止めてから、ローズへ目を向けた。

「遊びに付き合ってくれてありがとう」カーヴァーは部屋の奥からそう言うと、窓辺にたたずむローズに近づいてきた。分厚い雲が立ちこめて太陽を隠しはじめている。珍しく冬らしい空だ。

「正直、何をすればいいのかさっぱりわからなかったわ」

彼はショックを受けたふりをした。「まさか、嘘だろう！」

「からかわないで。頬をひっぱたくわよ」ローズは笑みをこらえて言った。

カーヴァーはにやりとすると、窓の横の壁に肩をもたせかけて腕組みした。「きみならやりかねないが、ぼくの顔に手が届くかな」

「椅子の上に立てば届くわ」

「ひっぱたくまでどうやってぼくをじっとさせておくんだい？」カーヴァーの笑い方は独特で、口よりも先に目が笑っている。

「銃口を向けてよ」ローズは片方の口角だけを引きあげて微笑した。色っぽい笑みに見えるのはわかっている。でも、なんのためにそんなことをしたのだろう？

「なるほど……」彼が満面の笑みを浮かべた。「それなら脅しの効果は絶大だ。最初からその方法を思いつかなかったということは、きみはそこまで優秀な犯罪者ではないのかもしれないな」

ローズは窓の反対側の壁に寄りかかった。カーヴァーが相手だと、なんて気楽に冗談を言えるのだろう。彼となら気楽に笑える。出会ってまだ三日なのに、なぜだかずっと昔からお互いを知っているみたいだった。「最初から拳銃で脅せばよかった？」

彼は肩をすくめた。「ぼくならそうしただろうな。だが、どうぞきみのお気に召すままに、マイ・ディア」

ローズは笑い声をあげずにいられなかった。「あなたも拳銃の一挺くらいは所持しているの、閣下？」敬称を強調したのは、本来の礼節を超えて、親しくなりすぎていると感じたからだ。

カーヴァーは信じられないという顔をして微笑んだ。「一挺くらいはって……当たり前だろう、失礼な女性だな！　ただし、きみのように脚にくくりつけて携帯してはいない」

「わたしだってそんなことしないわ、ブリーチズをはいているときは」

彼女の期待したとおり、カーヴァーが面食らった。「ブリーチズを──？　きみは本当にブリーチズをはくのか？」

「馬番のふりをしているときだけね」

彼の眉が跳ねあがる。「驚いたな。馬番のふりをする理由はぼくが知りたいようなものかい？」

ローズは涼しい顔でまばたきをしてみせた。「馬を盗むためよ。ほかに何があるの？」

「ぼくとしたことが。きくまでもなかったな」カーヴァーは言葉を切ると、輝くグレイの瞳の端から彼女を見た。部屋に沈黙が落ち、そのぎこちなさがふたりの会話を終わらせてしまいそうで、ローズは心のどこかで焦りを覚えた。なぜか、この会話を終わらせたくなかった。まだカーヴァーと話していたい。いけないとわかっていても、彼のことをすべて知りたかった。

「射撃は上手なの？」質問が口をついた。

カーヴァーが微笑んだ。今度は目よりも口で笑っている。「決闘用の拳銃を取ってくるから、自分で見極めたらどうだい？」

「それって、わたしに決闘を申しこんでいるの？」

「あいにく女性に決闘を申しこむことは、紳士としてのぼくの誇りが許さない」カーヴァーは言った。「だが、試合なら受けてたとう。ちょっとした賭けをしてもいいな」彼の瞳がきらりと光る。

賭け？　その考えにわくわくすると同時に不安を覚えた。それともそれは、秘密をはらんで輝く彼のまなざしのせいだろうか。

カーヴァーがかぶりを振る。「賭けるのは金じゃない」

「それなら何を賭けるの？」問いかけるだけで鼓動が速まった。

彼はしばらくのあいだ柔らかな笑みを浮かべていた。「ぼくが勝ったら、きみの名前を教えてくれ」

わたしの名前ですって！　彼はどうしてこんなに名前を知りたがるのだろう？　カーヴァーが彼女の名前を気にする理由は思い当たらなかった。もしかして……やめなさい。ローズはいやな考えを頭から払いのけた。

同意すれば、彼女にとってはひどく大きな賭けになる。だが、カーヴァーの知らないことがひとつあった。ローズは恐ろしく射撃の腕が立ち、的を外すことはまずないのだ。自信に背中を押されて彼女は強気になった。「わたしが勝ったら、滞在中はわたしがサンダーに乗り、あなたにはあの鈍馬に乗ってもらうわ」

彼はからかうように微笑んだ。「いいや、だめだ、かわいい女ペテン師さん。もしもきみが勝ったら、荷造りさせてロンドンへ帰らせるに決まっているだろう。ぼくの傷ついた自尊心がそれ以上きみの滞在を許さない」

ローズは窓をはさんで向こう側にいる彼に手を差しだした。「それじゃあ決まりね？」

カーヴァーは彼女の手を見おろした。口元にはまだ笑みの名残がある。一瞬ののち、その目が細くなって眉根が寄せられた。彼が手を伸ばしてきたので、賭けに同意して握手をするものと思っていたら、ローズの手の甲を包んでひっくり返し、手のひらをのぞきこんだ。ローズの心臓がずしんと沈んだ。

体がこわばる。何が彼の目を引いたのか、はっきりとわかっていた。

手を引き抜こうとすると、カーヴァーにさらに強く握りしめられ、余計に引き寄せられた。乱暴な動作ではないし、痛くもなかったが、簡単に放しはしないという意志はたしかに伝わった。ローズは抵抗するのをやめてうなだれた。カーヴァーが彼女の手を持ちあげてじっと調べている。

「何があったんだい？」彼がかすれた低い声で尋ねた。

カーヴァーがなんのことを言っているのかは、見なくてもわかった。中指から手首へかけて、くねりながら皮膚を裂く、紫に白がまじった太い傷跡のことだ。この手を彼に差しだすなんて、どこまで気がゆるんでいたのだろう？ふだんはきちんと隠しているのに。あの頃の思い出は振り返りたくない。あの二年間は、無力さと不安ばかり味わっていた。粉々になった心を拾い集めることを学んでいまの自分になる前の、悲しさと寂しさに打ちひしがれた日々だ。

「事故よ」ローズはうつむいたまま言った。

「もっと詳しく」やさしいけれど有無を言わせない声だ。カーヴァーは、心配することはこの世にひとつもないと感じさせる一方で、彼女の心を激しくぐらつかせる。

ローズは唇を引き結んだ。真実を打ち明けるまで手を放してもらえそうにない。けれど、自分のことは何も言いたくなかった。そのほうがこの仕事が終わったあと、さっさと立ち去れる。カーヴァーや彼の家族と過ごすのがどんなに楽しくても、仕事が終われば自分は立ち去る。そうしなくてはいけなかった。

それなのに、彼には知っていてほしくて心がうずいた。たとえほんの少しでも、自分のことを知っていてほしい。

ローズは床を見つめたまま、カーヴァーのブーツと、淡いブルーの絨毯（じゅうたん）の渦巻き模様とのあいだで視線をさまよわせた。「わたしは……一〇歳のときに父を亡くして孤児になったの。仕事を見つけなければならなかった。女の子が路上で暮らすのは大変だったから、自分で髪を切り、ブリーチズをはいて、それから二年間は男の子のふりをしていた……」

父を突然失ったあとの恐ろしい二週間の記憶を、ローズは追い払おうとした。それまで大事に慈しまれていた少女が、薄暗く寒い路地で突然ひとりきりになったのだ。飢えの苦しみはいまでも忘れられない。通りすがりの男たちの舐めまわすような目つきも。彼女は無防備で、おびえきって、おなかをすかせ、ひとりぼっちだった。

カーヴァーは無言でじっと動かず、ローズの手をやさしく握ったまま彼女がふたたび話しだすのを待っていた。「その二年のあいだは、煙突掃除でお金をもらっていたわ」深く息を吸う。この話はあと少しで終わりだ。彼女は結末まで一気に話した。「三階の屋根にのぼっていたとき、足を滑らせたの。屋根から滑り落ちて、縁から突きだしていた屋根板をつかまなかったら、転落死していたでしょうね」彼に握られている手を身振りで示した。「危機一髪で助かった勲章がこれよ」

カーヴァーは微動だにせず、黙っている。ローズは彼を見ることができなかった。こんな至近距離から目をのぞきこまれたら、隠し続けている痛みと恐れを見られてしまうだろう。長いこと心に防壁を張りめぐらせて生きてきた。万が一にでも彼が中へ入りこむのを許したら、大きな代価を支払うことになる。手のひらをのたくるこの傷跡のように。

だがごつごつした指でやさしく傷跡をなぞられると、ローズは思わず彼を見あげた。そっと慈しむような指使いに反して、カーヴァーが険しいまなざしで歯を食いしばっていたので、ローズはびくりとした。怒っているのだろうか？　息をのむと、彼に触れられてどんなに胸がどきどきしているかは考えないようにした。彼の指先がどんなに心地いいかは。「気の毒に。そんな……」カーヴァーはもっといい言い方を探すかのように、つかの間言葉を宙に漂わせた。「そんなことがあったなんて残念だ」月並みな言葉だったが、柔らかな低い声に引き寄せられそうになる。彼のたくましい胸に頭をもたせかけ、慰めてもらいたかった。最後に誰かに慰めてもらったのは、父の心臓が動くのをやめる前日のことだった。悪い夢を見て目を覚ましたローズを父は抱え、子守歌を歌ってくれた。

ローズは手を引き抜こうとした。自分のルールを思いだすために、彼から離れる必要がある。だが彼は手をまだ放そうとしない。「憐れみはいらないわ、カーヴァー」ローズは自分の知っている唯一の方法で彼を押しのけようとした。

カーヴァーは彼女の手をそっと持ちあげると、習わしどおり手の甲にではなく、醜い傷跡のある手のひらに口づけした。「結構だ」彼の吐息が手のひらにかかる。「ぼくがきみに憐れみを与えることはない。それは約束しよう」だとしたら、彼は何を与えてくれるのだろう？　その答えを探すのをローズは自分に禁じた。

19

従者のブランドンがクラヴァットの結び目を作り終えるのを、カーヴァーは鏡越しに眺めた。これで五度目で、従者がげっそりした顔で後ろへさがると、カーヴァーは再度クラヴァットを鏡に映した。どうにも虫の居所が悪く、ブランドンにとっては不運なことに、気分を発散させる唯一の手段がクラヴァットを思いきり引っ張ってほどくことだった。

これもだめだ。クラヴァットに手をかけようとすると、ブランドンが焦った様子で目を見開き、声をあげた。「閣下！　また一からやり直していたら晩餐に遅れてしまいます」

カーヴァーがじろりと従者をにらんだところへ、暖炉のそばでゆったりと椅子に沈みこんでいたロバートがくっと笑って割りこんできた。「ブランドンも気の毒に。そんな形相でにらまれて震えているじゃないか、カーヴァー」

カーヴァーは振り返った。義兄が含み笑いを浮かべている。「誰かをいらいらさせたいなら、ご自分の妻がいるでしょう」カーヴァーは言った。

だがロバートは従者へ笑いかけるだけだ。「きみはさがったほうがいい、ブランドン、六度目の結び目を作らされる前に。悪くすれば――新しい働き口を探すことになるぞ」

ブランドンは色を失って会釈をすると、入り口へ急いだ。

臆病者め。

従者が退室してドアが閉まると、ロバートは椅子の上で座り直し、肘置きに肘をついた。

「それで、何をそんなにいらいらしているんだ、カーヴァー？」

カーヴァーは姿見に映る自分を見据えたまま、髪をくしゃくしゃに乱した。うなり声のようなものが口から漏れたが、言葉は出てこない。話をする気分ではなかった。ダフニーとの午後に図らずもノックダウンを食らった気分がした。すべてがだいなしだ。

「ほらほら、どうした」おそらく励ましているつもりであろう口調でロバートがうながす。「むしゃくしゃしているなら吐きだしてしまえよ。ぼくだってきみのふさぎの虫にいつまでも付き合ってはいられないぞ」

カーヴァーは義兄のほうへ首をめぐらせた。「ふさぎの虫？　言葉には気をつけたほうがいいですよ、ロバート。最後にボクシング・クラブへ行ってからもう何日も経っている。いい汗をかきたくて体がうずうずしているんです」

ロバートはくすりと笑って椅子の背にもたれた。「ぼくでは相手にならないだろう。まばたきする前にきみにのされてしまうし、それを認められないほどプライドも高くない。さあ、話してみろ。あと、できれば座ってもらえるとありがたい。そんなふうに部屋の中をぐるぐる歩かれては目が回る」いつからぐるぐるぐる歩いていたのだろう？ カーヴァーは足を止めた。片手を腰へ、反対の手は髪へやる。ブランドンの苦労の甲斐もなく、非の打ちどころなく整えられていた身なりは早くも崩れていた。「話したら消えてくれるんですか？」ぴりぴりした口調で言う。

「おそらくは。試してみたらいい」

顔をしかめてやろうと思いながらも、カーヴァーはついつい笑みを浮かべていた。ダフニーが彼のせいで笑ってしまうと言っていたのはこういうことだろうか？ ダフニーのことを思いだすと、彼の笑みは消えた。彼女こそいらだちの元凶だ。カーヴァーは義兄の隣の椅子にどさりと腰をおろした。「ダフニーですよ」頭をそらして革張りの椅子の背にのせる。

「そこまでは言われなくとも察しがつく。ミス・ベロウズが何をしたんだ？」彼の心の中へ忍びこみかけているのだ。

ダフニーをこの屋敷へ連れてくるとは、自分はなんという大ばか者か。気晴らしのためのいたずらだったはずのものに深入りしたあげく、与える準備もできていない心を奪われかけていた。屋敷へ戻るのを恐れていたのは、ここに沁みこんでいるクレアとの思い出に向き合うのがつらかったからだ。寝ても覚めても彼女との記憶に苛まれるのが怖かった。

ところがダフニーがいることで、すべてが悪化の一途をたどっている。いまやカーヴァーの心はクレアが生きていたならと悲嘆に暮れるだけでなく、ダークブラウンの髪と笑ってしまうほど美しい瞳、そしてライオンのごとき気性を持つ女詐欺師への想いにとらわれている。彼女はカーヴァーを笑わせる……心の底から。こんなことは何年ぶりだろう。

正直、自分の心はすでに癒えたものとカーヴァーは思っていた。クレアを忘れることができた、あるいは、少なくとも彼女のいない人生に満足することを覚えた、と。ところがダフニーと過ごしてからは、自分は少しも満足などしておらず、孤独だったことをひしひしと実感させられた。ダフニーといると、その孤独が消えていくのだった。

おまえは大ばか者だ。

カーヴァーはふたりの女性に恋い焦がれたが、そのどちらも決して手に入れることはできないのだ。ひとりはもうこの世にいない。もうひとりからは、好意を抱かれては困ると、これ以上なく明確に釘を刺されている。あいにく、その約束を守るのは、彼女自身のせいではなはだ困難になっていた。

「ダフニーは自身のルールを破り、自分のことをぼくに教えてくれたんです」カーヴァーは言った。だが、その発言が公平でないのはわかっている。傷のことは彼女が話したくて話したわけではない。カーヴァーが無理強いし、話してくれるまで手を放そうとしなかったからだ。あの話を聞いて胸が締めつけられ、ダフニーを引き寄せてずっと抱きしめていたくなったのは、彼女のせいではない。

自分のことは何も教えないと決めていたダフニーが正しかったのだ。そうしていれば、ふたりの関係を仕事と割り切るのはさして難しくなかっただろう。だが彼女に自分の過去の一部を打ち明けられるなり、かろうじて残っていた意志の力は息絶え、カーヴァーはもはや自分の感情を食い止めることができなくなっていた。ダフニーを好きになっているという事実から、もはや目をそむけることはできなかった。彼女を守りたい。彼女を微笑ませたい。彼女を抱きしめ、心から笑わせたい。

そんな想いのどれもこれもが、クレアの思い出と、ふたりが分かち合った愛に対する裏切りに思えた。

カーヴァーはうめき声をあげ、考えるのに疲れて両手で顔をこすった。

「ミス・ベロウズとどんな取り決めになっているのか詳細を知らないから、きみの言っていることを理解したふりはできない。だがなんであれ、きみが彼女について知ったことのために、彼女への気持ちがどこかしら変化したということかな？」

カーヴァーは両手に顔を埋めたまま、指のあいだからロバートを見た。「そんなところです」そう言ってからかぶりを振る。「いや……違うな。正直、ぼくは出会った瞬間からダフニーに惹かれていた。彼女は炎のようにかっとなりやすくて、ロンドンのうんざりするような淑女たちとは大違いだ。ダフニーは強く、ぼくとぶつかるのを少しも恐れていない」彼は微笑んだ。「この屋敷へやってきた最初の夜、彼女はぼくの頭に拳銃を突きつけたんですよ」

ロバートは顔をしかめたものの、先をうながした。「普通、紳士が笑顔で認めるような行為ではないと思うが。それで、何が問題なんだ？　彼女の身分が低すぎるのか？」

「それもあります。ぼく自身は社会的な地位や家名は少しも気にしないが……」

ロバートは苦笑した。「そのようだな。ロンドンでのきみの問題行動を考えると」

カーヴァーはにやりとした。「ぼくの評判はそこまで悪くはないでしょう。ベッドを温める愛人がいるわけではないし、〝妹の名誉を穢(けが)した〟と怒り狂う兄に決闘に呼びだされたこともない」

「その点では家族一同深く感謝しているよ。だが、きみが朝まで飲み明かしたあと馬車レースで疾風怒濤(しっぷうどとう)のごとく馬車を走らせていた、などと耳にすると、やはり心配でね。賭けをめぐって紳士クラブ〈ホワイツ〉の外できみが喧嘩していたというのもそうだ。いいかい、今月に入ってからきみの名前が四度も賭け帳に載っているのを見ている。しかもその賭け金ときたら。きみが半年以内に馬車の横転事故で死ぬという賭けに、どんどん高い金額が賭けられているんだぞ」

カーヴァーはおざなりな笑い声をたてた。「ぼくを見張っているんですか、ロバート？」

「当然だ。弟に目を配らない兄がいるか？」

ロバートに見張られていようと、カーヴァーはとくに気にならなかった。正直なところ、目を配ってくれる人がいることに一種の奇妙な安心感を覚えた。ロンドンへ移ったばかりの頃は、父もよくカーヴァーの様子を見に来ていた。しかしクレアを失ったあと、カーヴァーは父と目を合わせることができなくなった。それで結局――〝今日は会えない〟と来る日も来る日も言い訳をされたあと――父は引きさがり、息子をそっとしておくことにしたのだ。

ロバートは続けた。「もちろん、きみが喧嘩っ早いのは昔からだ。だがぼくが心配しているのは、きみの大胆さが無謀さに変わったことだ。あのときからきみは――」

カーヴァーは片手をあげて制した。「お小言には耳を貸します、ロバート。でも今夜はあなたと思い出の小道をそぞろ歩く気分ではない」クレアが亡くなったあと、自分が無謀になったのは人から指摘されるまでもなかった。ボクシング、馬車レース、飲酒は事実から目をそむけようとする試みにすぎないとロバートから諭されるまでもない。どれも言われるまでもないのだ、そのとおりだとすでに知っているのだから。自分が払っている犠牲はこの身で感じていた。

ロバートはうなずいた。「いいだろう。これについてはもう何も言わない。だが、ミス・ベロウズのことはどうするんだ？　彼女が好きなのか？　それなら話は簡単なように思えるが」

「どういうことです？」

「婚約を破棄しないで結婚すればいい。言い訳をする必要がなくなるし、嘘にもならない。彼女と結婚して新しい暮らしを始めるんだ」

カーヴァーは立ちあがり、窓辺へ向かった。空は暮色を濃くし、数分のうちに晩餐のために階下へおりなければならないだろう。外を歩くダフニーの姿があるわけもないのに、出会って以来つねにそうしているように目で彼女を探していた。「ぼくがダフニーを好きかどうかは関係ありません。彼女とは結婚できないんですから」

「社会的身分の違いのせいか？」自分とダフニーの本当の関係を明かすことなく問題をすべてつまびらかにするのは難しく、カーヴァーはただ肩をすくめた。

問題はダフニーの身分ではない。問題は彼女自身がまわりにめぐらせている難攻不落の壁だ。いや、それでも今日の午後は心を開いてくれた。そうだ、とカーヴァーは思った。少しだけでもロバートに真実を打ち明けよう。これはもう自分ひとりで切り抜けられる状況ではない。「ここに残るよう頼んだとき、〝彼女に愛情を抱かないこと〟を約束させられたんです」思い返して苦笑した。「ぼくとそういう関係になる気はないと断言されましたよ」

「きみはそれを信じたのか？」ロバートが意外な質問を投げかけてくる。

「金を握らせてようやく滞在を承諾させたんですから、疑いの余地はありません。なんといっても二〇〇〇ポンドですよ」

ロバートはただくすりと笑って、ポケットから金色の嗅ぎたばこ入れを取りだした。片手に持ち、親指でぱちんと弾いて蓋を開ける。嗅ぎたばこをつまむと、自分だけが気づいていることを楽しんで微笑んだ。「そうかもしれないな。だが、よそを向いているきみを、ミス・ベロウズがこっそり見つめているときがあった」蓋を閉め、嗅ぎたばこ入れをポケットへ滑りこませて立ちあがる。「彼女が金のためだけにここにいると考えているなら、きみはぼくが思っているより愚鈍だな。彼女を求めないよう押しとどめているのはきみだけだぞ、カーヴァー」

カーヴァーはふたたび窓の外へ顔を向けた。ロバートの探るような視線を感じながらも振り返ることは拒んだ。沈黙のあと、ロバートがようやく口を開いた。「ああ、そういうことか」

「そういうことというのは？」

「きみもすでに気がついているんだ、そうだろう？　きみがミス・ベロウズに惹かれているのと同じくらい彼女もきみに惹かれていることはすでに察しがついていて……きみはその事実に動揺している。なぜなら、きみのほうはまだ心の準備ができていないから」

またもクラヴァットがきつく感じた。指で引っ張ったが、楽にはならない。「ばかばかしい」カーヴァーはロバートから離れて歩きだした。なぜかじっとしていられなかった。動き続ける必要があった、これまでもずっとそうだったように。

だが、ロバートはその場に立ったまま動かなかった。「また子どもができたとメアリーから聞かされたとき、ぼくがどうしたかは話したかな？」

思いがけない方向へいきなり話をそらされて、カーヴァーは注意を引かれた。ため息をつき、いぶかしげに目を細める。どうやらメアリーとロバートは会話の駆け引きまで似ているらしい。「いいえ、うかがっていません」

「ぼくは〝やめてくれ〟とだけ言ったんだ。そして彼女に背を向けて家を出ると、丸一日戻らなかった」聖者のごとき義兄がそんな思いやりのかけらもないことをするなんて、カーヴァーには信じられなかった。

義弟の顔つきから気持ちを読み取って、ロバートは言った。「本当のことだ。誓ってもい」火の消えかけた暖炉へ歩み寄り、炉棚に片肘をつく。

「あなたがそんな無神経なことをするなんて、想像がつかない」

「そうだろうな、きみはどん底にいた頃のぼくを見ていないのだから」おなじみの罪悪感がカーヴァーの胸を突き刺した。愛する者が彼を必要としていたときに、自分はまたもその場にいなかった。クレアが会いに来たときも彼は留守にしていた……彼女が死んだ日だ。「正直、メアリーとロバートが子どもを失ったときも、彼はふたりのそばにいなかった。「正直、また子どもができたとメアリーから聞いたとき……ぼくは怒りを覚えた。だから〝やめてくれ〟と言って出ていったんだ。次の子どもが生まれるのを受け入れたら、亡くなったあの子が存在しなかったことになる気がした。あのときのぼくは、まだそれを認めることができなかった」

カーヴァーは押しだすようにして息を吐いた。「つまりあなたが言いたいのは、ダフニーを愛することを自分に許せば、クレアは二度と戻ってこないのだとついに自分に認めることになるから、ぼくは怒りを覚えている、ということですか」

ロバートは微笑み、ドアへと歩きだした。「世界はきみを中心に回っているとでも思っているのか？」入り口で振り返り、唇をくいとひねって、どこか目を引く笑みを浮かべる。「単なる心の声を義弟（おとうと）に聞かせたっていいだろう？」

「あなたの場合は単なる心の声では終わらないでしょう、ロバート」

「どんな結論になろうと、それはきみしだいだ」

カーヴァーは微笑した。「聖書の中であなたが好きなのは寓話（ぐうわ）ですね？」

ロバートがくくっと笑う。「読んでいて一番おもしろいからね、そう思わないか？」

だがカーヴァーの意識はさっきの会話から離れようとしなかった。「彼女がもういないのはわかっています、ロバート」

「そうかな？」

ロバートの詮索するような目から、真実から、にらみつけてくる答えから、またも視線をそらさなくてはならなかった。カーヴァーは深く息を吸いこんだ。「いまは幸せですか、ロバート？　姉にふたたび子どもができて」尋ねながらも、義兄へ視線を戻すことはできなかった。

「ああ。だがメアリーとぼくはもう悲しみを感じないとか、この子が同じ運命をたどったらという恐怖に駆られることはないとか、そんなことを言ったら嘘になる。お互いにそういうことを隠すのはもうやめたよ。打ち明け合うことで、ふたりともずいぶん気が楽になった」それ以外の選択肢はないのだろうか？　心の痛みを打ち明けることはできればやりたくない。打ち明ける相手がダフニーとなれば、なおのことだ。

ロバートが立ち去ると、カーヴァーは暖炉のそばの椅子へ戻り、火が消えていくのを見つめることしかできなかった。もしいまの彼の姿をクレアが見ることができたら、〝いやだわ、湿っぽい顔をして〟と大笑いするだろう。彼女はなんにでもユーモアを見いだした。いまのカーヴァーに必要なのは、彼女のそういう楽観的な部分だった。カーヴァーは椅子にもたれると、クレアが向かいに座っているところを想像した。楽しげに目をきらめかせ、頬にえくぼを作って笑みを輝かせる彼女を。

喪失感と心を覆う闇、そして彼女をふたたび抱きしめたいというどうしようもない想いに胸が痛んだ。けれども胸の中には、何か別のものもあった。何か新しいものが。あらゆる感情のすぐ下に、いままでなかった感情がわずかながら静かに存在し、どういうわけか、胸の痛みに新たな光を投げかけている。それが彼を変えつつあった。カーヴァーは、その変化がダフニーのおかげであることを知っていた。

この数日ダフニーと過ごしたことで、胸の痛みの一部は軽くなっていた。彼女のウィットと独特の世界観のおかげで、もう一度笑いたいと思えた。自分は孤独ではなく——望むなら孤独になる必要もないのだと思うことができた。ダフニーといると、自分が……元の自分に戻れたような気がした。

ダフニーを愛しはじめていることに気がつき、カーヴァーはため息をついた。事態の深刻さが身に沁みこんでいく。彼女も同じ気持ちを抱きはじめているのだろうか？　それとも単なる演技なのか？　希望の光が差すのを感じながら、カーヴァーは考えをめぐらせた。本当の意味で前進するには、ダフニーと向き合い、彼女に対する想いの行き先を見届ければいいのかもしれない。

20

ひとりの男性の笑顔に胸がこんなに高鳴るなんて、どうすればそんなことがありうるのだろう？　黒の燕尾服に小粋に髪を乱した彼はあまりにすてきだった。蠟燭の明かりに照らされてグレイの瞳は温かく輝き、ローズは急にもじもじと手袋をいじりたくなった。彼女とカーヴァーの組み合わせは誰の目にも滑稽に見えるだろう。彼は古代の巨人族が絵画から抜けだしてきたようで、その姿はおよそあらゆる人を超越している。それに引き換えローズは……背が低くて平凡。しかも今日の夕方、鏡相手に長々とにらめっこをした結果、目じりに数本と、額にも一本、小じわが増えているのを発見した。何度引っ張っても皮膚がゆるんで二六歳の女の肌に戻ってしまう。しかもまだ二三歳なのを考えると、本当にどうしようもない。

メイドに髪を結ってもらうことも考えたけれど、結局、そんなことは間違っている気がしてやめた。これはローズの人生ではない――公爵のための舞踏会が終われば彼女の偽物の人生ですらなくなる。特権に恵まれたこんな世界の贅沢を味わったらばかを見るだけだ。

最初からその味を知らないほうが、簡単に別れを告げられる。

彼はわたしにとってなんの意味もない人なのだから。

だからこそ、カーヴァーにきれいだと思われるかどうかを気にするべきではなかった。

あるいは、そう自分に言い聞かせ続ければ真実になるかもしれない。

ほかの家族がひとりふたりと応接間へ入ってくる中、カーヴァーが近づいてきた。彼が目元に独特の笑みを浮かべたので、ローズは距離を置くよう静かに自分に言い聞かせた。頭の中でそれを何度も何度も繰り返し、やがてなんの効果もないことに気がついた。今日の午後、子ども部屋で気をゆるめたのは極めて愚かだった。子どもの頃のことをカーヴァーに話したのは深刻な間違いだ。慰めてくれる彼のぬくもりを感じるためにその腕に身をまかせそうになるなんて、どうかしている。あんなことは二度とあってはならない。まわりの人たちとそこにあるものは、すべてかりそめの存在で、その事実を見失えば、いずれ心が傷つくだけだ。

自分の置かれている状況がどんどんややこしくなっているのはそのせいだった。ローズはまわりから距離を取り、孤立していなくてはならない。けれど一方で、カーヴァーを熱愛するダフニーは、みんなに愛嬌と魅力を振りまいている。そのふたつを区別するのが難しくなっていた。

カーヴァーの声が彼女を物思いから引き戻した。「今夜のきみはすてきだ、ダフニー」

何を言われようと、気にするものか。

「本当に？」ああもう。いつから繊細な少女のようになったのだろう？　人の意見を気にするのも、どきどきするのも、こんなふうに顔を赤らめるのもまったく自分らしくない。

カーヴァーと目を合わせると、そのまなざしはいまの言葉が偽りでないことをはっきりと物語っていた。やっぱり、きいてよかった。

「本当さ」彼のやさしげな笑みが別の何かに変わる。彼はこれまでもローズ相手に戯れたことがあるし、彼女に惹かれているのだと感じさせる、温かなまなざしを見せたこともあった。けれど、これはまったくの別物だ。真剣で意味深長でそのうえ……ああ、それが意味するものを特定できないのがいらだたしい。

ふいにカーヴァーの視線が彼女の唇へとさがり、ローズは全身がかっとほてるのを感じた。息ができなかった。幸い、彼はちらりと唇を見ただけで、すぐに微笑んでふたたび彼女と目を合わせた。「そうやって頬を赤らめたきみの美しさはまた格別だよ」

ローズは唇を嚙み、これまでとは違う彼の表情から目をそらした。ほかの人たちもほとんど集まっているのに気づいたのはそのときで、カーヴァーは婚約者の役を演じていただけなのだとわかり、彼女の心は沈んだ。

「どうかしたかい？」顔に出てしまったのだろう、カーヴァーが彼女の表情を見つめて問いかけてくる。

ローズは即座に自分を取り戻し、笑顔で彼を見あげた。「ちょっと頭痛がしただけ」この芝居は彼女の手に負えなくなりはじめていた。

カーヴァーは心配そうな顔になった。本気で気遣ってくれているのだろうか、それとも心配するふりをしているだけ？　「平気かい？　横になるか？」

ローズは笑い飛ばした。「わたしがそんなやわな人間だと本気で思っているの？」

カーヴァーは笑みを浮かべて彼女の前へ進みでた。ローズと向かい合い、家族には背を向ける形になる。彼は手を伸ばして彼女のショールが肩の上へ来るようずらした。ローズは腕に触れる指先の感触を味わうまいとした。彼からはいつでもうっとりさせる香りがすることも意識してはいけない。

「いいや、少しも。だが、きみが今夜の晩餐には出席したくないと言っても、責めはしないよ」カーヴァーが言った。「申し訳ないが、今夜はこれからちょっとした試練が待っている」自分の脇へと手を戻す。「今夜の晩餐には客人があると、ちょうどいま母から知らされたところだ」彼がその言葉を強調したことにローズは気がついた。

彼女はおもしろがるような笑みを投げかけた。「晩餐にお客さまが来ることじゃなく、何がしかの毒について話すような言い方ね」

「ガードナー一家と比べれば毒のほうがましだよ」

ローズはくすりと笑った。その一家に興味を引かれ、それがなんであれ彼女とカーヴァーのあいだで起きていることを忘れさせてくれて感謝したい気分だ。「毒よりも有害なガードナー一家って、どういう方たちなの？」

「われらが厄介な隣人だ。悲しいかな、ロンドンにおいてもここダルトン・パークにおいてもね。なんの理由があって母が彼らに親切にするのか、ぼくにはさっぱりわからない。ミセス・ガードナーはこの地上に存在する最も不愉快な女性であるだけなく、隙あらば自分の長女をぼくに押しつけようとするんだ」お呼びでない嫉妬心がローズの胸を締めつけた。ばかね。カーヴァーが社交界で最も垂涎（すいぜん）の的になっている独身紳士だと知らないわけでもあるまいに。

「女性だけで応接間へ移動したときに、彼女の紅茶にコショウを入れましょうか？」ローズはにっこりとした。おかしなもので、それだけでなんだかミス・ガードナーに勝った気がした。カーヴァーについて、相手の知らないことを彼女は知っているのだ。

カーヴァーが首を傾けてどきりとさせる笑みを浮かべた。「そうしてくれたら、一生恩に着るよ」

21

「どういうことですの！　だって閣下、三週間前にロンドンでお会いしたときは、そんなそぶりすら見せなかったじゃありませんか」

「婚約者ですって！」ローズを紹介されるやミセス・ガードナーが叫んだ。

ミセス・ガードナーは、ふりふりのドレスを着た太りすぎのブタがおいしそうなりんごを横取りされて鼻を鳴らしているところをローズに想像させた。カーヴァーがそのりんごだったのは明らかで、彼女はふたりの娘のうち、どちらかに与えようと狙っていたのだろう。その娘たちはどちらも刺し殺さんばかりの目でローズをにらんでいた。

上の娘、ミス・ガードナーは紛れもない美女で、長身痩軀ながら胸と腰は豊かな丸みを帯び、ゆるやかに結いあげた金髪の巻き毛の下にハート型の顔がのぞいている。カーヴァーは彼女のことを煩わしいと言っていたけれど、やっぱり美人だとは思っているのだろうか。一〇代ではなさそうだが、これだけ際立った美しさなら、きっと社交界では〝比類なき〟とか〝絶世の〟などという言葉が使われるのだろう。

「そうでしたか？」カーヴァーのこんな声音のあとには皮肉が続くのを、いまのローズは知っていた。「それは申し訳ない。ボンド・ストリートのど真ん中で自分の結婚についてあなたのご意見をうかがうのを忘れるとは、うっかりしていました」カーヴァーがかぶりを振りながらチッチッと舌を鳴らすものだから、ローズは頬の内側を嚙んで笑いをこらえなければならなかった。「まったくもってぼくが悪い」

丸々としたミセス・ガードナーはおもしろくなさそうな顔をして、ブラウンの小さな丸い目でローズをにらみつけた。泥色の目とは、ブタを連想させる女性にお似合いだ。「ちなみに、ミス・ベロウズ、あなたはどちらのお生まれ？」ミセス・ガードナーはほとんど吐きだすように言った。

「バースで、おじと暮らしています」ローズは相手をもっと怒らせてやろうと柔和な笑みを浮かべた。うまくやれば、この人は本当に鼻を鳴らすかもしれない。

「そのおじというのはどなた？」ミセス・ガードナーの目はさらに細くなり、完全につぶっているみたいに見えた。「バースなら友人が何人かいます。わたしもその方と面識があるかもしれないわ」

「それはないでしょうね」

ローズは少しも焦らず微笑んだ。話を即興で作りだすことほど楽しいことはそうそうない。作り話をすると心臓がどきどきして、喉の血管が脈打つ。嘘をつくのはローズの一八番だ。少しも誇れた才能ではないけれど、楽しいことに変わりはない。「おじの名前はミスター・

ジョン・ベロウズです。おじをご存じでしょうか？　でも、あいにくおじは通風で寝込んでばかりいて、この頃では隠者のように過ごしておりますから、お会いしたことがあるとは思えませんわ」

「ジョン・ベロウズと言ったかね」ミスター・ガードナーがげじげじの眉をつりあげてどら声をあげた。「ああ！　その人なら知っているぞ！」

ローズは笑いをこらえた。「本当ですの、閣下？　なんてすてきな偶然でしょう！」

「ずいぶんと背の高い紳士でしたな」フェリックスおじさんのずんぐりむっくりとした姿がぱっと目に浮かび、ローズは噴きださずにいるのに苦労した。「温泉水を飲んでいたときに知り合いましてな！　いやあ、実に感じのいい方でした！　バースにいるならぜひここを訪れなさいと、親切にも名所を詳しく教えてくれまして」

哀れなミセス・ガードナーは地ならし機に轢かれたような顔だ。ローズの家族にケチをつけて、ばかにするつもりでいたのだろう。ところが、いもしないローズのおじを夫が褒めそやすものだから、彼女はふくれっ面で黙りこむはめになった。

ダフニーの生まれのよさをガードナー一家に知らしめるならいまだ。ローズはそう判断した。それに、面と向かってはきいてこないものの、公爵と公爵夫人も彼女の出自を気にしているのはわかっている。「ええ、そうです、きっとおじですわ。ジョンおじさまはそれは親切で思いやりがある方なんです。つらい病気を患っていても笑顔を絶やすことがないんですもの」ため息をつく。「病のせいで心から愛しているものをあきらめなければならないおじの姿を見るのはつらくて」

「あら、それはなんなの？」ミセス・ガードナーがうさんくさそうな顔で尋ねた。ローズはカーヴァーの視線も感じた。

「仕事です」彼女は言った。「おじは、わたしにこう言われるのをいやがりますが、優れた実業家なんです。卓越した判断力の持ち主でなければ、あれほどの財産を築くことはできなかったでしょう」物思わしげな笑みをカーヴァーに向ける。「ケンズワース卿がわたしに求婚したのは、おじがいかに寛大な後見人かという噂を耳にしたからではないかと不安に駆られるほどですわ」自分の性格からはかけ離れた、明るくはしゃいだ声で言った。

ところがカーヴァーも負けてはいなかった。「傷つくなあ、マイ・ラヴ！　喜んで結婚していたとも、たとえきみが詐欺師であろうとね」

ローズははっとして彼の目を見た。見つめ合っている時間が長すぎるが、そらすことができなかった。聞き違い、それとも？――まさか本気のはずはない。それなのに彼の口調はなぜか誠実に聞こえる。カーヴァーは最初に思っていたより優れた役者なのだと考えることにして、ローズはいまの彼の言葉を心から閉めだした――少なくとも、いまのところは。あとでひとりになってから、心置きなく分析しよう。

年長のミス・ガードナーの蛇を思わせるような声が、ローズを目の前の相手との会話へ引き戻した。「ということは、ケンズワース卿とはそこでお知り合いになったの？　つまり、バースで？」顔つきを見れば、好奇心から尋ねているのではなく、ローズに恥をかかせる機会を探していることは明らかだった。

ローズは急いですべての記憶を巻き戻し、カーヴァーの妹たちになんと話したか思いだした。「いいえ。初めて出会ったのはこの前の社交シーズン中でしたけれど、ケンズワース卿がバースを訪れたときに、幸運にも交流を深めることができましたの」ローズは落ち着き払った笑みを保ち、不安が顔に出ていないよう祈った。カーヴァーがここ何年かダルトン・パークへ戻っていなかったのは知っているが、彼の家族がロンドンで夏を過ごしていたかどうかまでは知らない。もしも彼らがロンドンにいたのなら、いまのは嘘だと一発で見破られるだろう。室内へ視線をめぐらせると、この会話が聞こえる範囲にいるのは椅子に座っているレディ・ハットレイひとりで、彼女は別の会話に加わっている様子だった。

ローズはほっとした。

「変ねえ、この前の社交シーズン中にあなたを見かけた覚えがないわ。わたし、ふだんは記憶力がとてもいいのに」愛らしく微笑んでいるけれど、その目が挑むような光を湛えているのをローズは見逃さなかった。ミス・ガードナーはいったいなんの目的があって追及してくるのだろう？　ローズに恥をかかせるためだけではないらしい。どうやらスキャンダルのにおいと、カーヴァーをふたたび狙う機会をかぎつけたようだ。

「本当に変ですね」ローズは笑みを返して肩をすくめた。これで詮索をやめてくれるといいが。しかし、そうはいかなかった。

「それにバースですって？　こう言ってはなんだけれど、ケンズワース卿があんなところまでわざわざ足を運ばれたなんて驚きだわ！」ああも高々と鼻を突きあげて、まわりがよく見えるものだ。「白状すると、バースはわたしの好みには合わなくて、いつ行っても退屈させられるのよ。バースの社交界ってつまらなくありません、閣下？」ミス・ガードナーのことはやはり好きになれない。少しも。それは乳白色の肌とふっくらした薄紅色の唇がうらやましいからではなかった。カーヴァーもこの女性を美しいと思っているのかどうかが気になって仕方ないからでもない。ローズがこの女性を好きになれないのは、救いの手を差し伸べるに値しない穢らわしい浮浪児としてローズをしりぞけた上流社会の人々全員を彼女が体現しているからだ。

カーヴァーの微笑みと言葉が、ローズの胸の苦々しさをいくらかやわらげてくれた。「ダフニーと一緒なら、つまらないなんてことは絶対にないな」

晩餐が始まっても空気は張り詰めたままだった。ミセス・ガードナーはローズとカーヴァーに質問を浴びせ続けているし、ミス・ガードナーは異様に長い黒々としたまつげ越しにカーヴァーへ視線を送るのに余念がなかった。ミスター・ガードナーはこのパーティにすっかり退屈しているらしく、妻の無作法な質問を止めようともしない。

おもしろいものだとローズは思った。客人が同席していると、公爵家の人たちは打って変わってきちんとした態度だった。ゆうべは騒々しいほどがやがやとおしゃべりを楽しんでいたのに、女性陣は礼儀正しく言葉を控え、男性陣はみな威厳に満ちた雰囲気を漂わせている。よそよそしくはないけれど、ただ、昨日とは違う。彼らはローズには素顔を見せてくれたのだと思うとうれしかった。

ローズがようやくくつろぐことができたのは、二品目の料理を食べ終えた頃だった。このまま永遠にいたぶられるかに思えたあと、ガードナー家の女性たちはついにローズを追及するのをあきらめ、別の話題に移ることをしぶしぶながら許した。もっとも、年長のミス・ガードナーはカーヴァーからほとんど目を離そうとしないままだったが。そのせいでカーヴァーの手を取り、テーブルの上でみんなに見えるようにふたりの手を重ねていたくなるのはなぜなのか、ローズには理解できそうもなかった。それだけ役に入りこんでいるというだけなのかもしれない。それにしても奇妙な衝動で、これまで感じたことのないものだった。

「ミスター・ガードナー――」テーブル越しに公爵が声をあげ、全員が注目した。「あなたの従者はどうなったんですか？　わが家の使用人からお宅でひと騒動あったと耳にして、ことの顚末(てんまつ)をうかがいたいと思っていたのですよ」

肉付きのよいミスター・ガードナーはうめき声をあげた。「まったく、とんでもありませんよ、公爵。従者はクビにしたが、信頼の置ける代わりの者が誰ひとり見つからないのです。またも盗人を雇い入れるようなことがあってはなりませんからな」

ローズははっと目をあげ、亀のスープでいっぱいのスプーンを皿に落とした。「何があったんですか？」口を閉じていなさいと頭が命じる暇もなく問いを発していた。上流社会では礼儀作法がとても厳格に決められている。紳士同士の会話にテーブル越しに女性が割って入ることは許されない。けれども彼女の無作法な発言を撤回するにはもう遅かった。

ミスター・ガードナーはむっとした目でローズを見てから公爵へ顔を戻した。「まあ、ああいう下賤の者を相手にしていると、こういうことはたびたびありますからね。粗野な平民どもを雇うのは骨が折れる」

ローズは背中がこわばるのを感じた。横顔に注がれるカーヴァーの視線が熱い。けれど彼を振り向きたい衝動を抑えこみ、テーブルの向こう側へ視線を据えた。

「本当に、恩知らずよねえ！」ミセス・ガードナーの甲高い声が響き渡った。「わたしたちは住む場所を与えてやっているのに、使用人たちときたら、ミスター・ガードナーの宝石箱から懐中時計を盗んだんですのよ！　信じられますか？」誰か特定の相手ではなく、部屋全体に向かってしゃべりかけている。とはいえ、彼女の視線は居心地が悪くなるほど何度も部屋の隅に立っている従僕へ注がれた。

黙っていなさい。言葉を発してはだめ。いまはあなたの出番じゃない。

だが、知りたいと思う気持ちが勝った。「従者はどうして時計を盗んだのでしょう？」

ミセス・ガードナーが嫌悪感を表現するかのように巨大な胸をふくらませたので、いっそう丸々となった。「盗んだ理由なんてわたしが知るわけないでしょう？　主が使用人にそんなことを確かめる必要などないはずよ」同意を求めて、静まり返った部屋を見まわす。

「たしかにそうです……」ローズは言った。「ただ一方で、使用人だって充分な賃金を得るのは当然の権利です。実際には、そういうことはごくまれでしょうが」

部屋じゅうの視線がローズに集中した。いまのいままで部屋の奥で目の前の会話なんてまったく耳に入らないふりをしていた従僕の視線まで。

「あなた！」ミセス・ガードナーが声をあげた。険しい目つきになる。「わたしがうちの使用人に充分な賃金を支払っていないとおっしゃりたいの？」

これは晩餐会につきものの上品な会話からはかけ離れていた。こんな無作法なやりとりは、ロンドンの社交界であれば考えられないだろう。でも、ここはロンドンではない。ひょっとすると田舎のパーティだとルールがゆるく、客は好きなだけお互いを侮辱してもかまわないのかもしれない。

ローズは自分の手にある選択肢を秤（はかり）にかけながらテーブルの面々を見まわした。ミス・ガードナーはローズの窮地にご満悦のようだ。公爵夫人は慎重な目でこちらを見ている。レディ・ハットトレイ、ハットトレイ伯爵、それにエリザベスは三人とも急にスープボウルに興味を持った様子だが、彼らの引き結ばれた唇がうっすらと弧を描いているのをローズは見逃さなかった。カーヴァーはというと、首をめぐらさなければ顔が見えない。

本心を口にすべきだろうか？　実業家の姪のダフニーならば、使用人の賃金や下層階級の過酷な生活環境については何も理解していないだろう。だがローズは理解しているし、声をあげたくてたまらなかった。でも彼女の言いたいことはこの胸からこみあげてくるものので、ダフニーの考えではない。つまり、そのあいだは仮面を外し、この人たちに本当の自分をさらすことになる。そんな危険を冒して大丈夫だろうか？

最後にローズはテーブルの上座にいる公爵へ目を向けた。公爵は彼女と視線を交わすと、ほとんどそれとわからないくらい小さくうなずいた。彼女の想像かと思うくらい小さく。だがその仕草に励まされ、ローズはミセス・ガードナーに向かって肩をいからせた。「失礼を承知で申しあげます。あくまで個人的な見解ですが、生活し、家族を養っていくのに本当に必要なだけの賃金を支払ってもらっている使用人はごく少数です」

「今度は使用人の家族まで養えとおっしゃるの？」ミセス・ガードナーは信じられないとばかりに笑い声をあげ、ふたたびテーブルを見まわした。「いいこと、ミス・ベロウズ！　そんなことがらについて意見する権限を誰があなたに与えたかしら？　ご自分の立場をお忘れのようね、レディらしからぬ議論はおやめになるのが身のためですよ」

「いや」テーブルの奥から公爵の声が響いた。「この問題に関するミス・ベロウズの意見をぜひとも聞かせてほしい」公爵に微笑みかけられ、ローズはまるで父親から許可を与えられたような気がした。その感覚を噛みしめないようにする。心が震えているのも無視した。

身分の高い人々の前で心置きなく声をあげる許しを生まれて初めて与えられたのだから、無駄にはできない。カーヴァーも彼の父親同様、ローズが自分の意見を披露することに賛成してくれるよう願うばかりだ。「それでは謹んで申しあげます、閣下。わたしがつねづね感じているのは、社会における地位と富を享受する幸運に恵まれた者たちは彼らより恵まれていない者たちの力となるべきなのに、その努力が往々にして足りないということです」少し考えてから言い直す。「わたしたちより恵まれていない、という意味ですが」人生のほとんどのあいだ、上流階級の人々に対して怒りを覚え、しりぞけられてきたと感じているのに、自分をその一員と見なすのは難しかった。

ローズにも欠点はあるが、飢える者、困っている者に背を向けるようなまねは絶対にしない。稼いだ金をほとんど与えてしまうのがおまえの最大の欠点だと、フェリックスおじさんからいつも言われている。憎まれ口を叩こうとも、おじさんがローズと同じ気持ちでいることは知っていた。おなかをすかせた孤児たちから目をそむけることは、かつて同じ境遇にあった彼女にはできなかった。孤独の痛みを、死の恐怖を味わったことのある彼女には。

「きみの考えでは、盗みを働いた使用人を解雇するのは正しくないと？」公爵は咎めるのではなく、知りたがっている口調で言った。

自らが望む場合、公爵は威圧的な雰囲気をまとっている。カーヴァーのまなざしにしばしば見かけるのと同じやさしさが公爵の目にも浮かんでいなかったら、ローズは先を続けられなかったかもしれない。「世の中のものごとは必ずしも白黒をつけられるわけではなく、灰色のときも多々あります、閣下。それを踏まえて、どんな相手にも正しさよりもやさしさを持って接するべきだと思うのです」息を吸いこむ。「推薦状もなしに解雇されたり、治安判事に突きだされたりする前に、使用人が――さらに言うなら盗人でも――どんな事情があって自分の首を絞めるようなことをしでかしたのか説明する機会を与えられたら、世の中はどれほどよくなるだろうかと考えずにはいられません」

ミセス・ガードナーはテーブルの向こう側でふんと息を吐いた。その夫は、先に公爵が意見を言うまで自分は発言したくないような顔をしている。そしてカーヴァーは……カーヴァーにどう思われたのかはわからない。まだ彼を振り返る勇気がなかった。彼の顔を見るのがなぜこんなに怖いのだろう？　彼の意見なんて気にしていないのに。それとも気にしているのだろうか？

「解雇するよりも賃金をあげるほうがいいと？」公爵は思案したあと問いかけた。

「はい、まずはそこからです」ローズは言った。「人に与える余裕のある者はそうする義務があると思います。必要とされているのが慈悲の心と思いやりならば、なおさらです」

公爵は深々と息を吸いこんで椅子にもたれかかり、みぞおちの上で手を組んだ。テーブルについた全員の視線が彼に集まる。誰もひと言も発しなかった。ボウルにスプーンがぶつかる音が沈黙を破ることさえない。血の流れる音が耳鳴りのようにローズの鼓膜に響いた。貴族に向かってこんな大胆な発言をしたことはこれまで一度もなかった。けれど、後悔はしていない。

22

公爵が話しだして初めて、ローズはそれまで自分が息を止めていたことに気がついた。

「わたしもきみの意見に賛成だ、マイ・ディア。きみの話にはうならされた。襟の刺繍飾りより他者の幸福に心を配る若い女性がわたしの娘たち以外にもいるのを目にしてうれしく思う」

口の中がからからだった。「ありがとうございます、閣下」ローズはごくりと唾をのんだ。ミス・ガードナーがこちらをにらみつけているのが視界に入り、スープのボウルへと目を落とす。震える手でスプーンを唇へ運んだが、スープを飲む前にためらった。こんなに緊張するのはめったにないことだ。上流階級の人にどう思われているのか気にしたこともほとんどない。けれど、カーヴァーの家族にどう見られているのか自分が大いに気にしていることにローズはだんだんと気づきはじめていた。

それに、カーヴァーにも。彼の視線を感じるものの、目を合わせる勇気はまるでわいてこなかった。無作法だと思われた？ 厚顔な女だと？ それとも、ローズが犯罪者を擁護したのは単に自分もそうだからだと?

いまでは不安に駆られるほど多くのことを彼に知られてしまった。それに嵐を思わせるあのグレイの瞳で見られると、子ども部屋にいたときのように、魂まで見透かされる気がした。それは心地のいい感覚ではない。落ち着かないし、圧倒されるし、世界がひっくり返ってつかまるところがどこにもない気分になる。

晩餐は延々と続いた。ようやく公爵夫人が立ちあがり、男性陣がポートワインを楽しめるよう、女性陣は応接間へ移りましょうとうながした。紳士たちが女性たちとともにいったん腰をあげたとき、ローズはカーヴァーが彼女の目をとらえようとしているのを感じた。だがローズはそれを拒み、臆病者みたいに急いで部屋をあとにした。自分はいつからこんなふうになったのだろう？　失望されたかもしれないと不安で、相手と目を合わせないなんて。ばかげている。あとでまた紳士たちと合流したときには、そんなふるまいを自分に許すものか。

女性陣は応接間へ移動した。ダルトン公爵家の女性たちは退屈なのを必死に隠している様子で、部屋のあちこちに散らばっているさまざまなソファや椅子に腰をおろし、客をもてなす務めに取りかかった。だがローズはこれを機に、窓辺へとしりぞいた。夜の闇が大地を覆い、見えるのはガラスに映る自分の姿と、忌まわしいことに、こちらへ近づいてくるミス・ガードナーの姿だけだ。

ローズは背筋をぴんと伸ばして振り返った。ミス・ガードナーが浮かべている笑みは、相手を見くだしきっているレディのそれだ。ローズは天井を仰ぎ、カーヴァーがガードナー家より毒のほうがましだと言っていたことを伝えてやりたい衝動を我慢した。

ミス・ガードナーが見せかけだけは愛想よくしゃべりかけてきた。「ねえ、ミス・ベロウズ、この前の社交シーズン中にロンドンであなたとお会いした記憶がどうしてもないの。おかしいわよねえ。わたし、デビュタントの顔は必ず覚えるようにしているのに」あからさまになじるような声だ。

だが、ローズだってゲームのやり方を心得る程度には社交界の催しに出席している。「どうかお気になさらないで、ミス・ガードナー。わたしのことを覚えていないのは仕方がないわ。ロンドンでひとりひとりの淑女の顔を頭に入れておくのは、あなたにとってさぞ大変なことなんでしょう。そんな思いつめたような顔でわたしの婚約者ばかり見ていてはね」微笑し、鋭いまなざしを向ける。

ミス・ガードナーは真っ赤になってブルーの瞳を細めた。「いったい何をおっしゃっているのかさっぱりわからないわ」

ローズはくすくすと笑いたかったが、やめておいた。それでは危険人物みたいだ。「わからないかしら、ミス・ガードナー？」代わりに微笑むだけにした。「わたしはすぐにぴんときたのに。あなたはお節介なお母さまと一緒になって、ケンズワース卿とそのご家族の前でひと晩じゅうわたしを嘲ろうとしていたでしょう。見ていてとてもおもしろかったけれど、そろそろ飽きてきたから、彼のことはあきらめて、誰かほかの不運な紳士に狙いを移していただけないかしら」おそらく言いすぎだろうが、自分の言葉を後悔するのは明日でいい。今夜は、高慢な淑女に一発がつんと言ってやる機会を楽しもう。

ミス・ガードナーの真っ赤だった頬がどす黒く変わり、そのあといっさいの赤みが顔から引いた。愛らしい唇が意地の悪い笑みを描く。彼女が近づいてきた。「あなたって、どこかひどくおかしなところがあるのよね、ミス・ベロウズ。必ず暴いてあげるから覚えておきなさい」

楽しさはどこかへ消えた。やはり言いすぎだった。炎みたいな気性を表に出してしまった。余計な注意を引いてしまった。ミス・ガードナーは真相がわかるまで掘り返してやると脅しているのだろうか？　深く掘る必要がないのはわかっている。本当の名前は知られていなくても、すでに詳細な人相書き付きで複数の逮捕状が出されているのだ。ボウ・ストリートに一回問い合わせれば、簡単に真実にたどり着けるだろう。

しかし本職の犯罪者であるローズは、敵に動揺を見せてはならないことを承知していた。だから柔らかな笑みを浮かべて目をしばたたかせた。「白状するとね、わたしにはおかしなところがあるって自分でも前々から思っていたの。もし原因を突き止めることができたら、どうか遠慮せずに教えてちょうだい」

ローズの冗談は通じなかった。ミス・ガードナーは冷笑すると背を向け、黄色い長椅子に座っている母親のもとへ行った。ローズはほっとして窓の外へ視線を戻した。体が少しだけ震えている。これがほかの仕事だったら、詐欺の途中だろうと、怪しまれたからにはこの場で雲隠れしていただろう。けれど、カーヴァーは彼女が頼りなのだ。

公爵の舞踏会まであと三日。ミス・ガードナーがダフニー・ベロウズの身元を調べ、本物のダフニーは一介のメイドにすぎず、いまは身ごもって仕事を追われ、英国のよその地で農場に暮らしているところまで調べあげるのに残された期間は三日間。大きな塊がローズの喉をふさいだ。三日間で、ミス・ガードナーはローズを治安判事に引き渡すのに充分な事実を暴くことができるだろうか？　たぶん無理だろうけれど、断言はできない。

逃げなくては。逃げたくて足がうずうずしている。自分を守りたい。危険が現実となる前にできるだけ遠くへ行きたい。頭痛がすると言い訳して今夜のうちに荷造りをしよう。夜通し馬を走らせれば、明け方には孤児院に到着するはずだ。ミス・ガードナーとその母親があちこちに問い合わせるのに飽きるまで数週間は潜伏することになるだろう。それか、フェリックスおじさんと一緒にスコットランドへ高飛びし、かの地でいくつか仕事をしてもいい。身の振り方はあとで考えよう。いまはとにかく一刻も早くダルトン・パークから出ていくことだ。

だがそのとき、応接間のドアが開いてカーヴァーが進みでた。彼のたくましさと威厳が入り口をふさぐかのようだ。即座にグレイのまっすぐなまなざしにとらえられ、ローズは世界が動きを止めたみたいに感じた。彼がゆっくりと温かな笑みを浮かべる。目をそらすことはできなかった。ほかのことはもうどうでもいい。ローズは緊張した胸から息を吐きだし、両手の力を抜いた。彼に見つめられながら、初めて実感した。カーヴァーを愛している。そして自分がここから逃げだすことはない。

23

次の朝、太陽は一日を始めるのが億劫な様子で、ローズもまったく同じ気分だった。一時間前には部屋係のメイドが来てカーテンを開け、洗面台に新しい水を用意してくれたが、ローズはまだ起きあがってもいなかった。ぬくぬくとしたベッドカバーから首だけ出して陰鬱な灰色の空を眺め、自分はいったい何をしているのだろうかと考える。

ダルトン・パークでの暮らしを気に入ってはいけないのに。カーヴァーの家族を好きになってはいけないのに。カーヴァーとの婚約が本当だったらとか、彼が愛を返してくれたらとか、絶対に想像してはいけないのに。それなのにローズはこうしてベッドの中で思い返している。彼が心から笑ったとき目じりに寄るしわを。子ども部屋で手のひらに口づけされたときの唇の感触を。カーヴァーに唇にキスされたらどんな感じだろう?

ローズはうめき声をあげてベッドカバーをめくった。体を起こしてベッドの横側へ両脚を回し、どすんと小気味よい音をたてて床におろす。水で顔を洗って冷静になろう。カーヴァーのことを愛している。それは別にかまわない。ローズはひとりのほうが仕事をうまくやれる自立した女だ。あと数日もすれば芝居はすべて終了、彼に奪われた心を取り返して自分の人生を歩んでいく。きっとつらい思いをするだろうが、カーヴァー・ティモシー・アッシュバーンのことは必ず忘れてみせる。彼の魅力的な微笑みもきっと忘れる。牧草地にこだまする笑い声も、グレイの瞳も。たくましさも、笑い話も。

今度は罵りの言葉が口から漏れた。水で顔を洗うくらいでは、この気持ちをどうにかできそうにない。

その日の朝の着替えにはたっぷり時間をかけた。もう少しひとりでいれば、こんがらがった相反する感情をほぐして気持ちを静められると思ったからだ。けれど、意味はなかった。青みがかった濃灰色の散歩用ドレスをまとって履き古したハーフブーツに足を入れ、銀色の簡素なリボンで髪を結ぶと、ローズは屋敷を探索するため部屋をあとにした。

まだ朝も早いので、公爵一家は朝食室にいるだろう。それなら、探索するのは屋敷の反対側がいい。別に、いくじがなくてカーヴァーにばったり会うのが怖いからじゃない。屋敷のあちら側はもう見ているし、ほかに何があるのか興味を引かれているだけ。それに足音を忍ばせて階段をおりているのは……そう、いくじがないからだ。

一階にたどり着くと、玄関広間を急ぎ足で進んで朝食室から遠ざかった。歩きながら、壁にずらりと並ぶ一族の巨大な肖像画と、ところどころある壁のくぼみに鎮座する胸像に目を留めた。どの廊下にもたくさんのドアがある。こんなにも部屋数の多い屋敷を所有するなんて、自分には想像もできない。

ローズは少年の頃のカーヴァーを描いたと思われる絵の前で足を止めた。一三歳か一四歳くらいだろう。まだいまのように筋肉質の大きな体ではない。グレイの瞳には彼女も知っているいたずらっぽい輝きがあることに、ひと目で気がついた。独特な淡い光を放つ虹彩(こうさい)をとらえるのは、画家にとっても難しかったに違いない。

カーヴァーの隣は三〇歳くらいの頃の公爵の肖像画だ。カーヴァーもいつか父親の地位を受け継いで公爵になるのだと、ローズは――間の抜けていることに初めて――気がついた。彼はダルトン・パークの主となり、その妻は公爵夫人になるのだ。

彼への想いに身をまかせたらと一瞬でも想像するなんて、よくもそこまで愚かになれたものだ。滑稽すぎる。彼女はお尋ね者の犯罪者で、レディではない。一方、カーヴァーは世襲貴族の息子だ。貴族階級に属し、おそらくロンドンじゅうで彼以上に求婚者として求められている男性はほかにいない。街にいる妙齢の女性たちはこぞってカーヴァーを振り向かせようとしているだろう。そんな人たちを相手にローズが競えるはずがない。競うつもりもない。

くだらない妄想をするのはもうやめにして、状況をありのままにとらえよう。これは仕事なのだ。彼女もカーヴァーもそれぞれの役を演じていて、じきに何もかも終わる。いまいましい自分の心をもう一度従わせるときだ。

「ローズ、あなたはばかよ」カーヴァーの肖像画へふたたび目をやってささやいた。

「失礼？」背後で男性の声があがる。

跳びあがって振り返ると、背後の扉が開いていて、そこに公爵が立っていた。鼻に眼鏡をのせ、口元には笑みを湛えている。ガードナー一家との晩餐の席で目にした威圧的な公爵の姿はそこになかった。

ローズはお辞儀をした。「失礼しました。お邪魔をするつもりはなかったんです、閣下」

「少しも邪魔ではないよ。わたしに何か用かな？」

「いいえ――滅相もありません、閣下」うっかり本当の名前をつぶやいてしまったのを聞かれて、ローズは動揺した。「お屋敷を探索している途中で、この絵を眺めていただけです」壁にかかったカーヴァーの肖像画を指し示す。「重ね重ね、お邪魔をして申し訳ありませんでした」

公爵は入り口から進みでると、ぐっと目を細くして若き日のカーヴァーを眺めた。眼鏡を鼻の上に押しあげて微笑む。びっくりするくらいカーヴァーとよく似ている。どちらの男性も堂々たる体軀に力強い顎、そして人をなごませる笑顔の持ち主だ。

「ああ。この絵ではカーヴァーもまだ子どもだな。あの子がわんぱく小僧だった時代が懐かしい。いつも庭園を駆けまわって、家庭教師にいたずらをしていたものだ」やさしげな微笑みは、肖像画ではなく、息子の往時を見つめるかのようだ。

カーヴァーの姿を思い浮かべてローズも微笑んだ。牧草地で彼女を追いかけ、小川へ放りこむぞと脅かすカーヴァー。子ども部屋でジェーンと遊ぶカーヴァー。ローズはこの数日だけで、ここ数年を合わせたよりもずっとたくさん笑っている。「いまの彼とそんなに違いますか？」彼女は尋ねた。

公爵の笑みがわずかに翳り、目に悲哀の色がにじんだ。「ああ、違う」眉間にしわを刻み、そのあとローズへ目を向ける。「いや、少なくとも違っていた。きみが現れるまでは。きみのおかげで昔のカーヴァーが少しだけ戻ってきた。わたしが――」ためらいがちに微笑む。「わたしたちが長いこと見ていなかったカーヴァーが」ふたたび微笑んだものの、今回そこにあるのは悲哀というより、後悔と疲労の色だった。

ローズはカーヴァーの瞳に隠された痛みを何度も見たことを思いだした。いたずら好きの仮面のすぐ下に潜んだ重苦しさを。彼に何があったのか――この一家に何があったのか、知りたくて胸がうずいた。

「すぐ先にわたしの書斎がある」公爵が言った。「そこで少し話をしないか？」ローズは不安に駆られた。公爵がふたりきりで話をしたがる理由はなんだろう？　何かに勘づかれた？　彼のお眼鏡にかなわなかった？　ミス・ガードナーが彼の耳に何か吹きこんだ？

ローズは微笑み、不安が目に表れないようにした。「光栄です」

警戒心をのみこんで、公爵の書斎へ足を踏み入れた。男性的な香りの波がローズの感覚を満たす。たばこ、薪、革、そして煙。それらがまざり合った香りになぜかほっとした。ようやく雲の陰から太陽が顔を出しはじめ、窓から差しこむ陽光が宙にさまよう埃を照らしている。奥へ進むと部屋のぬくもりが彼女を抱擁した。

公爵は薪がぱちぱちと音をたてる暖炉のそばに置かれた紺色の袖椅子を彼女に勧めた。ローズが腰をおろすと、彼は隣にあるおそろいの革張りの椅子に座った。公爵がすぐには口を開かなかったので、ローズは会話の糸口を求めてまわりを見渡した。後ろめたいところのある人間は、口をつぐんで目を合わせるのを避けがちだ。だから彼女は自信に満ちた態度で微笑み、公爵の目を見ることにした。「壁に動物の剝製(はくせい)をたくさん飾られているんですね。狩りがお好きなんですか?」正直、ぞっとするほどの数だ。ローズはちょっとやそっとでは怖じ気づかないが、頭上で狼(おおかみ)に牙をむかれては、首をすくめずにいるのが難しかった。

公爵は微笑んで長い脚を組んだ。「きみを死ぬほど退屈させるであろう話を本当に聞きたいのかな? それとも社交辞令は抜きにして本題へ入るかい?」

ローズはごくりと息をのみ、公爵の目から視線をそらさないよう自らに強いた。「どうぞお願いします、閣下」前置きを飛ばすなんて、やはりただ者ではないと称賛すると同時に、不安にもなった。

「まず、わたしのことはチャールズと呼んでほしい。公爵のほうがいいなら、それでもかまわない。だがわたしたちの間柄で、閣下というのはいささか堅苦しすぎると思わないか？」いいえ、堅苦しすぎることはない。あと数日もすれば彼とも、その家族とも、なんの間柄でもなくなるのだから。

「では結婚式が終わるまでは〝公爵さま〟とお呼びしてよろしいでしょうか？」ローズは尋ねた。

「いいだろう」彼がふたたび微笑んだので、ローズは肩の力を抜いた。公爵は何かに勘づいたわけではなさそうだ。彼女のことをもっとよく知りたいだけなのだろう。つまり、ダフニーのことを。

公爵は親指と人差し指の上に顎をのせてすっかりくつろいでいる様子だ。「ゆうべの晩餐できみが言ったことに深く感じ入ったと伝えたくてね」

「本当ですか？　機会も場所もわきまえない発言だったと心配していました」

公爵はやさしい笑顔で手を払った。「正しいことを言うのに特別な機会や場所は必要ないというのがわたしの持論だ」

ローズは鼻にしわを寄せ、ぎこちなく本物の笑みを浮かべた。「ガードナー家の方々があなたと同じ意見かどうかはわかりません。わたしのせいですっかり気分を害された様子でしたから」

公爵はくくっと笑った。「ガードナー家など気にしなくていい！ わたしはもう何年も前から近所付き合いをやめたいと思っていたのだが、妻がやさしすぎて彼らと縁を切れなくてね。きみの発言のおかげでようやくそれができたのなら、めでたいことだ」ローズはやっぱり公爵が好きだと思った。彼の態度には堅苦しいところや尊大なところがひとつもない。威圧的で命令口調ながら、相手を矮小(わいしょう)化するわけではない。むしろ、実の娘に対するような気遣いと敬意をもってローズに接してくれている。

けれど、そんな考えにしがみついてはいけない。自分は彼の娘ではないのだ。娘になることもない。

「しかしだね、ダフニー、実は気になることがあって、ゆうべは遅くまでずっとそれについて考えていた」公爵が探るようなまなざしを向けてくると、ローズの胸に一気に不安が戻ってきた。「きみがゆうべ話した社会事情には、きみみたいに育ちのよい若い淑女は、普通は通じていないものだ」炎の爆ぜる音だけが部屋に響いた。ローズは黙っていた。この話がどこへ向かうのかわかるまでは口を開けない。「ところがきみの発言には説得力があった。まるで当事者であるかのように」公爵はさらに深く探ろうとするかのように彼女を見た。「実は育ちのよい淑女ではなく、きみ自身が貧しい暮らしを送り、盗みを働いたこともあるのではと邪推する者もいるだろう」

彼は知っているのだ。でも、どうやって知ったのだろう？

ローズは彼の目を見たまま慎重に言葉を選んだ。自分が変わりつつあるのか、成長したのか、はたまた単に甘くなっただけなのかはわからないが、公爵に嘘をつきたくはなかった。一方で、ありのままの真実を伝えることもできない。自分が何者かを白状してしまったら、カーヴァーを困らせるだけでなく、ローズはいつ逮捕されてもおかしくない状況に陥るのだ。いくら公爵のことが好きでも、そこまでは信用できなかった。

ローズは唇をすぼめ、おだやかな声で言った。「たしかに、そう考える方もいるかもしれません。ですが、そういう見方をカーヴァーは歓迎しないでしょう」

公爵と視線を合わせたまま重苦しいひとときが流れ、ローズは手のひらが汗で湿るのを感じた。公爵の表情は読み取れなかった。気を悪くしたようには見えないけれど、満足げでもない。ただし、これだけははっきりしている。公爵はローズが正体を偽っていることに気づいている。

公爵はようやく微笑むと、ごく小さくうなずいた――ゆうべの仕草とよく似ている。この無言のやりとりで、自分が味方であることをローズに伝えた。どうしてそんなことができるのか？　理由はなんだろう？

公爵は椅子の上で前かがみになり、静かに話しだした。「ダフニー。息子は深い悲しみを抱え、ここ数年はこの屋敷から遠ざかっていた。わたしが何を言っても、何をしても、息子が帰ってくることはなかった」椅子にもたれかかり、目の前で両手の指先を合わせて尖(せん)

塔の形にする。「ところが、きみと一緒に自らの意思で帰ってきた。そのうえ昔のカーヴァーに戻ったようにさえ見える。そんなことはもう二度とないと、わたしたちは思っていたんだ。マイ・ディア、きみはそれだけのことをしてくれた。だから、きみの過去を不問にしよう。わたしはきみの味方だ、それを忘れないでほしい」

ローズは歯を食いしばり、こみあげてくる涙を押し返した。自分は本当にカーヴァーの人生にそれだけの変化をもたらしたのか？　だとしたら、彼女がどれだけ多くの犯罪に手を染めてきたか知っても公爵は同じことを言ってくれるだろうか？　おそらく、それはない。

なんということだろう。この家族から心を切り離そうとする試みは失敗しかけていた。それどころか、前よりも愛着が増している。矛盾する気持ちを抱えたまま、残る数日をどうやってやり過ごせばいい？

ローズは膝に置いた両手を見おろした。「ありがとうございます、公爵さま」震える声でささやく。

公爵は身を乗りだし、彼女の手を取った。「大丈夫かな、ディア？」

ローズが首を横に振るあいだに、聞き分けのない涙がひと粒頬を滑り落ちた。「だけど、きっとなんとかします」なんとかしてみせる。でも本音を言うと、自信はなかった。心がむきだしにされて無防備になったみたいだ——もう長いことこんなふうに感じたことはなかったのに。

用ずみになってふだんの暮らしへ戻るところを想像しても、目に浮かぶ未来は寒々しい。ひとりで盗みを働く暮らしに戻り、新たな仮面をかぶっては逃走を繰り返す日々は、孤独で心身を消耗する。

とはいえ、ほかに選択肢はない。ローズに家族はおらず、カーヴァーは一時的にそばにいるにすぎないのだから。彼とは距離を置くようにしなければ。

「事情を話してみないかね？」公爵のやさしげな声は彼女の父を彷彿とさせた。

ローズは彼と目を合わせた。胸の不安をすべて吐きだし、公爵を頼ることができたら。

「できません」彼女は言った。「そうできればよかったのですが」

「気持ちが変わったら、わたしがどこにいるかはわかっているね」

ローズは微笑んで立ちあがった。「ありがとうございます。覚えておきます」

部屋を出る前に振り返った。「カーヴァーはみなさんを心から愛しています。あなた方のためならなんでもすることでしょう」この婚約が偽りであるともしも公爵の耳に入ったとき、そのことは覚えていてほしかった。

公爵がわずかに顔を曇らせた。「わたしたちも同じ気持ちだと、あの子が知っていることを望むばかりだ」

24

炉棚の上で時計がチクタクと時を刻む音に合わせ、カーヴァーは人差し指でテーブルをとんとんと叩いた。彼女はどこにいる？　そろそろ朝食の時間が終わる頃で、屋敷にいる者たちはほとんど食事をすませてすでに退室していた。だが、ダフニーはまだ朝食におりてきていない。何かあったのか？

「もう、さっさと探しに行ったら？」ぎょっとするほどいらだたしげなエリザベスの声が彼を物思いから覚ました。彼女のほかに朝食室に残っているのはロバートとメアリーだけで、ふたりとも笑いを噛み殺している。

カーヴァーは指を止めてエリザベスへ目を向けた。「おや、今朝はぼくの何がおまえの怒りを買ったんだ？」

エリザベスはきつく結んだ唇をナプキンで拭いた。疲れた顔をしている。「別に何も。ただ、そうやって一〇分もテーブルを叩いているのよ。時間が過ぎていく音をこんなに明確に聞かされたことはないわ」今度は彼が笑いを噛み殺す番だった。気立てがよくていつものんびりしているエリザベスがご機嫌斜めとは、間違いなく何かあったのだろう。

「ロバート、ディア、なんだか弟と妹がかりかりしているみたいで変な気分なの」メアリーが言った。

「ぼくもそう思っていたところだよ。八つ当たりされる前にさっさと退散したほうがよさそうだ」

メアリーはくすくす笑い、エリザベスににらみつけられた。「いつもなら異を唱えるところよ、ロバート。でも今日はその元気が出なくて」

ロバートの目から楽しげな輝きが消えたことにカーヴァーは気がついた。「具合が悪いのかい、メアリー？　医者を呼ぼうか？」夫が不安げな声を出すので、メアリーは笑みを浮かべてみせた。ロバートの頬に手を触れる姉の愛おしげなまなざしは、カーヴァーを見てはいけないものを見ている気分にさせた。もう一度女性からあんな目を向けられたらと、深い切望を覚える。ただし、相手の女性は誰でもいいわけではなかった。

「何も心配するようなことじゃないわ、ダーリン。疲れやすくなっているだけ。妊婦には普通のことよ」そこで姉の笑みは、弟が見るにはいささか度を超してなまめかしくなった。「ただちょっと横になる必要がありそう。部屋まで連れていってくれる？」

人目を忍んでいるとは言いがたい妻の目の輝きを吟味して眉根を寄せたあと、ロバートは片方の眉をつりあげ、妻と同じ種類の笑みを浮かべた。「ああ、お安いご用だよ」

カーヴァーは吐き気と、義兄の顔にパンチをお見舞いしてやりたい衝動の両方に抗った。

「お願いだから、ふたりとも人前でベタベタするのはやめて、エリザベスとぼくが朝食を戻してしまう前にさっさと出ていってもらえないかな?」

メアリーが流し目で弟をにらみつけた。「機嫌が悪いからって、わたしたちに当たることはないでしょう!」そして姉は——もちろんロバートも——テーブルから立ちあがった。

「わたしたちは喜んで部屋へさがらせてもらうわ」

「だから、それが小恥ずかしいのよ」エリザベスは紅茶のカップで口元を隠しながらつぶやいた。彼女が唇の端をつりあげたので、カーヴァーも小さくにやりと笑って同感した。

メアリーとロバートが退室すると、カーヴァーは座り直してエリザベスとまっすぐ向き合った。「さて、マイ・ディア、何をそんなにいらいらしているんだい?」

妹は目をくるりと回し、余計なお世話だとばかりに手をひらひらさせた。「お兄さまはすでに手いっぱいでしょう、そのうえわたしの機嫌まで取ろうとしなくていいわ」いかにもエリザベスらしい物言いだ。つねに現実的で冷静。そんな妹だからこそ機嫌が悪い理由が思い当たらない。エリザベスはいぶかる兄に目を向けた。「わたしなら本当に大丈夫よ。それで……お兄さまはダフニーに避けられている理由に心当たりがおありなの?」

眉が思わず跳ねあがった。「避けられている? まだそんな結論にはいたっていないぞ。ダフニーは体調でも悪いのかと思っただけだ。おまえは彼女がぼくを避けていると思うのか？」カーヴァーは不安になった。ダフニーの気分を害するようなことを何かしただろうか。昨日、子ども部屋で彼女の手にキスをしたこと以外、何ひとつ思い当たるふしはない。考えてみると、ゆうべの晩餐中も彼女はずっと目を合わせようとしなかった。気まずい思いをさせてしまったのか？　自分は彼女の態度をすべて読み間違えていたのか？

「いやだ」エリザベスはくすくす笑った。「そんな顔をするのはよして！　そんな必死の形相をされたら、ダフニーは丘の向こうへ逃げてしまうわよ」

カーヴァーはため息をついた。エリザベスの言うとおりだ。「いつの間に、それほど知識豊富な若い女性になったんだ？」

エリザベスの笑みが消えた。「わたしはもう子どもじゃないのよ。子ども扱いされるいわれはないわ」椅子の脚が床をこする音をたてながら、エリザベスは立ちあがって朝食室から出ていった。

カーヴァーはぽかんとして入り口を見つめた。何か悪いことを言っただろうか？　いまやふたりの女性のブラックリストに名前が載ったようだが、その理由がとんと思い当たらない。この三年間、女性を避けてきたせいで、姉や妹たち、それにダフニーとうまく付き合えていないのは確かだ。カーヴァーは嘆息し、ダフニーを探しに行った。

どこにも彼女の姿はなく、庭園にたどり着いたところでようやく、紺色の人影が生け垣の角に消えるのが目に入った。朝食のあと二時間ほど屋敷の中を探しまわり、どこかしらの部屋に入るたび、〝ミス・ベロウズならつい先ほどまでここにいらっしゃいましたが〟と言われた。どうやらダフニーはメイドたちを味方につけたらしい。家の中でこうも簡単に姿をくらますことができるなら、人があふれる大都市ロンドンで姿を隠すのはどれほど容易なことなのだろう？

ダフニーを失うかもしれない。その想いはカーヴァーの胸を引き裂きはじめていた。二度と女性に傾くことはないはずだった心が、気づいたときには彼女へと向かっていた。自分はダフニーを求めている。だがこの気持ちを打ち明ける前に、彼女も同じ気持ちを抱いているかどうか確かめる必要があった。

そしていま、カーヴァーは庭園で彼女を見つけた。

彼は庭園の生け垣を回りこみ、反対側から入っていった。背後からダフニーに近づくのはあまり賢明ではないと最初の夜に学んでいるとはいえ、どうしてもそうせずにはいられない。彼女をからかい、ふたりで戯れると、なんだかのびのびした気分になれるのだ。

足音を忍ばせて砂利道を歩き、彼女の後ろへ回った。ダフニーはのんびりした足取りで、ときおり手を伸ばしては生け垣の葉に触れている。カーヴァーは一定の距離を保ったまま、音をたてずにあとをついていった。ダフニーは物思いに耽って遠い目をしている。完璧だ。

彼女が角を曲がり、木々が列をなす次の生け垣を進みだした。花はひとつも咲いていないものの、よく手入れされた緑が壁となり、彼のところからでは先が見えなかった。カーヴァーは彼女に追いつこうと急いで角を曲がった。今度は拳銃を引き抜いて突きつけられないよう、彼女の両腕を背後からつかんでやろう。

ところが角を曲がると、ダフニーの姿は消えていた。腰をかがめたまま急いで小道を進み、次の角を曲がったとき、かちりと拳銃の撃鉄を起こす音が聞こえた。カーヴァーは凍りつき、こめかみに押し当てられた拳銃を横目で見た。

くそっ、さすがだな。

「なぜわたしを尾行しているの？」ダフニーが尋ねた。しかし、ふざけているとは思えない。厳しく問いただす、突き放したような声だ。

カーヴァーは視界の隅で彼女の顔をとらえた。頰に涙の筋がついているのに気づいたが、そこには触れてはいけない気がした。だから、代わりに尋ねた。「どうしてぼくを避けているんだい？」

間が空いて、そのあと彼女は拳銃をおろした。「犯罪者の背後から忍び寄るのはあまり利口とは言えないわ」

彼は振り返り、ダフニーと向き合った。頰に残る乾いた涙の跡に手を伸ばしてしまいそうになるのを我慢する。「あまり利口ではないが、すごく楽しかったよ」彼女の唇に小さな笑みが浮かぶのを見て、うれしくなった。

ダフニーはやはりどこか様子がおかしかった。冷ややかで、いつもの頰の赤みは消え、警戒した目をしている。彼女を抱きしめたいという強烈な思いがカーヴァーの胸を突きあげた。ダフニーを守らなくてはと感じた。ロバートがメアリーの体調を気遣い、彼女を守ろうとしたように。

風がふたりのまわりでうなりをあげたので、ダフニーがウールのマントをきつく引き寄せた。ひどく冷えこむ冬らしい天気で、空は灰色だ。カーヴァーはふとあることを思いついた。「おいで」彼女の手を取った。手袋をはめていない手を。その指先の冷たさがカーヴァーの手袋越しに痛いほど伝わってきた。晩餐用の手袋をはめているところは見たが、あれ以外は持っていないのか？　彼は動きを止めて彼女の手をおろした。「だがその前に――」口で自分の手袋を引っ張って外す。「これをつけてくれ」

ダフニーは美しい茶色の眉をひそめ、差しだされたものから彼の顔へと視線をあげた。「わたしに自分の手袋を？」その声には高ぶる感情がにじんでいる。

カーヴァーにしてみれば、何もたいしたことはしていない。手袋なら衣装だんすにあと五双は入っている。「そうだよ。きみの手が冷えきっているからね」ところが彼女は泣きだす寸前だった。何か悪いことをしてしまったのだろうか？　「どうしたんだい？」彼女の肩に手を置いて尋ねた。

ダフニーはかぶりを振り、聖なる捧げ物のように彼の手袋を受け取った。「わたしは長いこと路上暮らしをしていたの、カーヴァー。そして自分の手袋を差しだしてくれた紳士はあなたが初めてよ」彼女は微笑んだ。「ありがとう」

「あのきれいなお花はすべて、ここから来ているのね」屋敷の裏手に位置する温室の中へ案内されながら、ローズは言った。

中は暖かく湿度が高い。外の厳しい寒さから解放されてほっとしたけれど、髪がひどいことになるだろう。湿気のせいで、くせっ毛があちこちに跳ねてしまうのだ。カーヴァーになんて思われるだろう？　ローズはその心配を頭から追い払った。彼のことは考えないようにすると決めたのだから。

ローズはガラス張りの建物の奥へと足を進め、カーヴァーの手を放した。彼が温室までずっと手を握ってくれていたことに、何か意味を読み取ろうとするのはやめよう。たぶん、ただの芝居なのだから。愛し合っているように見えなければいけない。本気になってしまったのは自分の過ちだ。

「気に入ったかい？」カーヴァーが尋ねた。生き生きとした誇らしげな目は、これまで見せたことがないものだ。ダルトン・パークに到着してから初めて、一族の屋敷に満足しているように見える。

ローズは蘭の茎に指を滑らせて、その濃厚な香気を吸いこんだ。「気に入らずにいられると思う？　美しいわ。ここにはなんてたくさんの種類の花があるのかしら」わくわくしながら、さまざまな色合いに目を移す。ローズは室内を満たす豊かな香りを楽しんだ。けれど何よりも、カーヴァーが彼女からほとんど目を離そうとしないことに胸が高鳴った。彼の視線が針先みたいにちくちくと肌を刺激するのが感じられる。「ロンドンとは大違い。あそこは石と煙ばかりで色はほとんどないでしょう」

カーヴァーが歩み寄ってきた。「信じられないな。ふたりともずっとあの街で暮らしていながら、きみがぼくの家のドアを叩くまで、一度も出会ったことがなかったとはね」

ローズは笑い、ピンク色のきれいな花をよく見るふりをして彼から一歩離れた。彼のそばにいるときはもう自分を信じることができない。「なぜ一度も会ったことがないとわかるの？」

「会ったことがあれば忘れない」

ローズは振り返って彼を見つめた。「そうかしら？　変装には自信があるのよ。たいていは鬘をつけて、何枚も服を重ねたり枕を入れたりして体型も変えているわ。ほくろをひとつ、ふたつつけたことだってある」つけぼくろは時代遅れで間が抜けて見えるとつねづね思っているとはいえ、印象を変えるのに効果的だった。これまで上流社会の誰にも変装を見破られていないのだから、カーヴァーだって出会ったことがあったとしても彼女に気づかないだろう。身を隠すのも人の目をごまかすのも、ローズの得意とするところだ。

彼の口が弧を描くと、ローズの胃袋は跳ねてひっくり返った。「髪型はいくらでも変えられる。だが、どこにいようとその目を見間違えることはない」

カーヴァーと距離を置きなさい。ここにはあと数日しかいないのよ。

ローズはまばたきをして顔をそむけた。この男性に奪われた心を取り戻すことは、もうできない気がして怖かった。

彼から離れようとして何歩か進み、深紅のバラの茂みの前で立ち止まった。近づいてくるカーヴァーの気配を感じ、なんとかゆっくりと呼吸した。バラからバラへと視線をさまよわせても、目に映るだけで見えてはいない。彼とは距離を置くと決めたのだからそれを守らせてほしいと、そのことばかり考えている。もう少し時間を与えてくれさえしたら、カーヴァーと顔を合わせる前に自分の心を従わせることができそうだったのに、彼はローズを探して見つけだした。彼はいつだってローズを見つける。

背後に近づいてくるカーヴァーを全身の神経で感じた。空気が暖かくて息苦しい。ここは温室の中なのに、なぜいつまでもマントを着ているのだろう？　髪の生え際に汗が浮かびはじめている。ローズは喉へ手をやり、マントの結び目をほどこうとしたが、カーヴァーからもらった手袋がぶかぶかで、紐を探っても見つからなかった。カーヴァーが彼女の肩に手を置いて振り向かせた。彼女の顎を持ちあげ、マントの紐をほどく。彼の指の背が喉をかすめた。

これでは頭を冷やす役には少しも立たないわ。

カーヴァーはマントを持ちあげて自分の腕にかけた。これで少なくともウールの生地に窒息させられる心配はなくなったが、今度は彼のまっすぐなまなざしに息が苦しくなった。ローズは鮮やかな深紅のバラへ目を戻した。

「美しいだろう?」彼が言った。「たしか母が自分で植えたものだ」ようやく彼女から目を離してバラを観察する。

ローズからバラ(ローズ)へ。その皮肉にローズは思わず苦笑し、花の下へ手を滑らせた。彼女と同じ名前のこの花はベルベットのような感触だといつも思う。「美しいわ。ちょっぴりナルシストだけど、昔から一番好きな花なの」

目をあげると、カーヴァーが眉根を寄せていた。「何がナルシストなんだい?」

ローズは凍りついた。しまった。自分のしでかしたことに気づいて胃袋が喉まで跳ねあがる。

まずい、まずい、まずいわ。

必死に頭を働かせてごまかす方法を探す。カーヴァーに本当の名前を教えるつもりなど毛頭なかったのに。自分の心を無理やりにでも彼から引き離すつもりが、これでは銀の皿にのせて献上するようなものだ。

ローズはおそるおそる彼と目を合わせた。彼女の言葉の意味を理解して、カーヴァーが眉根を開いた。「きみの名前は……ローズなのか?」もうおしまいだ。彼女は断崖絶壁を越えて転落した。カーヴァーの口から出てきたその名前を耳にして、とどめを刺された。戦い抜く気力は跡形もなく消滅した。恐怖心が戻ってきた。無力感が戻ってきた。失うものばかりになった気がした。

涙が瞳を焼き、脚の力が抜けた。ローズはやり方を覚えている唯一のことをした。彼に背を向け、走りだしたのだ。

25

〝ローズ〟朝、温室で知ったときから、彼女の美しい名前はカーヴァーの頭の中で響き続けた。彼女にぴったりの名前だ。その名前を耳にした瞬間、最後まで残っていたためらいと不確かさは消え去り、自分の求めているものが――いいや、必要としているものが――わかった。

しかし彼女の表情は、黄金色と琥珀色と茶色が溶け合う瞳に浮かんで流れ落ちることのなかった涙は、それを明かす心の準備ができていなかったことを物語っていた。彼女が口を滑らせたことに気づかないふりをすべきだったのだろう。偶然とはいえ、秘密を知ってしまったことにカーヴァーは後ろめたさを覚えた。

温室から飛びだしていく直前、ローズはそれまで見たことがないくらいか弱く見えた。まるで見知らぬ世界に放りこまれておびえているかのようだった。そんな姿を目にし、彼女はひびの入ったもろい心を抱えているのだと知ったカーヴァーは、その心を自分の手で包みこみたくなった、彼女のために強くありたい、たとえ自分の強さを感じられなくとも。

彼女のためならカーヴァーはなんにでもなれた。

ローズの心を支えるためなら、粉々になった自分の心を継ぎ合わせておくことだってでできるはずだろう？

「ダフニーは大丈夫なのかしら」母の声が彼の物思いを破った。母は長椅子で彼の隣に腰かけ、その目は手にした針仕事に注がれている。「今朝は朝食へおりてこなかったと聞いたわ。夕食も寝室へ運んでほしいと言ってきたんでしょう。体調が悪いのでなければいいんだけれど。様子を見に行ってこようかしら」カーヴァーは世話好きな母に笑みを向けた。

だが、自分に何が言える？〝違うんですよ。彼女はうっかり自分の本当の名前を明かしてしまい、それでぼくを避けているだけなんです〟とでも？「軽い頭痛がするらしいですよ」頭痛がするのはおそらく事実だろう。

母が隣でため息をついた。「かわいそうに。頭痛はときにすごくつらいもの。メイドに言って、ラベンダー水を持っていかせようかしら。それでよくなるといいのだけれど」

カーヴァーは手を伸ばして母の手をぐっと握った。「きっと彼女も喜びます、母上」だがローズの様子は自分で見に行くつもりでいた。

みながベッドに入って眠りについた頃を見計らい、カーヴァーは音をたてないよう注意しつつ、ローズの部屋へと暗い廊下を歩いた。ブーツの下で床がきしんだが、それをのぞけば物音ひとつしなかった。カーヴァーは彼女の部屋の前で足を止めた。家の者に気づかれることなく彼女の注意を引くにはどうすればいいだろうか？　真夜中にローズの部屋を訪れたことを家族の誰にも知られたくはない――たとえ婚約者同士という建前であっても。

カーヴァーはローズの部屋のドアをかりかりと引っかいてみた。息を凝らしてドアに耳を押し当て、中の気配をうかがう。無音だ。今度はもう少し力をこめて引っかいた。衣擦れの音がかすかに中から聞こえた。彼は木製のドアをそっと叩いた。これでネズミがうろちょろしているのではなく、彼がローズを呼びだそうとしているのが伝わるだろう。

足音が聞こえてドアノブが回されると、カーヴァーの呼吸は速まった。ドアがわずかに開き、まだ眠たげで吐息まじりのかすれ声が細い隙間から漏れた。「カーヴァー？」見えるのはこちらをのぞく片目だけだ。彼女になんと思われただろう？「そこで何をしているの？　夜中の一時よ」

「答えは聞かなくてもわかるだろう」彼はニューベリー伯爵になった気分でその言葉をつかの間宙に漂わせたあと、にっこりしてつけ加えた。「きみを冒険へ連れだしに来た」

ローズがほっと息を吐いたので、カーヴァーは思わず笑った。

「深夜にいったいどんな冒険をするの？」彼女はまだ怪しんでいる。

「秘密の冒険さ」

ドアがさらに大きく開かれた。カーヴァーは息をのんだ。大きく波打つ彼女の髪が肩からこぼれ落ち、ネグリジェの腰のあたりまで届いていた。蠟燭の温かな光が彼女の目に反射して揺らめき、柔らかな肌の上でまたたいている。彼女のこんな姿は見たことがなかった。本当の名前を知ったいま、彼女はより現実の存在となり、より柔らかでより美しく感じられた。ローズは美しさそのものだ。夜は彼女の時間であり、そこには希望が……。

「カーヴァー・ティモシー・アッシュバーン、その冒険とやらに少しでもよこしまな意図があるなら、いまここで言いなさい」いつものきびきびした口調になる程度には目が覚めたらしい。

カーヴァーはにやりとして左胸に片手を当てた。「紳士の鑑らしくふるまうと誓おう」ただし、それが簡単だとは言わないが。彼女の髪を両手ですきたくてたまらない。彼は両手を背中に回して握りしめた。

「わたしの経験では、たいていの紳士はよこしまな意図だらけよ」彼女が言った。

「それは否めないな。では、聖人のごとくふるまうと誓おう」

ローズはしばしのあいだ、検討している様子で彼を見つめた。その瞬間、いきなりドアが閉ざされた。カーヴァーはいまや鼻先に触れそうな堅木のドアを見つめて目をしばたたいた。拒絶されたのか？　彼女に信用されなかったということか？　傷ついた自尊心を引きずり、踵を返して立ち去ろうとしたとき、ふたたびドアが開いて、分厚い毛布にくるまり、いたずらっぽく微笑むローズが姿を現した。「あなたのふるまいには目を光らせているわよ、ケンズワース」にらみつけてからカーヴァーの脇を通り過ぎ、温かな甘い香りで彼の鼻をくすぐって、彼の中の聖人をいともあっさり陥落させる。だがカーヴァーは心の中でぶるりと頭を振り、気持ちを立て直した。

ローズの手を取ると、それは彼の手の中にぴったりとおさまり、カーヴァーはその感触を楽しむことを自分に許した。彼女を導いて、屋敷の三階まで階段をあがる。

「どこへ連れていくつもり？」

「しいっ。行けばわかるよ」

最上階にたどり着いたところで、ずらりと並ぶ窓の一番奥へローズを連れていった。彼が持ってきたランタンの明かり以外、何もかも闇に包まれている。ふたりは窓のすぐ横で立ち止まった。カーヴァーは窓の掛け金を外すために仕方なく彼女の手を放した。

「いったい何をしているの？」問いかけるローズの声にはわずかな動揺がうかがえる。彼が窓を開けるのを見てもわくわくしないとなれば、〝きみはいまから窓から外へ出るんだよ〟と言われても彼女が舞いあがらないのは確実だ。

カーヴァーは彼女に向き直った。開いた窓から夜の冷たい空気が流れこむ。ローズは毛布をさらにきつく体に巻きつけた。「ぼくを信頼してくれるかい？」彼女の過去を思った。屋根から落ちかけて手に傷が残っているのは知っている。ここで信頼するようにというのは、彼女にとっては過大な要求だとわかっていた。

カーヴァーは手を差し伸べた。ローズは眉根を寄せてその手を見つめたあと、窓のすぐ外に見える屋根の線へ目を転じた。それから彼の目を見る。彼女の瞳の奥には明らかな恐怖が浮かんでいた。「最後に屋根にのぼったとき、ひどい目に遭ったのよ」

「わかっている。だが、ぼくはきみを落下させたりしない。約束する」

ローズは深く息を吸いこんでから彼の手を握った。彼女の手は少し汗ばんで震えていたが、カーヴァーは気にならなかった。ローズが信頼してくれたと思うと、希望がわきあがる。

彼は微笑み、あらかじめ用意しておいた毛布を拾いあげると、窓にのぼって外へ出た。ローズもあとに続き、カーヴァーは決して彼女の手を放さないよう気をつけた。「すぐそこだよ」闇にうながされて声を低め、彼女を振り返って言う。

冷たい冬の大気によって活力がみなぎり、カーヴァーは生き返った気がした。空気が夏場より澄んでいて、手に触れられそうな気がするのはなぜだろうか。冷気を吸いこむと、肺の中でその存在を感じられた。ローズも同じように感じているだろうか？　歯をかちかち鳴らしている様子から判断するに、どうも違うらしい。

ふたりは傾斜した屋根をしっかりと踏んで、さらにもう少し先まで行った。カーヴァーは彼女の手をときおりぐっと握りしめ、自分が彼女に注意を払っていること、決して放しはしないことを伝えた。ローズはひと言も発さなかった。ようやくふたりは屋根がわずかに傾斜しているだけで平らに近い一角にたどり着いた。ここは急勾配の屋根に囲まれてアルコーヴのようになっている。なぜ屋根にこんな場所があるのか、カーヴァーにはまったくわからないし、理由には興味もなかった。ここは子どもの頃から彼だけの隠れ場所で、大事なのはそのことだけだ。

カーヴァーは腕にかけた毛布の一枚を屋根に広げた。子どものときは、わざわざ毛布を持ってきたりしたことは一度もなかったが、今回は女性を連れてきている。ささやかながらも快適になれば喜んでもらえるのではと心を砕いたとはいえ、彼女は一月の寒い夜に屋根の上へ連れだされているのだ。頭に浮かんだときは、もっとロマンティックに思えたのだが。

毛布を整えてローズを振り返ると、彼女が笑みを浮かべていたので、カーヴァーは驚いた。髪は風にかき乱されて体はがたがた震えているが、たしかに微笑んでいる。「こんなところで何をするつもり、カーヴァー？ 風邪をひく以外に」

彼はローズの手を取り、小さな隠れ場所へと導いた。「ここならそんなに寒くないよ。屋根の先端が風を防いでくれる」

彼女は前へ出ると、カーヴァーと並んで腰をおろした。体の一部になったみたいに毛布にきっちりくるまっている。「ほかにも風の届かない場所があるのを知ってる？」いたずらっぽい声音と笑みだ。「わたしのベッドの中よ」

カーヴァーは片方の眉をあげた。「知っているよ。でも、そこだと一緒には入れないだろう？」

ローズが少しだけ背筋を伸ばした。「ええ。絶対にだめ」暗すぎて赤くなった頬が見えないのが残念だった。確実に赤面しているのに。ローズは姿勢を直し、初めてまわりを見まわした。「それに、わたしのベッドからではこんな眺めは望めないわね」

「美しい眺めだろう?」カーヴァーは彼女にこれを見せたかったのだ。ここに座ると、まるで雲の中に座っているような気分になる。屋敷の前に広がる湖にきらめく星々が映り、幾千の星が地上にこぼれ落ちたかのように見える。ここからははるか遠くまで見渡せた。遠くでは、小作人の家の煙突から煙がたなびき、木立の輪郭が風に揺れ、世界は平和に見えた。ずっとここへ来たいと思っていた。ここは彼だけの秘密だ。クレアさえ知らなかった隠れ場所。そんなところへ連れてきた意味がローズにはわかる由もないだろう。

カーヴァーは地平線に目を据えたままでいた。「悪かった、きみの本当の名前を知ってしまって。きみが明かすつもりではなかったことは承知しているし、本当の名前だと認めざるをえない状況に立たせてすまなかった」かたわらでローズが体をこわばらせるのを感じた。「きみの名前を記憶から消すことはできない。だが、あいこにすることならできる」

ローズが彼を見た。「どうやって?」

「まず、ここへきみを連れてきた」目の前に広がる景色を示す。「きみの本当の名前を知ってしまったことと対等とは言えないだろうが、ここは世界じゅうでぼくのほかには誰も――きみ以外は――知らない特別な場所だ」ローズは口元に柔らかな笑みを浮かべ、彼から地平線へと視線を移した。深く息を吸いこみ、初めて意味を理解してそれをしみじみと味わうようにこの光景を見渡す。カーヴァーは見事な眺望に取り囲まれながらも、隣に座る女性の顔から目を離すことができなかった。

彼は期待と恐れに胃がねじれるのを感じながら、次の言葉を口にした。「次に、ぼくについて知りたいことをなんなりと尋ねる許可をきみに与えよう」何を尋ねられるかはわかっていた。全身が答えることを拒絶しているが、彼女に伝えるべきときが来ている。自分が彼女を、ローズを愛していることに疑いの余地はない。彼女にはカーヴァーを苦しめている亡霊のことを知る権利がある。

26

尋ねてもいいの？　カーヴァーは、謎を抱えた伯爵は、ローズのかたわらに腰かけ、その胸にしまいこんだあらゆる秘密への鍵を渡してくれたも同然だった。とはいえ、きいてはいけない気がした。ローズが口を滑らせて本当の名前を知ってしまった償いに、尋ねてもいいと言われているのだから、余計にそう感じる。たしかに、彼女の名前は一番個人的なことではあるが、今日一日考えてみて、ようやくカーヴァーに知ってもらえてよかったとしみじみ思うようになっていた。

大人になってから初めて、自由になったとさえ感じた。この男性はひたすら無理をするのをやめる力をローズに与えてくれた。微笑む力を、笑う力を、希望を抱く力を与えてくれた。人生によって真理を叩きこまれたローズは、あらゆるものに大きな代償が伴うことを恐れていた。すばらしいものには必ず代償があるのだと。けれども、いまは代償を払うことを厭わなかった。たとえほんの数日で別れるとしても、誰かを愛する喜びと自由を体感することには価値がある。粉々になった心を拾い集める心配はあとですればいい。いまはすべての瞬間を、すべての笑みを、ふたりで分かち合うすべての秘密を大切にしたかった。カーヴァーに尋ねるのは、たぶん間違っている。それでも尋ねるべきだし、知るべきだ。

「わかったわ。ひとつ、ききたいことがあったの」カーヴァーが鼻から息を吸いこんでそのまま止める。ローズは彼を見あげ、ふたりの視線がぶつかった。「あなたの……好きなデザートは？」

笑いとともに彼の肺から空気が一気に吐きだされた。「それが、ぼくについてずっと知りたかったことなのかい？」

ローズは肩をすくめた。「重要なことよ」

カーヴァーは微笑み、目の端から彼女を見おろした。「シンプルなチョコレートケーキに目がない」

彼女はふんと嘲った。「チョコレートケーキを嫌いな人はいないわ」独創性のない答えにあきれて目をぐるりと回す。沈黙の瞬間が長くなり、ローズの心臓はどくんどくんとますます大きな音をたてた。ついに我慢できず、本当に知りたかったことを口にした。「三年前に何があったの？」

カーヴァーは固く目を閉じた。それは撃たれたり、刺されたりした瞬間の表情そのものだった。仮面がはがれ落ち、彼が懸命に隠そうとしてきた傷をローズはついに目の当たりにした。彼は三度大きく呼吸をしたあと、ささやくように言った。「彼女が死んだ」

たったひと言。カーヴァーが口にしたのはそれだけだったが、ローズが理解するには充分だった。そのひと言はふたりのあいだに漂い、一刻一刻と時が過ぎるにつれて重さと意味を増していくようだった。〝彼女〟が誰を指すのかはわからなかったけれど、それが誰であれ、カーヴァーの心をとらえた相手なのは本能的に察した。

ローズは彼に体を寄せた。カーヴァーは質問攻めにされるのを覚悟しているのだろう。でも、そのつもりはなかった。愛する人を失うのがどんなことか、ローズは知っている。その女性が何者なのか、彼女の身に何が起きたのかは問題ではなかった。ローズにとって問題なのは、彼女が亡くなり、その死によりカーヴァーがいまも傷ついていることだけだ。彼のためにその女性を生き返らせることはできない——もしもできるならそうする——が、こうして一緒に腰をおろし、痛みを分かち合うことならできる。

ローズがそばへ身を寄せてきたので、カーヴァーは凍りついた。片方の腕を彼女の両腕に抱えこまれ、なんて小柄なのだろうと改めて思った。その気性のせいで彼女はつねにもっと大きく、もっと堂々として見えていた。それがこうして屋根の上で、彼の腕を抱いて肩に頭をのせている姿は、とても小さくてやさしげだ。押し当てられた体のぬくもりは、なじみのない新たな慰めをカーヴァーに与えた。クレアがいた頃、彼女の慰めを必要とするような窮地を一度も経験したことがなかった。

もっと質問されるのを待ったが、ローズは何もきいてこなかった。彼女はただ隣に座ってカーヴァーの腕を抱えている。彼の体からゆっくりと力が抜け、緊張が安らぎのようなものへ、期待のようなものへ変わっていった。

「つらい思いをしたのね」彼の腕を抱いたまま、ローズがささやく。カーヴァーは身を乗りだして彼女の頭のてっぺんにキスをした。いずれローズにはもっと話したい。だがいまは、これで充分だと感じた。

沈黙が長引き、今夜はこれで終わりになるのだろうかとカーヴァーは思った。すると彼女が静かに口を開き、ためらいがちに言葉を連ねた。「わたしの名前は……母からもらったの」その瞬間、ふたりのあいだの何もかもが変わったのをカーヴァーは確信した。二度と元には戻らないだろう――自分もそれは望んでいない。「母の名前はエミリー・ローズ・ウエイクフィールド。産褥熱で、わたしを産んだその日に命を落としたわ」

カーヴァーはローズに抱かれていた腕をほどくと、今度は自分が彼女の肩を抱いて引き寄せた。彼女を放したくなかった。彼の胸に頭を預けたローズに問いかけた。「きみのミドルネームはエミリーなのかい?」

「いいえ、アメリアよ。ミドルネームはおばからもらったの」ふたりのあいだにあった壁はなんであれ消えていた。「父の姉よ。父とは仲がよかったみたい」彼女が一瞬、口をつぐんだ。「だけど、わたしが五歳になる頃には親戚はみんな亡くなっていた。だから誰ひとりよくは知らないの」

「残念だね。心細かっただろう」家族を知らないなんて、カーヴァーには想像できなかった。しかも母親の顔すら知らないとは。母親からの教えと励ましなしに大人になるのは、女性にとってはなおさら大変だろう。「一〇歳のときにはお父さんを亡くしたと言っていたね？」尋ねるべきではなかった。こんなことを尋ねるのは公平ではない。自分はこれ以上質問に答えることを考えただけで身がすくむというのに。

ローズは彼に尋ねられるのをいまはもう気にしていないようだった。それどころか、さらに身を寄せてきている。「ええ――心臓麻痺で。いきなりだったわ。父が死ぬなんて思ったこともなかった」言葉を切って息を吸いこむ。「借りていた小さなアパートメントで父は飛び跳ねるわたしを楽しそうに眺めていた。それが突然……」こみあげる感情にローズの声は震え、カーヴァーは最後まで言わせる代わりに彼女をさらに引き寄せて腕をさすった。ローズは彼の胸に顔を埋めて嗚咽した。芯が強く、頑固で、自分のことはなんでも自分でできる女性が、彼の腕の中で泣いている。

一分ほどすると彼女は洟をすすり、気持ちを落ち着かせてこぼれる涙をごしごしとこすった。「ずっと昔のことなのに、いまだに亡くなった日となんにも変わらないくらい父が恋しいわ」たったひとりの身内を失い、どれほど心細い人生を送ってきたことだろう。カーヴァーはふいにローズの強気な性格の所以を理解した気がした。「あの日からすべてが一変したわ。父はしがない行商人だったから、それまでも贅沢な暮らしをしていたわけじゃないけど、一度も不自由を感じたことはなかった。飢えがどういうものかなんてまるでわかっていなかった。けれど父が亡くなると、わたしはひとりぼっちになって……突然、食べ物は贅沢品になった。フェリックスおじさんと出会い、一緒にいまの仕事を始めるまでは」

「フェリックスおじさんというのは、きみが前に話していた共犯者だね」

彼女がうなずいた。「わたしがおじさんのことをそんなふうに説明したと知ったら、ぶつくさ言うでしょうけれどね。でも——父が死んでからは、誰にも愛情を抱かないよう最善の注意を払ってきたの。二度と誰かを心の支えにすることがないように」不安のにじむ声は、理解してほしいと訴えかけるようだった。「衣食住を自らまかなうことができると、平穏な安らぎを得られる。この世界でひとりで生きていくすべを何年もかけて必死で身につけたから、誰かを当てにするのは怖いの」その言葉はカーヴァーに向けられたものだとわかっていた。短い間が空く。「父の死後、すべてがあっという間に崩壊するのを目の当たりにしたあとでは、なおさらね。ひとりでいるほうがずっと楽よ。だけどフェリックスおじさんは——」静かに一度だけ笑う。「そうね……出会った瞬間から、おじさんはわたしがどこかへ消えるのを許そうとしなかったわ」

カーヴァーはその男性にぜひとも会ってみたかった。彼の手を握り、ローズの世話をしてくれた礼を言いたい。もっとも、自分にはそんなことをする権利などないが。それに、もし実行したらローズに頭を撃ち抜かれそうだ。

「フェリックスおじさんとはどうやって出会ったんだい？」彼女の腕にそっと手を滑らせながら尋ねた。

カーヴァーの質問を聞き、ローズの口から美しい笑い声があがった。くすぐったそうなその声は、これまで彼が耳にしたことのないもので、まるで子どもみたいに無邪気で楽しげだった。「わたしはおじさん相手に掏摸を働こうとしたのよ。いまいましい屋根から落ちかけて煙突掃除の仕事ができなくなった、すぐあとのことだったわ。それで掏摸に手を出したんだけど、わたしの腕はひどいものだったの。しかも財布を盗もうとした相手がロンドン一悪名高い盗人だったなんて、知る由もないでしょ。

フェリックスおじさんがわたしを弟子にした理由は今日にいたるまで不明よ。最初は、こんな目も当てられないほど不器用なガキは見たことがない、やり方をいくつか仕込んでやるからそのあとは勝手にしろ、なんて言っていたのよ。でも一日が一週間になり、一週間がひと月になり。いつの間にかふたりで手を組んで仕事をするようになっていて、おじさんは自分の知っていることをすべてわたしに教えてくれた。おじさんなんて必要ないって、わたしも口では言ってるけど、本当はおじさんがいなければわたしは野垂れ死んでいたでしょうね。わたしがこうしていられるのは、何もかもおじさんのおかげなの」

カーヴァーは隣にいる女性を信じがたい思いで見た。彼女が乗り越えてきたこと、耐えてきたこと、すべてが信じがたい。そして彼女は逃げも隠れもせずに、こうしてカーヴァーの隣にいる。包み隠さず率直に話してくれるローズに、カーヴァーは自分がまったく値しないように思えた。口を開いてずっとしまいこんできた言葉を吐きだせと、心がささやきかけて――いや、爪で引っかいて――きた。しかし、恐怖は胸に居座り、出ていこうとしない。クレアへの想いをすべて打ち明けたら、ローズになんと思われるだろう？　彼女は離れていくかもしれないと思うと、そんな危ない橋は渡れなかった。

結局、カーヴァーはローズの話を続けることにした。「きみはたしか〝大切な人は誰もいない〟と言っていたよな。だが、ぼくの思い違いでなければ、フェリックスおじさんの話をするときのきみの声には、少なくともちょっぴりは愛情がにじんでいるよ」

ローズは彼を見あげて微笑んだ。「そうね。さて、これでわたしの秘密を知られてしまったから、あなたを撃ち殺さなきゃならないわ」

「その必要はないさ。ぼくは秘密を守るのが得意だ」

彼女の笑みが悲しげになる。「それは知っているわ」そう言うと、毛布を顎まで引きあげて彼の隣で体を丸める。そしてずっとそのままそうしていた。

突き刺すように寒い夜で、屋根は硬くて座り心地が悪かったが、そんなことはふたりとも気にならなかった。ローズはふたりでそこにいることに、彼と同じくらい満足している様子だった。彼らは互いの子ども時代の話をし合った。カーヴァーはダンスの相手から懐中時計を盗む方法を学び——紳士相手に踊ることはないから新たに身につけた技を試す機会はなさそうだが——ローズは親指を痛めずに強烈なパンチを繰りだせるこぶしの握り方を覚えた。

新たに学んだこと、彼女から向けられる笑み、彼女がほんの少しだけさらに身を寄せてくる瞬間、そのひとつひとつが贈り物のようだった。カーヴァーはこんなふうに人を愛することは二度とできないと思っていた。その気持ちを手に入れたいま、二度と手放すことはできなくなっていた。彼女を手放すことはもうできない。

だが、ローズも同じ気持ちだろうか？　カーヴァーが求めればとどまってくれるのか？　彼が愛することをローズは許すだろうか？　この心は二度と完全には癒えないかもしれないが、ローズの心は必ず癒してみせよう。彼女がそれを許してくれるなら、その心に刺さっている棘を一生をかけてそっと抜いていく。

黄金色の曙がその頭を地平線にひそやかにのぞかせた。本当に屋根の上で朝まで過ごしたのか？　カーヴァーは自分の胸の上で眠りかけている女性を見おろした。深い吐息が聞こえ、肩がゆっくり上下するのが伝わってくるから、もう眠りに落ちる寸前なのだろう。このまま寝かせてあげたいが、起こさなくてはいけない。屋敷の者が目を覚ましてふたりを見つける前に、彼女を部屋まで連れていく必要がある。

ふたりでひと晩過ごしても、不適切なことはものの見事にひとつも起きなかった。残念ながら、彼女の唇を奪うことすら一度もなかった。聖人のごとくふるまうという約束がいまいましい。とはいえ、ローズの名前を――ダフニーの名であれ――使用人たちの噂のたねにするわけにはいかなかった。ローズがここにとどまり、カーヴァーの願いどおり彼の妻となるなら、それは家族からの圧力やスキャンダルのせいではなく、彼女自身の選択であってほしかった。人生の選択をする自由をローズに与えたい。状況に強いられずに、自分の願望にもとづいて選択をする自由を。

カーヴァーはほつれて彼女の頬にかかっている髪を撫で、耳にかけてやった。「ローズ」初めて本当の名前を呼んだ。〝んん〟という眠たげな愛らしい声に、彼は笑みを浮かべた。「もし、とどまってほしいと頼んだらどうする？」言葉を解き放つと、心が軽くなるのが、その問いかけの正しさが感じられた。

ローズは深く息を吸いこみ、その息をつかの間止めた。いま尋ねられたことを頭の中で吟味し、聞き間違いかといぶかるように。それからようやく上体を起こして彼を見た。黄金色の朝の光を浴びたその姿は幸福の化身のようで、カーヴァーが未来に求めるものすべてを表していた。

「それはどういう意味？」夜通し起きていたせいでまぶたの重さに目を細めつつ、ローズは問いかけた。

カーヴァーは微笑み、彼女の肩に波を打ってこぼれ落ちる髪をなぞった。「きみを愛しているという意味だ」手を伸ばし、指の背を彼女の頬に滑らせる。「きみに去ってほしくない――永遠に。ぼくの家族に真実を話し、きみをダフニーではなくローズとして家族に迎えさせてほしい」

ローズは目に涙を浮かべて、きゅっと唇を噛んだ。「カーヴァー……わたしに求婚しているの？」

彼女の頬にひと粒こぼれ落ちた涙を、カーヴァーは親指でぬぐった。「ああ、そうだ」

ローズが大きく息を吸い、彼は息を凝らした。「わたしに愛情を抱かないでと言ったわよね」彼女は悲壮とも言える声を出した。

「それはわかっている」

ローズは黄金色に薄紅が差す空を見あげ、涙をこらえようとまばたきした。「わたしは詐欺師なのよ、カーヴァー。たくさんの人からものを盗んできたわ」

「わかっている」

「それに……伯爵夫人になるのがどういうことか、まるでわからない」冷ややかな笑い声をあげる。「さらに言うなら、公爵夫人についてもね」彼女はかぶりを振り、眉根を寄せた。「わたしじゃあなたの妻としてふさわしくないわ」

カーヴァーは彼女の顔を両手ではさんでその目をのぞきこんだ。「ふさわしくないなんて、ありえない。それに、もう詐欺師を続ける必要はないよ、ローズ。ぼくがきみの世話をする、許してもらえるなら」彼女にどれだけ多くを求めているかはわかっていた。「公爵夫人の称号を担うために必要なことは、すべて母が教えてくれる。それに父は、自分の子どものようにきみを愛するだろう」

ローズは息をのんだ。迷いがにじむ目からは、まだはらはらと涙がこぼれている。「人の世話になる方法がわからないの」

「ぼくが知っている」カーヴァーは微笑んだ。「ぼくが教えるよ」

ふたりのあいだで静寂がもつれて絡まった。ローズのまなざしは彼に焼きつき、ふたりを永遠に結びつけるかに感じる一方、ばらばらに引き裂く寸前のようでもあった。何より彼女にキスをしたくてたまらない。自分の愛を行動で示したかった。しかし、ローズにとってはすでに難しい決断なのはわかっている。これ以上複雑にすることなく、彼女の気持ちに当然の敬意を払ってやりたい。

「考えさせてもらってもいい?」静けさの中、ローズがようやく言った。

本当は〝ノー〟と答えたい。「ああ、もちろんだ。必要なだけ時間をかけるといい」

時間なんてかけずに、いますぐイエスと言ってくれ。

カーヴァーは胸を焼く焦りが顔に出ていないよう神に祈った。どっしり構えていなくてはならない。ローズに助けてもらわなくても生きていけると、むしろ彼女が安心して頼ることのできる存在なのだと証明する必要がある——たとえ本心ではあまり自信がなくても。

ローズは身を寄せてきて、カーヴァーの頬にそっとキスをした。その感触がうねるようなほてりと希望を彼の全身に送りこむ。

「ありがとう、カーヴァー」彼女が言った。「何もかも」

27

これは現実なの？　きっと夢に違いない。でも、目はぱっちり開いている。ローズは腕をつねってみた。思いきりつねったせいで、赤いあざができてしまった。それなのに、にやにや笑いが止まらない。ローズはベッドで仰向けに横たわったまま、頭上に広がる金色の天蓋を見つめ、夜更けにカーヴァーと交わした会話をひとつひとつ思い返した。すばらしい夜だった。ふたりで一緒に甘く親密な時間を過ごした。カーヴァーに求婚までされたなんて、まだ信じられない。彼女が詐欺師として罪を重ねてきたことを知ってもなお、カーヴァーは愛していると言ってくれた。

まさか彼に求婚されるなんて思いもしなかった。とてもすてきな夢を見ているようでもあり、いまも変わらず婚約者のふりを続けているだけの気もする。

ふいにローズの胸に負の感情が忍びこんできた。やはり、何もかも夢なのかもしれない。でも、あのときのふたりの会話について考えれば考えるほど、現実味が増してくる。ただ、どうしても違和感をぬぐえないのだ。なぜそう感じるのかはわからないけれど、なんとなく有頂天になるのはまだ早い気がした。ひょっとして自分で自分にブレーキをかけているのだろうか？　だとしたら、それはたぶん新しい人生という言葉の響きに怖じ気づいているせいかもしれない。いいえ、違う。別に怖じ気づいたりはしていない。だって、本当に心からカーヴァーとの結婚を望んでいるのだから。それでも、彼と結婚することをどこかためらっているもうひとりの自分がいるのも事実だ。

ああ、思いきり大声で叫びたい。ローズは枕をつかんで顔に押しつけた。なぜこんなふうに思い悩んでしまうのか？　なぜあのときすぐにカーヴァーの求婚を受け入れられなかったのだろう？　不安が一気にこみあげてきて、ローズは脚をばたばたさせたり、身をよじったりしながら、顔に押し当てた枕に金切り声とうなり声がまざったような声を吐きだした。とはいえ、いくら癇癪を起こした子どもみたいなまねをしたところで、少しも不安は消えない。すっかり頭がこんがらがって、自分がばかに思えてならなかった。

ローズはベッドから起きあがり、くしゃくしゃに絡まった巻き毛を指ですき、カーテンのかかった窓に目を向けた。カーテンの縁から差すひと筋のオレンジ色の朝日が、まさにいまの自分の胸中を代弁してくれている。どんなに抑えこもうとしても、カーヴァーの妻になりたいという願望や憧憬が胸の奥からにじみでてきてしまうのだ。

カーヴァーはどこを切り取っても完璧な男性だ。彼を愛している。これは嘘偽りのない本心だ。それなのに、どうしてためらってしまうのだろう？

寝室で悶々と過ごしていたローズのもとへ公爵夫人がやってきた。温室へ行ってメアリーやエリザベスと一緒に舞踏会で飾る花を選ぶのを手伝ってもらえないかと誘われ、ローズはふたつ返事で承諾した。午前中ずっと閉じたままのカーテンを見つめていても気が滅入るだけだ。それに、目に映る景色が変われば気分が晴れるかもしれないし、自分の気持ちも整理できるかもしれない。

「エリザベスったら相変わらず機嫌が悪いのね」レディ・ハットトレイが妹に声をかけた。蒸し暑い温室に来てからというもの、ローズは姉妹を横目で盗み見た。彼女はローズ同様ずっと口数が少なかった。ピンク色の花を切りつつ、ローズは姉妹を横目で盗み見た。聞き耳を立てているのをふたりに気づかれたくはないが、いきなり話題が変わったことに興味をそそられた。

「メアリーお姉さま、わたしだって機嫌の悪いときくらいあるわ」エリザベスがぶっきらぼうに返す。

レディ・ハットトレイが背の低い石塀に寄りかかったとき、体の力を抜いたように見えた。

「ごめんなさい」ふたたび口を開く。「別にいつも愛想よくしていなさいと言いたかったわけではないの。人間なら誰だって虫の居所が悪いときもあるわ。でも、何か悩みごとがあるなら遠慮なく相談してほしいの。あなたはわたしの大切な妹よ。それはよくわかっているでしょう。だから、ひとりで悩まないで、わたしに話してちょうだい」

突然、ローズは胸にくすぶっているもやもやの原因に気づいた。なぜカーヴァーに求婚されたとき、すぐイエスと答えられなかったのか、その理由がわかった。彼を愛している。彼も愛してくれている。それは確かだ。けれどカーヴァーは、心の奥に隠している痛みを、それがどんな痛みであれ、さらけだしてもいいと思えるほどには彼女を信用していないのだろう。最初のうちはカーヴァーに信用されていなくても気にならなかったし、心の傷に触れてほしくないという彼の気持ちもよくわかった。だが、本当にそれでいいのか、いまはわからない。はたして、この先一生、彼の心の傷を見ないふりをして生きていくことができるだろうか。

カーヴァーと結婚したら、ローズを取り巻く世界は一八〇度変わるだろう。でもきっと彼は、これまでと変わらず親切で思いやりがあり、やさしい夫になる。カーヴァーは人の心を読むのがうまい。だから何かあれば、とことん親身になって彼女の話を聞いてくれるはずだ。でも、それだけではだめなのだ。もともとカーヴァーと知り合うまでは、結婚なんて考えたこともなかった。それでも、自分が夫から与えられるばかりの結婚など望んでいないことはわかる。一方通行ではなく、互いに支え合い頼り合う夫婦関係を築きたかった。もしカーヴァーが心を開いてくれないのなら、過去を打ち明けてくれないのなら、結婚しても心から幸せを感じられるかどうかわからない。

エリザベスが乱暴に花の茎を切る音が聞こえた。「そんなことを言われても、何も悩んでなんかいないもの。ちょっと向こうへ行って緑の葉を切ってくるわ」

これ以上会話を続けたくないエリザベスにとっては好都合なことに、観葉植物は温室の奥に植えられている。ローズは花壇を離れ、そちらに向かって歩いていくエリザベスの後ろ姿を見送った。彼女が何か悩みごとを抱えているのは間違いなさそうだ。カーヴァーの求婚を受け入れて、固いきずなで結ばれた家族の一員になるとしたら、姉の役もしっかり演じられなければならない。いいえ、それは違う。ローズは考えを改めた。もう演技はしない。どんな役も演じない。エリザベスと話がしたいなら、自分ではない誰かを演じるのではなく、本音で向き合おう。

カーヴァーの求婚問題はまたあとで考えればいい。

とはいえ心のどこかでは、その問題を考えたくないと思ってもいた。本当はもうすでに答えが出ていることを自覚するのが怖かったのだ。

ローズはそんな不安を頭から締めだし、戦場に乗りこむかのごとく肩をいからせ、エリザベスがいる温室の奥へ向かって歩きだした。エリザベスは敵意丸出しで容赦なく観葉植物を抹殺している。彼女の手にかかったら、とてもではないが生き延びるのは不可能だろう。ローズはかわいそうな植物からエリザベスに視線を移した。その顔は青白く、血の気がない。ローズは冗談まじりの口調で話しかけた。「まったく癪に障る葉っぱね」

エリザベスの唇がぴくりと動いた。「そうなの。この葉っぱはわたしの悪口を言ったのよ。あなたにもそれが聞こえたのね」ローズは当意即妙な返答に笑みを浮かべた。エリザベスが大好きだ。それを言うなら、ダルトン家の全員が大好きだった。だが一家の女性たちの中でも、とりわけエリザベスに特別な愛着を感じている。エリザベスのほうは兄の婚約者のことをどう思っているのだろう？　好意を持たれていたらいいのだけれど。でも、もしそうだったとしても、ローズの正体に気づいたら、好意どころではなくなってしまうかもしれない。それ以前に、そもそもダルトン家の人たちはカーヴァーが犯罪者と結婚することを許すだろうか……ひょっとしたら、すべて杞憂に終わるかもしれないと思いつつも、恐ろしい考えが次から次へと浮かんでくる。

とはいえ、いまは目の前のことに集中しよう。さあ、こんなときはなんて言ったらいいだろう？　機嫌が悪いとき、自分だったら他人からわざわざそこを指摘されたくない。それに、不機嫌の原因を嬉々として打ち明けたがる人などいない。

ローズは変に探りなど入れず、思いを素直に伝えることにした。「エリザベス……わたしはこういうとき、あなたになんて言えばいいのかわからないの」失敗した。この言い方だとばか正直すぎて、これで話が終わってしまう。

エリザベスが目を大きく見開いた。しかし、驚いたというよりおもしろがっているように見える。ローズはさらに続けた。「つまりね、わたしはひとりっ子だから、妹というのがどういう存在なのか、まったく見当がつかないの。そういうわけで、あなたに年上らしい立派な助言ができるとは必ずしも断言できない。それでも、これだけは知っておいて。もし誰かに話したくなったら、わたしはいつでも話を聞くわ」ローズは最後まで言いきった。余計なお世話かもしれないし、やや支離滅裂ではあったけれど、とにかく自分の気持ちは伝えた。

エリザベスの顔に笑みが広がる。その偽りのない微笑みを見ていると、ローズの鬱々とした心も晴れていき、姉の気分を少しばかり味わえた喜びがこみあげてきた。「ありがとう、ダフニー」ところがその偽名を聞いた瞬間、たちまち現実に引き戻された。

ローズは応接間の扉の前に立って、一歩踏みだしてはまた一歩さがるということを何度も繰り返していた。廊下にいる従僕は懸命に、彼女の挙動不審な行動に気づかないふりをしている。ひょっとしたら心の中で、〝彼女はベドラム精神病院行き決定だな〟と思っているかもしれない。

おそらくこの扉の向こうにはカーヴァーも、その家族もいるはずだ。今日はずっとカーヴァーを避けていたけれど、室内に入ったらもう彼を避けられなくなる。どうしたらいいのか、結論はまだ出ていない。でも、カーヴァーのほうはすぐに返事が欲しいだろう。もちろん、彼と結婚したい。彼の妻になりたい。ロンドンで彼と新しい人生を始めたい。ためらいを振り払いたい。だが、それができない。このいまいましい感情はしつこく心の隅に居座り、頑として消えようとしなかった。

「ダンスのステップでも練習しているのかな？」突然、背後からカーヴァーの声が聞こえた。ローズはびくりと飛びあがり、勢いよく振り返った。

「カーヴァー！」思わず甲高い声が出てしまう。ローズは軽く咳払いをして、さりげない口調を取り繕った。「もう応接間にいるのかと思っていたわ」

カーヴァーはにやりと笑い、片方の眉をあげた。「どうやらそうみたいだな」ずっと会わないようにしていたことに、もしかして彼は気づいているのだろうか？「どうする、中に入るかい？　それとも、ふたりでダンスの練習をしようか？　そうだな、ワルツなんてどうだい？」どうしてカーヴァーは、いつもこんなに簡単に笑顔にしてくれるのだろう？

「あなたとダンスをするのも捨てがたいけれど、そろそろ中に入ったほうがいいと思うわ」

カーヴァーがまたにやりとした。笑うと頰にえくぼができる。「家族の晩餐より廊下でワルツを踊るほうが楽しいのにな」カーヴァーはさらにローズに近寄り、その手を取った。彼に軽く触れられただけなのに、ぞくぞくしたものが腕を這いあがってくる。ああ、彼の胸に顔を埋めたい。あのえくぼにキスをしたい。

「そうね」ローズは声を落として続けた。「でもすでに、あそこに立っている従僕がわたしについてのよからぬ噂をほかの使用人たちに広めそうなの。今日はこれ以上ダフニーの評判を落としたくないわ」

カーヴァーは笑みを浮かべたまま、すっと目を細めた。そのかすかな仕草ひとつで、さらに親しみのこもった表情になる。彼は手を伸ばし、ローズの耳にほつれ毛をかけた。「早く〝ダフニー〟という名を名乗らずにすむようになるといいな。きみの美しい本名をこのまま隠しておくのはもったいないからね」カーヴァーは顔を寄せて、ローズの頬に軽くキスをした。彼女は目を閉じ、目の前にいる男性から立ちのぼるにおいを吸いこんだ。カーヴァーにキスをされ、ローズは夢心地だった。ところが、急にわれに返り、彼女は自分自身がわからなくなった。ふたりは完璧な組み合わせだと思っているのに、なぜカーヴァーの求婚にただひと言〝イエス〟と言えないのだろう？

「そうだ、きみに伝えるのを忘れていた」応接間に入って家族全員に挨拶したあと、カーヴァーが言った。「今日、オリヴァーがここに来るんだ。今夜の晩餐には彼も同席する」

ローズはぱっと顔をあげて、カーヴァーを見た。「あなたの親友よね？」昨夜、カーヴァーが屋根の上で、オリヴァーとの長年の友情について話してくれた。この結婚に大きな影響力を持ちそうな人物に会うのかと思ったら、たちまちローズは不安のあまり胃が痛くなってきた。

カーヴァーの口から含み笑いが漏れる。「そんなふうに見あげられると、本当にぼくは大男なんだと実感するよ。まあ、それはいいとして、そう、オリヴァーはぼくの親友だ」

カーヴァーが話し終えたちょうどそのとき、執事が応接間の扉を開け、客の到着を知らせた。「オリヴァー・ターナーさまがお見えになりました」ローズの心臓は胃を通り越して床まで深く沈みこんだ。ああ、このまま溶けて消えてしまいたい。

嘘でしょう。まさか違うわよね？　そんなはずがない……。

金髪でブルーの瞳の長身の男性が室内に入ってきた。ローズは生まれて初めて気を失いそうになった。

男性は真っ先にローズに視線を向けた。目の前の現実が信じられないとでも言いたげに、目をぱちくりさせる。「キティ？」

28

カーヴァーは、自分はとっさに機転が利くほうだと自負していた。ところが困惑した表情のオリヴァーと、顔面蒼白（そうはく）になったローズにはさまれて、その自信は打ち砕かれた。

先に口火を切ったのはローズだ。しかしながら、その声はどこか緊張しているようだった。

「ミスター・ターナー、またあなたにお会いできてうれしいわ」カーヴァーの家族全員が戸惑った表情で互いに顔を見合わせている。彼らにとっては、オリヴァーが口にしたキティなどという名前は初耳なのだから、当然の反応だろう。それにしても、なぜオリヴァーはローズをその名前で呼んだのか？　なんとなくいやな予感がする。おそらくふたりは以前からの知り合いなのだろう。彼女の過去を考えれば、このふたりの再会は決して楽しいものにはならないに違いない。

突然、脇腹を肘で小突かれ、カーヴァーは物思いから現実に戻った。

「オリー！」彼はローズのかたわらから離れて友に近づき、肩を叩いた。「来てくれてうれしいよ。道中はどうだった？」なんとか話題をそらしたくて、カーヴァーは自分のほうにオリヴァーの注意を引きつけようとした。ローズの話はふたりきりになってから改めてすればいい。オリヴァーとは長年の親友だ。きっと目くばせするだけで、こちらの意志を伝えられるはずだ。そうだろう？

残念ながら、そううまくはいかないらしい。

オリヴァーは面倒くさそうにカーヴァーに顔を向けた。「相変わらず、道は泥だらけのでこぼこだったよ」それだけ言うとカーヴァーを押しのけ、ローズに向かって歩きだした。

「キティ、ここで何をしているんだい？」

カーヴァーはローズが息をのむ音が聞こえた気がした。両親はいぶかしげな表情を浮かべ、ローズとオリヴァーのほうへ歩いていく。逃げ道でも探しているのか、ローズが室内にさっと視線を走らせる。オリヴァーがそっと彼女の手を取った。まずい。オリヴァーが口を開く前に、ローズから引き離さなければ。

「オリヴァー」父が眉間に深いしわを寄せて話しかけた。「きみとミス・ベロウ――」

「オリー！」不自然なほど大きな声をあげ、カーヴァーは父の言葉をさえぎった。「東棟を増築したんだ。きみに見せたかな？」彼は親友の腕をつかみ、引っ張るようにして扉のほうへ向かいはじめた。

「あそこを増築したのは二年前だろう？」オリヴァーの声にはいらだちがにじんでいる。

「ぼくはもう――」

「よし！　では案内するよ。さあ、行こう」会話がまったく嚙み合っていないが、そんなことにはかまっていられなかった。ローズの体面を守るのが最優先だ。いずれ家族のみなも真実を知ることになるだろう。だが、いまはまだそのときではない。彼らがこの応接間でローズの正体を知る必要はない。使用人たちも居合わせる晩餐会が間もなく始まるとなれば、なおさらだ。

「でも、カーヴァー」母がふたりを呼び止める。「そろそろ食事の時間ですよ。それに、オリヴァーはすでに増築部分を見たと言っているじゃありませんか」

カーヴァーの視界の端にロバートが笑っているのがちらりと映った。どうやら義兄は、この窮地を救う気はないようだ。「ぼくたち抜きで始めてもらってかまいません」カーヴァーはそう言い返し、仏頂面のオリヴァーを無理やり応接間から引っ張りだした。

ふたりとも長身だが、オリヴァーはカーヴァーほどがっちりしていない。体型まで同じだったら、いやがるオリヴァーをこんなふうに連行するのは無理だったかもしれない。

「ケニー、これはいったいなんのまねだ？」廊下に出たとたん、オリヴァーは腕をつかんでいたカーヴァーの手を振り払った。

ローズはぐるりと室内を見まわした。全員が目を丸くして彼女を見つめている。一刻も早くここからいなくなりたい一心で、とっさに頭に浮かんだ言い訳を口にした。「わたし……少し寒気がするわ。すみません、一度部屋に戻ってショールを取ってきます」ローズはすでに肩にはおっているショールを引き寄せ、応接間から飛びだした。まともな言い訳ひとつ思い浮かばないなんて、まったくわれながらあきれてしまう。状況は悪くなるばかりだ。

ローズは廊下で立ち止まり、すばやく左右に視線を走らせた。そのとき、笑顔のヘンリーと目が合った。「図書室です、ミス・ベロウズ」彼の言葉にうなずき返し、ローズは図書室に向かって一目散に駆けていった。しとやかさのかけらもない姿だが、いまは淑女らしくふるまっている場合ではない。

ローズは図書室の扉を大きく開け放った。勢い余って、壁に戸が激しく叩きつけられる。その大音響に彼女は身をすくめ、カーヴァーとオリヴァーもびくりと飛びあがった。まるで象が扉を打ち破り、室内に侵入してきたかのような驚きようだ。優雅とはほど遠い登場の仕方だ。そう思った瞬間、ふとフェリックスおじさんの顔が目に浮かび、ローズの口から思わず笑いが漏れた。だが目の前にいるふたりの男性たちは、にこりともしなかった。

カーヴァーは乱れた髪をかきあげた。疲れた顔をしている。「ローズ」彼女の本名をうっかり口走ってしまったとたん、しまったという表情を見せた。

「カーヴァー」ローズは咎めるように言った。

「キティ？」オリヴァーがいぶかしげな口調で声をかけてくる。

「いや、ダフニーだ！」カーヴァーはあわてて言い直したが、いまさら遅かった。「ダフニー？」オリヴァーはわけがわからないといった表情だ。「キティ、この男はいったい誰の話をしてしているんだ？」

完全に修羅場だ。ひとつの空間に、いくつもの名前が飛び交う。「もう黙って！」ローズは大声で叫んだ。男性たちの眉が生え際まで跳ねあがる。彼女はふっと息を吐きだし、スカートのしわを伸ばした。「さあ、ここはみんなで一度深呼吸をして、冷静になってはどうかしら？」

「ラヴ、そんな悠長なことをしている時間はないんだよ。ぼくたちは晩餐会に顔を出さなければならない。いつまでも三人でここにいたら、さらに怪しまれるだけだ」

「ラヴだって？」オリヴァーが明るいブルーの目をかっと見開き、ローズとカーヴァーを交互に見つめる。

そろそろ限界だ。ついに話すときが来た。ローズの背筋が急に寒くなる。すでにカーヴァーは彼女が詐欺師だということは知っている。でも、これからカーヴァーはローズが彼の親友から五〇〇ポンド巻きあげた詐欺師だと知るのだ。それでも彼はローズと結婚したいと思うだろうか？

「キティ、何がどうなっているんだい？」オリヴァーの声がローズの物思いを破る。

彼女はため息をつき、それから後ろを向いて扉を閉めた。オリヴァーにはいまここですべてを正直に打ち明けたほうがいいだろうが、カーヴァーの家族にはまだ知られたくない。

「わたしはキティじゃないわ」ローズはオリヴァーに向き直って口を開いた。やさしく微笑んでいるカーヴァーの顔が視界の隅に見える。その笑みに勇気づけられ、ローズは先を続けた。「さっきカーヴァーが口を滑らせて、ローズと言ってしまったでしょう。それがわたしの本名。わたしの名前はローズ・ウェイクフィールドよ」

カーヴァーは腕組みをして、なぜか今度はにやにや笑っている。「いまさらだが、ひとつきいてもいいかな？　きみたちは知り合いなのか？」

ローズは目を細めた。「カーヴァー、わたしの目はごまかせないわよ。あなたの唇がぴくぴく震えているわ。そうよ、わたしたちは以前からの知り合いなの。それに、もうひとつ言わせてもらえば、この状況はちっともおもしろくなんかないわ」

「いや、おもしろいよ」カーヴァーが小首をかしげる。正直言って、実際おもしろい。ローズも笑いをこらえるのに必死だった。

オリヴァーが足を前に踏みだし、この部屋にはふたりのほかにもうひとりいるんだぞとばかりに手を振った。「きみたちは何を笑っているんだ？　ぼくにも教えてくれ」むっとした口調で言い、ローズの手をつかんだ。「それに、どうしてキティなんて名乗ったんだ？」

ローズはあわてて自分の手を引き抜いた。

「ミスター・ターナー――」

「ちょっと待ってくれ」カーヴァーは目を大きく見開き、ローズとオリヴァーの顔を交互に見た。「ひょっとして、オリー、あのとき言っていた女性が……あれが彼女だっていうのか？」

「ああ、そうだよ！」オリヴァーが声を荒らげる。「誰でもいいから早く教えてくれ。彼女がここで何をしているんだ？」

ローズにはふたりの話がまったく見えなかった。「その〝彼女〟って、誰のこと？」

「きみだよ」男性たちが同時に言った。ふたりともつらそうな表情を浮かべている。

ローズはうなりたくなるのをこらえた。「もういいわ」そうつぶやき、部屋の中央に置かれた長椅子に向かって歩きだす。暖炉の中では火が燃えていた。いっそ消えているほうがよかったのに。ふいに息苦しくなってきた。ローズは長椅子に腰をおろして腿の下に両手をはさんだ。そして唇を嚙みながら、この気の毒な状況に見舞われたふたりにどう説明しようかと言葉を探した。「ミスター・ターナー――」

「オリヴァーだ」またしても男性ふたりが同時に声をあげる。

「わかったわ」ローズは彼らの顔を順番に眺めた。どちらの表情からも、おもしろがっているのか、不安を感じているのか、わからない。「オリヴァー」ローズはブルーの目をした男性に視線を向けた。「わたしは……」

「犯罪者だ」ローズが言いよどんでいる隙に、カーヴァーが口をはさんだ。彼女はいらだたしげにカーヴァーをにらみつけた。ところが、彼からは笑みが返ってきた。そのにやりとした笑顔を見た瞬間、ローズは最初は彼をのんきな放蕩者だと勝手に決めつけていたことを、ふと思いだした。

「もっと正確に言うと――」ローズはオリヴァーに視線を戻した。「わたしは詐欺師なの。狙いを定めた紳士からお金をだまし取るのが専門よ」もうそろそろ彼も話の流れがわかってきただろうか？「それで、とても言いにくいんだけれど……」

みるみるうちにオリヴァーの顔から血の気が引いていく。「だったら、それ以上言わなくていい」

ローズは胸を痛めつつ、オリヴァーを見つめて言葉を継いだ。「わたしはあなたから五〇〇ポンドを巻きあげるためにキティになったの」いったん口をつぐみ、カーヴァーに人差し指を突きつける。「にやにやするのをやめないなら、あなたを撃ち殺すわよ」

「マイ・ディア、きみに脅されてもちっとも怖くないよ。ところでオリー、ひとつ教えてくれ。きみはいつ彼女と結婚すると決めたんだ？　大金を巻きあげられたあとか？　それとも前？」

オリヴァーがカーヴァーのほうに一歩足を踏みだした。「きみのほうこそ、いつぼくの大切な女性を奪おうと決めたんだ？　きみに彼女と結婚すると話したあとか？　それともその前からか？」

ぼくの大切な女性？　わたしと結婚する？

カーヴァーの顔に暗い影が落ちる。まるでオリヴァーが自分ほどこの状況をおもしろがっていないことにようやく気づいたみたいな表情だ。「オリヴァー、きみの大切な女性を奪ったりしていない。そもそも始めから、彼女はきみのものではなかったんだ。きみは彼女に利用されただけなんだよ。金を手に入れるためにね」

カーヴァーの言葉はさらに状況を悪くしただけだった。オリヴァーはまた一歩足を踏みだした。カーヴァーの表情は硬く、怒りに満ちており、危険な気配を漂わせている。「ケンズワース、きみがすべての黒幕なのか？　昔からきみは悪ふざけばかりしていたが、これは悪質すぎるぞ」

「悪ふざけなんかじゃ——」カーヴァーが最後まで言う前に、オリヴァーは彼に向かって突進していき、こぶしで目を殴りつけた。ローズは長椅子から立ちあがったが、すぐにまた座り直した。かっとなって頭から湯気を立てている男性たちには関わらないほうがいいと思ったのだ。

カーヴァーも即座に反撃し、オリヴァーのクラヴァットを片手でつかむと、もう一方の手を固く握りしめて、相手の顎に一発お見舞いした。オリヴァーがよろけてあとずさる。彼は切れた唇の血をぬぐうと、ふたたびカーヴァーに飛びかかっていき、壁に押しつけた。大男ふたりがにらみ合い、荒い息を吐いている。オリヴァーが口を開いた。「わざと負けるつもりだな」

カーヴァーはオリヴァーに上着の襟をつかまれたまま肩をすくめた。「そうしたほうがいいと思ってね。もう気がすんだか？　それとも、まだ殴り足りないか？」

オリヴァーはため息をつき、カーヴァーの上着から手を離した。「いったい何がどうなっているんだ。それが知りたい」

ローズは唾をのみこんで立ちあがると、ふたりの男性のほうへ視線を向けた。ひとりは目が腫れ、もうひとりは唇から血が出ている。彼らのクラヴァットはほどけて床に落ち、シャツの裾はズボンからはみだし、髪はひどく乱れていた。すべて彼女のせいだ。彼女がこれまでしてきたことのせいで、こんな事態になってしまった。どうしようもない罪悪感が胸にわきあがる。

「オリヴァー、本当にごめんなさい」ローズはオリヴァーのほうへ足を踏みだした。不思議な感情が体を駆け抜ける。「決して悪気はなかったのよ。わたしはカーヴァーのこともだますつもりだったの」この言葉で、少しでもオリヴァーの痛手をやわらげられたらいいのに。「人をだますのがわたしの仕事なの。もっと厳密に言うと、仕事だ
つ
た
の。でも、そんな生活からはきっぱりと足を洗うわ」

カーヴァーの視線がローズに注がれる。そのまなざしは真剣で、探っているようでもあり、期待しているようでもあった。「そうなのか？　それってつまり、ぼくが考えている意味で

合っているかな？」しまった。ローズはひと言多かったと後悔した。

とはいえ、今日一日かけてはっきり決められたのはこれだけだ。カーヴァーとのあいだに何が起きようと、これからはだましたり、盗みを働いたりすることはしたくない。オリヴァーやエリザベスや公爵と出会い、そういう悪事はもうできなくなってしまった。

29

カーヴァーはオリヴァーの脇を通り過ぎ、ローズに近づいて両手を取った。「ローズ、ぼくの求婚を受けてくれるのか？」

彼女の手はなめらかで、温かくて柔らかかった。今日は一日じゅう、ローズに避けられていた。彼女にはひとりで考える時間が必要だったのだろう。その気持ちはよくわかる。だから、彼女が納得のいく答えにたどり着くまで喜んで待つつもりでいた。だが、いまやそんな思いは跡形もなく消え去り、すぐにでも彼女が出した答えを聞きたくてたまらない。

ローズが眉をひそめ、ふたりの手を見おろす。どうしたんだ？　彼女は断るつもりなのか？　もしそうだとしたら、理由はなんだ？　ふたりは一緒になる運命だ。それは自分の魂の深い部分でわかっている。カーヴァーは片手でローズの顎を持ちあげた。その目をのぞきこみ、自分と同じ気持ちなのかどうか読み取ろうとした。

「ぼくと結婚してくれるかい？」カーヴァーはふたたび口を開いた。

琥珀色の瞳がじっと見つめ返してくる。ローズは何も言わずに、ただ彼を見つめていた。

この瞳の奥にどんな感情が隠されているのか。必死に何かを探すような表情をしている。

「カーヴァー」彼女が唾をのみこみ、ひと呼吸置いてから低くかすれた声で話しはじめた。

ああ、真綿で首を絞められている気分だ。「もしわたしたちが結婚したら、あなたがこれまでひとりで抱えてきた重荷をこれからはわたしも一緒に背負っていくことになるのよね」

カーヴァーの肩からふっと力が抜けた。ローズはそんなことを心配していたのか？　まあ、夫になる男の重荷まで背負いたくないと思うのも無理はない。ずっと自分で自分の面倒を見てきたのだから。おそらく、そんな生活にも疲れたのだろう。結婚したら、彼女にはいっさい余計な負担をかけない。彼女に責任を負わせるようなこともしない。厄介ごとはすべて自分が引き受ければいい。全身全霊をかけて、一生ローズを守り続けよう。

カーヴァーは両手でローズの頬を包みこんだ。大きな瞳が彼を見あげる。「ローズ、マイ・ラヴ。きみは何も心配しなくていい。結婚しても、ぼくの重荷を何ひとつ背負う必要はないんだ」ほかにどんな言葉をかけてやれば、ローズは安心するだろう。「約束する。ぼくの重荷は、自分ひとりで背負う。必ずきみを幸せにするし、ずっと大切にするよ。その逆なんて、別に望んでいない」カーヴァーは嘘偽りのない気持ちを口にした。ところが、ローズはすっと視線を落とした。おまけに、彼のそばからも離れたがっているみたいだ。

いったいどうしたのだろう？　耳の奥で血管が脈打つ音を聞きながら、カーヴァーは不安な思いでローズの答えを待った。彼女が口を開きかけたそのとき、扉の近くで何かが動いた。ふたりはそちらに視線を向けた。オリヴァーだ。彼は忍び足で廊下に出ようとしていた。カーヴァーはオリヴァーのことをすっかり忘れていた。

自分が注目されているのに気づき、オリヴァーは固まった。ふたりに向き直って引きつった笑みを浮かべ、親指で背後を指す。「出ていこうとしていたんだ」踵を返しかけて、足を止めた。少し間を置いてから、硬い表情でふたたび口を開く。「ケニー、ぼくは……負けを認めるよ」そう言って、にやりとする。「だが、殴ったことを謝るつもりはない」今度はローズに向かって微笑みかける。「きみがダフニーでも、キティでも、ローズでも……本名がなんであれ、ぼくたちのあいだに起きたことは何も気にしなくていい。ぼくはすぐ立ち直れるよ」

ローズはほっとしたような笑みを見せた。「ありがとう、オリヴァー」彼女はカーヴァーを見あげた。だが、彼に向けられた笑顔はどこか悲しそうだ。「この話の続きはまたあとでしましょう。あなたたちふたりは食事の前に身なりを整えたほうがいいわ」


三人が応接間に戻るなり、室内にいた全員がぎょっとした表情を浮かべた。カーヴァーとオリヴァーはシャツを着替え、クラヴァットを結び直し、髪も整えてきたものの、顔の腫れや傷は隠しきれなかった。

「ぼくたちを待たずに、食事を始めてくれてよかったのに」カーヴァーが何事もなかったかのように母親に声をかけた。

公爵は腕組みをして、カーヴァーとオリヴァーをじっと見ている。「家族を代表してきくが、いったい何があってそんな顔になったのかね？」

ローズは長椅子に沈んでしまいたかった。カーヴァーの家族にすべてを打ち明ける心の準備はまだできていない。ひょっとしたら、この先も永遠に彼らに話す決心はつかないかもしれないけれど、とにかくいまは絶対に無理だ。

とはいえ、ほかに選択肢があるだろうか？　何もない。醜悪で下劣な自分の正体を明かす以外は。苦渋の決断を下したローズは口を開きかけたが、彼女より先にオリヴァーが話しだした。「みっともない話なので、できれば隠しておきたかったんですが、ケニーとミス・ベロウズが――」オリヴァーが横目でローズをちらりと見る。「ぼくにいたずらを仕掛けてきたんです。それが、ふたりとも迫真の演技で、ぼくはまんまとだまされてしまった。でも、ふたりにからかわれていたことに気づいたので、ケンズワースに思いきり仕返ししてやりました」ローズの胸に安堵が広がる。けれど、オリヴァーに対する罪悪感がますます大きくなった。別に助け舟なんて出さなくてもよかったのだ。オリヴァーが彼女にやさしくしなければならない理由などひとつもないのだから。

「なるほど」まだ半信半疑の様子ながらも、公爵の表情は幾分やわらいだ。

部屋の隅にいるハットトレイ伯爵がくすくす笑っている。「ターナー、カーヴァーの顔面にこぶしを命中させるとは見事だ。その場面をぜひ見たかったな」

「わたしも」レディ・ハットトレイが笑顔で相槌(あいづち)を打つ。この女性の楽しげに輝く顔を見るのは初めてだと、ローズは心の中で思った。

カーヴァーも笑い、何か言い返そうとしたが、その前に公爵夫人が口を開き、息子とその親友を叱りつけた。「まったく、あなたたちときたらどうしようもないわね。いったいいつになったら大人になるのかしら？　まさか、いまでもわたしにお仕置きされたいわけではないでしょうね？　そういうことであれば、子どもの頃、あなたたちが喧嘩をしたときのように、ひと晩じゅうふたりの足を紐で縛っておきましょうか？」

公爵が声をあげて笑う。「ダーリン、忘れたのか？　結局、あれはお仕置きとは呼べなかったではないか。すぐこのふたりは三本足で走る遊びを思いつくと、走っては足がもつれて転ぶという行為を飽きずに繰り返して、ずっと笑い転げていただろう？」

公爵夫人は笑みを浮かべると、夫の隣に行って、その腕に両手を巻きつけた。「でも、それがわたしの狙いだったのよ。あれはれっきとしたお仕置きだわ。あなたにはそう見えなくて？」

公爵は妻を見おろして、やさしく微笑んだ。「わが妻は天才だな」

「ええ、わかっているわ」公爵夫人がにっこりと笑って返す。

互いへの愛にあふれたふたりの姿に、ローズは胸が痛くなった。なぜなら、自分には一生無縁な気がするからだ。いつまでも愛し愛され、人生の荒波もふたりで力を合わせて乗り越えるなんて、そんな生き方はできそうにない。

図書室で、カーヴァーがそれを裏づけてくれた。結婚しても、カーヴァーは心の中に抱えている悲しみを彼女と分かち合うつもりはないという。心の痛みを隠したまま、完璧で幸せな男性のふりをし続けて生きていくつもりなのだ。けれどローズは、完璧な男性なんて望んでいないし、白馬の騎士になど興味もない。そういう男性は最初のうちこそすてきだと感じるかもしれないが、そんな気持ちもいずれ色褪せてしまうだろう。考えてみれば、いつもカーヴァーとのあいだに壁を感じていた。それでも、彼を愛してしまった。彼にさよならを言わなければならないと思うと、胸が苦しくなる。ひょっとしたら、彼から与えられるだけの一方通行の関係に慣れたほうがいいのかもしれない。無力で頼りない女に変身するべきなのかもしれない。だが心の声が、結局そのどちらも失敗に終わるとささやいている。

「エリザベスがおりてきたら食事にしましょう」公爵夫人が言った。「メイドが言うには、ドレスのことでちょっと問題があって少し手間取っているみたいなの」どうやら、今夜は誰もがいつもと違う風変わりな夜を過ごす羽目になったみたいだ。

ふいに室内に沈黙が落ちる。ローズはカーヴァーのほうに顔を向けたい衝動に駆られたけれど、彼に暗く沈んだ表情を見られるのが怖くて、じっとうつむいていた。

ほどなくして、エリザベスが応接間に入ってきた。そのはつらつとした美しい姿に、ローズは内心目を丸くした。公爵夫人をちらりと盗み見ると、やはり目を大きく見開いていた。公爵夫人だけではなく、家族全員がエリザベスの変身ぶりに驚いているようだ。もちろん、もともとエリザベスは美しい。けれど、胸元が広く開いた淡いピンクのドレスをまとった彼女は本物の大人の女性に見えた。金色の髪はいま流行り（はやり）の複雑に編みこんだ髪型にまとめられている。首にかけたサファイアのネックレスのまばゆいきらめきが、ブルーの瞳の輝きをさらに引き立てている。

だが、最も目を見張る変化といえば笑顔だ。この一週間というもの、ほとんど毎日しかめっ面ばかりだった、あのエリザベスが笑っている。いったいどんな心境の変化があったのだろう？　オリヴァーがにやりとして椅子から立ちあがり、エリザベスに近づいていく。その瞬間、疑問が解けた。

オリヴァーはエリザベスの手を取り、手の甲に唇を当てた。「やあ、おチビちゃんのリジー」

一瞬、エリザベスの顔から笑みが消えたが、すぐに元の笑顔に戻った。そしてオリヴァーに向かって、下唇が腫れているせいで前よりもっと不細工になったと、辛辣な言葉を投げつけた。それに対してオリヴァーが声をあげて笑っただけで、その会話はおしまいになった。彼らにとっては、ふたりのこういったやりとりは驚くようなことではないのだろう。

「いつからエリザベスはオリヴァーに恋をしているの？」食事の席についたところで、ローズは声を落としてカーヴァーにきいた。

彼は眉をひそめてローズを見た。的外れなことを口にするなと言いたげな表情だ。「エリザベスはオリヴァーに恋などしていないよ。あのふたりは兄妹みたいなものだ。たぶん妹は、オリヴァーを実の兄以上に兄のように感じているんじゃないかな。イートン校時代は夏休みになると、オリヴァーとぼくはここで過ごしていたんだ。そのときから、ふたりはそういう関係なんだよ」

最初の料理が運ばれてきたので、ローズは目の前に置かれたクリームスープに視線を落とした。だが、どうしてもエリザベスとオリヴァーのほうへ目がいってしまう。ふたりの様子を見れば見るほど、自分の勘は当たっているという確信が強くなる。カーヴァーときたらなんて鈍感なのだろう。恋とはどういうものかを知ったいま、ローズにはエリザベスの気持ちが痛いほどよくわかった。オリヴァーがエリザベスを見ていないとき、彼女が彼に向ける表情は――あこがれと、苦しみと、希望が入りまじったあの表情は――片思いの男性を見つめる女性のそれだ。

そういえば、カーヴァーに愛していると打ち明けられたとき、わたしも愛していると彼に伝えなかったことに、ローズはふいに気づいた。なぜ、カーヴァーに言わなかったのだろう？　たとえ求婚の返事を保留したとしても、せめて彼に対する自分の気持ちくらいは口にできたはずだ。あのとき、カーヴァーにどんな言葉を返したのだったか？〝ありがとう〟だ。ローズの背筋がすっと冷たくなった。

彼女は、隣にいるハンサムでたくましい男性の横顔をそっとうかがった。彼はこちらの視線に気づいていない。その表情は……悲しそうだ。カーヴァーは肩を落とし、眉間にはしわが寄っている。なんだかひどく疲れているみたいだ。お願いだから、心の内に隠している思いを話してほしい。カーヴァーは、きみを幸せにすると約束してくれた。自分も彼を幸せにしたい。ふたりにはまだ互いに知らない部分がたくさんある。だけど、ゆっくりと時間をかけて知っていけばいい。結婚前に相手のすべてを知る必要はないのだ。それでもこの先、カーヴァーという人間を深く理解できる可能性があるのかどうかは知っておきたかった。

カーヴァーはありのままの彼女を受け入れてくれた。自分もありのままの彼を受け入れたい。ローズは切にそう思った。

30

カーヴァーははっとしてまぶたを開けた。とたんに、ベッドのまわりをうろつくオリヴァーの姿が目に飛びこんでくる。「おい！」カーヴァーは飛び起き、ベッドカバーを引っ張りあげて盾のごとく体を隠した。

「ずいぶんと立派な防具だな」オリヴァーがそっけなくつぶやき、眉をあげる。「もし、ぼくがいまきみを殺すつもりだったとしても、それを使われたらこの計画は確実に失敗していたに違いない」

カーヴァーはあきれてぐるりと目を回し、ベッドカバーを払いのけた。「こんな朝早く起こしてくれと頼んだ覚えはないぞ」そう言い返すと、わずかに残っていた眠気を振り払おうと、両手で顔をこすった。

「そろそろ起きるか？　それとも、なんなら一緒に寝てやろうか？」

「遠慮するよ」カーヴァーはベッドから起きあがり、冷たい床に足をつけた。オリヴァーがガウンをつかみ、投げてよこす。「思うんだが、きみは進む道を間違えたんじゃないかな。

どうだ、オリー、ブランドンのあとを引き継ぐ気はないか？　従者なんて早起きのきみにはちょうどおあつらえ向きの仕事だろう」

オリヴァーはどさりと革張りの椅子に座りこんだ。「言っておくが、ぼくは高いぞ」にやりとして、先を続ける。「まあ、それはそうと、早くきみたちふたりのなれそめを教えてくれよ。どうやってローズを見つけたんだ？」

カーヴァーはふっと笑いを漏らし、オリヴァーの向かい側の椅子に腰をおろした。「彼女のほうがぼくを見つけたんだよ」指で革のひび割れをなぞりつつ、言葉を継ぐ。「ローズの相棒が間違って彼女をニューベリー卿の屋敷ではなく、ぼくのところに送りこんだんだ。彼女はドレスの下に枕をたくしこんで玄関に現れた。そして、ぼくを脅してきたよ。二〇〇〇ポンド払わなければ、ぼくがおなかの子の父親だとロンドンじゅうに言いふらすってね」

カーヴァーの予想どおり、オリヴァーがげらげらと笑いだした。「ぜひとも、そのときのきみの顔が見たかったよ。きっとニューベリー卿なら、そんな脅し文句を聞かされたとたん、掏摸よりすばやい手つきで彼女のレティキュールに金を押しこんだだろうな。だがきみの場合は、女性に言い寄ったりさえしていない。あの日を境に――」オリヴァーがあわてて口をつぐむ。「いや、しばらく前からね。それで、彼女に人違いだと言ったのか？」

カーヴァーは続きを話した。馬車の中でのふたりの会話を。夜の厩舎での会話を。すぐにローズを愛するようになったことを。最悪のタイミングでオリヴァーが現れるまでのあいだに起こった、一連の出来事をすべて親友に話して聞かせた。

「それにしても、まさかきみが婚約するとはね」オリヴァーが言う。「ほんの一週間前は、結婚する気などさらさらなかっただろう」だが、あのときはまだローズに出会う前だった——鼓動が速くなったり、抱きしめる腕が痛くなったりする女性に出会う前だった。

急に不安がぶり返してきた。カーヴァーの口元から笑みが消える。「まだ婚約したわけじゃない。ローズの返事をもらっていないからな」彼女はどんな答えを出したのだろう。正直言って、いまはそれを知るのが怖い。

「ああ、わかっている。お忘れかもしれないが、ぼくもあのとき図書室にいて、きみたちの会話をちゃんと聞いていたんだから」オリヴァーがさも愉快そうににやにや笑っていたが、切れた唇に指で触れたとたん、痛そうに顔をしかめた。「だが、そんなに心配する必要はないと思うぞ。ローズはきみの求婚を受けるはずだ。彼女の顔を見れば、それは一目瞭然だよ。きみと将来をともにしたいと願っていない女性が、あんなに焦がれた表情できみを見るわけがない」そうなのか？　本当にローズはそんな表情でこちらを見ていたのだろうか？彼女から、一度も愛していると言われたことはないのに。

「よかったな、ケニー。ぼくもうれしいよ。クレアもきっと喜んでいるんじゃないかな」

クレアという名前が耳に飛びこんできた瞬間、カーヴァーの全身がこわばり、ローズのことも頭の中から消えた。

いったいいつになったら、その名前を聞いても動揺しなくなるのだろう？　はたして、そんな日が来るのか？　いまはほかに愛する女性がいる。それならば、過去の悲しみは薄れてもいいはずだ。ローズに自分の気持ちを打ち明け、求婚した。あのときは、もう心の傷は癒えたと思っていた。だが、そうではなかったようだ。ローズを愛している。これは嘘偽りのない本心で、決して一過性の感情などではない。ところが、それにもかかわらず、クレアの名前を聞いただけで胸に強烈な痛みが走った。カーヴァーは自分が最低な男に思えてきた。

「その顔なら知っている」オリヴァーの声で、カーヴァーは物思いから覚めた。

「どんな顔だ？」

「〝あのときこうしておけばという後悔の念にさいなまれている〟って顔だよ」

カーヴァーは鼻で笑った。「オリヴァー、もういい。ぼくに同情などするな。そんなにやさしくされたら、赤面してしまう」カーヴァーが軽口を叩いたのに、意外にもオリヴァーは笑わなかった。親友は椅子に背を預けて、眉間にしわを寄せ、上目づかいでじっとこちらを見つめている。

カーヴァーはこれ以上その状況に耐えられなくなった。「なんだ？　ぼくの顔に何かついているか？」

「まだわからない」

「それなら、溺れている子犬を見るような目でぼくを見るのはやめろ」

「家に戻ってきた子犬の様子はどうだ？」オリヴァーはいつまでこの話題を続ける気なのだろう。兄弟同然に育ち、これまでの人生で起こった出来事をほとんどすべて知っている友人というのは、ときにひどく厄介な存在だ。

「言うまでもなく、楽しんでいるよ」カーヴァーは笑みを浮かべようとした。

「ちゃんと眠れているか？」

「ああ、ダーリン。毎晩、しっかり八時間は寝ている」

「嘘つけ。目の下にくまができているぞ」どうやらオリヴァーは医者にでもなったつもりらしい。とはいえ、こちらの嘘を見抜くとは、なかなかの名医だ。実際のところ、眠れても二時間程度だった。だが、不眠はいまに始まったことではない。

「そのくまのせいで美貌が損なわれていると言いたいのかな？」

「つまり、きみはこの話をあと一〇回は繰り返したいと？　それとも、このへんでやめにして、いまのきみの状態を正直に話してみるか？」

カーヴァーはにやりとしてオリヴァーを見据えた。また軽口を叩こうとしたが、その顔から笑みが消え、肩もがくんと落ちた。本調子ではないとは認めたくない。とりわけ、最近はよく笑うようになったし、愛する女性もいるとなればなおさらだ。そのうえ、これから自分は新しい人生に向かって飛びこんでいこうとしている。これはすべて、止まっていた時計の針がふたたび動きだした証拠ではないのか？　ようやく過去と折り合いをつけられたということではないのだろうか？　だが、カーヴァーの心の片隅にはいつもクレアがいる。いまでも淡青色の美しい目をしたクレアが夢に出てくる。そのたびに、ふたりで過ごした日々の思い出がよみがえり、彼女を忘れようという決意はあっけなく粉々に砕けてしまうのだ。

「ぼくは……元気だ」そのうち誰よりも元気になるだろう。ローズがそばにいたら、明るい気持ちになるし、幸せだって感じる。何もかもがすべて正しい位置におさまり、ばらばらになっていた自分のかけらもまたひとつにまとまった気分になる。だが、ローズが自分のそばからいなくなったら……ふたたび痛みが襲いかかってきて、罪悪感に押しつぶされそうになるだろう。

少しも納得していない顔で、オリヴァーが眉をつりあげる。「へえ、そうかい？　ぼくの目には、これっぽっちも元気そうには見えないが。控えめに言っても、きみはひどいありさまだ」

「なあ、オリー、いつもこんな調子でレディたちを口説いているのか？　だから、きみはまだ独身なんだよ」

オリヴァーは目をぐるりと回し、椅子に深く座り直した。「どうやらきみはぼくの質問にまともに答える気はないらしい。では、何か別の話をしよう」喜んで。これ以外の話題ならなんでもいい、とカーヴァーは思った。

「好きにすればいい。とはいえ、その前に言っておくが、きみの未来の花嫁を奪ったことを謝る気はないからな。どうだい、失恋の痛手からは立ち直れそうか？」

オリヴァーの顔に笑みが広がる。どうやら、できるだけ避けて通りたい話題からようやく抜けだせそうだ。カーヴァーはほっと胸を撫でおろした。「いまさらそんなことをきくのか？いつものごとく、ぼくはすぐに立ち直るさ。どんなにキティが——いや、ローズが完璧な女性でもね」それは事実だ。オリヴァーの隣にはつねに美しい女性がいる。問題は、長続きしないことだ。熱しやすく冷めやすい性質のせいで、すばらしい夜を過ごしても、翌朝にはもう相手への興味を失ってしまう。オリヴァーのこの悪癖に、カーヴァーはすっかり慣れきっていた。

「オリー、きみが付き合う相手は完璧な女性ばかりだが、どうやったらあんなに短期間で次々にそういう女性とめぐり会えるんだい？」オリヴァーはいわゆる放蕩者ではないが、それに極めて近い遊び人だ。

「たまたまさ」オリヴァーがわざとらしくまじめくさった顔で言う。「だが、彼女たちもすぐにぼろが出る。正真正銘、完全無欠の女性に出会えたら、ぼくも身を固める決心がつくかもしれないな」

カーヴァーは最近オリヴァーと恋愛関係になった女性たちを思い返した。「ハイド・パークを一緒に散歩していた女性のどこが気に入らなかったんだ？　たしか、一週間のうちほとんど毎朝、彼女と過ごしていただろう」

「笑い声だな。あれほど鼻にかかった笑い声は聞いたことがない」オリヴァーが女性と別れる理由は、必ずと言っていいほどくだらないものばかりだ。

「じゃあ、このうえなく美しいと評判だった女性は？」

「このうえなく退屈だった」

「ミス・オークは？」

「彼女はネズミだった」オリヴァーがすかさず返す。まるで〝ネズミ〟（おどおどした、内気、冴えないなどの意味で用いられる比喩表現）がどういう意味なのか、カーヴァーも当然知っているはずだと言わんばかりの口ぶりだ。

オリヴァーにも運命の女性と出会える日は来るのだろうか？　彼が付き合う女性は必ずどこか悲劇的な欠点があるらしい。ふだんのオリヴァーは決して口やかましい男ではない。実際、おおらかで人当たりのいい男だ。だが女性のこととなると、とたんに厳しくなり、なんだか自分の作りあげた完璧な女性像と現実の女性たちを比べているように思えてならなかった。ひょっとして、オリヴァーの理想の女性はすでに存在しているのだろうか？仮にそうだとしても、いまのところ彼からは何も聞いていない。

「ところで、リジーはもう起きているかな？　彼女が今夜の舞踏会の準備を手伝う前に、一緒に乗馬をしたいと思っているんだ」カーヴァーは目を細めてオリヴァーを見た。この一連の会話の直後に、エリザベスの名前を口にするなんてどこか妙だ。

「何か変なことを言ったか？」オリヴァーが尋ねる。

「別に。ただ……」カーヴァーは椅子から体を起こして、オリヴァーのほうに身を乗りだした。ふいに自分の中にわいた疑問の答えを探しだそうとして、オリヴァーの目をじっくり見つめる。だが、何もわからなかった。ただ無表情な目がこちらを見返してくるだけだ。カーヴァーはふたたび椅子の背に体を預けて座った。「いや、いい」ばかばかしい。ローズがエリザベスとオリヴァーの関係をどう勘ぐろうと、ふたりは子どもの頃から仲のいい単なる友人だ。心配するようなことは何もない。

オリヴァーはふっと笑い、椅子から立ちあがった。「そうか。では、ぼくはリジーを探しに行くよ」

「妹の部屋には入るなよ」思わず口から滑りでた言葉に、オリヴァーは目を丸くしたが、カーヴァー自身もはっとした。

どうやら、少しばかりふたりのことを不安に思っているらしい。

カーヴァーに向かって、オリヴァーは頭がどうかしたのかとでも言いたげに目をしばたたいた。「まさか……入るわけがないだろう。ケニー、いったいどうしたんだ？　変なやつだな」

カーヴァーは頭を振った。「なんでもない。ローズの返事待ちで神経がぴりぴりしているだけだ」いったん口をつぐみ、また両手で顔をこする。「待っている時間というのはまさに拷問だな。実は、とてつもなくいやな予感がするんだ。ぼくに返事を伝えないまま、ローズが舞踏会の最中に姿を消すような気がしてならない。ローズは愛されるにふさわしい女性だ。ぼくはただ、そういう彼女を愛するチャンスが欲しい」

眠れない原因のひとつは、この悪い予感のせいだ。これを無理やり頭から追い払わないと気がおかしくなりそうになる。昨夜は一時間ごとにローズの部屋の扉の前に立ち、室内から物音が聞こえてきて彼女がいるとわかるまで、聞き耳を立てていた。それでも安心できなかった。

一度だけだが、扉を開けて彼女がちゃんとベッドで寝ているかどうか確認したりもした。これはごく普通の行為だ。そうに決まっている。だが、ローズの部屋をのぞき見しているところを誰かに見られるくらいなら、死んだほうがましだ。そう思うということは、おそらくこの行為は普通ではないのだろう。

ローズへの愛が深まれば深まるほど、彼女を失うのではないかとますます不安になった。クレアに対しても、まさにいまと同じ感情にとらわれていた。だが、二度と悲しい結末を迎えたくはない。もう二度と愛する女性を失ってなるものか。

オリヴァーがカーヴァーの肩をつかみ、その手に力をこめた。「きみは大丈夫だ。ローズからどんな答えが返ってこようとね」まったくオリヴァーときたら、もう少し気持ちを前向きにさせてくれる言葉をかけてくれればいいのに、これではなんの慰めにもならない。

31

ローズは姿見の前に立って、シャンパンゴールドのシルクのドレスに手を滑らせた。高級な生地特有のなめらかな感触が指先に伝わってくる。今日の昼過ぎに、エリザベス付きのメイドが今夜の舞踏会で着られるようにと小柄な彼女の体型に合わせて直したドレスを部屋まで届けてくれたのだ。寛大な心遣いにはとても感謝している。とはいえ、エリザベスが自分の衣装部屋からドレスが一着なくなっていると気づいたときのことを考えると、胸がちくりと痛んだ。こんな信じられないくらい美しいドレスをまとうのも、巻き毛や編みこみやヘアピンを駆使した凝った髪型にするのも生まれて初めてで、姿見に映る自分がまるで見知らぬ他人のように見えた。

ローズはまたドレスに手をやった。しわひとつないのに、もうすでに一〇〇回は手触りのいい生地を撫でている。鏡の向こうからこちらを見つめている女性は、本当に自分なのだろうか。慢性的な睡眠不足が原因の目の下のくまはすっかり消えている。頬には赤みが差し、尖った頬骨もそれほど目立たない。この一週間は食事を抜かなければいけない日が一度もなかったことが、外見にはっきりと現れていた。

ローズはエリザベスが貸してくれた長手袋を片方だけ脱ぐと、手のひらに残る紫色のよじれた傷跡を見つめた。これはいまもあの頃と変わらず、自分は浮浪児のままである証だ。心の傷は癒えても、体の傷は一生消えない。でも、それでいいと思っていた。自分の人生にはこの先も必要なものだから。

この体のあちこちに残る傷跡のおかげで、ローズは強くなれるし、行き場を失った子どもたちの面倒を見たり、くじけそうになってもあきらめずに前に進んだりできる。体に残る傷跡は決して忘れてはいけないことを彼女に思いださせ、こうして見つめていると一種の安心感を与えてくれる。ローズはふたたび長手袋をはめて笑みを浮かべた。これで多少は見栄えがよくなった。いいえ、多少どころかかなりいい。

ふいに扉のほうからかすかな物音が聞こえてきた。続いて、扉の隙間から金色の巻き毛が見え、エリザベスが室内をのぞきこんだ。「入ってもいい?」

「もちろんよ。どうぞ入って」ローズはにこりと笑って返した。

白いサテンを重ね合わせたクリーム色のドレスを身にまとったエリザベスは、まばゆいばかりに輝いていた。エリザベスがローズのそばへ来て、彼女のドレスの袖に触れた。「お兄さまの言うとおりだったわ。本当に金色はあなたの瞳の色を引き立てるわね」

カーヴァーがそんな話をしていたのかと思うと、ローズの首元がかっと熱くなった。彼女は思いがけないほてりを無視して口を開いた。「エリザベス、ありがとう。こんなにすてきなドレスを譲ってくれるなんて、あなたには感謝してもしきれないわ」

エリザベスは気にしないでというように手を振り、ローズの隣に来た。「やっぱりわたしよりもあなたのほうがずっとよく似合うわ」

ふいにいやな予感に襲われ、ローズは眉をひそめた。「もしかして、これは新しく仕立てたドレスなの？」てっきり、エリザベスはもう着なくなったドレスなのだと思っていた。もし新品だと知っていたら彼女の厚意に甘えたりしなかった。

エリザベスが手を伸ばし、ローズの髪に飾られたヘアピンを留め直していく。姉妹愛とはこういうことを言うのだろうか。ローズの胸に不思議な感覚がこみあげてきた。「このドレスは今年、ロンドン社交界にデビューするときに着る予定だったの。でも、あなたのほうがずっとよく似合っているわ」言葉を返そうとするローズを制して、エリザベスが続ける。「わたしには金色はまったく似合わなくて。欠点ばかりが目立ってしまうの。だからわたしの手元から離れてくれて、かえってすっきりしたわ。わたしのほうこそ、あなたに感謝しなくちゃ」エリザベスはいたずらっぽく微笑んだ。

そう言われても、やはり返したほうがいいだろう。でも正直なところ、このドレスをとても気に入っていた。それに、間もなく舞踏会が始まるから着替える時間はない。にわかに緊張感とともに期待感も高まってきて、ローズの胃がひっくり返りそうになる。もう少ししたら、初めて正式な出席者として舞踏室の扉の向こうへ足を踏み入れるのだ。今夜はカーヴァーの求婚を受けると決めた生涯忘れられない夜になるだろう。

昨夜、ローズはベッドの上で何度も寝返りを打ちながら、自問自答を繰り返した。そうしているうちに、この一週間、心を開いてほしいとカーヴァーに求めるばかりだった自分の身勝手さに気づいた。正直言って、いまだに信じられない。自分の過去を打ち明けてもなお、カーヴァーに愛していると言われただけでなく、知り合ってたった一週間で求婚されるなんて、まるで夢みたいな話だ。まさか、こんな前代未聞の珍事が自分の身にいっぺんに起こるとは思いもしなかった。

いまはもう彼との結婚に迷いはない。ようやく決心がついたことで、気持ちも軽くなった。なんだか空も飛べそうな気分だ。カーヴァーに愛されている。自分も彼を愛している。とりあえずはこの事実だけで充分だった。互いのまだ知らない部分は、これから少しずつ知っていけばいい。

ああ、今夜は最悪だ。ローズは心の中でため息をついた。何もかも思い描いていたものとは違った。舞踏会の前に開かれた晩餐会は、カーヴァーの家族だけのくつろいだ雰囲気の楽しい食事とは、まるで正反対だった。テーブルは公爵の友人とその妻といった上流階級の人々で占められていた。その光景は、貴族院で話し合いをしている議員たちの姿を連想させた。そのうえ、同じテーブルについた人たちの中で名前に称号がついていないのは、オリヴァーとローズのふたりだけのようだった。

それでもカーヴァーが隣に座っていれば、こういう場違いな席にいることも気にならなかっただろう。だが公爵夫人がきちんと慣習にならって席順を決めたため、ローズは末席に近い席に座ることになった。愛する男性から七人ほど隔てた席に。ローズの右隣には、年配だがまだ髪がふさふさした教区牧師が座った。食事のあいだじゅう、ずっとこの牧師に話しかけられ、一瞬たりともカーヴァーのほうへ目を向けることができなかった。でも、たとえひと目でもいいからカーヴァーの顔を見たいと願ったところで、左隣に座る男爵の巨体が邪魔して、きっとちらりとも見えなかっただろう。

晩餐会のあと、状況はさらに悪くなった。席から立つなり、巨漢の男爵に腕をわしづかみにされ、ぜひ舞踏室までエスコートさせてほしいと申しこまれたのだ。そのときカーヴァーは、彼に夢中になっている腹立たしいほど美しいレディ・ソフィアをエスコートして大食堂から出ていこうとしていた――ついでにもうひとつ腹立たしいことに、レディ・ソフィアは舞踏室でもカーヴァーに向かってひと晩じゅうまつげをぱたぱたさせていた。ローズは舞踏室を見渡した。ここにいるほぼ全員と自己紹介し合った。自分にとっては、どうでもいい人たちばかりだ。いま、この目で見たい人はただひとりだけ。その男性とふたりきりの時間を過ごしたかった。

室内は粋な紳士と美しく着飾った淑女であふれていたが、カーヴァーの姿はどこにもなかった。少し前までは、人々の頭越しにどうにか見えていたのに。いったいどこへ行ったのだろう？　カーヴァーはずっとローズのほうへ来ようとしていた。一度ふたりの目が合ったときには、彼はすまなそうな笑みを浮かべて〝向こうで会おう〟と口だけ動かして伝え、その方向を指差した。ところが、途中で彼は髪に大量の羽根をひらひらつけた女性につかまってしまい、結局ふたりは会うことができなかった。

だが、カーヴァーの姿が見えないときでも、彼の温かい視線を感じていた。彼が隣にいなくても、その視線だけで気持ちが落ち着くし安心した。それなのに、カーヴァーを完全に見失ってしまったいまは、大勢の人がひしめき合う舞踏室の壁際に立っているのではなく、大海原にたったひとりで放りだされたみたいで心細い。

ふいにローズは、どちらにも完全には属していない、ふたつの世界の狭間（はざま）に閉じこめられてしまったような感覚に襲われた。詐欺や掏摸とはきっぱり縁を切ると決めたものの、その気になりさえすれば、また簡単にその世界に戻ることができるだろう。自分の腕には絶対的な自信がある。たとえば、目の前に立っているほろ酔い加減の女性の手首にはめられたダイヤモンドのブレスレットなら、誰にも気づかれることなく、三秒もかからずに手に入れることができる。さらに、部屋の隅で浮かれているあの放蕩者の首に巻かれたクラヴァットに留められたエメラルドのピンを盗むのも朝飯前だ。でも、しない。そんなことはもうしたくない。

けれどこの部屋では、過去の自分だけでなく新しい自分も、まるで借りてきた猫だ。自分がどうふるまうべきなのかわからない。本当の自分を見せられるのは、いまはどこにも姿が見えない男性の前でだけだ。舞踏室で、彼から離れている時間が長くなればなるほど、これまでの生活は捨てるという決意に迷いが生まれてくる。その迷いがだんだん大きくふくらんでいき、このままでは神経がまいってしまいそうだ。カーヴァーと話ができたらいいのに。せめて声だけでも聞けたら、気持ちが安らぐのに。

ローズはふたたび室内に視線を走らせた。あの澄んだグレイの目で見つめ返してほしい。ところがその願いも空しく、あろうことか、口元に不遜な笑みを浮かべ、こちらをにらみつけているミス・ガードナーと目が合ってしまった。彼女の目に宿る妙に得意げな表情に気づいたとたん、思わずローズはうつむき、手に持っているレモネードのグラスを見おろした。ひょっとしたら、彼女はこのグラスの中に唾でも吐いたかもしれない。そんな不安が頭をよぎり、ローズはグラスを置いて新鮮な空気を吸いに行くことにした。

公爵夫人が女性たちのために用意した休憩室へ向かう。だが、その前を通り過ぎて廊下へ出た。暗くて人気もないけれど、かまわない。ローズは壁に背中を預け、頬に両手を押し当ててほてりを冷まそうとした。舞踏室から漏れた明かりや音楽が廊下までかすかに流れてくる。今夜は失望だらけの夜になってしまった。そう思ったとたん、目の奥から涙がこみあげてきた。

ローズはまぶたをきつく閉じた。塩辛い涙が頬を伝い、唇へと流れ落ちる。ばかみたい。カーヴァーと一緒に生きていくなんて、そもそも無理な話だったのだ。彼がいなければ、一時間も舞踏室にいられないというのに。

「舞踏会で泣くのは厳禁だぞ」カーヴァーの低く響く声が聞こえ、たちまちローズの胸に安堵が広がった。カーヴァーがここにいる。それだけで、迷いはすべて消え去った。

「カーヴァー」ローズは愛する男性の名前をつぶやいて目を開けた。

彼が近づいてきて、ローズの頬を濡らす涙を親指でぬぐった。男らしいさわやかな香りが彼女を包みこむ。「マイ・ラヴ」カーヴァーは彼女の唇に顔を寄せてささやいた。ローズは彼の胸に両手を押し当て、手のひらに伝わってくる鼓動の一拍一拍をじっくり噛みしめた。

「ずっときみのそばへ行こうとしていたんだ」カーヴァーはローズの腰に腕を回して彼女を抱き寄せた。いつまでもこうして抱きしめていてほしいと、ローズは心の中で願った。

彼女は笑みを浮かべ、カーヴァーのにおいを吸いこんだ。「あなたは来てくれたわ」

カーヴァーが身につけている濃紺の上着についた金色のボタンをもてあそび、やがてローズは顔をあげて彼の熱のこもった視線をまっすぐ見つめ返した。カーヴァーがふたたび顔を寄せてくると、ローズの心臓が早鐘を打ちだした。ついにふたりの唇が重なり合い、あまりにやさしい口づけのせいで彼女の膝から力が抜けていった。すべてがおさまるべき場所におさまった気がする。完全に、ぴったりと。ローズは両腕を伸ばしてカーヴァーの首に巻きつけた。彼の唇の感触を記憶にとどめておきたい。このままずっとキスしていたい。ところが、甘い口づけにうっとりとしていたローズの耳に、突然男性の咳払いが聞こえてきた。

カーヴァーが唇を離して、暗い廊下に目を凝らした。「ロバート」いきなり横やりが入り、彼の声には動揺の色がはっきりと表れている。とはいえ、動揺しているのはローズも同じだった。舞踏室から漏れてくる明かりが、おもしろがっている様子のハットトレイ伯爵の顔を照らしだしている。「カーヴァー、きみがこの子と結婚することが決まっていてよかったよ。さもなければ、そんなふうにキスをしている場面を目撃したからには、きみをとっちめなければならないからね」

「舞踏室に戻ったらどうですか、ロバート」

「きみこそ戻れ、若造くん」明らかにハットトレイ伯爵は既婚者という立場を盾に、カーヴァーをからかって楽しんでいる。廊下が暗くてよかったと、ローズはつくづく思った。おかげでハットトレイ伯爵に上気した頬を見られずにすんだ。「公爵夫人がきみを探している。ぼくとしては、いまがきみを母上に引き渡す絶好のタイミングだと思うんだが」

「えらそうによく言いますね、ロバート。あなただって婚約期間中にぼくの姉にキスを迫っていたでしょう。忘れたとは言わせませんよ。しっかりとこの目で何度も見ているんですから」たくましい体にぴったり合った濃紺色の上着と茶灰色のズボンに身を包んだカーヴァーの姿は、いかにも堂々としている。だがその口調は、ばつの悪そうな少年みたいだった。

ハットレイ伯爵がにやりとする。「カーヴァー、きみに一分やる。一分経っても戻らなかったら、また探しに来るからな」彼は舞踏室に向かって歩きながら、背後に声をかけた。

「もう三〇秒経ったぞ」

ローズは唇をきゅっと結んだ。残り三〇秒では時間が足りない――でも、いま言おう。自分の気持ちをカーヴァーに伝えよう。

しかしローズがそう決心した次の瞬間、彼がふたたび唇を合わせてきた。情熱的なキスを受け、たちまちローズの思考は停止した。やがてカーヴァーはうめき声をあげてキスをやめ、一歩後ろにさがった。「もう戻らないといけない。そうしないと、あのロバートのことだから、必ずまた様子を見に来るはずだ。今度は父も連れてね」彼が口の端をあげてにやりとする。

「さあ、行って」ローズもにやりと笑い返して言った。舞踏室でまた彼を見失っても、もう不安になることはない。これからは何もかもうまくいくだろう。きっと大丈夫。

カーヴァーは名残惜しそうに、ローズの頰に親指を滑らせた。「涙は止まったね?」

ローズは顔を寄せて、彼の手首に口づけた。「ええ、止まったわ」

カーヴァーははっとするほどすてきな笑みを見せたが、その目にかすかに影がよぎった。

「あとでまた会おう」そう言い残し、彼は歩み去っていった。

ローズは壁に頭をもたせかけ、呼吸を整えた。ほどなくして、激しく打っていた鼓動も落ち着きを取り戻した。彼女はドレスの前のしわを手で伸ばすと、笑みを浮かべて、舞踏室に向かって歩きだした。人生が大きく変わろうとしている。でも、気持ちは前向きだった。隣にはカーヴァーがいてくれる。まったく新しい世界に飛びこんで、何もわからない彼女を、カーヴァーなら根気強く支えてくれるはずだ。過去の彼女と未来の彼女との中間で妥協点を探りながら、やがてふたりは自分たちらしい生き方を見つけるだろう。

舞踏室に足を踏み入れようとした瞬間、見覚えのある顔がローズの目に飛びこんできた。はっと息をのんだ彼女の体が凍りつく。長身で童顔の若い男が、ミス・ガードナーと何やらひそひそと話していた。あの顔はロンドンの通りで何度も見かけたことがある。ボウ・ストリートの捕り手だ。

ローズは激しく動転し、あわてて廊下の暗がりへ逃げこんだ。どうしてここにいることがわかったのだろう？　その答えは明らかだ。ミス・ガードナーが密告したに違いない。彼女は自分で言っていたとおり、ローズの正体を探りだしたのだろう。たった数日でどうやったのかはわからないけれど、とにかくミス・ガードナーは彼女が本当は何者なのか突き止めたのだ。だから、あのときあんなに意地の悪い笑みを向けてきたのだろう。きっと今夜、何か仕掛けてくるつもりに違いない。

ミス・ガードナーはいったい何をたくらんでいるのだろう？　舞踏室の真ん中で捕り手にローズをつかまえさせ、大勢の前で彼女は指名手配犯だと明かして、もうここにはいられないようにするつもり？　そんなことをして、カーヴァーから褒めたたえられるとでも思っているのだろうか？　ローズがいなくなれば彼が自分と結婚してくれるとでも？　まさか、そこまで愚かではないはずだ。おそらく、ミス・ガードナーはボウ・ストリートの捕り手をここに差し向けた張本人が自分だとは言わないだろう。むしろ、あとのことは捕り手にまかせる可能性のほうが高い。この三年間というもの、ずっとローズを追い続けてきたあの男に。

さあ、どうする？　ローズの耳の奥でどくどくと脈打つ音が鳴り響いている。彼女は落ち着こうと必死に呼吸を繰り返した。

舞踏室の中をこっそりとのぞいてみる。部屋の奥にいるカーヴァーの姿が目に留まった。彼はこちらに背を向けて、両親とその友人たちと話している。ローズの心は沈んだ。カーヴァーの注意を引くことはできそうにない。誰にも姿を見られずに、あそこまで行くのは絶対に無理だ。

ローズは室内を見渡した。カーヴァーの家族をひとりひとり見つめる。エリザベスは満面の笑みを浮かべ、オリヴァーとコティヨンを踊っている。ハットトレイ伯爵とレディ・ハットレイはほかの家族から少し離れたところに並んで立っている。ハットトレイ伯爵は笑みを浮かべて、ふくらんだおなかをそっと撫でている妻を愛おしそうに見つめ、彼女の手に唇を当てた。ケイトも笑いながら若い紳士と踊っている。どうやら初めての舞踏会を思いきり楽しんでいるようだ。みんなとても幸せそうな笑顔だった。

ローズの胸は悲しみに引き裂かれた。もう行かなくては。きっとカーヴァーはここにいろと言うだろう。家族全員できみを守るからと。この先どんな困難が待ち受けていようと、必ずみんなできみを助けると。カーヴァーの言うとおり、ダルトン家の人々は味方になってくれるだろう。だからこそ、ここを離れなければならない。

自分のような卑しい人間がいては、このすばらしい家族を破滅に導く——エリザベスとケイトが社交界にデビューして、ふさわしい結婚相手を見つける機会を奪ってしまう。身重のレディ・ハットトレイに精神的にも肉体的にも大きな負担をかけてしまう。公爵と公爵夫人の称号を汚し、そのせいでふたりはロンドンじゅうの笑いものになってしまうだろう。愛情深く思いやりのあるカーヴァーには、これからいくらでも幸せをつかむ機会が訪れる。わざわざこんな下劣な女と一緒になることはない。夢のような一週間はもう終わり。この場所を去るときが来たのだ。

ローズは最後にもう一度、カーヴァーを見つめた。目の奥から涙がこみあげてくる。彼があたりを見まわしている。あの鋭いグレイの目で彼女を探しているのだろう。ローズは一歩あとずさった。もう一歩。そしてまた、もう一歩。壁に背中がぶつかるまであとずさった。それからローズは口に指を押し当て、嗚咽を漏らしそうになるのをこらえながら、廊下を走りだした。

32

「閣下、あなたにお会いしたいという方が応接間でお待ちです」執事のヘンリーがにぎやかな舞踏室の隅へとカーヴァーをいざないながら言った。

「名前はきいたかい？」

「はい、閣下。ミスター・フェントンというお方です」

カーヴァーは眉をひそめた。フェントンという名前に聞き覚えはない。「本当にぼくに会いたいと言ったのか？　公爵ではなく？」

ヘンリーがうなずく。「はい、閣下。ミスター・フェントンはケンズワース卿に会いたいとはっきりおっしゃいました」妙なことだ。父の誕生日を祝う舞踏会の真っ最中に息子に会いたいとは、いったいどんな緊急の用件だろう？　それはそうと、ローズはどこにいるんだ？　廊下で別れてから、一度も彼女の姿を見ていない。

カーヴァーは人であふれた舞踏室の中を縫うようにして進み、扉へ向かった。そのあいだもずっと、廊下でローズと交わしたすばらしいキスを思い返していた。忘れられなかった。

あのときのキスも。あのときの彼女も。本当はキスをするつもりなどなかったのだ。だが、廊下でひとり泣いているローズの姿を目にしたとたん、そうするのが正しい行動に思えた。ひと晩じゅう、彼の息を奪い続けた美しい女性にキスをするのが。彼女と唇を重ねていると家に戻ってきたような気持ちになった。ローズを愛している。すぐにでも彼女と結婚したいくらいだ。

カーヴァーの前を歩くヘンリーが、家族が内謁に使う〈黄色の間〉の扉を開けた。「ケンズワース卿がお見えになりました」カーヴァーが室内に入ると、ヘンリーは扉を閉めて立ち去った。

そこで待っていたのは、全身濡れそぼった小柄な男だった。外套と帽子はヘンリーが預かったのだろう。だが、窮屈そうな茶色の上着も濡れているようだ。どうやらこの男はたったいま到着したばかりで、舞踏会の招待客ではないらしい。

「ああ、ケンズワース卿!」男が口を開いた。「あなたにおききしたいことがあります。あの子はどこですか？　わしをだまそうったって無駄ですよ。あなたがあの子をここに連れてきたことは知っているんです。さあ、白状してください。正直に教えてくれれば、あなたを痛めつけるようなことはしません」

カーヴァーは太った小柄な男の口から飛びだしてくるぶしつけな言葉をあっけにとられて聞いていた。この男は何者だ？　いったいぜんたいどんな権利があって痛めつけるなどと物騒なことが言えるのだろうか？

カーヴァーは片眉をつりあげ、平静を保ちつつ切り返した。「どうもぼくより優位な立場にいるかのような口ぶりだが、たしかあなたとは今日が初対面のはずだ」

男が丸い腹を揺らして笑う。「こいつはまた、えらくかしこまった言い方だ。どうです、閣下？　ここはひとつ、ざっくばらんにいきませんか？」男の口から出た次の言葉に、カーヴァーの落ち着きが吹き飛んだ。「わしはダフニー・ベロウズのおじです。それで、さっきも言いましたが、わしの姪はどこにいるんです？」

カーヴァーは凍りついた。ローズは天涯孤独の身だったのではないのか？　そんな疑問が浮かんだが、すぐにこの男がローズではなくダフニーのおじだと名乗ったことに気づいた。

なるほど、そういうことか。

カーヴァーは男に歩み寄った。小さな体に覆いかぶさるようにして立ち、声を落として言う。扉の向こうにいる使用人たちに話の内容を聞かれたくなかった。「それはつまり、あなたがフェリックスおじさんということかな？」

男がすっと目を細めた。その目のまわりに深いしわが寄る。いかにもいぶかしげな表情だ。

「どうしてあなたがその名を知ってるんです？」

カーヴァーは笑みを浮かべた。「ローズがあなたをそう呼んでいたからね」

男はしばらく目を丸くしていたが、いきなりスコットランド訛り丸出しで話しだした。

「ロージーが？　あの子が旦那に本名を名乗ったんですか？　それじゃ、もう旦那はあの子の正体もわかっているわけだ」

カーヴァーはうなずいた。「ローズはすべて話してくれた」彼女を愛おしく思う気持ちを隠そうともしなかった。「ローズを違う伯爵の屋敷に送りこんでしまったことに、いつ気づいたんだい？」

「その日のうちですよ。あの子が待ち合わせ場所に現れなかったんで、これは何か失敗したに違いないって思いましたね。だが、そのときわしはすでにロンドンにいなかった。それにしても旦那のところの、あの使用人にはほとほとまいりましたよ。旦那の行き先を何度きいても、頑として口を割ろうとしないんだから。それで、すったもんだの果てにようやく旦那とロージーの居場所がわかったのはいいが、ちょうどある話が耳に入ってきましてね」

「どんな話だ？」

「ロージーが旦那にすべて話したってことは、わしも旦那を信じていいんですかね？」

「ああ。それに、ぼくは……正直に打ち明けると、ローズを愛しているんだ」

フェリックスがしげしげとカーヴァーの顔を眺め、それから室内をぐるりと見まわした。

「だったら、旦那も知っておいたほうがいい。あの子がここにいるのは危険なんです」

思いがけない言葉に、カーヴァーの体がこわばる。「どういうことだ？　いったい何が起きたんだ？」彼の中からふつふつと保護本能がわきあがり、ローズを守りたいという思いが全身を貫いた。

「昨日、ボウ・ストリートの捕り手がロンドンを発ったんです。わしはぴんときました。やつが向かった先は、ここダルトン・パークだとね」

「なぜそう思う？」

得意げな表情を浮かべ、フェリックスが体を前後に揺らす。「この捕り手というのが、もう何年もロージーを追っかけまわしてるやつでね。あの子は何も知らんが、わしは仲間たちにその男を見張らせているんです。もしやつが何かおかしな動きをすれば、そいつらがわしに教えてくれることになってます」

「それで、その捕り手がローズを追ってここに来ると、あなたは考えているのか？」

「間違いない、やつは来る」フェリックスが返す。「あの子を疑いの目で見た者がいたんだ。どこの誰かは知らんが、そいつがロージーを追っかけてる男に知らせたに決まってますよ」フェリックスの目つきが険しくなる。「閣下、やつに見つかったら、確実にあの子は牢屋に入れられて縛り首になっちまう。ロージーは心のやさしいいい子なんです。そんな扱いはあんまりだ。かわいそうすぎますよ」

そんな事態には絶対にさせるものかと、カーヴァーは心の中で思った。万一ローズがその男に見つかった場合、自分に何かできることはないだろうか？　あるいは、父ならできることがあるかもしれない。

カーヴァーは踵を返し、扉に向かって歩きだした。「ローズを探しに行こう」廊下で別れたあと彼女の姿を見かけていないことも相まって、フェリックスの話を聞いたいま、カーヴァーは大きな不安に駆られていた。一刻も早く、ローズを見つけなければ。

「ヘンリー」廊下へ出るなり、彼は執事に声をかけた。「ロー――ミス・ベロウズを見かけたかい？」

ヘンリーのこわばった表情を見て、ますますカーヴァーの不安が高まった。「はい、閣下。直接わたしが見たわけではないのですが……あなたとミスター・フェントンがお話ししている最中に、従僕のダニエルがわたしのところへ来て、ミス・ベロウズを見たと言っていました。ミス・ベロウズはマントを着て、使用人用の玄関から外に出ていったそうです」執事が口をきつく引き結び、ひと呼吸置いてから先を続ける。「それから……旅行鞄も手にさげていたようです」

「ロージーは捕り手に気づいたんだな」フェリックスがつぶやく。

カーヴァーの胃がずしりと重くなった。ローズはどこかに姿を消したのか？　彼に何も言わずに去ってしまったのか？「ヘンリー、ミス・ベロウズはどのくらい前に出ていったんだ？」

「一時間ほど前です、閣下」

じめた。「ヘンリー、ぼくの馬に鞍をつけるよう、ジョンに伝えてくれ。いますぐここを出れば、彼女に追いつくだろう。徒歩ならそう遠くまでは行けないはずだ」

「閣下、お言葉ですが、馬は一頭だけじゃないですよね?」フェリックスの声が割りこむ。

「わしのロージーは徒歩で逃げたりなんかしません。近くに馬がいたら、そいつを使いますよ」

くそっ。そのとおりだ。

ローズなら間違いなく馬に乗って逃げるだろう。厩舎で彼女を見つけた夜も、まさに馬で逃亡しようとしていたのだ。胃がさらに重くなった。もし……考えが思い浮かぶより先に、カーヴァーは階段をおりはじめた。二段飛ばし、三段飛ばしで駆けおりる。使用人用の居間に向かって急いで歩を進めた。ブーツの底が石造りの床を叩く音があたりに響く。「一時間ほど前にミス・ベロウズが出かけて以降、彼女の姿を見かけた者はいるか?」カーヴァーはそこにいた使用人たちに大声できいた。

「見ていません、閣下」使用人たちの声が返ってくる。

最悪の状況だ。

カーヴァーは使用人用玄関の古い木の扉を開けた。さびた蝶番(ちょうつがい)が耳障りな音をたてる。外はみぞれまじりの雨が降っていた。口から吐いた息が、顔の前で雲のごとく白く浮かびあがる。おまけに、凍えそうなくらい寒い。こんな天気では外に出たくても出られないのではないか?　ひょっとしたら、ローズは寝室のベッドで毛布にくるまってぐっすり寝ているかもしれない。だが、心の底ではわかっていた。彼女の寝室をのぞいたら、室内は空っぽになっていることを。そして、決して逃れられない痛みに襲われることも。

背後から近づいてくる足音が聞こえた。フェリックスだった。彼も扉の向こうの景色を見て足を止める。「これじゃ誰も外に出たがらないでしょうな」フェリックスはカーヴァーが思っていることをそっくりそのまま口にした。「わしがここに着いたときもひどい雨だったが、まだみぞれは降ってなかった」

ヘンリーが息を切らしてこちらに駆け寄ってきた。カーヴァーの外套と帽子を腕に抱えている。「閣下！　これを着てください」

カーヴァーは外套と帽子を身につけ、みぞれまじりの冷たい雨の中を厩舎に向かって走りだした。戸を押し開け、急いで鞍をつけるよう声を張りあげて命じる。馬番の少年が走ってやってきた。「いますぐに、閣下！」

カーヴァーは行ったり来たりを繰り返し、準備が整うのを待った。ローズはどの方向へ行ったのだろう？　一番近い宿でも、ここからだと二〇キロは離れている。一時間ではそこまでたどり着けないだろう。夜だし、この天気ではなおさらだ。とにかくいまは最善を願うしかない。ローズは賢い女性だ。きっとどこか雨をしのげる場所を見つけて、天気が回復するのを待っているだろう。

「閣下！」少年が走って戻ってきた。「サンダーが馬房にいません！」

ローズのしわざだな。まったく、なんということだ。もう乗らないと約束したのに。カーヴァーの中で、怒りと恐怖と無力感がせめぎ合う。ローズはサンダーに乗って逃げたのだ。彼女が乗馬が得意なのは知っているが、サンダーは嵐が苦手でいつおびえてパニックを起こしてもおかしくない。そのとき、厩舎の外から蹄の音が聞こえてきた。耳慣れた鳴き声も聞こえる。

カーヴァーの胸に安堵が一気に広がった。ローズが戻ってきたのだ。カーヴァーは雨の中へ飛びだした。だが瞬時に、希望は無残にも砕け散った。厩舎の庭にいたのはサンダーだけだ。ぽつんと立っている愛馬の腹に鞍がずり落ちている。「嘘だ！」カーヴァーの叫び声が雨を切り裂いた。絶望感がじわじわと押し寄せてくる。カーヴァーは最も目にしたくない光景を必死に頭から締めだそうとした。

彼は急いで使用人用玄関に駆け戻り、廊下へ足を踏み入れた。ブーツは泥だらけで、床にくっきりと足形が残る。そこではフェリックスも外に出る準備をしていた。「馬が彼女を乗せずに戻ってきた」フェリックスの目に恐怖の色が浮かぶ。カーヴァーはまるで自分の目を見ているみたいだと思った。

「早くあの子を見つけないと」フェリックスは外套に腕を通し、帽子をかぶった。

カーヴァーは執事とそばにいる使用人たちのほうへ向き直った。「捜索隊を出したい」本心とは裏腹の落ち着いた態度を装い、口を開く。体が震えているのを誰にも気づかれたくなかった。「ミス・ベロウズは馬から投げ落とされたようだ。道のどこかで倒れている可能性が高い」恐怖におびえるあまり、何もできない無能な男ではなく、非常事態でもてきぱき指示を出せる男でありたい。カーヴァーは従僕を指差した。「そこのきみ。公爵とハットレイ卿とミスター・ターナーを呼んできてくれ。急いで三人を連れてきてほしいが、あわてたそぶりは見せず、あくまでも冷静でいること。それから、三人には詳しい話はいっさいしなくていい」従僕はうなずいて、階段を駆けのぼっていった。「きみたちふたりは——」続いて、心配そうな表情をしているメイドに話しかける。「ミス・ベロウズの部屋の暖炉に火をおこしておいてくれ。あと、彼女が戻ってきたときに備えて、毛布も用意してほしい。できるだけたくさん頼む」必ずローズは戻ってくる。それ以外の選択肢はない。

カーヴァーとフェリックスは捜索場所について話し合いはじめた。するとそこへ、父とロバートとオリヴァーの三人が階段を駆けおりてきた。

「どうした。何があったのだ?」父が心配そうな口調で言う。

とうとう父に真実を話すときが来た。完全に予定外だが、この道は避けられない。もうこれ以上、父の目をごまかすことはできない。思い出から逃げることも、同情が浮かぶ父の目を見るたびに感じる痛みに背を向けることも。

カーヴァーはできるかぎりすばやく簡潔に状況を説明した。すべて話し終えると、すぐに父は息子の前へと歩み寄り、肩に手を置いた。カーヴァーは数年ぶりに父の目をまっすぐに見つめた。父に微笑みかけられ、肩がすっと軽くなった。「息子よ、希望を失うな。みんなで必ずミス・ベロウズを見つけよう」カーヴァーはしばらく父の視線を受け止めていた。〝みんなで必ずミス・ベロウズを見つけよう〟自分はひとりではない。何があろうとも、もうひとりきりで立ち向かう必要はないのだ。

33

「ぼくは北のほうへ行く」激しい雨音にかき消されないように、カーヴァーは大声で叫んだ。北の方角に進めば大きな街道にぶつかる。ローズはそこを目指す気がした。

「ぼくたちは東と西に向かう！」オリヴァーが叫び返してきた。カーヴァーとロバートとオリヴァーがローズを探しに行くことになった。フェリックスには三人がローズを探しているあいだに、万が一彼女が戻ってきた場合に備え、使用人用の玄関で待機してもらう。父はボウ・ストリートの捕り手を見つけ、ローズが戻ってくる前に彼女の汚名をそそぐ手はずになっている。

男たち三人はうなずいた。早速カーヴァーはサンダーの脇腹を蹴り、土砂降りの雨の中、北に向かって愛馬を走らせた。

雨の壁にさえぎられ、視界はほぼゼロに等しい。だが、引き返すことはありえない。ローズを見つけるまで走り続ける覚悟はできていた。彼女を廊下にひとり残して立ち去るべきではなかったのだ。ふたりで一緒に舞踏室へ戻るべきだった。涙に濡れた彼女の顔がまぶたの裏に浮かんできた。ローズはなぜ泣いていたのだろう？　ボウ・ストリートの捕り手がダルトン・パークに向かっているという噂を耳にして、それで逃げようと決めたから？　どうして自分は、彼女に泣いている理由をきかなかったんだ？　もしローズの身に何かあったら、一生自分を許せないだろう。

サンダーの蹄が地面を蹴る音と、吹き荒れる嵐の音が同調している。やがて、行く手に森の輪郭がぼんやりと見えてきた。カーヴァーはローズの名前を叫んだ。しかしこの風雨では、叫び声が彼女に聞こえている可能性はほとんどないだろう。

街道につながる小道のほうへとサンダーの進路を変え、カーヴァーは声のかぎりにローズの名前を叫び続けた。一秒過ぎるごとに、彼女が直面している状況はどんどん厳しくなっていく。そう考えると、恐怖に襲われた。カーヴァーは必死に目を凝らし、あたりを見まわした。それでも愛する女性はどこにも見当たらず、焦りは募るばかりだった。

だが、ローズはこの森にいる。カーヴァーの直感がそう告げていた。彼女の命は危機に瀕（ひん）し、いまにも彼から離れていこうとしている。そんないやな予感が頭をよぎった。クレアを失ったときと同じように、ローズも失うのだ。

サンダーの足取りをゆるめさせ、カーヴァーは周囲を注意深く見まわしつつ、嵐にかき消されまいと大声でローズの名前をなおも叫び続けた。ふいに小さな木立が目に留まった。横殴りの激しい雨から視界を守ってくれる帽子が飛ばされないよう手で押さえ、目を細めてそちらをじっと見つめる。そうすればもっとよく見える気がした。カーヴァーの視線が木の下に横たわっている黒い影をとらえた。さらに目を細める。

ローズ！

カーヴァーはサンダーの脇腹をひと蹴りして、馬を木立へ向かわせた。サンダーが完全に足を止めるよりも先に、鞍から飛びおり、ローズのかたわらに膝をついた。彼女は木の下で仰向けに倒れていて、体はぴくりとも動かなかった。

「ローズ！　ローズ！」カーヴァーは彼女の顔から濡れた髪を払いのけた。それでもぐったりと横たわったままだ。マントもドレスもびしょ濡れで、肌は氷みたいに冷たい。カーヴァーはローズの口元に耳を寄せた。だが、息をしているのかどうかわからなかった。激しく降りしきる雨音のせいかもしれないと思い、今度は首筋に指を当ててみた。頼む、どうか生きていてくれ。

どくん、どくん、どくん、どくん。

指先に感じる脈は遅く、弱々しいものの、ローズはたしかに生きている。カーヴァーは外套を脱ぎ、ローズの体をくるんで胸にしっかりと抱き寄せた。肌は冷たいのに、体は震えていない。これは悪い兆候だ。

「ローズ、ダーリン。目を覚ませ！　返事をしろ！」カーヴァーは声をかけながら、ローズの体を少しでも温めようと強く抱きしめた。彼女は何も応えず、身じろぎひとつしなかった。一刻も早く寒くない場所へローズを連れていかなければ。

こちらに近づいてくる蹄の音が聞こえてきた。ロバートだった。義兄は馬から飛びおり、ふたりのそばまでやってきた。カーヴァーはローズを抱きあげ、サンダーに向かって歩きだした。「生きてはいるが、意識がない。彼女を馬に乗せたいから手を貸してください」

カーヴァーはローズをロバートの腕に預けると、まず自分が先にサンダーの背にまたがり、それから彼女を乗せた。馬にふたり乗りする場合、相手の体に片腕を回してもう片方の手で手綱を操ることになるので、ただでさえ難しい。だが、今回はその比ではない。意識のないローズを抱き、容赦なく降るこの雨の中を進むのはまず不可能に思えた。とはいえ、なんとかするしかない。これがローズを救う唯一の方法だ。

サンダーが首を大きく振り、いやがるそぶりを見せた。だが、カーヴァーは胸に抱くローズに意識を集中するためにも、鞍がずれないようにするためにも、愛馬をゆっくりと進ませた。

「もう大丈夫だ、ローズ。屋敷に戻ろう。すぐにまた元気になるよ」カーヴァーはローズだけでなく自分にも言い聞かせるように大声で言った。彼女に聞こえているかどうかわからない。彼自身、自分の言葉を本気で信じているのかどうかもわからなかった。

永遠にも思える時間が過ぎ、ようやくダルトン・パークに到着した。屋敷の前の芝生で、カーヴァーは馬丁のひとりにサンダーの手綱を渡し、もうひとりの馬丁の腕にローズを渡した。次に愛馬の背からおりると、ふたたびローズを腕に抱きあげた。

彼女の体をきつく抱きしめ、カーヴァーは屋敷の正面玄関に続く階段をのぼった。ヘンリーが扉を押さえて立っていた。「医者を呼んでくれ」執事にそう伝え、彼は玄関広間に足を踏み入れた。

そこでは、母と姉と妹たちが待っていた。彼女たちはカーヴァーのそばに近づいてきた。ありがたいことに、舞踏会の招待客たちはこの騒動に気づいていないらしく、玄関広間に野次馬(やじうま)の姿はなかった。舞踏室から楽団の奏でる音楽が聞こえてくる。カーヴァーはローズを見おろした。これほど陽気な曲は、腕の中でぐったりしている彼女の姿にはあまりに不釣り合いに思えた。

蠟燭の明かりのもとで改めて見ると、ローズの肌はすっかり血の気が引いて青白く、長いまつげについた雨粒がクリスタルのように輝いている。ローズを探していた時間は三〇分ほどだが、それでもカーヴァーの体は芯まで冷えきっていた。彼女はそれよりはるかに長く外に出ていたせいで、まさにいま凍死しそうになっている。

「カーヴァー、何をぼんやりしているの。早くミス・ベロウズを部屋に連れていきなさい」

母の声でカーヴァーは物思いから覚めた。顔面蒼白でまったく動かないローズの様子に驚いているのだろう。母は目を大きく開き、心配そうな表情を浮かべている。以前にも一度だけ、母のこういう姿を見たことがある。いまの表情は、あのときとあまりによく似ていた。

カーヴァーは数段ずつ飛ばして一気に階段を駆けのぼっていった。ローズの寝室の前まで来たところで、ふと考えた。暖炉に火をおこすようメイドに指示したが、体温が低いときは体をゆっくり温めたほうがいいのではないだろうか。まったく役立たずな男だ。こういうときの適切な処置は、やはり医者にまかせよう。素人判断はすべきではない。そう思い直したのもつかの間、カーヴァーは自分の直感を信じて、メイドに窓を開けさせてから室内に入った。

ローズをそっとベッドに寝かせ、脈を測ってみた。前よりも遅くなっていた。まだ目は閉じたままで、濡れて絡まった髪が顔や腕にかかっている。

カーヴァーはローズのマントのボタンを外しはじめた。早く濡れた服を脱がせてやりたい。ただその一心だった。

「カーヴァー、部屋から出ていきなさい!」室内に駆けこんできた母が声をあげた。

その声を無視して、彼は震える指でマントのボタンを外し続けた。

メアリーが弟の隣に来て、手首をつかんだ。カーヴァーは姉をにらみつけた。彼女の手を払いのけようとしたとき、姉が口を開いてやさしく諭すように話しだした。「カーヴァー、これはあなたの役目ではないわ。わたしたちにまかせてちょうだい」姉のその言葉を聞いて、彼は正気を取り戻した。そうだ、自分はローズの夫ではない。下心などいっさいない純粋な気持ちからだとしても、彼女の服を脱がせるのは自分の役目ではないのだ。母も姉妹たちもここにいる。ローズの世話は女性陣にまかせるべきだ。「あなたも服を着替えなさい。彼女の手当てが終わったら、あなたを呼びに行くから、それまで少し休むといいわ」

ローズのそばから離れたくない。しかし、姉の言い分は正しい。どちらにしろ、いまのありさまでは、自分はなんの役にも立たないだろう。奥歯をきつく嚙みしめ、カーヴァーはびしょ濡れの頭を縦に振ると、部屋から出ていった。生死の縁をさまよう、愛する女性を残して。三年前のあのときと同じように。

34

「少し落ち着いたらどうだ。そんなふうに歩きまわっていたら、そのうち床に穴が開いてしまうぞ」ロバートが言う。カーヴァーは聞こえないふりをして、ローズの寝室の外の廊下を行ったり来たりし続けた。

「あのいまいましい医者が部屋に入ってから、もう三〇分も経つぞ。いったい何をやっているんだ？」カーヴァーはぶつぶつとひとり言をつぶやいた。医者は彼がローズの部屋をあとにして、濡れた服を着替えている最中に到着した。その瞬間は、ダルトン・パークの近くに医者が住んでいることに生まれて初めて感謝したが、いまはこの男を憎んでいる。ローズの寝室に閉じこもったまま、外で待つ人間に彼女の状態を何も伝えに来ないなんてありえない。

「そのいまいましい医者は、ローズの命を救おうとしているんだよ」ロバートがすげなく言った。

もちろん、そう信じたい。だが、濡れて冷たい肌をした意識のないローズがベッドに横たわっている姿を最後に見たきり、何も教えてもらっていないのだ。やはり部屋から出ていけと言われても、頑としてとどまるべきだった。

「もう我慢できない。ぼくは部屋に入る」カーヴァーは扉に近づいた。

すかさずロバートが扉の前に立ちふさがる。「だめだ。治療中は何も身につけていないかもしれないだろう」

「はっきり言って、こんな扉のひとつやふたつ、ぼくには簡単に叩き壊せるんだ。さあ、ロバート、早くどいてください」

ロバートは動かなかった。「カーヴァー、少し頭を冷やせ」そう言って、義弟の肩に手を置いた。「よく考えてみろ。ローズが意識を回復したとき、自分の気を失った姿をずっときみに見られていたことを知ったら、彼女はどう感じると思う?」

言い返してやりたいのをぐっとこらえ、カーヴァーは息を吐きだした。「わかりましたよ」当然、ローズはいい気持ちはしないだろう。

「それならいい」ロバートは笑顔で言った。その表情を見ても、カーヴァーは腹立たしい気分にはならなかった。すっかり悦に入っているというより、きみの気持ちはよくわかると言いたげな笑みだったからだ。

カーヴァーは扉の横の壁に背を預けて座りこんだ。そして、首を横に振る。「だがローズの無事を知るまでは、てこでもここを動かないぞ」

時間がのろのろと過ぎていった。ローズの部屋に入る者も、彼女の部屋から出てくる者もいない。はたしてこれはいい兆候なのか、それとも悪い兆候なのか？　エリザベスとオリヴァーがローズの様子を見に来て、ついでに最後まで残っていた招待客も全員帰ったことを教えてくれた。招待客には公爵から、心配にはおよばないものの、家族の中に急に具合が悪くなった者がいるので舞踏会は早めに終了すると伝えたらしい。招待客たちのほとんどが今夜はダルトン・パークの客室棟に滞在するが、近隣に住む人たちは雨風が弱まるなり家路についたそうだ。

このときにはもう、家族全員がローズの正体を知っていた。誰も怒っている様子はなく、カーヴァーを質問攻めにする者もひとりもいなかった。誰もがただひたすらローズの回復を願っていた。彼らもすでに、ローズのことが好きになっていたのだ。

しばらくカーヴァーと一緒にいたエリザベスとオリヴァーも、舞踏会の後片づけをしている使用人たちを手伝いに階下へおりていった。いまローズの部屋の前には、ふたりに代わってフェリックスが立っている。彼は、カーヴァー同様に、ひどくうろたえているように見えた。誰も口を開かなかった。沈黙が広がる。押しつぶされそうなほど重く息苦しい沈黙が。カーヴァーも押し黙ったままだったが、頭の中では数々の言葉が激しく飛び交っていた。

ローズは目を覚ましただろうか？　凍傷になっていないだろうか？　手の指も足の指も

無事だろうか？　必要なときに彼女のそばにいてやれなかった自分をローズは許してくれるだろうか？

　突然、ローズの部屋の扉が開き、医者がメアリーを従えて廊下に出てきた。医者はカーヴァーにうなずきかけただけで、まっすぐ階段に向かって歩いていく。カーヴァーはその後ろ姿を呆然と眺めた。せめて、ローズがいまも生きているかどうかくらい話してくれてもいいのでは？

　カーヴァーがひと言言ってやろうとしたそのとき、医者が急に立ち止まり、彼のほうを振り向いた。しかし医者が口を開くよりも早く、メアリーが話しだした。「ドクター・バートンはもうひとりの急病の患者さんのところへ行かなければならないの。詳しい説明はわたしからするわ」姉がおだやかな口調で続ける。「でも、その前に——ロバート、お茶を用意するよう使用人に伝えてくれないかしら。ローズが目を覚ます前に、ひと息入れたいの」

「彼女はまだ目を覚ましていないのか？」そう声をあげたカーヴァーの前を通り過ぎ、ロバートが階段に向かう。

　なぜだ？　なぜ目を覚まさない？　いくつもの質問が答えを探してカーヴァーの頭の中を駆けめぐる。激しく動揺する弟とは打って変わり、姉は憎らしいほど落ち着いている。

「ええ、まだ眠っているわ。でも、ドクター・バートンによれば間もなく目を覚ますはずだそうよ」

「あの医者はほかになんと言っていた？　ローズは怪我をしているのか？」姉の体を揺さぶったら、もっとてきぱき質問に答えてくれるのだろうか？

メアリーは廊下の窓の下にあるベンチを指差した。「あそこに座りましょうか？」姉がおなかに手を置く。「座ってから話をするわ」

「わかった」ベンチのほうへ歩いていくメアリーのゆっくりした足取りに、後ろからついていくカーヴァーははやる気持ちを抑えきれず、思わず悪態をつきたくなった。

ベンチに並んで腰をおろすと、メアリーはカーヴァーに向き直った。姉が投げかけてくるまなざしからは、何を言おうとしているのかは読み取れない。「ローズが目を覚ますまでは、実際に何が起きたのか、正確なことはわからない。ただ彼女は足首をねんざしていて、肋骨も数本折れているわ。おそらく馬から投げ落とされたのだろうというのが、ドクター・バートンの見立てよ」メアリーはゆっくりと話しはじめた。まるで英語が母国語ではない相手に向かって話しているみたいな口調だ。「これなら彼女が地面に倒れていた説明がつくわ。ドクター・バートンはこうも言っていた。馬から落ちたとき、彼女は体じゅうが痛くて身動きが取れなくなったのではないかって。そのうえ、あいにく今夜はひどい雨も降っていたでしょう。雨と凍てつく寒さのせいで急激に体温を奪われて、その結果、低体温症にかかってしまったんだろうと」

「ぼくだって低体温症がどういうものかくらいは知っている。だとしたら、なぜ意識を失ったんだ?」カーヴァーはじっと座っていられなくなった。また歩きだしたい衝動に駆られたが、ぐっとこらえる。

「低体温症になると、意識の低下や手足の指の動きが鈍くなるといった症状が現れるらしいわ」メアリーはいったん言葉を切った。そして、無言のメッセージを伝えるかのようにカーヴァーの目を見つめる。「あなたは間一髪のところで彼女を発見したのよ」いや、それは控えめな表現だ。発見したときには、すでにローズは死にかけていた。

怒りがふつふつと腹の底からわきあがってきた。自分はローズのヒーローではない。ヒーローならすぐに彼女の異変に気づいたはずだ。ヒーローなら彼女に泣いている理由をきいたはずだ。無神経に唇を奪ったりせずに。

カーヴァーの心の中を読んだのだろう、メアリーが彼の手を握りしめた。「あなたのせいじゃないわ。カーヴァー、自分を責める必要は少しもないのよ」

こぶしを握りしめ、カーヴァーは言葉を吐きだした。「いや、ぼくのせいだ。もっと早く彼女を見つけるべきだったんだよ。もっと早く、舞踏室に彼女がいないことに気づくべきだったんだ」声がだんだん大きくなっていき、それとともに苦悩の響きも増していく。「彼女のそばを離れるべきではなかった。彼女が会いに来たとき、家にいるべきだった――」

「ねえ、誰の話をしているの?」

「クレアだ!」カーヴァーの叫び声が廊下に響き渡る。その空間が、クレアの名前で隙間なく埋めつくされた気がした。彼の顔から表情が消える。思わず口から出た言葉に、カーヴァー自身も衝撃を受けていた。

姉と弟のあいだに、沈黙が重く垂れこめる。いつ思考がクレアに戻ったのだろう？　だが実際、彼女はつねにカーヴァーの思考の中に入りこんでいる。クレアのことは決して頭から消えることはないだろう。彼女を思いだすたびに、心が打ちのめされるのだ。

カーヴァーはうつむき、両手で顔を覆った。メアリーが彼の背中にそっと手を置く。自分の口から出た言葉を思い返している弟の隣で、姉は黙って座っていた。「姉さん、あの日、ぼくは家にいるべきだったんだ」カーヴァーは手で顔を覆ったまま口を開いた。

あの日、自分が家にいたらクレアはすぐに帰らずにすんだ。彼女の馬はうさぎの穴に足を取られずにすんだ。クレアは馬から振り落とされずにすんだ。クレアは死なずにすんだ。自分が家にいさえすれば……クレアはいまも生きていただろう。自分がちゃんとローズに注意を払っていたら、彼女はいまみたいに生死をさまよっていないだろう。

メアリーが静かな声で話しだした。「カーヴァー、〝もしあのとき、ああしていれば〟と繰り返し自分を責めても、クレアはもう戻ってこないわ。そうやって過去を悔やみ続けても、ただあなた自身を苦しめるだけ。人生で起こる出来事にはすべて理由があるの。そして、未来は誰にも予測できないわ。カーヴァー、過去から自分を解放してあげなさい。クレアの行動も、彼女の身に起きたことも、あなたには予測不可能だった。その事実を受け入れるの」

「無理だよ、姉さん。受け入れたら……声に出して言ったら……現実と向き合わなければならなくなるだろう。そんなことをしたら、クレアはぼくのもとからいなくなってしまうじゃないか」あふれでてくる感情を抑えきれず、声が震える。カーヴァーは自分がばらばらに壊れてしまいそうな気がした。

「カーヴァー」姉のやさしい声が彼を包みこむ。「クレアはもういないの」彼女はふたたび弟の背中に手を添えた。「彼女はもう戻ってこない。でも、あの扉の向こうにいる女性は生きている。あそこには、あなたのことを愛している女性がいるわ」

　突然、虚脱感に襲われ、カーヴァーは言葉を返す気にもならなかった。まわりの人々は未来に向かって進んでいる。だが、自分は過去にとらわれたままだ。〝クレアはもういない〟〝彼女はもう戻ってこない〟しばらくそうして座っていたが、メアリーはカーヴァーの背中をそっと叩くと、彼をその場に残して立ち去った。

　夜も深まった頃、また雨が降ってきた。邸内はひっそりしている。ようやくカーヴァーもローズとの面会を許された。寝室の扉を開けると、母が部屋の隅で刺繍をしているのが目に入った。室内は夕方のにぎやかな雰囲気とは対照的に、とても静かだった。フェリックスはローズの手を握り、ベッドの脇に座っている。カーヴァーに気づくと、椅子から立ちあがった。カーヴァーの目を見つめてうなずき、感謝の意を示す。だが、自分は感謝に値するような人間ではない。心の内でカーヴァーはそう思った。

彼はそっとローズに近づき、ベッド脇の椅子に腰をおろした。彼女の胸は安定したリズムで上下に動いているが、まだ目を閉じてじっと横たわったままだ。栗色の髪が枕の上に広がっている。その姿はまるで絵画に描かれた女性みたいに見えた。目の前にいるローズは本当に生きているのだろうか。それを確かめたくて、カーヴァーは手を伸ばして彼女の額に触れた。温かい感触が手のひらに伝わってくる。枕に広がる柔らかな髪に手を滑らせた。

頬にもかすかに赤みが戻っているのを見て、ようやくカーヴァーの胸から恐怖の感情が消えた。間もなくローズは目を覚ますだろう。医者は全快すると太鼓判を押した。だが、自分はどうだ？　今夜以降、自分は変わるだろうか？　わからない。いまはふたたびクレアを失った気分だ。それでも、もう一度チャンスを与えられた。愛してやまないこの女性とともに生きるチャンスを。

ローズには、やさしく彼女の心を抱きしめて、ばらばらに砕けた彼女の人生のかけらをひとつにまとめてあげられるような根気のある男こそふさわしい。まだローズのすべてを知らなくても、それくらいはわかる。だが、いま初めて素直に認めるが、自分はローズのためにそれができるほど強い男ではない。そんな男がローズのそばにい続けたら、さらに彼女を苦しめるだけだろう。

カーヴァーはローズの温かい腕に手の甲を滑らせていき、手首を握りしめた。彼女はおだやかな表情を浮かべて眠っていた。眉間にときどき現れるしわもない。ああ、とてもきれいだ。カーヴァーはひとつ大きく深呼吸をした。心が決まった。ずっと避けてきた真実と向き合うときが来た。彼は顔を寄せて、ローズのこめかみにキスを落とすと、彼女の手を放した。

35

ローズが目を開ける前にまず気づいたのは、ここは冷たくて硬い地面ではないということだ。どこにいるのかはわからないけれど、なんだか天国にいるみたいな気分だった。ひょっとして、本当に天国なのだろうか？　ということは、わたしは死んだの？　突然、強烈な痛みがローズの全身を貫いた。頭ががんがんするし、足首と肋骨もずきずきする。まるで馬から勢いよく放りだされて、地面に叩きつけられたかのように体じゅうどこもかしこも痛かった。

そう思ったとたん、いきなり記憶がよみがえってきた。ローズはぱっと目を開け、ベッドから飛び起きた。たちまち肋骨に鋭い痛みが走り、顔をしかめて腹部を両手で抱えた。冷たい地面の上で寒さに震えながら、もうここで死ぬのだとあきらめていた。でも、生きている。暖かい家の中にいる。痛みと同時にさまざまな感情が涙となってあふれでてきた。

「ローズ、目が覚めたのね。ああ、よかった」自分の名前を呼ぶ心地いい声が聞こえた。だが、カーヴァーの声ではない。それでも、この人は彼女の本名を知っているようだ。「まだ起きてはだめよ。さあ、横になりなさい」公爵夫人の声がローズの体の全神経にやさしく染み渡る。カーヴァーの声ほどではないけれど。

ふいに不安を覚え、ローズはまわりを見まわした。ここは自分が使っていた部屋だ。暖炉では火が燃え、体の上には何枚も毛布が掛けられている。暖炉脇の椅子の上にはしわくちゃのクラヴァットがのっていた。

「どうしてわたしはここにいるんですか？　どうやってわたしはここに戻ってきたんでしょうか？」ローズは公爵夫人に問いかけた。

「カーヴァーがきみを見つけたんだよ」ベッドの反対側に座っていた公爵が口を開いた。ローズはそちらに顔を向けた。公爵が手に持ったティーカップをローズに渡し、飲むよう身振りで示す。熱い液体を口に含んだ瞬間、一瞬びくりとしたが、からからだった喉が徐々に潤っていく。ローズは何年も水分をとっていなかったみたいにごくごくと飲んだ。

「舞踏会の最中にきみが旅行鞄を持って出ていくところを、従僕が見ていたんだ。従僕はヘンリーにそのことを知らせ、すぐにヘンリーはそれをカーヴァーに伝えた。息子がきみのあとを追いかけようと厩舎に向かうと、ちょうどそこへきみを乗せずにサンダーが戻ってきたんだ。それで息子は捜索隊を組んで、きみを探しに行ったんだよ」ローズは椅子の上に放置された布にちらりと視線を投げた。あれはカーヴァーのクラヴァットだ。だとしたら、彼自身はいまどこにいるのだろう？

夜、ひとりで外に出ていくなんて、あまりに愚かで軽率な行動だった。しかも、あんな雨の中を。とはいえ、これまでずっと何もかも自分で決めてきた。だから、あのときもそうした。ああするしかなかった。ほかに選択肢はなかった。でも、冷たい地面に横たわって死にかけていたとき、もうひとりでなんでもするのはやめようと思った。もし生きて帰れたら、これからは助けてあげると言ってくれる人がいるのなら、その厚意に甘えてみようと心に決めた。

いまこそ、自分との約束を果たそう。「ごめんなさい。ずっと嘘をついていました。わたしの名前はダフニー・ベロウズではないんです。レディでもありません」ローズの頬にひとしずくの涙が流れ落ちる。「わたしは悪い人間です。盗んだり、人をだましたり、嘘をついたりしてきました。あなた方からは何も盗んでいませんが、わたしがあなた方に話したことはほとんどすべて嘘です」ローズは公爵夫妻の顔を見られなかった。臆病だからかもしれない。でもふたりの傷ついた表情や、落胆した表情を目の当たりにするのは、やはり耐えられなかった。だから、もじもじ動かしている指をじっと見おろしたまま、彼女は続けた。

「これまでの人生の大半を、わたしはそういう悪事を働いて生きてきました。最初にカーヴァーに会いに行ったのもそのためです――彼をニューベリー卿と勘違いしていて……いえ、いまはこのあたりの詳しい話は省きます。つまり簡潔に言うと、わたしはあなた方が思っているような人間ではないということです。嘘をついていて本当に申し訳ありませんでした。許してもらえることを願っていますが、許されなくてもかまいません」

ローズは言葉を切った。だが、すぐに重要なことを言い忘れていたのを思いだした。「あの夜、舞踏室でわたしを何年も追っているボウ・ストリートの捕り手を見かけたんです。だから彼に見つかる前に逃げようと思って……この屋敷から出ていきました。でも、途中でサンダーが稲光に驚いて前足を振りあげた拍子に、わたしは鞍から落ちてしまったんです。そのときに足首を痛めました。それでも、なんとか歩こうとしたんですが無理でした」ローズは本題からそれてしまったことに気づき、話を戻した。

「どうかわたしをかくまってくださいと言うつもりはありません。あなた方が捕り手にわたしの居場所を教えたほうがいいと判断するなら、自ら進んで彼のところへ行きます」言えた。すべて正直に話せた。これでつかまる可能性は高くなったけれど、それならそれで仕方ない。もうこそこそ隠れまわるのはいやだし、あの生活には戻りたくない。いまはようやく真実を打ち明けることができて、不思議と解放された気分だ。

公爵夫人がローズの手に手を重ねてきた。勇気を振り絞ってローズは顔をあげ、彼女と視線を合わせた。公爵夫人は微笑んでいた。やさしく温かい笑みだ。信じられない。この光景が現実なのかどうかわからなくなり、ローズは公爵のほうに目を向けた。彼も微笑んでいた。

公爵はローズのもう一方の手を取り、握りしめた。「われわれはもう知っているんだよ、ローズ。いまきみが話してくれたことはすべて知っているんだ」公爵にやさしく手を握られ、ローズは父を思いだした。「きみがまだほんの子どものときに、父上を亡くしたことも知っている。自力で厳しい世の中に立ち向かってきたことも。ほとんどの人が一生のあいだに出会う苦しみや悲しみを、きみは幼い頃に数多く見てきたんだろう」公爵がさらに続ける。「われわれはきみが温かい手袋を持っていないことも知っている。いつも子どもたちに譲ってあげてしまうそうだね」カーヴァーにもこの話はしていないのに、なぜ公爵が知っているのだろう？「何日も食事をとれないときがあるのは、きみのまわりにいる人々のほうが自分より腹をすかせていると思うから。たいていの詐欺師は手に入れた金を自分の懐にしまうのに、きみはそのすべてを数年前にきみ自身が開いた孤児院の維持費に回していることも、われわれは知っているよ」

ローズは唇を嚙みしめた。涙のしょっぱい味がした。「なぜそんなことまで知っているんですか？」

「わしが話したからさ」ローズは扉のほうへぱっと目をやった。そこには、丸々と太った陽気なフェリックスおじさんが立っていた。相変わらずまぬけな笑顔だ。思わずローズの口から笑い声が漏れる。「あの公爵の書斎に一時間も閉じこめられたら、どうも真実をぶちまけずにはいられなくなるらしい」

「フェリックスおじさん！」ローズは公爵から手を離し、おじさんに向かって腕を伸ばした。フェリックスはローズの手を取り、強く唇を押し当てた。「ああ、わたしの大切なフェリックスおじさん。このことをおじさんに言わないまま死ぬかと思ったら怖くてたまらなかったわ。ごめんなさい。おじさんを避けるような態度を取って本当にごめんなさい。お父さんを失ったみたいにおじさんも失うのがいやだったの」ローズはうつむいて、フェリックスのざらざらした手をきつく握りしめた。「おじさんはいい人よ。すごくいいおじさん。わたし……おじさんを愛しているの」

フェリックスは目に涙をため、眉を額の生え際までつりあげている。「ロージー、まったくおまえときたら、年寄りの顔を真っ赤にさせて喜んでいるんだな。だが、そう言ってくれてうれしいよ。わしもおまえを愛してる。いままでだってずっと愛してたよ。わしはおまえを実の娘みたいに思っているんだ」

ローズの顔に笑みが広がる。こんなに心がうきうきして、幸せを感じるのは幼い頃以来だった。ローズは室内を見まわした。炉棚の上に置かれた時計が視界に入り、目を細めて時刻を確かめる。午前三時。どのくらい気を失っていたのだろう？　あのボウ・ストリートの捕り手は、いまどこにいるのだろう？　質問が次から次へと浮かんでくる。何からきこうか？

ふとレディ・ハットレイのことが頭をよぎる。たちまちローズの胸がざわつきだした。

「あの、もうレディ・ハットレイもすべて知っているんですか？」カーヴァーは身重の姉に精神的な負担をかけさせたくないと言っていた。騒動を起こしたせいで、おなかの子を危険にさらしたのではないだろうか。

公爵夫人がローズの手をぽんぽんと叩いた。「ええ、あの子も知っていますよ。あなたとカーヴァーの心遣いに感謝していたわ。でも、ロバートには怒っていたわね。彼は口が堅くて、どんな方法で聞きだそうとしても絶対にしゃべらなかったそうよ」公爵夫人がおかしそうに笑う。そのほがらかな笑い声のおかげで、枕を背に当てて起きあがっていたローズの体から緊張がほぐれていった。「メアリーはあなたと初めて会ったときから、何かおかしいと感じていたらしくて、それであなたの素性を調べることにしたの」公爵夫人がさらに言葉を継ぐ。「あの子はあなたの捜査を依頼するために、ボウ・ストリートの捕り手に手紙を書いたわ。ところが、ローズ・ウェイクフィールドという名前の詐欺師の人相特徴が、あなたとそっくりなことに気づいたのよ。最初は、あなたをつかまえてもらおうと思ったみたい。でも、あなたとカーヴァーが一緒にいる姿を見れば見るほど、あなたたちふたりが本当に愛し合っていることがはっきりわかってきたんですって。だからメアリーは、ボウ・ストリートの捕り手を舞踏会に招待したの。あなたの犯罪記録簿を燃やすよう、あの子とロバートで捕り手を説得するために」

公爵夫人の言葉が、ローズの頭の中でぐるぐると渦巻いている。ボウ・ストリートの捕り手に密告したのはメアリーだったと？　それも、すべてローズを自由の身にさせるために？

「あの子の驚いた顔を想像してごらん」公爵が口を開いた。「ボウ・ストリートの捕り手に追われている詐欺師がきみに似ていることにメアリーが気づいたとき、実はわたしがすでにその捕り手を舞踏会に招待していたんだ。パーティが終わったあとに、彼とふたりだけで話し合いの場を持とうと思ってね」

ローズは公爵に向かって目をしばたたいた。カーヴァーの家族がそんな面倒なことをしてまで、彼女を助けようとしてくれたのが信じられない。「彼に密告したのは、本当にミス・ガードナーではないんですか？」

「ああ、違う」公爵が笑い声をあげる。「きっとミス・ガードナーは、ボウ・ストリートに連絡しようなどとはこれっぽっちも思いつかなかったはずだ」

「でも……あのふたりが話しているのを見ました」ローズは返した。

「ええ、たしかに話していたわ」公爵夫人が言った。「おそらく彼女は、チャールズと話すために舞踏会にやってきた、ハンサムな若い捕り手を気に入ったのでしょうね」

ローズは息を吐きだし、枕に深く寄りかかった。もう逃げまわらなくてもいいのだ。ダルトン家の人々は彼女を罠にかけようとしたのではなく、助けようとしてくれた。再出発できるように。ローズは泣くまいと唇を嚙んだ。

「ああ、それから」公爵がふたたび話しはじめた。「ローズ、話し合いの結果、彼はきみの追跡をやめることも、きみの犯罪記録を抹消することも承諾したよ」

いままで経験したことのない安堵感が、ローズの全身を駆け抜けた。思わず、両手で目を覆った。指のあいだから涙がこぼれ落ちる。自由になったのだ。ローズは涙をぬぐいながら言った。「なんとお礼を言っていいのか……本当に心から感謝します。わたしのためにここまでしてくださるなんて。わたしなんて、あなた方にここまでしていただくほどの価値もないのに」

公爵は笑みを浮かべ、秘密を分かち合うかのように身を乗りだした。「以前、ある人がわたしにこう教えてくれたんだ。世の中は白と黒だけではない。その中間の灰色もあるのだとね。だからこそ、人は裁きを受ける前に憐れみをかけられるべきだと」公爵がウインクする。「わたしもそのとおりだと思うよ。きみにもう一度人生をやり直す機会を与えることができてうれしい。ローズ、きみは愛されているんだ。何もかもひとりでする必要はもうない。今回の出来事で、きみもこの事実に気づいてくれることを願っている」

ローズは満面に笑みを浮かべた。フェリックスおじさんみたいな、まぬけな笑顔になっている気もしたけれど、かまわない。くたびれているし、全身傷だらけだし、死の一歩手前まで行く経験もした。それでも、幸せだった。自分は受け入れられ、愛されている。そう実感できるのは、すべてカーヴァーと彼の家族のおかげだ。彼らはふたたび彼女に希望を与えてくれた。

ローズは室内に視線を走らせた。この世で最も大切な人がここにいない。「カーヴァーはどこですか?」

36

あの騒動が起きた夜から一週間が過ぎた。そのあいだ、カーヴァーが会いに来てくれたのは一度だけだ。たったの一度。しかも、ただベッドの脇に座っているだけで、ほとんど口を開くことなく、すぐに帰ってしまった。カーヴァーの顔は悲しそうで、目の下には濃いくまができていた。自分の殻に閉じこもり、何を考えているのかわからなかった。よそよそしく、心ここにあらずといった様子だった。カーヴァーは心変わりしたのだろうか？もう彼女を愛していないのだろうか？ ひょっとしたら、ローズを妻にしたいと思うなんて愚かだったとついに気づいたのかもしれない。

この一週間で、ローズの感情は最後の一滴まで消え失せてしまった。ここまで自分の感情をあらわにしたのは初めてだ。カーヴァーに会えないあいだ――体じゅうに怪我をして、ベッドにくくりつけられた生活を送っているあいだ――ローズは彼の姉妹たちと多くの時間を過ごした。彼女たちは入れ替わり立ち代わり顔を見せてくれた。それがたまらなくうれしかった。おまけに、彼女たちはローズと一緒に時間を過ごしたいと言ってくれたのだ。

ダフニーではなく。

ローズはようやく彼女たちに自分のそれまでの境遇を打ち明けることができた。これで秘密がなくなってほっとした。それと同時に、話し終えたときはくたくたになっていた。

今日もいつものように、午後になるとエリザベスがオリヴァーを伴ってやってきた。「ところで、カーヴァーからクレアの話を聞いているかい？」ロンドンにある公園の話でエリザベスと盛りあがっていたとき、いきなりオリヴァーの声が割りこんできた。

〝彼女は死んだ〟ふと、カーヴァーから聞いた言葉がローズの頭に浮かんだ。「いいえ、とくには」現に、カーヴァーは亡くなった女性の名前を一度も口にしたことがない。でも、その女性と〝クレア〟は同一人物だとすぐにわかった。「彼女が三年前に亡くなったことしか聞いていないわ」

「なんであいつはきみに話さないんだ？」さあ、どうしてかしら。理由はローズにもわからなかった。けれども、自分からきくこともできなかった。

ローズはかぶりを振り、明るい日差しが入りこむ窓に目をやった。一週間前のあの嵐の夜以降、晴天続きだ。カーヴァーが会いに来てくれたらいいのに。彼と一緒に、この日差しを楽しみたかった。

ローズの視界の端で、エリザベスとオリヴァーが目くばせしているのが見えた。ややあって、エリザベスが許可を与えるかのように、オリヴァーに向かって無言でうなずいた。

「クレアはカーヴァーの恋人だったんだ」オリヴァーが口を開いた。「彼女の家とダルトン・パークは隣同士で、ふたりは一緒に育ったんだよ。そして子どもの頃から、互いに愛し合っていたんだ。三年前、ついにカーヴァーはクレアに求婚した。もちろん、彼女はその申し出をすぐに受け入れたよ」オリヴァーの口から言葉が出てくるたびに、ローズの体はこわばっていった。

「ふたりが婚約して一週間後、クレアは馬に乗ってカーヴァーに会いに来た。だが、そのとき、あいつは出かけていたんだ」オリヴァーが言葉を切る。ローズはエリザベスがスカートをそわそわといじっているのに気づいた。「クレアはカーヴァーを待たずに、家へ引き返した。いつも彼女は向こう見ずな馬の乗り方をしてね。家に戻る途中で、馬がうさぎの穴にはまって、足を骨折したんだ」ひと呼吸置いてから、オリヴァーがまた話しだす。「クレアは鞍から投げだされ、首の骨を折った。即死だったよ。使用人が地面に倒れている彼女を発見して、ダルトン・パークに運んだ」オリヴァーはふたたび口をつぐみ、息を吐きだした。「それから間もなく、狩猟旅行から戻ってきたカーヴァーは、自分の婚約者の亡骸と対面したんだ」

カーヴァーの謎めいたパズルのピースがすべてそろった。その瞬間、ローズの胸に痛みが走った。彼は失ったものの思い出に直面できなかったに違いない。だからダルトン・パークに戻りたくなかったのだろう。カーヴァーは、ローズもクレアと同じ運命をたどることを恐れた。だから彼女がサンダーに乗ることを絶対に許さなかったのだ。それなのに一週間前の夜、ローズはもう少しでクレアと同じ運命をたどるところだった。ひょっとして、彼はそのことを気に病んでいるのだろうか？　それで彼女を避けているのか？

「話してくれてありがとう」ローズはなんとか言葉を絞りだした。それにしても、なぜ突然オリヴァーがこの話をする気になったのかわからなかった。

オリヴァーはうなずき、ここからが本題だとでも言いたげに椅子から身を乗りだした。「カーヴァーはこの三年間、ずっとクレアの死から目をそむけていた。でも先週のきみの事故がきっかけで、クレアはもういないという事実と向き合わざるをえなくなったんじゃないかな。きみを失いかけたとき、カーヴァーの精神状態はぼろぼろだったよ」オリヴァーは厳しい表情を浮かべている。「きみにこの話をしたのは——三年前にカーヴァーが経験した出来事を知れば……きみならあいつを見捨てるようなことはしないと思ったからなんだ」

彼を見捨てる？

この一週間、カーヴァーが心ここにあらずの状態なのは、どうやらみんな気づいているようだ。カーヴァーと未来をともにしたいし、彼の家族にも愛情を感じている。ただ、不安もある。自分はカーヴァーを愛しているし、彼の妻にもなりたいと思っているけれど、はたしてカーヴァーもまだ彼女を求めているのだろうか。そんな不安が芽生えはじめていた。

「ローズ、カーヴァーはきみを愛しているよ。間違いない。ぼくが保証する」ローズはびくりとした。オリヴァーには心の声が聞こえたのだろうか？「いまは心の傷から回復しようとしている途中なんだと思う。ぼくたち全員を遠ざけてね。カーヴァーは面倒見のいい男だが、人に世話を焼かれるのは苦手なんだ。しばらくひとりで自分の心と向き合う時間を過ごしたら、またぼくたちのところに戻ってくるよ」オリヴァーはローズの目をまっすぐ見つめた。「必ず、ぼくたちのところに戻ってくる」

それから三日間、ローズはオリヴァーの言葉にしがみついた。それはもう必死に。しかし、カーヴァーは一度たりとも会いに来なかった——それどころか自分の部屋から一歩も出ていないらしい。ようやく屋敷内を歩きまわれるようになったとき、ローズはそのことを知った。いよいよふたりの関係は終わったと認めるときが来たのかもしれない。

ローズは衣装だんすから最後のドレスを取りだし、旅行鞄に乱暴に詰めこんだ。胸の中ではさまざまな感情が渦巻いていた。いまやそれを抑えきれなくなっている。怒り。不信感。最も胸を占めている感情は……悲しみだ。

ぜひともカーヴァーにはじっくり時間をかけて心を癒してほしいと思っている。とはいえ、たったひと言、しばらくひとりになりたいと伝えに来るくらいはできるはずだ。それとも、そんなことすらできないくらい、打ちひしがれているのだろうか？　あるいは、まわりに無関心になっているのだろうか？　せめて微笑むだけでいい。希望の持てる言葉ひとつでもいい。安心できるような表情を見せてくれるだけでもいい。それだけで、彼がそばにいなくても、自分はここに必要な人間だと思えるのに。

でも何よりも、やはりローズはカーヴァーに会いに来てほしかった。そして、彼の苦しみをやわらげる手助けをさせてほしいと願っていた。その分野の経験なら豊富だ。だが、たぶん……カーヴァーは自分をさらけだせるほど彼女を愛していないのだろう。

ローズはショールを叩きつけるようにして旅行鞄に入れた。それだけでちょっぴり気分がよくなった。最後に化粧台へ向かい、一番下の引き出しを開けて、ハンカチの下に隠しておいた拳銃を取りだした。それからスカートの裾をたくしあげ、太腿に留めたホルスターにその拳銃をおさめる。泥棒稼業からは足を洗ったとはいえ、以前の生活を完全に捨てるわけではない。いざというときに自分の身を守れる武器があるというのは、何かと心強いものだ。

扉をノックする小さな音が聞こえ、ローズは急いでスカートをおろした。脈が一気に跳ねあがる。ようやくカーヴァーが来てくれたのだろうか？　ところが、扉の隙間から金色の巻き毛が見え、その希望はあえなく打ち砕かれた。でももちろん、エリザベスと会えるのもうれしかった。この一週間で、彼女とはとくに仲よくなっていた。

「入ってもいい？」エリザベスがきく。

ローズはにっこりと笑みを向けた。「大歓迎よ」彼女はベッドに腰をおろし、エリザベスに一緒に座るよう手振りで示した。

エリザベスはベッドに近づいてきて、ローズの隣に座ると、両膝を胸まで引きあげ、両手で抱えた。なんだか、様子がおかしい。これまでエリザベスのいろいろな面を見てきて、彼女はまわりのみんなに自分は大人だと――もうお転婆な女の子ではないと懸命に思わせたがっていることにローズは気づいていた。だがいまは、どうやらその戦いをあきらめたらしい。いつもは明るいエリザベスの表情が寂しげに曇っている。

「どうかした？」ローズは手を伸ばして、エリザベスの手を握った。そんなことをした自分に驚いた。いつからこんなふうに愛情のこもった仕草ができるようになったのだろう？

エリザベスは微笑んだが、目は笑っていなかった。「彼はいつも、泥遊びをしたり、りんごの木にのぼってドレスを破いたりする、おチビちゃんのリジーとしかわたしを見ていないの」エリザベスはいままで一度もこんな話をしたことはなかったが、ローズには〝彼〟が誰を指しているのかはっきりとわかった。彼女がオリヴァーに恋い焦がれているのは一目瞭然だ。まったくオリヴァーときたら、なぜ気づかないのだろう？　とはいえ、後ろに目はついていないので、背後からの視線に気づけというほうが無理だろう。

「彼を愛しているのね」ローズはそっと話しかけ、笑みを浮かべた。親身になっているふうに見えたらいいのだけれど。

エリザベスは目をそらし、あふれてくる涙をこらえている。「ええ。でも、わたしの気持ちの問題ではないの。彼はロンドンの洗練された女性たちとは恋に落ちるけれど、わたしとは決してそんなふうにはならないわ。彼にとっては、わたしはいつまで経っても一〇歳のままなのよ」

ローズは唇を引き結び、必死に頭を回転させて、こういう状況にふさわしい言葉を探した。姉役をするのは初めてなのだ。的外れなことを言ってしまいそうな予感もしないではない。それでも……エリザベスはローズに話しに来た。そのことには何か意味があるはずではないか？

「彼にあなたの気持ちを伝えたことはあるの？」

エリザベスはローズにさっと顔を向けた。これ以上開けられないというくらい目を大きく見開いている。「まさか！　そんなことをしたら何もかも変わってしまうもの」金色の巻き毛を揺らして激しく首を横に振った。「もしわたしたちの関係を深める気があるのなら、告白は彼のほうからすべきだわ。わたしから彼に自分の気持ちを伝えるなんて絶対にしない。だって、彼はわたしの手をぽんぽん叩いて、こう言うに決まっているもの。〝おやおや、どうしたんだい、おチビちゃんのリジー〟って。この呼び名にはもううんざり」

ローズはどう返したらいいのかわからなかった。けれども、オリヴァーを自分のほうに振り向かせたいなら、それとなく言葉や態度で好意をほのめかしたほうがいい気がした。ふたりのあいだに沈黙が流れる。その静けさに身を委ね、ローズはエリザベスの問題を解決する答えを探した。

やがて、はっと名案を思いつき、ローズは声をあげた。「ロンドンよ!」エリザベスが長いまつげをぱちぱちさせる。「今年あなたはロンドン社交界にデビューするのよね?」

「そうよ……すごく憂鬱だわ。知らない人に会うのは緊張するもの」エリザベスが続ける。「きっとみじめな気分になるでしょうね。わたしは上流社会の人たちの詮索好きな目にさらされながら、自分の一挙一動に細心の注意を払わなければならないのよ。それだけでなく、舞踏会へ出かけるたびに、わたしは壁際に立って、オリヴァーがきれいな女性と踊ったり、いちゃいちゃしたりしている場面を見ていなければならないんだから。きっとオリヴァーは踊り疲れてわたしの隣にいるあいだずっと、あのデビュタントが一番かわいいとかそんな話ばかりしているに違いないわ」

「ねえ、こういうのはどうかしら? オリヴァーがあなたを意識するように仕向けるの」ローズは悪巧みをしているふうな笑顔を見せた。

エリザベスがローズを横目で見る。「どうやって?」

ここにきて長年の経験によって培われた、紳士をころりとだますための誘惑術が役に立ちそうだ——今回は品のいいやり方でいこう。ローズはふたたび話しだした。「あなたはオリヴァーに大人の女性として見られたいのでしょう。それなら、まずは彼以外の男性の目にあなたがどう映っているか、オリヴァーに気づかせなきゃいけないわ」

エリザベスの眉間にしわが刻まれる。この子は……いいえ、この女性はローズの案について考えをめぐらせているのだろう。「それは……」エリザベスは考えながら、ゆっくりと口を開いた。「つまり、わたしに求婚したがる男性が大勢いたら、オリヴァーもわたしがもう小さな女の子ではないと気づくということ？」

「そのとおりよ」というか、まあ、そんなところね。「男の人って、どうしようもなく鈍感なときがあるの。だから、失ってからでないと大切なものに気づけないのよ」

「でも、それだと、わたしはオリヴァーの気持ちをもてあそぶことになるんじゃない？」

「大丈夫よ、そんなことにはならないわ。あなたはただ、ロンドンの生活や初めての舞踏会を楽しめばいいの。壁の花となり、オリヴァーだけを見つめて夜を過ごすなんてだめ。ハイド・パークで馬に乗ったり、オペラを観に行ったり、いちゃついたり、踊ったり、いろいろな人と話をしたりして、社交シーズンを思いきり楽しむのよ」

「だけど、誰もわたしと踊ってくれないかもしれないわ」

思わずローズは声をあげて笑ってしまった。「もう、エリザベスったら、冗談はやめて。あなたには求婚者がたくさん現れるわ。もしシーズンが終わるまでに、ひとりも求婚者が出てこなかったら、わたしは間違いなくショックで死んでしまうでしょうね」この大げさな表現はきっとケイトの影響だ。

エリザベスは一瞬にこりとしたが、すぐに不安げな表情を浮かべた。「ねえ、もしうまくいかなかったら？　そこまでしても、結局オリヴァーがわたしを愛してくれなかったら、どうしたらいいの？」その可能性は限りなく低いはずだとローズは思った。それでも、エリザベスはこの大勝負に向けて心の準備をしておいたほうがいいだろう。もう二度とカーヴァーには会えないという極めて現実的な可能性に対して、心の準備をしておいたほうがいいローズと同様に。でも、いまはまだ考えたくない。カーヴァーとのことを考えると、胃がきりきり痛むから。

「そのときは……彼はあなたにふさわしい男性ではなかったということよ。あなたの愛にちゃんと応えてくれる男性を見つけましょう」ローズはエリザベスだけでなく、自分にも言い聞かせるように言った。エリザベスはいまの言葉に納得しただろうか？　ローズ、あなたはどう？　納得した？　ローズはこの世界に自分ほどカーヴァーを愛している者はいないと思っていた。

ふいに、エリザベスがローズの背後に置いてある旅行鞄に視線を移した。そして、さっとローズに視線を戻す。その悲しげな表情にローズは胸を突かれた。「出ていくの？」エリザベスが濃い金色の眉をひそめる。「カーヴァーを見捨てるの？」

ローズはベッドから立ちあがり、スカートのしわを伸ばした。「エリザベス、わたしは決してカーヴァーを見捨てないわ。でも、彼が望んでいないのなら……わたしはここにはいられない」この事実を認めるのはつらかった。とりわけ一週間前は彼に大切にされ、求められ、愛されていたからなおさらだ。「ここを去って新しい生活を始めるわ」

以前と同じように、ひと仕事終えたから住処を変える。それだけだ。でも、いままでとは違う。もう逃げまわる必要も、こそこそと身を隠す必要もなくなった。とはいっても……今回も逃げることに変わりはない。けれどカーヴァーに会えないのなら、ここで過ごしていてもますますつらくなるだけだ。心を開いて愛情を受け入れた結果、またなじみのある喪失感に苛まれることになってしまったものの、ここでの出来事にも何か意味があったのだろうか？　答えはすぐに出た。意味はあった。カーヴァーと出会えた。彼の家族と出会えた。

ローズは以前よりも強く健康的になった。そんな彼女が愛と喪失感を胸に抱えて、ダルトン・パークから出ていく。いまはローズにも家族がいる。いざというときに頼りになる家族が。愛する男性を残してここを去るのは、胸が張り裂けそうなほど悲しい。ただ一方で、これから新しい人生を切り開いていきたいとも思っている。その幕開けにふさわしい場所へ向かおう。

37

カーヴァーはクレアの墓の前に立っていた。ここを訪れるのは、彼女が埋葬されたあの日以来だ。もはやクレアの死を否定することはできない。クレアはもうこの世にいない。そうだ、彼女は三年前に亡くなった。だがこの一週間で、もう一度クレアは亡くなった気がする。ローズが事故に遭ったあと、カーヴァーはほとんど部屋から出なかった。いや、出られなかったと言ったほうが正しいだろう。疲れ果て、ぼろぼろの状態だった。涙がとめどなく流れ続け、しまいには泣くことさえ苦痛になった。

カーヴァーは唾をのみこんで、一歩前に踏みだした。そして、クレアが好きだった黄色い花束を墓石の前に置いた。次にすばやく一歩さがった。なぜか墓石がいきなり飛びかかって、嚙みついてくる気がした。そんなわけはないのに。あたりはしんと静まり返り、鳥のさえずりが小さく響いて、太陽の柔らかい光が芝生を照らしている。顔に吹きつける風はまだ冷たいが、かすかに春の気配がした。カーヴァーの気分とは正反対のとてもいい天気だ。

ここ一週間というもの、つらい日々を過ごしていたが、長いあいだ避けてきた感情とようやく折り合いをつけることができた。自分の心と向き合うのはたやすくはなかった。体の全細胞がそんなことはやめて、ローズのもとへ走れと叫んでいた。だが、ひとりになる時間が必要だった。クレアを思いだし、その死を受け入れて追悼するために。意を決し、カーヴァーはクレアとの思い出が詰まった箱を開け、その中に入っている彼女と長年にわたって交換した手紙を一通一通読み返していった。

ときに泣き、ときに微笑み、ときに声をあげて笑った。枕にこぶしを叩きつけたときも何度かある。さまざまな感情が交錯した過酷な一週間を乗り越えた結果が、すべていまこの瞬間につながっている。

無の境地に。

こういうものなのだろうか？　何も感じないのが普通なのか？　いや、愛する者の墓の前にたたずみ、泣いている人たちの姿を目にしたことがある。カーヴァーは決まりが悪くて認めたくなかったが、たぶん大量の涙とともに感情も流れでてしまったに違いない。クレアに話しかけてみようか。ひょっとしたら、予想していたとおり、感情がほとばしるかもしれない。

カーヴァーは奥歯を噛みしめ、それから咳払いをした。「やあ、ラヴ」一瞬、言葉を切る。「きみが恋しいよ。きみもぼくが恋しいかい？」灰色の墓石がじっとカーヴァーを見つめている。「なかなかきみに会いに来なくてすまない。ぼくは――怖かったんだ。それに――」カーヴァーは口をつぐんだ。自分の感情のなさにいらだち、小石を蹴る。その石が宙を飛び、よその墓石に当たった。誰にも見られていなければいいが。「くそっ。だめだな、どうもしっくりこない」カーヴァーは墓石に話しかけるのをやめて、ぶつぶつとひとり言を言いだした。「なんでみんなこんなことをするんだ？　クレアの声が聞こえるわけでもないのに」

「あの子が本当に声をかけてきたら驚くだろう？」

突然聞こえた男性の声に驚き、カーヴァーの肩がびくりと跳ねあがる。彼はすばやく振り返った。「ミスター・ブライトン」クレアの父親に、カーヴァーは丁寧にお辞儀をした。ミスター・ブライトンと顔を合わせるのは、クレアの葬儀の日以来だ。彼女の父親はいつからここにいたのだろう？　小石を蹴ったところを見られただろうか？

ミスター・ブライトンのやさしい顔には、悲しげな表情が浮かんでいる。ふと、カーヴァーとクレアがまだ子どもだったときも、彼は年齢よりも老けて見えたことを思いだした。いまは目と口のまわりに深いしわが刻まれ、髪は真っ白だ。罪悪感がカーヴァーの胸に重くのしかかる。クレアの死後、彼女の家族を訪問するべきだった。強い心を持つべきだった。もっと……。

「クレアの墓を訪れるのは今日が初めてかい？」ミスター・ブライトンはカーヴァーと肩を並べて立った。

カーヴァーの体がこわばる。「すみません、今日が初めてです」

「謝らなくていい。哀悼の仕方は人それぞれだよ。いま、きみはここにいる。それで充分じゃないか」ミスター・ブライトンは言った。

カーヴァーは横目でクレアの父親を盗み見た。ふたりのあいだに重い沈黙が落ちる。男たちは背中で両手を組み、ひっそりとたたずんでいる墓石を黙って見つめていた。そのまま数分が過ぎた頃、カーヴァーはずっと考えていたことを口にした。「あの、不思議なんですが……想像していたものとは違ったんです」彼は言葉を切った。いったいなぜこんな妙な感覚に陥るのか、その理由が知りたい。

「それは、想像していたより淡々としていたということかな?」

「そうです!」思わずカーヴァーは声をあげ、自分の言いたいことをくみ取ってくれたミスター・ブライトンのほうに顔を向けた。「ぼくはここに来ればクレアの存在を感じられると思っていました。ですが、そういう気配は何も……」

「当然だよ」ミスター・ブライトンが肩をすくめる。「クレアはここにいないからね」どういう意味だ? これはクレアの墓じゃないのか? そんなはずはない、墓石にしっかりと彼女の名前が刻まれている。ミスター・ブライトンにはカーヴァーの頭の中が透けて見えたのだろう、彼がにこにこ微笑んでいる。「つまり、あの子の魂はもうここにはないということだ。いま、あの子の魂は神とともに天国で幸せに暮らしているよ。クレアはわたしたちの記憶の中で生き続けているんだ。この墓石や重苦しい雰囲気の漂う墓地ではなくね」ミスター・ブライトンは眉をあげ、陰鬱な景色を見まわした。「そう思うことで、わたしの心は安らぎを得ているんだよ」

カーヴァーは灰色の無機質な墓石にふたたび視線を戻した。「クレアはここにはいない。神さまのそばで楽しく暮らしている」

「ああ、そうだとも」ミスター・ブライトンがふっと笑う。「あの子はじっと座っていることができなかった。だから、妻はクレアに刺繍の技をしっかり学ばせることをあきらめたんだ」

ふと気づくと、カーヴァーも笑っていた。クレアを失ったことに対する後悔に押しつぶされそうになるのではなく、クレアの在りし日の思い出を笑顔で話せるのは、彼女が亡くって以来初めてだ。

「ミスター・ブライトン」かつてはもうひとりの父親のような存在だった男性に、カーヴァーは視線を向けた。「クレアが亡くなったあとロンドンへ行ってしまい、すみませんでした。あなたとミセス・ブライトンに一度も会いに行かなかったことも謝ります」彼はさらに続けた。「正直に打ち明けると――最近までクレアの死を受け入れることができませんでした。この三年間……ずっと苦しかった」自分の気持ちを吐露した瞬間、カーヴァーはミスター・ブライトンに対して、愚かにも思慮の足りないことを言ってしまったと気づいた。

娘を不慮の事故で失った父親のほうが、彼よりもずっと苦しんだに違いない。

ミスター・ブライトンはカーヴァーの肩に手を置いた。「さっきも言ったが、謝らなくていい。わたしたちはちゃんとわかっているから。心の傷はそれぞれのペースで、それぞれの方法で癒していけばいいんだ。きみが苦しんだと聞いて、わたしは本当に気の毒に思うよ」彼はひとつ大きく息を吸いこんだ。「きみとクレアは深く愛し合っていた。であればなおさら、心の傷はひと晩で簡単に癒えるものではない」

「あなたはどうですか？　心の傷は癒えましたか？」立ち入りすぎた質問だろうか？　これまで一度もクレアの墓を訪れもしなかった男がする質問ではないかもしれない。だが、クレアを失って苦しんだ、もうひとりの男とこうして並んで立っていると、どうしてもきいてみたくなった。

ミスター・ブライトンは腕を伸ばして、カーヴァーの肩を抱いた。娘の墓石をじっと見つめる。「そうだな――癒えたと思う」ひと呼吸置いてから、また口を開いた。「だが、娘を思いださない日は一日たりともない。クレアを亡くしたばかりの頃は、深い悲しみにのみこまれそうになった。それでも時間が経つにつれ、クレアはいま、あの子の大好きな場所にいるのだと思えるようになっていったんだ。それが心の安らぎにつながったよ」ミスター・ブライトンは眉をひそめた。「娘の死を受け入れるというのは、わたしが思っていたのとは違った。娘のいない生活に慣れたわけではない――決してそんな日は来ないだろう。

ただ、クレアはもうわたしたちのそばにいないが、それでも妻とわたしはふたりで生きていかなければいけないから、そのすべを身につけたんだ」ミスター・ブライトンはカーヴァーに老いた目を向け、強いまなざしを投げかけてきた。「だから、きみも大丈夫だ。自分の人生を生きていきなさい」

「それは許されないと感じる自分もいるんです」気づいたら、カーヴァーは正直な気持ちを口にしていた。

「わかるよ。だが、そんなふうに思ってはいけない。泣きたいときは泣いて、笑いたいときは笑いなさい。そのうち、だんだんと笑っているときのほうが泣いているときより多くなっていく。そして――」ミスター・ブライトンが真剣な口調で続ける。「いつの日か、きみにふたたび生きていることを実感させてくれる女性に出会ったら、その女性を遠ざけてはいけない。そんなことはクレアも望まないはずだ」なぜ彼は知っているのだろう？　カーヴァーは喉の塊をのみこんだ。いままで気づかなかったが、心のどこかではこの言葉を求めていたような気がした。

「すでにそういう女性に出会っていたら、どうしたらいいですか？」カーヴァーは言った。クレアとつながりがある人物の同意がどうしても欲しかった。

ミスター・ブライトンの口元に温かい笑みが広がる。「その女性と結婚しなさい。悲しみや苦しみが完全に消えるのを待っていたら、きみは一生独身のまま死ぬことになるだろう。

あいにく、ときに人生はわたしたちに抱えきれないほどの苦痛をもたらすものだ。だが、ありがたいことに、わたしたちにはその重荷を一緒に背負ってくれる相手がいる。その女性に手伝ってもらいなさい。必ず彼女はきみの重荷をともに背負ってくれるはずだ」

ミスター・ブライトンはカーヴァーから離れ、指にキスをして、その指をクレアの墓石に押し当てた。それからカーヴァーに向き直り、墓地には不釣り合いな茶目っけたっぷりの笑みを見せた。「まさか石にキスするとは思わなかった」ミスター・ブライトンはウインクして、カーヴァーの背中をぽんと叩いた。「会えてよかったよ、カーヴァー。話がしたくなったら、いつでも訪ねてくるといい」

「ありがとうございます、ミスター・ブライトン。ぼくのほうこそ、あなたにお会いできてよかったです」本当に会えてよかった。カーヴァーは心からそう思った。

ミスター・ブライトンと別れたあとも、彼は少しのあいだクレアの墓石の前に立っていた。彼女の父親の言葉が頭の中を駆けめぐっている。やがて、カーヴァーはその言葉の意味が理解できた気がした。ゆっくりと、気分も今日の天気同様に晴れやかになっていく。

クレアはもういない。だが、大丈夫だ。クレアがいなくても生きていける。彼女がいなくても生きることを許された。

ミスター・ブライトンをまねて、カーヴァーもクレアの墓石にキスをした指を当てた。こちらに向かって微笑みかける、彼女の笑顔を思い浮かべてみる。いつも彼女の笑い声につられて笑っていたものだ。クレアはもうこの世に存在しないが、彼女と分かち合った喜びは永遠に記憶にとどめておこう。

「さようなら、ラヴ」カーヴァーの声がかすれた。だが、この言葉が一番ふさわしいと感じた。幕を閉じるにふさわしい言葉に思えた。

カーヴァーは父の書斎の扉を勢いよく開け、足音も荒く中へ入っていった。

机に座っていた父が顔をあげ、大股で近づいてくる息子に気づいた。「カーヴァー」父は椅子から飛びあがるようにして立ちあがった。「いったい何事だ?」そう言うと同時に臨戦態勢に入る。

「ローズが出ていった!」戦闘開始を告げるかのごとく、カーヴァーは叫んだ。ある意味、戦いたい気分だった。

父の肩から力が抜けた。「ああ、そのことか」跳ねあがった鼓動を静めようとするかのごとく、父は胸に手を当てたまま椅子にまた腰をおろした。なんでこんなに落ち着いていられるんだ? のんびり座っている場合ではないのに!

「〝ああ、そのことか〟? 何を悠長なことを言っているんですか? ぼくの最愛の女性が出ていったんですよ。おまけに、行き先もわからない」

父は眼鏡をかけ直すと、先ほどまでどんなくだらない記事を読んでいたのか知らないが、それをふたたび読みだした。「あきらめるんだな」

「あきらめる？」カーヴァーの悪い癖のリストに、〝おうむ返し〟が加わった。「なぜです？」結局、父はローズとの結婚に反対だったのだろうか？　彼女は結婚相手としてふさわしくないと考えているのか？

「なぜなら、わたしがこれから話すことを聞いたら、おまえは自分をどうしようもない愚か者だと思うはずだからだよ。いいか、息子よ。教えてやろう。おまえの最愛の女性が出ていったのは、もう三日も前のことだ」父が眼鏡の奥からにらみつけてくる。

「そんな」少し前までの威勢のよさはどこへやら、カーヴァーは椅子にどさりと座りこんだ。ローズはもうここにいない。カーヴァーは顔をあげた。父が人を小ばかにしたような笑みを浮かべている。その表情が気に入らず、カーヴァーは椅子から立ちあがり、室内を歩きだした。「この一週間はローズのことをほとんど気にかけていませんでした」

父が眉をつりあげる。「なるほど、そういう言い方もできるな」父は新聞を机の上に置き、カーヴァーをまっすぐ見据えた。この三年間で初めて、父は息子に自分の気持ちを恐れずに伝えようとしている。なんとなくカーヴァーはそんな気がした。「この一週間、わたしたちはおまえが部屋にこもりっきりでも何ひとつ文句を言わなかった。だったら、ローズがたしか彼女を愛していたはずの男にもう自分は必要とされていないのだと感じて、ここを出ていくと決めたときだって、引き止めるわけにいかないだろう」カーヴァーは顔をしかめた。

〝もう必要とされていない〟なんて大間違いだ。その言葉は真実からはほど遠い。体じゅうのあらゆる細胞がローズを必要としている。彼女がそんなふうに感じていたとは思いもしなかった。急に胃がむかむかしてきて、カーヴァーの喉にすっぱいものがせりあがってきた。「ローズを追い払う気などさらさらなかった」口から出た声はひどくかすれ、その言葉の端々に深い後悔の念がにじんでいる。「ぼくはただ彼女と結婚する前に、しっかり自分の気持ちを整理しておきたかっただけなんです」

父が微笑んでいる。その笑顔を見た瞬間、父と息子のあいだに立ちはだかっていた壁が消えた気がした。カーヴァーの胸に安堵がこみあげてくる。父が恋しかった。率直な物言いをする父が。「立派な心意気だ。だが、今回は愚かな判断だったな」もともと父はうわべだけの言葉でごまかすような人ではない。公爵は椅子から立ちあがり、机にもたれて腕組みをした。保護者であり、教師であり、父親でもある姿だ。「結婚生活にはさまざまな困難や試練が待ち受けているものだ。そういう厳しい状況に直面したとき、おまえはどうするつもりだ？　自分ひとりで問題を解決するまでローズを放っておくのか？　もし真剣に彼女と結婚したいと思っているのなら、おまえが抱えている苦しみも隠さず話せるようにならなければならない。ローズには素直におまえの弱さを見せるべきだ。彼女にはそれを知る権利がある」

「わかっています」カーヴァーは両手で顔をこすった。「もう手遅れではないといいんだが」そう言いながら、髪をかきあげ、ふたたび歩きはじめる。「早くローズを見つけなければならない。だが、どこを探せばいい？　やはり、まずはロンドンか」突然、カーヴァーは立ち止まった。「でも、すでに働いている可能性もあるな。昔の生活には戻らないとなれば、別にロンドンにこだわらなくてもいい。ローズは英国のどこにでも自由に住めるんだ」言葉を吐きだすたびに、カーヴァーの中に芽生えかけた希望がしぼんでいく。「ボウ・ストリートの捕り手を雇って、ローズを探させようか。いや、だめだ。ローズの過去の犯罪歴を知られる危険がある。この案は却下だ。ローズも喜ばないだろう」だが、ほかにどんな選択肢がある？　どうすればローズの行方をつかめるのだろう。

「こういうのはどうだ……」途方に暮れるカーヴァーの耳に、いきなり父の声が飛びこんできた。父は親指と人差し指で小さな紙切れをつまんでひらひらと揺らしている。「ローズが出ていく前に書いてくれた、地図のとおりに行くというのは」

38

ダルトン・パークを去って二週間が過ぎた。もう二度とカーヴァーに会えないと思うと、ローズは胸が痛くなった。玄関の扉を叩く音が聞こえるたび、期待で胸がどきどきした。だが玄関の戸口に立っているのは、いつも彼ではなかった。

カーヴァーを恋しく思う気持ちはいまも変わらない。それでも、ローズは新しい生活を心から楽しみはじめていた。あの日、馬車でフェリックスおじさんとともにダルトン・パークからまっすぐホープウッド孤児院へ向かった。ダルトン公爵が後援者になってくれたおかげで、詐欺師稼業にいそしまなくても、ローズとフェリックスおじさんは子どもたちに必要なものを与えたり、教師や子守に給金を支払ったりできるようになった。それだけでなく、公爵は小さな孤児院の大規模修理をする資金や、隣の土地を買う資金までも提供してくれた。だから、これからはもっと多くの孤児たちを受け入れることができる。

それに加えて、ふたりは新しい子守も雇った。フェリックスおじさんの身内であるブルータスが、ミス・ダフニー・ベロウズに小さな孤児院で子守として働かないかと伝えに行ったところ、後日、彼女からぜひ働きたいと書かれた手紙が送られてきた。そろそろ、ダフニー本人もここに到着する頃だろう。

大人になって初めて、ローズはちゃんとした家を持ち、誇りに思える生活をしている。彼女はようやく自由に孤児院の子どもたちにも会えるようになった。いまは互いのことをもっとよく知ろうとしている最中だ。ここに住んでいる子たちは、全員がローズの子ども時代と同様に路上生活をしていた。同じ境遇を経験してきた身として、彼らの小さな胸に抱えた痛みや恐怖や悪夢をよくわかっている。そういうこともあって、ローズは子どもたちとすぐに仲よくなれた。彼女にとって、この子たちはとても愛しい存在だ。

ついにローズは変装したり隠れたりする必要のない、まっとうな暮らしを手に入れた。外套をかける暗いたんすの中に、こっそり隠れているいまを別にすれば。

「ミス・ロージー、みっけ！」

幼いジョンがたんすの扉を勢いよく開けた瞬間、ローズの目に明るい光が飛びこんできた。彼女は声をあげて笑い、誇らしげな男の子の小さな体に腕を巻きつけた。「すごいわね、ジョン！　あっという間に見つかっちゃったわ」

ジョンの背後から、さらにふたりの子どもたちがばたばたと駆けてきた。彼らは歓声をあげて飛び跳ねながらジョンを称えている。玄関広間ににぎやかな声が響いた。ローズはえくぼを浮かべ、きゃっきゃと笑うわんぱくな子どもたちの姿を見つめ、幸せな気分に浸った。

もし今以上の幸せを感じられるとしたら、それは……。

とん、とん、とん。

いいえ、違うわ。ローズは唾をのみこみ、速まる鼓動を落ち着かせようとした。彼のはずがない。扉を開けたらカーヴァーが立っているかもしれないなどと期待することなく、ノックの音を聞ける日はいつか来るのだろうか？

「さあ、手を洗っていらっしゃい。そろそろ食事の時間よ」ローズがそう言う間もなく、子どもたちが階段のほうへ走っていく。「もうすぐフェリックスおじさんが町から戻ってくるわ。おじさんは笑顔で清潔な手をした三〇人の子どもたちに会うのを楽しみにしているはずよ！」階段を駆けのぼっていく子どもたちの背中に向かって叫んだ。

ローズは玄関に向き直り、ひとつ大きく深呼吸をした。そして、きしむ床を歩いて扉の前に立つ。次にスカートのしわを伸ばし、またしてもがっかりすることを覚悟して扉を開けた。

今回ばかりはがっかりしなかった。

「カーヴァー」ささやきよりも小さな声だった。ローズの目の前に、彼女が愛してやまないハンサムで大柄な男性が立っている。でも、この男性は本物のカーヴァーだろうか？ひょっとしたら、会いたい気持ちが強すぎて幻覚を見ているのかもしれない。「ここで何をしているの?」

暖かい午後の日差しが、彼のたくましい体に降り注いでいる。波打つ髪はきらきらと輝き、広い肩も光のキスを受けている。

カーヴァーはにやりと笑い、戸口に寄りかかって腕組みをした。ローズの心臓は胸から飛びだしそうなほどどきどきしていた。「きみはまだぼくの質問に答えていない」尋常ではないほど緊張しているローズとは打って変わって、彼は気楽な態度だ。

「質問って?」彼女の口からは、とぎれとぎれにしか言葉が出てこなかった。たぶん本当に息が止まっていたのだろう。

「ぼくと結婚してくれるかい?」

ローズは息を吐きだした。不安も恐れも一緒に。でも、言葉だけが出てこない。返事をしなければいけないのに、ひとつの言葉が頭の中でぐるぐる回り続けているだけだ。おまけに、膝までがくがくしてきた。この瞬間を、これまで何度夢に描いたことだろう。ところが、それが現実となったいまも、まだ夢を見ているような気分だった。

カーヴァーが玄関広間に足を踏み入れ、ローズの両手を取った。これは幻覚ではなく、本物の彼がここにいるという証拠だ。「ローズ、マイ・ラヴ」彼の切ないほどやさしい声に、胸が詰まった。涙が頬を流れ落ちていく。「きみが事故に遭い、それから一週間のあいだ、きみに注意を払わなかったぼくを許してほしい」カーヴァーはいまここにいる。ローズにはそれで充分に思えた。

でも、なぜ彼女を無視したのか、これからきっと彼はその言い訳を並べるだろう。そんな言い訳など聞きたくないというふうに首を横に振り、ローズが口を開きかけたそのとき、カーヴァーのほうが先に話しだした。「頼む、待ってくれ。これだけは言わせてほしい」彼はいったん言葉を切り、息を吸いこんだ。ローズは口を閉じて、彼の話を待った。「ぼくはずっとクレアの死から目をそむけてきた。だが、きみが事故に遭ったあと、彼女を失った苦しみや悲しみに正面から向き合わなければならないと、ようやく思えるようになったんだ」カーヴァーはここまで話したところで、クレアが誰なのか、ローズは知らないかもしれないと気づいたようだ。「クレアはぼくの婚約者だった女性で、彼女は三年前に亡くなった。ぼくにはクレアはもういないという事実と折り合いをつける必要があったが、そのあいだきみや家族を遠ざけるべきではなかったんだ。だが、きみにぼくの弱さやもろさを見せるのを怖がっている自分もいた。それに、ぼくはきみを愛するにふさわしい強い男ではないと、きみに思われたくなかったし、まだクレアを愛しているということは、きみをそれほど深く愛していないということだと思われたくもなかったんだ」

ローズは一歩足を踏みだし、ふたりのあいだの距離を縮めた。「カーヴァー、クレアのことならすでに知っているわ。オリヴァーに感謝することね」ローズは緊張をやわらげるように笑みを浮かべた。「クレアをもう愛していないふりなんてしなくていいのよ。彼女を愛していても、あなたのわたしへの気持ちはちっとも変わらないとわかっているもの」ローズは腕を伸ばしてカーヴァーの顎に触れた。指先に無精ひげのちくちくした感触が伝わってくる。「わたしは欠点も悩みもない夫など求めていない。そんな人、退屈すぎるわ」一瞬、ローズはにやりとしたが、すぐに真顔になって続けた。「わたしはいいときも悪いときもふたりで一緒に人生を歩いていける、そういう夫がいいの。わたしが彼を必要として求めているのと同じくらい、彼にもわたしを必要として求めてもらいたい」

カーヴァーはにっこり微笑んで、ローズの頬を両手で包みこみ、グレイの目で彼女をじっと見つめた。その熱いまなざしや手のぬくもりを感じ、ぞくぞくするような感覚がローズの全身を駆けめぐる。「ローズ・アメリア・ウェイクフィールド、ぼくはきみを必要として求めている。笑っているときも、泣いているときも、きみにそばにいてほしい。この命が尽きるまで、毎日きみを抱きしめたい。きみを愛し続けたい。きみに正直でいたい。ぼくの妻になってくれるかい？」

ローズは微笑み返した。きっと砂漠を何日もさまよったあげく、ようやく水を見つけた人みたいに、顔じゅう口にして笑っているに違いない。目の奥から涙がこみあげてきた。胸がいっぱいで話すことができない。ローズは唇を結び、ただこくりとうなずいた。

カーヴァーはローズの腰に腕を回して宙に抱えあげた。そしてくるりと回り、ローズを床におろす。ローズが息をつく暇もないまま、カーヴァーは彼女を抱き寄せ、唇を重ねてきた。舞踏会の夜に交わしたキスとは違う、狂おしいほど激しいキスだ。ローズはカーヴァーの首に腕を巻きつけた。その瞬間、まわりの光景がゆっくりと回転しはじめた。すべての音が消え、そこはふたりだけの世界になった。カーヴァーがローズの唇を熱いキスでふさぐ。それは永遠の愛を約束する口づけだった。

しばらくして、カーヴァーはローズの唇から唇を離し、ふたりの額を重ね合わせた。カーヴァーの目が笑っている。彼にしかできない表情だ。ローズはふたたびカーヴァーに恋をしていた。彼女はつま先立ちになり、彼の唇にそっとキスをした。彼がローズの目を見つめ、ふたりはまっすぐ視線を合わせた。「教えてくれ、マイ・ラヴ。この近くに教区牧師は住んでいるかい？」

いきなりおかしなことをきかれ、ローズは声をあげて笑った。「なんですって？　どうして突然そんなことをきくの？」

少年を思わせるうれしそうな笑みを浮かべ、カーヴァーがたこのできた親指でローズの下唇をなぞる。「どうしてかって？　考えてもごらん。このぼくが結婚許可証も用意せずに、きみに甘い告白をすると思うかい？　ダーリン、まったくきみにはがっかりだな。ぼくをみくびってはいけないよ」

いまのは冗談よね？　ローズの心臓が早鐘を打ちだした。ちょうどそこへフェリックスおじさんが帰ってきた。

「ケンズワース卿！　こいつは驚いた！　また会えてうれしいよ」

カーヴァーはローズから離れようともしなければ、視線もそらさなかった。だからローズも彼にならったが、目の端に落ち着かない様子で体を前後に揺らしているフェリックスおじさんの姿が映った。

「フェリックス、ぼくも会えてうれしいよ」カーヴァーは相変わらずローズを見つめたまま言った。「ところでフェリックス、このあたりに教区牧師は住んでいるかな？　その牧師にここへ来てほしいんだが」

ローズが口をぽかんと開けた。「まさか本気だったなんて。本当に今夜わたしと結婚するつもりなの？」

カーヴァーは満面に笑みを浮かべ、ローズの手を取って手のひらに口づけた。「いますぐにでも結婚したいくらいさ」

「そうなのかい？」フェリックスおじさんが大声をあげた。「立派な教区牧師がここから二、三時間くらい行ったところに住んでるよ。わしが呼んでこよう。旦那、本当にわしのかわいいロージーと今夜結婚するんだね？」

「ああ」

「なら、いい。いやあ、よかった。この子はずっと元気がなかったんだ。これでわしのロージーもやっとまともになるよ」そう言い残してフェリックスおじさんが立ち去ると、ローズとカーヴァーは笑いをこらえきれず、噴きだした。

ひとしきりふたりで笑い合ったあと、ふと気になることがローズの頭をよぎった。彼女はカーヴァーの腕から逃れようとしたが、さらに彼は腕に力をこめてきた。ローズは無駄な抵抗をあきらめ、背中をそらして彼を見あげた。「カーヴァー、今夜結婚するのはやめましょう」

「なぜだ?」カーヴァーが急に真顔になる。

「だって……あなたのご家族が……」すでにローズはカーヴァーの家族を本当の家族のように感じ、みんなを愛していた。結婚という人生の大きな節目に、彼らが立ち会わないのはやはりおかしい。「あなたの家族全員の前で誓いを立てたいの。みんな……」言葉を切り、唇を嚙む。自分の感情を言葉にして口にすることにはまだ慣れていない。「わたしのとても大切な人だから」

カーヴァーの顔にどきりとするほどすてきな笑みが広がっていく。「きみはなんて運がいいんだ。実は、みんなも来ているんだよ。きみに会いに来るまで、なぜこんなに時間がかかったと思う? メアリーとロバートは自分たちの屋敷にすでに戻っていたから、ここへ来る前にふたりのところに寄らなければならなかったからなんだ」

ローズは大きく見開いた目の端で、何か動くものをとらえた。開きっぱなしだった扉の向こうに彼らがいた。カーヴァーの家族が、オリヴァーが、玄関前の階段に向かって歩いてくる。

ローズはぎょっとした表情を浮かべ、カーヴァーに視線を戻した。「ずっとみんなを外で待たせていたの?」

カーヴァーがすまなそうに顔をしかめる。「悪いことをしたと思っている。でも、みんなが外で待っていることなんてすっかり忘れていたよ」

オリヴァーが真っ先に玄関広間へ駆けこんできて、カーヴァーの背中を叩いた。「だが、ぼくたちは一生忘れないからな」

恥ずかしさのあまり、ローズの顔が真っ赤になる。けれど、次々に祝福の言葉をかけられているうちに、徐々に顔から赤みが消えていった。

にぎやかな笑い声や話し声で、小さな空間が満たされる。ローズはみんなから少し離れて戸口に立ち、その様子を眺めながら、彼らの輪の中に入っている自分の姿を想像していた。明るい太陽の光が玄関広間に差しこんでいる。ふいに、ローズの目に家族と孤児院の未来がはっきりと見えた。ここでカーヴァーと一緒に暮らし、子どもたちの世話をして成長を見守っている自分の姿が。家族はしょっちゅう遊びに来てくれて、いつもローズは新しい母にダルトン・パークの温室で摘んだ花を持ってきてほしいと頼んでいる。そして、彼女にもようやく花瓶に水を入れる機会が来て、その中にはいつも花が挿してある。だが、何よりもうれしいのは、家族がみんな幸せなことだ。

ローズの視線に気づき、カーヴァーが笑みを投げてきた。目に映る光景はとても美しく、まさに彼女があこがれていた人生そのものだった。

ローズは室内に入り、扉を閉めた。

訳者あとがき

これはリージェンシー時代を舞台に繰り広げられる、女詐欺師と伯爵の恋物語。

ヒロインのローズは、師匠である〝フェリックスおじさん〟と組んで金持ち相手に詐欺を働く犯罪者。とはいっても、そうして稼いだお金は孤児院の運営にほとんどすべて注ぎこんでいるため、〝英国一稼ぎが多いのに英国一貧乏な悪党コンビ〟を自称しています。彼女のたったひとりの肉親だった父親はローズがまだ幼い頃に急逝し、ある日突然路上暮らしになった彼女は孤独のつらさを痛いほど知っていました。ローズはそのせいで愛に心を閉ざしてしまい、いい人を見つけて足を洗うようフェリックスおじさんに言われても、頑として耳を貸そうとしません。

ある日、悪名高い伊達男のニューベリー伯爵がよその屋敷のメイドに手をつけて身ごもらせたあげく、そのメイドは解雇されたという話を聞きつけたおじさんが一計を案じます。貴族はメイドの顔などいちいち覚えていないだろうから、ローズがおなかの大きなメイドのふりをしてニューベリー伯爵の屋敷を訪ね、口止め料をせしめようというのです。これはふたりが一八番にしている詐欺で、ローズはいつものように服の下に枕を入れておなかをふくらませ、屋敷へ向かいます。

ところが玄関扉を叩くと、出てきたのはどうやら当の伯爵らしき人物。玄関をふさぐほどの長身で、噂にたがわぬ美男子です。ローズの顔を覚えていないのは予想どおりでしたが、身ごもったせいで職を失って困っていると彼女が訴えても、なんだかにやにやしています。あげくの果てには、田舎へ出発するところだからと、彼女の話を最後まで聞かずに馬車へ乗りこもうとする始末。頭にきたローズは、おとなしいメイドを演じていたのも忘れ、彼を追いかけて呼び止めます。

さてさて、馬車に乗りこもうとしていた伯爵のほうですが、実は同じ貴族でもこちらはケンズワース伯爵で、まさに伯爵違いなのでした。彼はローズがおなかに入れている枕がずれていることに早々に気づき、彼女の茶番をおもしろがっていたのです。とはいえ、田舎の屋敷へ行かねばならないのは事実で、彼は三年ぶりとなる帰郷に暗い気持ちでいました。三年前に起きたとある悲劇のために、彼はこれまでどうしても帰郷することができなかったのです。

そんなときに現れたのがローズでした。彼女がいれば気晴らしになるかもしれないと考えた伯爵はローズを馬車に乗せます。そして「お金で償うのではなく、きみと結婚して責任を取りたい」と切りだしました。

もちろん、これは彼女の話に調子を合わせただけなのですが、ローズにしてみればまさに青天の霹靂（へきれき）。彼の子どもがおなかにいると嘘をついているのですから、求婚を拒む理由はありません。家族に紹介するとまで言われて、焦りに焦り……。

リージェンシーからコンテンポラリーまで人気のラヴロマンスを世に送りだしているサラ・アダムズは、生まれも育ちもテネシー州ナッシュビル。子どもの頃から作家になる夢を抱き、処女作を書きあげたのはふたりの娘たちのお昼寝中でした。暖かい日と人を笑顔にするのが好きだそうで、それは作品からも伝わってきます。本作品のヒーロー、ケンズワース伯爵の妹で、社交界デビューを控えているエリザベスの物語もすでに発表されており、好評を博しています。

本を読み終えたときに、読みはじめたときより読者がハッピーになっているのがサラ・アダムズの願いです。本書でもどうかその願いが叶いますように。

二〇二三年二月

ライムブックス

恋の旅に出るなら伯爵と

著　者　サラ・アダムズ
訳　者　岸川　由美

2023年4月20日　初版第一刷発行

発行人　成瀬雅人
発行所　株式会社原書房
〒160-0022東京都新宿区新宿1-25-13
電話・代表03-3354-0685　http://www.harashobo.co.jp
振替・00150-6-151594
カバーデザイン　松山はるみ
印刷所　中央精版印刷株式会社

落丁・乱丁本はお取替えいたします。
定価は、カバーに表示してあります。
 ISBN978-4-562-06553-0　Printed in Japan